빨간
염소들의
거리

엄창석

장편소설

민음사

차례

열차를 조심해

열다섯 살 가을에, 나는 어깨뼈를 심하게 다쳤다. 왼쪽 쇄골 끝자락이 어깨 관절에서 어긋났다. 30일이 넘도록 팔을 들어 올리지 못했다. 난 이때까지 그만한 사고를 당한 적이 없었다. 거기서 이상한 일이 벌어졌다. 그 사고는 단숨에 나를 인생에서 단 한 번 만나는 가장 격정적인, 나중에 이렇게 이름을 붙이게 된, 염소들의 거리로 들어서게 하였다.

이때까지만 해도 나는 집과 학교밖에 모르는 철부지 소년이었다. 또래보다 키가 작았고 소심했으며, 기껏 체크무늬가 있는 회색 옷만 골라 입었다. 부끄럼도 많이 탔다. 내가 무슨 일로 화가 나서 이마를 붉히면 가족들은 내가 수줍어하는 게 틀림없다고 속닥거렸다. 그때마다 난 이해를 구하지 않고 번번이 단념해 버렸다. 가족 내에서도 외톨이였다. 그렇지만 주변의 따돌림에 별로 개의치 않았다. 난 조금 명상적인 데가 있었던 것이다.

그 시절 나와 제일 친했던 친구는 측후소였다. 지방 기상대인 측후소는, 대구 외곽에 있는 우리 동네 한가운데서 편백나무 숲에 에워싸여 유럽의 성탑처럼 높이 치솟아 있었다. 나는 지금껏 이보다 더 아름답고 비밀을 간직한 건물을 본 적이 없다.

거대한 사각 병을 거꾸로 세워 놓은 것 같은 측후소는 겉면이 주황색 타일로 되어 있어 햇살을 받으면 무지갯빛 반사광을 뿜었다. 구름이 짙게 깔렸을 때조차 대기로부터 붉고 누르스름한 빛을 빨아들여, 오래된 사원이 주위의 온갖 비천한 것들을 멸시하듯이 홀로 수려한 자태를 뽐냈다. 칠촌 아저씨가 근무하고 있어서 나는 측후소 경내를 종종 들락거렸다. 작은 연못과 짙푸른 편백나무 숲 너머로 하늘을 찌르는 본관이 나타났다. 육중한 갈색 문을 열고 들어서면 낡은 바닥 한가운데에 육각형 은선(銀線)이 그어져 있고, 칠이 벗겨진 기둥들과 미로처럼 어디론가 사라져 버리는 복도가 있었다. 중앙 회랑의 창문 아래에 놓인 커다란 동환(銅丸)은 먼저 내 발길을 끌어당겼다. 그건 무척 오래된 쇠로 만들어진 지구의였다. 약간 기울어진 지구의를 손으로 돌리면, 오밀조밀하고 신비로운 선들 아래로 내 눈동자가 잠겨 흐르듯이 비쳤다.

키가 삐죽하고 코가 긴 칠촌 아저씨는 언제나 손을 흔들어 나를 반가이 맞아 주었다. 그는 항상 복도 왼편에 있는 작은 방에 들어앉아 펜으로 일기도를 그렸다. 아저씨 옆에는 등압선이나 구름의 양을 표시한 일기도가 내 키만큼 쌓여 있었다. 내가 다가가면 아저씨는 긴 다리를 어디에 두어야 좋을지 몰라 갈팡질팡하면서도 금방 완성한 아카시아 잎 같은 기호를 보여 주며 이렇게 말했다.

"하늘에도 생명이 있는 거 아니? 염소나 코끼리 같은 동물들이 하늘에 산다 말이야."

나는 아저씨의 방을 한참 구경하다 밖으로 나와서 나선형 계단을 우당탕 밟고 꼭대기까지 올라갔다. 측후소의 천장이 바로 위에 보였다. 작고 네모난 창으로 햇살이 들이쳐 계단 꼭대기는 아래보다 환했다. 거기서 난간에 배를 걸치고 미끄러져 내려오는 놀이를 했다. 그러다 보면 어느 층계참에서 마치 다른 세상에서 온 것처럼 직원이 살며시 나타나, 위험하다며 나를 안아 내려 주곤 했다.

골뱅이처럼 배배 꼬인 계단, 은반 일사계, 모스부호 수신기, 지진 측정 장비, 희귀한 장치들이 숨어 있는 방들…… 어느 것 하나 매혹적이지 않은 게 없었다. 본관 앞, 10여 미터 높이의 쇠기둥 끝에도 풍속계가 까마귀처럼 앉아 날개를 파닥였다.

우리 동네에는 시장과 교회와 경찰 지서가 있었다. 또한 깡패들이 모이는 창고와 선술집과 카바레가 있었고, 무허가 도살장도 멀지 않았다. 그 어느 것도 측후소만큼 나를 사로잡지 못했다.

난 동네를 벗어난 적이 거의 없었다. 소심한 성격 탓일 거다. 하지만 나는 수백 킬로미터 떨어진 평양에 안개가 끼었는지 함박눈이 내리는지 알 수 있었다. 그만 아니다. 내 옷자락을 스치는 바람의 속도가 모스부호로 바뀌어 전 세계로 날아가지 않는가. 측후소 상황실에 붙은 지도에는 지구상에 흩어진 모든 기상대의 위치가 수천 개의 점으로 표시돼 있었다. 이건 정말 멋진 상상이다. 내 이마에 떨어지는 비의 양이 코펜하겐에 도달하고, 인어 공주의 몸을 찰싹찰싹 때리는 비의 양도 실시간으로 확인할 수 있으니까. 폭우가 쏟아지는 날이면 거리에 나가 알몸으로 비를 흠뻑 맞고 싶었다. 실제로 그런 일은 벌어지지 않았지만 우산을 쓰지 않고 다닌 적은 많다.

난 수시로 감기 몸살을 앓았다. 한기에 오들오들 떨며 이불을 덮고 누워 있으면 정말 내 몸속에는 다른 세상으로 건너갈 수 있는 은밀한 창문이 있는 듯이 여겨졌다. 아직도 기억한다. 틀이 빨간 창문, 십자 문살이 그어진 작고 동그란 창문이 바람에 열리거나 닫히거나 하는 모양을. 담홍색 커튼이 열린 창밖으로 펄럭펄럭 나부끼는 것도. 하지만 이런 비밀스러움에 대한 지나친 탐닉은, 뒷날에 내가 갖게 된 이중적인 성격의 원료가 되지 않았나 싶다.

여기에 펼쳐 놓으려는 본격적인 내 이야기는 중학교 입학하고부터이다.

중학교는 대구 중심부 인근에 위치했는데, 나는 걸어서 학교를 다녔다. 처음에는 다른 애들처럼 버스를 탔지만 노선이 구불구불해서 무척 지겨웠다. 오래지 않아 집과 학교를 잇는 직선에 가까운 지름길이 있다는 것을 알게 되었다.

그 지름길을 함께 걷던 친구가 있었다. 이름이 류우흠이다. 키는 나보다 한 뼘쯤 컸는데 핼쑥한 얼굴에 야윈 상체를 움츠리고 다녀서 결핵 환자 같았다. 진짜 얼마간 결핵을 앓기도 했다. 중학교 1학년 때 탄광 도시인 문경에서 유학을 와 우리 동네에서 하숙했다. 처음에는 나처럼 말이 적고 온순했지만 갈수록 거친 성질이 돌출했던 걸로 보아 문경의 시커먼 탄맥(炭脈)이 유전자처럼 피에 흘렀던 게 아닐까 생각이 든다. 우흠이 우리 동네에서 하숙하게 된 이유는 고향에서 이사 온 아주머니가 여기서 하숙을 쳤기 때문이다. 그 집 식단은 정말이지 형편없었다.

우리는 학교를 오가면서 영어 단어를 쪽지에 적어 외웠다. 누가 먼저 제안했는지는 기억나지 않는다. 아마 둘 다 말이 적은 데다 달리 할 짓이 없었기 때문일 거다. 이상한 소리지만 단어를 쫑알거리며 걷는 게 꽤나 재미있었다. 머리에도 잘 들어갔을뿐더러, 팔을 휘두르며 활기차게 걸으면 희한할 만큼 빠른 속도로 암기되었다. 반대로 중풍 걸린 노인처럼 꾸물대면 기억 중추가 닫히는지 좀체 단어가 머릿속에 들어가지 않았다. 우리는 그런 특이한 현상을 맛보는 것으로도 무척 즐거워했다.

그래도 많은 단어를 암기하려고 어떤 행인들보다 재바르게 걸었다. 50걸음 정도에 하나씩 외웠으니 머리가 둔했는지 모른다. 그렇지만 집에서 학교까지 수천 걸음을 떼어야 하니까 교과서 단어는 금방 동이 났다. 어쩔 수 없이 영어 문장을 외우고 다녔다. 나중에는 더 외울 게 없어져 국사, 화학, 기술은 물론이고 수학 문제까지 쪽지에 적어서 외워 버렸다.

쪽지를 쥐고 다니던 4킬로미터 남짓한 지름길이 내 사춘기의 무대이다. 대도시가 간직한 온갖 환경이 축소판처럼 늘어선 길이기 때문일 것이다. 지름길의 딱 중간에 철도 건널목이 가로놓여 있었다. 역무원이 상시 근무를 하고 노란색 수동 차단기가 설치된, 도심에서는 좀체 보기 드문 이 철도 건널목이 내 이야기가 시작되는 곳이다.

그해, 9월 초였다.

철도 건널목으로부터 겨우 100미터밖에 떨어지지 않은 지점에서 열차 탈선 사고가 발생했다. 거대한 쇠 바퀴통이 열두 개나 비꾸러져 나간 그 사건은 나를 단숨에 사춘기의 격랑 속으로 몰아넣었다.

그날, 일요일 아침에 김천 고모 댁에 갔다가 오후에 경부선 하행 열차인 무궁화호를 타고 대구로 돌아오던 중이었다. 뭐 이상할 것도 없다. 나는 지난 방학 때부터 자주 김천의 고모 댁에 다녀오곤 했으니까. 사고가 나기 1분 전, "우리 열차는 곧 동대구역에 도착합니다."라는 안내 방송이 낭랑하게 흘러나왔다. 난 일찌감치 통로로 나왔다. 다른 승객보다 앞서 내리려 했던 게 아니라, 내가 다니는 지름길이 얼마나 곧은지 보고 싶었다. 펴 놓은 실처럼 가물가물하게 이어지는 골목길. 그것은 열차가 건널목을 통과하는 찰나에, 빌딩과 주택과 얽힌 도로들 사이에서 반짝 보였다가 사라지고 만다. 그렇다. 다만 지름길을 보고 싶었을 뿐이었다.

나는 목을 움츠리고 창밖을 주시했다. 눈앞을 스치는 목책의 흰 빛깔에 섞여 시가지 풍경이 셀로판지로 보듯이 희뿌옇다. 우리 동네임을 알려 주는 뾰족한 측후소를 발견하고는 얼른 고개를 돌려 우리 학교를 찾을 때였다.

갑자기 열차가 크게 요동했다. 돌덩이에 부딪힌 듯 바닥에서 쇳소리가 쩡 울리며 좌우로 휘청거렸다. 통로의 승객들이 비틀댔다. 난 얼른 손으로 좌석 등받이를 잡았다. 한 번 기우뚱하던 열차는 이내 정상을 되찾았다. "아무것도 아니네." 내가 끼득끼득 웃으며 균형을 잡을 때였다. 거센 폭풍이 내 등을 후려쳤다. 나는 순간 열차 지붕이 날아갔다고 생각했다. 지붕과 창문이 모조리 사라지고 홀로 들판에 서 있는 것 같았다. 내가 서 있는 곳은 통로 3분의 2 지점이었다. 주변이 캄캄해지는가 싶더니 폭풍에 휘말리어 몸이 공중으로 솟구쳤다. 두 발이 바닥에 닿지도 않았다. 몸이 바람에 날리는 모자처럼 나부꼈다. 나는 어딘가로 날려 갔고 이윽고 객차 입구에 내동댕이쳐졌다.

다른 승객들이 옆으로 날아와 부딪는 소리가 쿵쿵 울렸다. 몇 명은 내 몸 위로 포개졌다. 나는 평생 이 순간을 잊지 못할 거다. 한 사람씩 던져지면서 발생하던 기묘한 진동. 내 등에 가해지던 둔중한 압박. 거의 동시에 일어났겠지만 압박과 압박 사이는 한없이 벌어졌다. 쿵, 쿵, 쿵. 무엇인가가, 마치 거대한 정 같은 것이 내 몸을 땅속의 암흑에다 박아 넣는 느낌이었다.

그 상황에서도 정신을 잃지 않았다. 내 얼굴이, 나보다 먼저 객차 벽에 떨어진 스물다섯 살쯤 된 여자의 옆구리에 박혀 있는 것을 알았다. 중년 사내와 뚱뚱한 여자와 노인들까지 예닐곱 명도 함께 객차 문에 뒤엉켰다. 열차는 180도로 뒤집혀 있었다. 아니다. 내 머리가 아래로 꼬라박힌 상태였다. 다리를 위로 쳐든 채로, 내 얼굴이 파묻힌 여자의 니트에서 지독한 향수 냄새를 맡았다. 바람이 몹시 부는 듯이 여자의 긴 생머리가 한쪽으로 쏠려 있었고, 눈을 뜨고 있었으며, 우윳빛 이마에 선혈이 낭자했다. 맨 먼저 객차 벽에 부딪힌 때문이었다. 노인 한 분은 내 아랫도리를 벗기고 말겠다는 듯이 내 바지 자락을 움켜잡고 허우적거렸다. 노인의 어깨에 계란이 터져 누른 점액질이 흘러내렸다. 창밖을 내다보았다. 비스듬히 선 건물로 보아 열차가 30도쯤 기울어 있었다.

병원에서 내가 제일 많이 들은 말은 운이 좋았다는 거였다. 의사만 아니라 병실을 찾아온 친척들도 하나같이 그런 흰소리를 했다. 내가 탑승했던 6호 객차에 유독 다친 사람이 많았다. 나보다 먼저 객차 벽에 부딪친 여자는 이때까지도 혼수상태를 헤매고 있었다. 난 탈골된 왼쪽 어깨를 교정한 뒤 두툼하게 깁스를 했다. 뒷목에도 경추 보호대를 달아 거북이 같은 꼬락서니가 되었다. 그래도 운이 좋았다니.

어른들의 얘기에 따르면 통신업체가 케이블을 묻으려고 발파 작업을 했는데 근처에 있는 선로가 내려앉았다는 것이다. 선로가 구부러져 있는 걸 발견한 기관사가 급제동을 하면서 차체가 선로에서 비꾸러졌고 발통이 열두 개나 빠졌다고 했다. 내가 입원한 병원에 100여 명의 부상자가 득실거렸다.

하긴 운이 영 나쁜 건 아니었다. 사고 후부터 학교엘 가지 않아도 되었으니까. 나는 경추 보호대를 목에 두른 채 병실을 옮겨 다니면서 온갖 형태의 부상자들을 구경하며 빈둥거렸다. 부상의 종류가 하도 많아 혀를 내두를 지경이었다. 병실을 돌아다니다가 회진하는 의사와 마주치면 나는 환자들의 상태를 일일이 보고하곤 했다. 링거 병을 들고 여자 간호사 뒤를 졸랑졸랑 따라다녔으며, 거의 모든 휠체어를 한 번쯤은 밀어 주었다. 심지어 할머니 환자의 용변을 돕는답시고 여자 화장실까지 들락거렸다. 휠체어와 여자 화장실은 수줍음을 많이 타던 소심한 성격을 바꾸어 놓았다. 난 꽤나 능청스러워졌다. 심심하면 간호사실에 떡하니 앉아 사브레나 웨하스 과자를 와삭와삭 씹어 먹을 정도였다. 어머니는 나 같은 모범생이 하루라도 책을 보지 않으면 입에 가시가 돋는다 싶어선지 교과서를 한 아름 안고 와 침상에 부려 놓았다. 난 간호사들의 귀여움을 독차지하고 있던 터라 교과서는 아예 들춰 보지 않았다. 우리 반 아이들도 잊을 만하면 찾아왔다. 이놈들은 하굣길에 한 무더기씩 몰려와서는 친척들이 사다 놓은 사과와 배와 음료수를 사정없이 먹어 치웠다. 놈들은 침대에 둘러서서, 내가 죽지 않았다는 사실에 안도하기는커녕 어마어마한 열차 사고의 경험자라는 점에 감동했다.

"야, 신문에 대문짝만 하게 실렸더라. 우리 학교와 네 이름도 나왔어. 사진이 없는 게 원통하지만 말이야."

"기차가 찌그러졌는데도 팔이 어깨에 붙어 있네."

"맛있는 거 실컷 먹고 학교도 안 가고, 넌 좋겠다."

놈들은 한 명씩 돌아가면서 깁스한 어깨를 어루만지며 부러워했다.

이때까지만 해도 병원은 내게 우아한 휴양지나 마찬가지였다.

난 입원한 지 한 달이 지난 10월 중순까지 퇴원하지 않았다. 어깨뼈는 거의 붙었지만 학교에 중간고사가 기다리고 있기 때문이었다. 옆 침상은 경상자들이 퇴원해서 자꾸 비어 갔고 입원실도 두 번이나 옮겼다. 난 중간고사가 끝난 뒤에 퇴원할 요량이었다. 그런데 시험 이틀 전날 담임선생님이 병원으로 전화를 걸어왔다. "깁스한 지 한 달이 지났으니 학교에 나와야지?" 하고 물었다. 중간고사를 염두에 둔 전화가 분명했다. 반 평균 점수를 조금이라도 올리기 위해 내가 시험을 쳐야 한다는 뜻이었다. 나는 지난 시험에 2등을 했다. 이제 와 시험 공부를 못했다고 궁색하게 변명하기 싫었다. 대신에 어마어마한 열차 사고의 피해자임을 주지시키려고, 그러니까 어떻게든 시험에서 도망치려고 "병원에서 시험을 봐야겠어요." 하고 반어법을 구사하는 실수를 저지르고 말았다.

그래서 정말 병실에서 중간고사를 보는 괴상한 사태가 벌어졌다.

아마 병실에서 고교 입시도 아닌 중간고사 따위를 친 놈은 내가 우리나라에서 처음이고 마지막일 거다. 교내 시험을 병원까지 가져와 요란을 떨겠나 싶지만 우리 반 시험은 정말 유별났다. 수학이 전공인 마흔 살이 좀 넘은 담임은 별명이 럭비공이었다. 럭비공은 순전히 배불뚝이 체형과 과격한 성질 때문에 비아냥조로 붙어 있는 것일 뿐 그의 행동은 자로 잰 듯이 정확했다. 수업 중에 학생들을 보면서 손만 뒤로 돌려 칠판에 원이나 삼각 도형을 그리는 솜씨는 그야말로 신의 경지였다. 원이 얼마나 동그랬던가. 담임을 성토하는 아이들도 그의 도형 앞에서는 기가 꺾일 수밖에 없었다.

어느 학교나 비슷하지만 럭비공도 반 성적을 올리는 데 혈안이었다. 그는 우리 반이 학교가 아니라 대구 전체에서 1등을 해야 직성이 풀렸다. 그런데, 담임의 지도 방식은 좀 비열했다. 아이들에게 공부하라고 달달 볶는 대신 성적에 민감하게끔 몇 가지 교묘한 책략을 썼다. 그중 하나가 시험이 끝나면 복도로 나와서 성적 순위를 발표하는 것이었는데, 애들을 천당과 지옥에 던져 넣을 듯이 부산을 떨었다. 복도에 나와 있던 아이들은 키득키득 장난치며 호명된 순서로 교실에 들어가 앞자리 중앙부터 채워 나갔다. 처음에는 이런 자리 배치가 별게 아닌 것 같았지만 어느새 아이들은 점령군처럼 야욕을 불태우게 됐다. 앞자리를 빼앗는 재미와 흥분, 반대로 고지를 빼앗기는 패잔병 같은 열패감에 사무치는 것이다. 승리의 도취와 패배의 쓰라림이 아이들에게 익숙해질 즈음 되면 어느새 다음 시험이 코앞에 닥쳐서 교실에는 전쟁의 새벽 같은 고요한 분노가 감돌았다.

내가 병실에서 시험을 친다고 했을 때 어머니가 제일 기뻐했다. 나보다 교실의 좌석 점령에 더 신경을 써 왔던 어머니는 며칠 동안 내가 시험 공부에 몰두하도록 온갖 배려를 아끼지 않았다. 침상 아래에 앉아서 내가 자주 심을 부러뜨리는 연필을 정성껏 깎아 주었고, 코를 풀면 코딱지가 묻은 휴지를 냉큼 받아 쓰레기통에 집어넣었다. 이윽고 중간고사 다음 날이 되었다. 급장과 최성수가 1호 봉투에 밀봉된 시험지를 들고 병실 문을 열었다. 두 녀석은 예쁘게 화장까지 하고서 초조하게 기다리던 어머니에게 꾸벅 인사한 뒤, 침상에 죽은 듯이 엎어져 있는 내 앞에서, "한형주, 지금부터 2학기 중간고사를 친다." 하고 엄숙하게 지껄였다.

담임이 급장을 파견한 건 당연하지만 최성수까지 딸려 보낸 건 왠지 몰랐다. 최성수는 매번 나를 따돌리고 1등을 도맡는 녀석이었다. 최성수는 입원실이지만 시간을 정확히 재겠다고 큰소릴 쳤다.

"침대 위에 있는 책을 다 치워. 컨닝할 생각은 아예 접어 두라고."

녀석은 그동안 내가 커닝을 해 온 듯이 씨부렁거렸다.

"칫, 책을 왜 봐?"

"그래도 치워. 책상에 책을 올려놓고 시험 치는 거 봤어?"

"그래. 얘 말이 맞다. 선생님을 대신해서 왔잖니?"

어머니가 황망히 침상을 정리했다. 나는 하는 수 없이 보호자용

의자로 내려와 시험지나 달라며 손을 내밀었다. 녀석은 나를 외면하고 입원실에 있는 다른 환자들을 날카롭게 둘러보았다. 환자들과 나의 어머니를 시험장에서 내쫓을까 망설이는 눈치였지만, 거기까지 요구하지 않았다. 왜냐하면 네 개의 침상에 누워 있던 늙은 부상자들이 모두 벌떡 일어나 앉아 존경스러운 눈길로 놈의 짓거리를 지켜보고 있었기 때문이었다. 어머니도 부상자들 곁으로 가서 가슴에 두 손을 모으고 간곡함과 자랑스러움이 섞인 눈빛을 보내고 있었다. 최성수는 급장에게 봉투를 빼앗아 정말 감독 선생이나 된 듯이 근엄하게 시험지를 꺼냈다. 이렇게 해서 나는 거북이 같은 꼬락서니로 중간고사를 보게 되었다.

시험은 네 시간에 걸쳐 치렀다. 나는 열심히 문제를 풀었다. 공부는 못했어도 실력을 과시하고 싶었다. 5등 안에는 들 수 있겠거니 했다.

마지막 시험은 내 전체 성적을 끌어 주는 영어였다. 예상한 대로 문제가 미국에 사는 유치원생도 풀 수 있을 만큼 쉬웠다. 그런데 문제지를 들여다보는 내게 한 번도 생각해 보지 않은 의문이 불쑥 치밀었다.

'왜 이런 짓을 하고 있지?'

병원까지 와서 이렇게 요란을 떨어야 하는지 아리송했다. 인내심이 메뚜기만큼도 없는 급장 녀석은 아까 수학 시험부터 창가에 앉아 침을 흘리며 자고 있었다. 귀엣말로 소곤대던 늙은 환자들도 담요를 덮어쓰고 누워 버렸고, 어머니마저 자리를 비운 지 몇 십 분이 흘렀다. 최성수만 눈을 반짝이며 감독질에 열중이었다.

나는 까만 교복을 입은 최성수가 꼿꼿이 앉아 눈을 반짝이는 모습을 보자 녀석이 나와의 경쟁 때문이 아니라 정말 신성한 사명감에 불타고 있구나 하는 생각이 들었다. 럭비공 담임도 녀석을 파견하면서 시험의 중요성을 떠벌렸을 테다.

다시 시험지에 얼굴을 묻었다. 그때였다. 난데없이 영어 단어는 떠오르지 않고 하나의 가정법(假定法)이 해머처럼 뒤통수를 때렸다. 만약, 열차가 급정거했을 때 나와 여자의 위치가 바뀌어 있었다면? 그래서 내가 먼저 객차의 출입구에 내동댕이쳐졌다면? 나는 여자처럼 머리에 피를 흘리고 기절했을 테다. 이따위 중간고사는커녕 의식이 가물가물해서 어머니마저 몰라보리라. 산소 호스를 코에 꿰고 누운 나를 의사들이 둘러서서 심장이 뛰는지 멈췄는지 모니터를 주시하는 광경이 그려졌다. 난 통로에서 1미터 안쪽에 서 있어서 어깨뼈만 탈골된 것이다. 고작 1미터의 차이로!

머릿속에 불꽃이 반짝였다. 고작 1미터라니. 난 정말 1미터 때문에 살았던 게 아닐까. 그게 1밀리미터일 수도 있고 10미터일 수도 있겠다. 때로는 사과 한 알이거나 갑자기 마주 오는 자전거일 경우도 있다. 사과 한 알, 자전거 한 대가 우리의 운명을 가른다. 다시 영어 시험지를 내려다보았다. 1미터에 대해, 사과 한 알에 대해, 생(生)과 사(死)에 대해서 전혀 무지한 시험지 한 장! 백치(白痴)처럼 아무것도 모르면서 나에게 답을 풀라고 명령하는 종이가 정말이지 가소로워 보였다. 이 1그램짜리 종이가 도대체 뭐란 말이야? 그날 열차 안에서 내 등으로 몰아치던 폭풍을 짐작이나 할까? 혼자 들판에 선 것 같았던 그 느낌은? 한 사람씩 날아와 툭툭 던져질 때 내 몸을 흔들던 죽음의 진동도 알 리가 없다……. 앞에서 꼿꼿이 앉아 감독질을 하는 최성수가 한심해 보였다. 반 평균을 1점이라도 올리려는 럭비공도, 시험에 집중하라고 자리를 피해 준 어머니도 비웃음거리가 되었다. 그러자 이따위 시험지를 찢어 버려야겠다는 생각이 들었다.

나는 연필을 놓고 1그램짜리 종이를 집어 올렸다. 단숨에 확 찢어발기려고 했다. 어, 시험지를 찢다니? 꺼림칙했다. 두려움이 엄습했다. 교실의 자리 배치. 시험을 잘 치면 어머니에게 받게 되는 포상금 5000원. 다시, 나는 시험지도 수많은 종이 중의 하나일 뿐이라고 고쳐 생각했다. 그러자 희열이 밀려오는 것을 느꼈다. 희열은 무척 달콤했고, 숨을 헐떡이게 했다. 그리고, 치켜든 내 손에서 시험지가 찢어지는 광경을 나는 목격하고 있었다. 양쪽으로 톱니 같은 모양을 남기며 나뉘는 시험지! 뜻밖에도, 그것은 펄프로 제조된 종이 1그램이 아니었다. 그렇다고 영어 시험지도 아니었다. 시험지가 찢어지면서 손목에 전해지는 미미한 떨림은, 기묘하게도 우레처럼 커져서 흡사 내 인생이 그렇게 분리되는 것 같았다.

지금까지 한 이야기에서 마지막 저 순간이 무엇보다 중요하다. 시험지가 좌악 분리되던 순간에, 짐작조차 못했던 숨은 세계가 내 눈앞에서 열리고 있었다. 그것은 어른들이 소년의 눈에는 띄지 않게끔 밀봉해 놓은 세계였다. 그건 둘로 나뉘어 있었다. 하나와 다른 하나. 환한 세계와 어두운 세계. 향기로운 들녘과 악취 나는 땅. 그 사이에는 깊은 계곡이 흐르고 있었다. 발밑은 어두웠고, 검푸른 격류가 요동쳤다. 벌써 나는 저편 언덕으로 기어 올라가 부들부들 떨고 있었다. 이상한 아이들이 달려와 나를 에워쌌다. 들어 본 적도 없는 욕설, 갖가지 소문들, 시끌벅적한 오락실, 다리에 똥이 묻은 돼지들, 난잡한 뒷골목들…… 그리고 혹독한 추위가 몰려왔다. 어릴 때부터 함께해 온 모든 다정한 것과 작별하고 있다는 느낌이 들었다. 앞에서 감독질 하는 최성수의 꼴을 보지 못했다면 무서운 언덕에서 도망치고 말았을 거다.

최성수의 눈이 휘둥그레졌다. 충격을 받은 듯 일어서다 풀썩 주저앉으며 비명을 질렀다.

"뭐야?"

나는 딱딱 잇소리를 내며 야비하게 웃음을 흘렸다.

"아 잘못 썼네. 문제지는 한 장 더 가지고 왔겠지?"

최성수가 얼른 봉투 속을 헤집더니 고개를 흔들었다.

"없는데. 어떡하지?"

"흥. 그래에? 할 수 없지. 럭비공한테 가서 시험지를 입에 넣어 씹어 먹었다고 말해 줘. 어차피 마찬가지니까."

난 보란 듯이 찢어진 시험지를 입에 넣고 우적우적 씹었다. 최성수가 어린애처럼 울음을 터뜨릴 듯 얼굴을 꾸겼다. 난 처음으로 그 애를 이긴 것 같아 우쭐했다. 창가로 가서 침을 흘리며 자고 있는 급장 녀석을 깨웠다. 급장은 둘을 보고 어리둥절한 표정을 지었다. 최성수가 나머지 시험지만 챙겨서 일어났다. 나는 엘리베이터 앞까지 녀석들을 배웅했다. 최성수는 엘리베이터 문이 닫힐 때까지 고개를 숙이고 있었다.

그들이 간 뒤 침대 위에 혼자 앉아 있던 나는 추악한 기분에 휩싸었다. 무슨 짓을 했지? 살인이라도 저지른 것처럼 옴짝달싹할 수 없었다. 찢어진 시험지와 씹다 뱉어 놓은 시험지가 의자 위에서 나를 노려보고 있었다. 시험 때마다 나은 성적을 받으려고 얼마나 노력했던가. 난 모범생이었다. 이번 사고를 빼면 학교에 결석은커녕 지각조차 하지 않았다. 선생님에게 꾸중을 들은 기억도 없었다. 최성수에게 보고를 받은 담임이 기겁해서 어머니에게 연락할 테다. 어머니는 뭐라고 반응할까? 어머니가 매점에서 과자를 한 아름 사서 병실로 돌아왔을 때 나는 시험지를 주머니에 쑤셔 넣고 병실을 빠져나왔다. 복도 끝으로 가 화장실에 숨었다. 형주야, 형주야, 이름을 부르며 나를 찾는 어머니의 음성이 들렸지만 나의 이름은 내 심장을 향해 던지는 돌과 같았다. "우리 애 못 봤나요?" 어머니의 발소리가 화장실 앞에서 머무적거렸다. 그만 문을 열고 나가서 어머니의 손을 부여잡고 사죄하고 싶었다.

그렇지만 오히려 변기가 놓인 칸막이 안으로 들어가서 문을 잠갔다. 칸막이 안은 협소했고 화장지가 휴지통에 넘쳐흘렀다. 용변을 하러 들어온 게 아니어선지 화장실 냄새가 역하게 코를 찔렀다. 좌변기에 앉아 주머니에서 시험지를 꺼냈다. 그때 밖에서 문 여는 소리가 들렸다. "화장실에 있다고요?" "아까 들어가는 것 같았어요." 남자의 말 사이에 어머니의 음성이 섞여 있었다. 어머니가 화장실로 들어오는 것 같지는 않았다. 나는 소리 나지 않게 침이 묻은 시험지를 펼쳐 보았다. 짓이겨졌지만 인쇄된 문제는 알아볼 수 있었다. 문제가 진짜 쉬웠잖아. 꾸겨진 자리를 펴서 하나씩 살피다가 갑자기 토할 것 같았다.

변기에 얼굴을 박고 구역질을 했지만 입에서 아무것도 나오지 않았다. 시험지만 변기에 넣고 물을 내렸다.

40일 만에 가 보는 학교였다. 의사는 팔을 움직이는 데 지장이 없도록 깁스를 반쯤 잘라 주었다. 반 남은 깁스 때문에 동절기 교복 위로 어깨가 부풀어 올라 엄청난 근육을 가진 뽀빠이처럼 변해 버렸다.

학교에는 벌써 중간고사 성적이 발표 나 있었다. 가정 통신문이나 복도에 내걸린 전교 석차표에서가 아니라 우리 반 교실에서 아이들의 자리가 재배치돼 있었던 것이다. 난 보나 마나 꼴찌겠다 싶어 맨 구석 자리인 쓰레기통 옆 책상에다 가방을 내던졌다.

"형주야, 네 자리는 저 앞이다."

한 녀석이 손가락으로 앞을 가리켰다. 거기는 5등이 차지하는 최성수 바로 뒷자리였다.

"그럴 리가 없는데."

내가 고개를 젓자 다른 애가 설명해 주었다.

"담임이 널 무지하게 칭찬하더라. 병상에서도 시험을 치겠다는 자세를 본받으래. 영어를 못 친 건 어깨가 아파서 어쩔 수 없었다고 하더라. 네가 제일 잘하는 영어를 못 쳤다고 아까워하던데."

둘러섰던 아이들이 와, 농조 섞인 탄성을 질렀다. 그제야 앞뒤를 간파할 수 있었다. 내가 벌인 짓 때문에 시험이 훼손되는 것을 원하지 않았을 테다. 도리어 공부가 얼마나 중요한지를 강조하는 기회로 삼은 것 같았다. 이상한 점은 최성수가 왜 그런 식으로 보고했는지 모르겠다는 것이다. 최성수는 시치미를 떼고 나를 돌아보지도 않았다. 어쩌면 담임과 말을 맞추었는지도 몰랐다. 어쨌든 난 굴복하기 싫었다. 1그램짜리 종이를 찢을 때의 전율이 아직 내 손목에 남아 있었다. 시험지를 입에 넣어 염소처럼 우걱우걱 씹던 입속의 기억이 투항을 가로막았다. 가방을 아무 데나 옮겨 놓고 장난을 쳤다. 첫 시간 시작종이 울릴 때까지도 최성수의 뒷자리만 비어 있었다.

3교시. 수학 시간에 들어온 담임은 내게 영어를 제외한 상태로 등위를 매겼고 그 결과 5등을 했다고, 웃으면서 내 어깨를 어루만져 주었다. 성적표에도 영어 점수가 다른 과목의 평균점으로 나갈 거라며, 이미 영어 선생님과 상의를 마쳤다고 했다.

아 그래서는 안 된다. 꼴찌가 될 기회를 박탈해서는 안 된다. 나는 교실 구석 자리로 가야 한다. 쓰레기통 옆에서, 먹다 버린 도시락의 악취가 풍기는 어두침침한 곳에서, 길을 벗어난 소년의 고통을 겪어야 한다. 가장 낡은 책상에 앉아 꼴찌에게 쏟아질 수모를 느껴야 마땅했다. 각 과목 선생님들로부터(많은 분들이 나를 얼마나 사랑해 주었던가!) 걱정스러운 충고가 이어졌을 테고, 나는 감복한 나머지 다시는 '주어진 세계'에 흠집을 내지 않겠다고 눈물을 흘렸을 것이다. 그랬다면 내 행위는 한때의 객기로, 미확인된 모험으로 그쳤을 거다. 강의 이편으로 건너와 안락하고 기분 좋은, 수줍은 10대를 마저 보냈을지 모른다. 내게는 그런 가련한 행운이 오지 않았다.

삼각뿔을 들여다보라

"너, 추락하고 싶은 거지, 그렇지 않아?"

내가 점심시간에 3층 공중 복도에서 창문으로 교정을 내려다보고 있는데 우흠이 다가와 낮은 소리로 속삭였다. 10미터 아래에서 네댓 명의 3학년들이 럭비공을 튕기고 있었다. 우리 학교와 같은 담장을 쓰고 있는 상업고등학교가 럭비를 교기로 삼고 있어서 럭비가 축구만큼 익숙했다.

"뭐라고?"

"영어 시험을 일부러 안 봤다는 거 알아. 선생님 말대로 진짜 어깨가 아팠다면 더 악착같이 문제를 풀려고 덤볐겠지. 네 성격을 잘 알거든."

최성수가 그렇게 말했니, 하고 물으려는데 우흠이 창문 아래로 학생들을 피해 침을 찍 갈기며 말했다.

"넌 바닥까지 추락하고 싶은 거야. 실은 요즘 나도 그렇거든."

"그래? 너도? 성적이 떨어지길 원한다는 거니, 아니면 몸이 이렇게?"

나는 새가 떨어지는 모습을 그리듯이 손을 위에서 아래로 그었다. 우흠이 쿡쿡 웃음을 터뜨렸다. 우리는 팔꿈치를 난간에 대고 아래를 내려다보았다. 몇 명이 더 합세해 럭비공을 주고받고 있었다. 한 선배의 품에서 흘러나와 교묘하게 튀는 공을 잡으려고 학생들이 휩쓸려 뛰어다녔다. 우흠의 입에서 나온 추락이란 말이 매력이 있었다. 그것은 단순히 학교 성적이 아니라 온몸을 가리키는 말이 아닐까. 육체와 정신이 송두리째 어딘가로 처박히고 겨우 숨통만 남는다는 뜻으로 들렸다. 정말 그랬으면 좋겠다. 살아 있기만 하다면 몸이 좀 부서져도 괜찮을 것 같았다. 왠지 모를 일이었다. 열차 사고가 나던 때를 떠올려 보았다. 객차 문에 처박힌 내 몸 위로 한 사람씩 날아와 획획 던져지던 그때처럼 내 몸도 땅의 암흑 속으로 들어갔으면 싶었다.

괴짜 미술 선생님을 만난 것은 다시 학교에 나온 지 닷새쯤 지났을 때였다.

나는 쉬는 시간이 되면 아래층으로 내려와 아무 쓸데없이 운동장이나 화단, 실외 화장실 따위를 돌아다녔는데, 옥외 게시판 앞을 지나다가 미술 선생님과 마주쳤다. 수염이 텁수룩해 한눈에 예술가로 보이는 그는 눈이 멍들고 퉁퉁 부어 있었다.

"너, 한형주지? 탈선한 기차에 탔던 애 아냐?"

난 제법 유명 인사가 된 걸 실감하면서 뽀빠이 어깨를 으쓱했다. 그가 학교에서 소문난 괴짜였기 때문에 그와 대화를 하는 게 기분이 좋았다. 선생님이 깁스한 어깨를 만지며 안타깝다는 듯 이맛살을 찌푸렸다. 팅팅 부은 눈도 실룩거렸다.

"굉장히 큰 사고였는데 음…… 괜찮냐?"

"별거 아니었어요. 한번 쾅, 했죠. 팔도 맘대로 움직일 수 있는걸요."

"오 자식. 근사하게 말하네. 그때 네 그림이 괜찮았는데, 미술부에 들어오는 걸 생각해 봤니?"

그제야 선생님이 미술부 가입을 권유했던 사실을 기억했다. 지난 1학기 말이었다. 어찌 된 영문인지 교내 미술 대회에서 내가 최고상을 받았는데 그때 미술부에 들어오라고 했던 것이다. 그동안 여러 사건에 시달리느라 까맣게 잊고 있었다.

"예, 당장 들어갈게요."

내가 그렇게 대답한 것은 오로지 괴짜 선생님의 눈이 푸르뎅뎅한 게 마음에 들었기 때문이었다. 그가 음악 선생님과 한판 싸웠다는 소문이 돌던 참이어서, 그의 눈이 정말 관심거리였다.

"수업 마치고 미술실로 와라. 미술실 어딘지 알지?"

"예."

나는 돌 맞은 개구리 같은 그의 눈을 힐끗거리다 웃음을 터뜨리고 말았다. 눈시울이 퉁퉁 부풀었고 아랫눈썹은 부푼 살집에 파묻혀 보이지도 않았다.

그가 음악 선생님과 한나절 동안 엎치락뒤치락 격투를 벌인 게 지난 토요일이라고 한다. 미술 선생님과 음악 선생님은 서로 2등 하라면 기분 나빠할 괴짜들이었다. 음악 선생님은 트럼펫을 전공한 음악가인데 한 번도 독주회를 개최해 보지 못한 자신을 하루에 30 번씩 자책한다고 했다. 한번은 교장이 전체 조회 때 앰프가 고장 나서 그에게 트럼펫으로 교가를 반주하라고 시킨 적이 있었다. 그는 울상을 지으며 트럼펫을 불었는데 소리 하나는 비단결처럼 기가 차게 아름다웠다. 음악실로 돌아온 선생님은 자존심이 상한 나머지 눈물을 쏟으면서 트럼펫을 부수어 버렸다는 것이다. 미술 선생님은 수업 시간에 뭉크니 달리니 하는 화가들의 기이한 행각을 들려주는 데 더 열심이었다. 아이들에게 그림을 가르치는 건 뒷전이고 어떻게든 신선한 고통을 안겨 주기 위해 온갖 괴이한 체벌을 고안해 내는 데 명수였다. 다른 선생님들은 성적에만 신경을 썼으나 둘은 그따위엔 관심도 없다는 투였다. 두 선생님이 괴짜였기 때문에 아이들은 그들을 사랑했다. 그런 두 분이 왜 싸웠는지는 수수께끼였다. 과학 여선생님을 두고 결투를 벌였다는 소문도 있고 제기를 차다가 싸웠다는 우스운 얘기도 들렸다.

방과 후, 매일 집으로 함께 가던 우흠을 먼저 보내고 미술실을 찾아갔다.

미술실은 교문을 들어서자마자 있는, 공중 복도로 이어진 두 교사 가운데 왼편 건물 2층에 있었다. 그 교사는 복도를 가운데 두고 양쪽으로 교실이 나뉘어 있어, 두툼하고 우람했다. 남쪽으로 면한 곳은 2학년 교실이고 북쪽은 대부분 과학 실험실, 어학실, 체육실, 미술실 같은 특별실이었다.

미술실 문을 열자 좀 으스스했다. 남향 교실과 다르게 찬 공기가 괴어 있었다. 교실 세 개를 합쳐 놓았을 정도로 굉장히 넓었다. 사방 벽을 따라 크고 작은 석고상 수십 개가 진열된 게 인상적이었다. 여자 나체상도 끼어 있었다. 먼지를 엷게 덮어쓰고 있는 석고상 가운데 나체상만은 원래 먼지가 쌓이지 않는지 흰빛이 우아하게 흘렀다. 넓은 시멘트 바닥에는 커다란 실내용 이젤〔畫架〕이 무질서하게 세워져 있고, 언제 수업을 마친 건지 부원들이 이젤 앞에 앉아 그림을 그렸는데 의외로 엄숙함이 감돌았다. 괴짜 선생이 미술부만큼은 멋지게 지도하는구나, 감탄했다.

"미술 선생님이 어디 계시지?"

나는 눈두덩이 시퍼렇게 부푼 선생님이 보이지 않아 가까이 있는 애에게 물었다.

"미술 샘은 안 계셔. 1년 동안 한 번도 나타난 적이 없다고."

2학년 명찰을 단 애가 조롱하듯이 내뱉었다.

"어, 그래?"

난 당황했지만 그보다 동급생의 말투가 건방져서 화가 치밀었다. 아는 얼굴도 아니었다. 한 학년이 700명이나 되니까 대부분 평생 모르고 지낼 놈들이다. 우리 반은 물론이고 내 주변에도 미술부원은 한 명도 없었다.

"아, 신입이구나. 둘이랬는데 하나가 없네."

가운데 이젤에서 삐쩍 마른 작자가 화판 위로 흰 종이 같은 얼굴을 들었다. 그는 신입이 무슨 물건인 양 지껄이곤 고개를 숙였다. 어이가 없었다. 나도 코웃음을 흘리다가 뽀빠이 어깨를 자랑스럽게 흔들며 애들의 화판을 기웃거렸다. 하마터면 와, 탄성을 지를 뻔했다. 앞에 있는 2학년 애의 실력이 여간 아니었다. 벽에 걸린 액자들이나 다른 이젤에 얹힌 수채화도 대단했다. 아까 나보고 신입이구나, 했던 3학년 '흰 종이'는 정말 화가가 아닐까 싶었다. 긴 붓자루를 끝만 잡고 팔까지 길게 뻗어 도화지에 가는 선을 긋는데도 붓끝이 떨리지 않았다. 게다가 2절지나 되는 큰 도화지에 그리고 있는 수채화는 지금까지 본 어떤 그림보다도 뛰어났다. 하긴 나는 아직 화가가 그림 그리는 모습을 본 적이 없다. 이해할 수 없는 것은 지난번 교내 미술 대회에서 최고상을 수상한 게 나라는 점이다. 최고상을 타지 않았으면 선생님이 미술부에 가입하라고 꼬드기지 않았을 거다. 그런데 저 흰 종이 같은 3학년은 발가락에 붓을 꽂아도 나보다 잘 그릴 것 같았다.

내가 의아한 눈으로 부원들의 그림을 둘러보고 있을 때 동급생 하나가 미술실 문을 빠끔 열고 들어섰다. 그 애는 촌뜨기처럼 한 발짝만 안으로 들어와 부동자세를 취했기 때문에 누가 봐도 신입인 걸 금방 알아챌 수 있었다. 다행히 낯익은 4반 애였다. 이 녀석에 대해서는 조금 아는 게 있었다. 녀석은 늘 밥을 못 먹은 듯 배를 움츠리고 다녔고 얼굴도 푸석푸석해서 여드름이 생길 기미조차 없었다. 여드름은 징그럽긴 해도 낯짝이 뻔뻔스럽고 기름져야 돋는 법이다. 녀석은 교복도 눈에 띌 만큼 헐렁하게 입었는데, 애들 말로는 여름이든 겨울이든 맨몸에 교복만 걸친다는 것이다. 곧 교복 자율화가 시행되면 발가벗고 등교하지 않을까 싶다. 암튼 지독히 가난한 놈이다. 노란색 명찰조차 때가 끼어 누리끼리했다. 이름이 진기섭이었다.

좀 전에 신입이구나, 했던 흰 종이 같은 얼굴이 다가와 우리를 부원들에게 인사시켰다. 곧 알게 됐지만, 그가 3학년 미술부장이었다. 우리는 학년과 반과 이름을 대며 잘 봐 달라고 꾸벅 인사했다. 부원들의 짧은 박수가 있었고 '흰 종이'는 내 뽀빠이 어깨를 한 번 힐끔거릴 뿐 아무것도 묻지 않고(열차 사고에 대해선 누구나 호기심을 갖는 법이다.) 빈 이젤 앞에 앉으라고 했다. 난 이젤에 앉기 전에 궁금하기 짝이 없는 점을 하나 물었다.

"제가요, 저번 미술 대회에서 최고상을 탔거든요. 여기 애들이 더 잘 그리는 거 같은데……."

여기저기서 키득키득 웃음이 터졌다. 1학년 녀석들마저 입을 막고 소리 나지 않게 웃었다.

"교내 대회? 우린 그런 대회 안 나가. 애들끼리 노는 데잖아. 여기 부원들은 프로야. 예술가들이라고."

2학년 동급생이 경멸스럽게 이죽거렸다.

"교내 대회는 부장 형이 다 심사해요."

아기처럼 뺨이 발그레한 1학년이 '흰 종이'를 가리키며 거만하게 종알댔다. 부장은 잠깐 애매한 웃음을 흘리더니 나와 다른 신입을 돌아보았다.

"데생은 해 봤나?"

"아뇨."

우리는 같이 고개를 흔들었다. 기섭은 데생의 뜻도 모르는 눈치였다. 부장은 우리를 석고상 앞으로 데려갔다. 벽을 따라 진열된 석고상들을 돌며 무뚝뚝한 목소리로 하나씩 설명을 해 주었다.

"이 석고상은 아그리파야. 로마 초기의 장군이지. 가장 흔한 데생의 소재라서 삼류 화쟁이도 눈 감고 그릴 정도지. 이건 줄리앙. 얼굴이 곱상해 여자처럼 보이지만 남자야. 중세의 이탈리아 장군이 거든. 줄리앙은 부드러운 질감을 내야 하기 때문에 짐작보다 어려워. 저 거대한 건 르네상스 시대의 화가인 미켈란젤로……."

부장은 창가로 몸을 틀었다.

"이 영감님은 철학자 세네카야. 로마를 불태운 네로 황제를 가르친 스승이지. 훗날 황제는 지혜로우나 이제 늙어 버린 스승에게 자살을 하도록 명령했어. 이건 자살 직전의 모습이야. 저 표정을 봐라. 우울한 눈썹과 쓸쓸하게 튀어나온 광대뼈를 잘 음미해 보라고. 휘어진 콧등에도 감정이 서려 있어. 어때? 영혼의 우수가 느껴지지 않나? ……음, 낮과 밤, 오전과 오후에 빛의 입사각이 바뀔 때마다 세네카는 새로운 고뇌를 보여 주고 있어. 표정이 섬세하게 변한다는 거야. (느닷없이 큰 소리로) 멍청이들! 뭔 소린지 알아듣겠니? 세네카는 로마 시대가 아니라 현재 우리에게, 우리가 무엇에 대해 고민하고, 무엇에 대해 고통을 느껴야 하는지 깨닫게 해 준다는 거다. 너희 신입 놈들도 저 영감님의 눈빛을 자세히 볼 줄 알아야 해!"

가냘프게 생겨 먹은 3학년이 혼자 감격에 들떠서 목소리를 높였다. 그는 말을 하면서 교복 상의 양 호주머니에 캥거루처럼 두 손을 찌르고 미간을 찌푸렸는데, 묘하게도 조심성과 거만함이 동시에 묻어났다. 고작 나보다 한 살 많았던 3학년이 저런 이중적인 자세를 취하고 있었다는 게, 지금 돌이켜 보아도 놀랍다. 그때는 말뜻을 이해할 겨를이 없었다. 스무 개나 되는 석고상 인물들의 내력을 훤히 꿰고 있는 부장이 신기하기만 했다.

"데생은 기초야. 이런 석고상을 4B로 도화지에 사진 찍듯이 정확히 옮길 줄 모르면 어디 가서 그림 좀 그린다고 지껄일 수 없는 거다."

나는 주눅이 들고 말았다. 최고상을 받았다고 떠벌리지만 않았어도 얼굴이 후끈거리진 않았을 거다.

부장은 우리를 이젤 앞에 앉게 하고는, 구석에서 먼지가 덮인 조그마한 석고 하나를 가져와 테이블에 올려놓았다.

"자, 삼각형을 그려 봐."

삼각형, 그것도 정삼각형이었다. 세네카야 엄두도 나지 않지만 그렇다고 삼각형을 그리라니. 부장은 자기 이젤로 돌아가 버렸다. 다시 미술실은 조용해졌다. 수업을 마친 애들의 발걸음 소리만 간간히 복도에서 들렸다.

나와 기섭은 나란히 앉아 도화지에 삼각뿔을 그리기 시작했다. 정말 이건 바보짓이다. 초등학교 1학년도 10초 만에 그릴 수 있는 삼각뿔. 게다가 내가 앉은 자리는 공교롭게도 딱 정면이어서 정삼각형 하나만 그려 주면 되었다.

그래도 처음 미술부원이 된 터라 제법 신중하게 4B연필을 쥐었다. 도화지의 크기를 고려해서 실제보다 좀 더 크게 구도를 짰다. 석고의 한쪽 빗면이 15센티미터 정도였다. 도화지에는 20센티미터쯤으로 확대했다. 태어나서 삼각형 하나에 이토록 진지해져 본 적이 없었을 거다. 완성하고 나니 5분쯤 흘렀다. 끝냈음을 알리려고 헛기침을 했지만 부장은 돌아보지도 않았다. 내가 몸까지 비틀며 엉덩이를 들었다 놓았다 했는데도 1학년 후배만 히뜩 건네 볼 뿐 누구도 관심을 비치지 않았다. 나는 부장한테 끝냈다고 보고해야 할지 그냥 죽치고 기다려려 할지 몰라 엉거주춤하게 앉아 있었다.

기존의 부원들은 팔레트에 물감을 개는 가벼운 소리를 냈다. 몇 명은 목을 뒤로 당겨 자신의 화판을 노려보았다. 녀석들은 그림을 그리는 게 아니라 마치 자신의 문제에 몰입하는 철학자 같았다. 그 모습이 지나치게 진지해서 우스꽝스럽기도 했고, 미친 척하거나 종교적인 깊이를 가진 듯하여 도무지 그림과는 상관없는 짓을 하는 양했다.

그럴 때 뜻밖의 사건이 발생했다. 이런 경우가 내겐 더 충격이었다.

느닷없이 복도가 소란스럽다 싶었는데, 이내 괴성을 지르고 자지러지게 웃는 소리가 들려왔다. 아마 몇 놈이 운동장에서 축구를 하다가 돌아가는 길인 것 같았다. 공을 퉁퉁 튕기다가 레슬링이라도 하는 듯 쿵다닥닥 장난질이 심해졌다. 누군가 낮은 소리로, "봉우야, 밖에 애들 조용히 시켜라." 하고 말했다. 키가 삐죽한 1학년이 벗어놓은 3학년 교복을 껴입고 밖으로 나갔다.

"이 새끼들, 조용히 해! 미술실 앞에서 떠들면 죽어!"

우렁찬 고함 소리에 깜짝 놀랐다. 1학년은 씩 웃으며 돌아왔고 복도는 물을 끼얹은 듯 잠잠해졌다. 어안이 벙벙했다. 이 건물은 실험실과 미술실 등을 빼면 전부 2학년 교실이었다. 그러니 장난치는 애들도 2학년일 게 뻔했다. 학년 사이에 등급이 뚜렷하던 시절이었다. 감히 1학녀이 2학년한테 욕을 퍼붓고 오다니! 멍석말이를 당할 짓이다. 나중에야 이해가 되었지만 1학년 아이가 저토록 뻔뻔스러울 수 있을까 싶었다.

괴이한 것은 곁에 있는 기섭이란 놈도 마찬가지였다. 놈은 그때까지 삼각형에 매달려 있었다.

나는 지금도 이 일을 불가사의하다고 회상한다. 기섭은 삼각뿔 하나를 그리는 데 꼬박 두 시간을 소모했던 것이다. 나는 기섭의 도화지와 내 것을 비교하는 짓거리에 두 시간을 썼다. 도대체 놈은 뭘 그리고 있는 걸까. 기섭은 삼각뿔을 응시하면서 선의 일부를 지우개로 지웠다가 다시 그렸다가 했다. 4B연필을 비스듬히 눕혀 삼각형의 면에다 모래를 뿌리듯이 아주 희미하게 그림자나 빛의 형태를 그려 넣었다. 사실 흰 삼각형을 계속 응시하면 옅은 그림자가 깔린 것 같기도 했다. 태양이 서쪽으로 기울면서 어디선가 반사된 노을빛이 창문으로 날아들어 흰 석고에 여린 빛이 어렸고, 흰색은 아주 조금씩 변했다. 그건 당연했다. 태양이 가만히 있을 리가 없으니까.

그런데도 기섭은 삼각뿔의 음영이 시간에 따라 바뀌는 걸 알아차리지 못한 듯, 삼각뿔의 측면을 그린 후 조금 전에 완성했던 정면의 삼각형을 보고는 놀라 한숨을 쉬며 지우개로 쓱쓱 문지르고 다시 시작하는 것이었다. 녀석은 그런 멍청한 짓을 무려 두 시간이나 되풀이하고 있었다. 해가 빠지고 형광등을 켜면, 이번엔 광선의 성질이 바뀐 줄도 모르고 머리를 긁으며 모조리 지울 게 뻔했다. 지우개가 닳아 없어지거나 도화지에 구멍이 뚫려야 4B를 손에서 놓을 것 같았다. 사실 석고가 희기 때문에 정말 꼼꼼히 주시하지 않으면 음양의 변모도 알아차릴 수 없다. 변모를 안다 한들 그게 어쨌단 말인가.

나는 이즘에야 안다. 예술가들이란 대상으로부터 다른 무엇을 해석해 내는 눈을 가진 부류란 것을. 평범한 사물의 바다에서 펄떡거리는 비범한 고기를 낚아 올리는 종족이란 것을. 그리고 어둠 속에서도 밝음을 보고 광채 가운데서도 어둠의 입자를 찾아내는 자들이라는 것을. 이 녀석에 대해선 미리 실토하겠다. 불과 넉 달 후에, 기섭은 거대한 미켈란젤로상을 데생했는데 다섯 시간 만에 도화지 전체를 한 장의 흑백 인화지로 바꾸어 놓았다. 연필의 선을 무수히 겹치고 겹쳐서 머리카락과 눈과 입술과 어깨에 걸린 옷에서, 구부러진 좁은 곡면에 드리운 그림자 하나 놓치지 않고 흡사 조상(彫像)이 살아 있는 듯 재현해 냈다. 알몸뚱이에 교복만 걸치는 지저분한 놈이 삼각뿔 하나를 그릴 때부터 예술가의 기질을 무섭게 뿜고 있었던 것이다.

그러나 이때만 해도 달랑 세 가닥의 선으로 삼각형 하나를 세운 내 것과 희미하게 음영을 넣은 기섭의 그림은 서로 비슷해 보였다. 녀석의 이젤 밑에 지우개 똥이 소복이 쌓인 것만 빼고는. 오줌 마렵다며 기섭이 몸을 일으키자 3학년 부장이 귀찮은 듯이 다가왔다. '흰 종이'는 내가 어렵사리 비교 관찰해 온 두 데생에 대해서 아무런 평가도 내리지 않고 이렇게 말했다.

"압핀을 뽑고 도화지를 선반에 갖다 놔."

넓은 미술실 뒤에는 칸막이가 있는 선반이 설치돼 있었다. 부원들은 각각 자신의 칸막이에 그림을 보관한다고 했다.

부원들이 모여서 도시락을 꺼냈다. 벌써 저녁이 되어 배가 고팠다. 기섭은 삼각형을 지웠다 그렸다 하는 통에 배가 고프겠지만 나는 기다리다 지친 탓에 더 시장했다. 모두 저녁밥까지 싸 온다고 했다. 텅스텐 코일이 노출된 조그만 레인지에 주전자를 얹어 물을 끊였다. 그사이에 1학년 후배가 라면땅 몇 봉지를 사 가지고 왔다. 그게 반찬이란다. 도시락 반찬은 점심시간에 동이 나 김치 몇 조각만 남은 상태였다.

다들 도시락에 뜨거운 물을 붓고 라면땅을 끼얹었다. 저녁을 싸오지 않은 나와 기섭에게도 밥을 덜어 주었다. 짭조름한 라면땅 때문에 간이 적당히 맞았다. 밥맛은 기가 막히게 좋았다. 정말 이렇게 맛있을 줄 몰랐다. 밖에서 어떤 소리도 들리지 않았다. 뚱보 교장이나 깍두기 학생 주임도, 우리 반 럭비공 담임도 퇴근했을 시각이었다. 큰 건물에 우리만 남아 있지 않은가. 마치 학교의 지배자가 된 기분이었다! 형광등 불빛, 이젤이 가득한 실내, 불빛 때문에 기이한 표정을 짓고 있는 석고상들, 보송보송한 후배 아이들. 밥맛은 가족끼리 야외로 나가 불고기 파티를 할 때보다 더 달콤했다. 난 미술실 분위기에 아주 반하고 말았다.

부원들 아홉 명은 모두 개성이 넘쳤다.

준혁, 정유, 승현, 봉우, 연묵……. 제멋대로 빙 둘러앉은 품이나 비빔밥을 만든다고 도시락을 흔드는 동작도 멋져 보였다. 동급생은 빨간 물감이 묻은 손으로 젓가락질을 했고, 3학년 부장은 거만한 자세를 버리고 나를 보며 헤실헤실 웃어 주었다. 밥을 먹는 동안 아무도 그림에 대해선 입을 떼지 않았다. 누구는 신발 뒤축이 한쪽으로 닳았느니, 누구는 오줌 눌 때 소리가 세다느니, 어느 여선생은 덧니를 빼서 매력이 없어졌다느니 하는 농지거리를 잡스럽게 주고받으며 킬킬 웃어 댔는데 그것조차 신선하게 느껴졌다. 나는 이들의 대화에 끼어들 틈이 없었다. 내가 무슨 얘기를 하면 너무 시시해서 비웃음을 살 것 같았다. 평소 나 자신이 좀 독특하다고 믿었지만 아이들은 확실히 한 단계 높은 곳에 있었다. 그러한 것이 나를 감동시켰다. 때문에 목덜미가 보송보송한 1학년 애가 다리를 꼰 채 등 뒤로 탁자에 팔꿈치를 괴고 있는 자세까지 존경스러워 보였다.

그러는 사이에 미술부에 대해 많은 얘기를 듣게 되었다. 대구에서 제일가는 미술반이라고 한다. 학교에서는 도화지와 물감은 물론이고 새로 구입하는 액자와 석고상 등 모든 비품을 제공한다고 했다. 또 졸업한 어느 선배는 미술 대회에 다녀온 후에 그림을 망쳤다고 창문에서 뛰어내리려다가 창틀에 엉덩이가 끼여 실패했다는 얘기를 했고, 유명 화가인 Y씨가(난 처음 듣는 이름이었다.) 미술반 선배라며 자랑했다.

"부장 형은 저번 여름방학에만 100장을 그렸어."

시렁에는 갈색 포장지를 뜯지 않은 도화지가 수천 장 쌓여 있었다. 저 많은 도화지에 다 물감을 칠하다니. 게다가 온갖 재료를 학교에서 제공한다지 않는가. 나는 일어나서 실내를 둘러보았다. 낯설고 놀라운 이 느낌. 사방에서 울려 나오는 어떤 감미로운 반향. 벽에 걸린 믿기 어려운 뛰어난 그림들. 아주 늙거나 아주 건장한 석고상들. 나는 비너스 반신상 앞을 지나다 까딱 넘어질 뻔했다. 그녀의 역삼각형 얼굴에서, 조명 때문일 게 틀림없지만 눈동자가 빤짝이는 것을 보았던 것이다. 비너스의 뽀얀 유방을 내가 음탕한 눈으로 슬쩍 보던 참이었는데 그녀와 눈이 마주치자 놀라 얼른 고개를 돌린다는 게 발목을 돌려 발이 꼬이고 말았다.

나는 부원들을 도와 식사 뒷정리를 했다. 귀가는 저녁을 먹고 한 시간쯤 그리다가 자율적으로 한다고 했다. 다만 경비가 올라와서 고함지르는 10시 30분까지는 문을 잠그고 나가야 한다는 거였다. 그런 얘기를 듣고 있을 때 부장이 하얀 얼굴로 돌아보았다.

"어이, 신입들, 잘 들어. 다른 부원들 그림을 함부로 만져선 안 돼. 어떤 것이든 말이야. 망쳐서 쓰레기통에 처넣을 게 뻔하고, 또 1학년 애가 그린 낙서 같은 습작을 탁자 위에 던져 놓았다 해도 그걸 꾸기거나 도시락 받침 따위로 쓰는 일은 절대 없어야 해. 그건 예술을 깔보는 짓이야. 그딴 형편없는 새끼는 학년 고하를 막론하고 반쯤 죽여서 쫓아낸다. 누구든 예외 없다. 알겠냐? 다른 건 뭘 하든지, 발가벗고 춤을 추든지, 젓가락으로 코를 후비든지 여기선 다 자유야."

나는 힘차게 예, 했다. 눈을 내리깔고 있던 진기섭은 약간 성가시단 표정을 지으며 아무 대꾸도 하지 않았다.

교정에는 짙은 어둠이 깔려 있었다. 교문 옆에 도톰하니 붙은 경비실만 빠히 불을 밝혔다.

밤 9시를 지나 학교에서 나오기는 처음이었다. 3학년 부장이 나와 기섭에게 먼저 집으로 가라고 하였다. 기섭은 모르겠지만 나는 흥분이 사그라들지 않았다. 2년 동안 학교를 다녔으면서도 이런 곳이 있는 걸 몰랐다니! 미술실은 학교의 여느 곳과 전혀 달랐다. 무질서하면서도 절도가 있었고 음울해 보였어도 통렬한 맛이 있었다. 괴상한 몰두와 열정, 냉소적이고 거만한 아이들의 태도에 매료되어 가슴이 콩닥거렸다.

교문 앞에는 작은 교량이 하나 놓여 있었다. 교량 입구에서 기섭과 헤어졌다. 기섭이 어둠 속으로 비를 맞듯이 터벅터벅 걸어갔다. 학교는 도심에 인접했지만 대로에서는 한 블록 안으로 들어와 있었다. 학교 담장을 따라 범어천이 콘크리트 옹벽 사이로 흘렀다. 수성못에서 출발하여 도로 밑으로 흘러온 이 도시 개천은 우리 학교 옆을 지날 때 잠깐 태양을 보는데, 이곳이 하류여서 몇 미터 못 가 은 강천으로 합류하고 만다. 가련한 범어천은 뒷골목 상가에서 버리는 온갖 음식물 찌꺼기가 검붉게 발효되어 수면에 둥둥 떠다녔다. 나는 대로와 이어지는 작은 교량 위를 힘껏 내달렸다.

"형주야!"

문구점 앞에 앉아 있던 누군가가 벌떡 일어나 나를 막았다. 뜻밖에도 우흠이었다.

"어, 아직 집에 안 갔어?"

우흠의 옆구리에 책가방이 들려 있었다.

"그냥. 문구점에서 텔레비전 보고 있었어."

우흠은 어색한 듯 기지개를 켜며 빙긋 웃었다. 문구점은 아크릴 간판이 꺼지고 셔터도 내려져 있었다. 나는 놀란 눈으로 우흠을 돌아보았다.

'여기서 세 시간이나 나를 기다렸단 말이야?'

우리는 날마다 함께 집으로 갔지만 이날은 응당 혼자일 거라고 생각했다. 그런데 우흠이 길목에서 나를 기다리고 있었던 것이다. 가로등 불빛에 그의 얼굴이 불그스레하게 비쳤다. 키는 나보다 한 뼘이나 컸으나 커다란 눈자위와 낮은 광대뼈의 얼굴이 무척 다정하게 느껴졌다. 나와 눈이 마주치자 우흠이 어깨를 으쓱했다.

우리는 묵묵히 대로를 건넜다.

지름길이 시작되는 빌딩 옆 소로로 들어섰다. 아무 말도 주고받지 않았지만 기분이 좋았다. 단순히 유쾌한 감정만은 아니었다. 무엇 때문인지 몰랐다. 누군가 등불을 켜서 내 얼굴에 들이밀듯이 이마가 환하고 따스한 느낌이었다. 잠깐 걸음을 멈추고 우흠의 뒷모습을 보았다. 지금껏 그와 집으로 가면서 이런 미묘하고 달콤한 감정에 젖어 본 적은 없었다.

'넌, 나를 세 시간이나 기다려 주었어. 난 그렇게 못해. 너처럼 마음이 넓지 않아.' 나는 나보다 우월한 친구를 가졌다는 기쁨을 느꼈다. 그 기쁨에는 신난다기보다 어딘가 의젓한 감정이 섞여 있었다. 기분 좋은 향기가 마음 깊은 곳에서 피어오르는 것 같았다. 그랬다. 그것은 우정이라는 어른스러운 감정이었다. 소년 시절에 또래들과 어울리던 즐거움과 다르게, 상대에 대해 놀라워하고 존경스러움을 인정하는 낯선 감각이 내게서 움텄던 것이다. 우흠은 아무일도 아닌 것처럼 가방을 흔들며 걷고 있었다. 나는 슬며시 우흠의 손을 잡았다.

우흠을 향해 솟구치는 우정의 감정에다, 뛰어난 실력을 가진 미술부원들을 만난 일이 더해져 조금 피곤할 정도로 기분이 벅찼다. 나는 가방을 고쳐 메며 "오늘 너무 많은 일을 겪었어." 하고 종알거렸다.

좁은 도로는 시끌벅적했다. 나이트클럽에서 디스코 리듬이 쿵작거렸고, 즐비하게 늘어선 포장마차에는 사내들의 떠드는 소리로 팽팽히 부풀어 있었다. 포장마차 천막 귀퉁이로 새어 나온 꽁치 굽는 연기가 엷은 바람을 타고서 기분 좋게 얼굴에 끼얹어졌다. 빌딩 사이의 소로를 빠져나온 뒤부터 나와 우흠은 간간히 얘기를 나눌 수 있었다.

"너, 쪽지를 가지고 있니?"

멀리 불 꺼진 송라시장이 보일 즈음에 우흠이 물었다.

"아, 주머니에 있는데……."

그러고 보니 암기 쪽지를 꺼낼 생각을 하지 못했다. 우흠도 잊어 버렸다며 주머니를 뒤졌다. 이날도 우리는 마지막 수업 시간에 손바닥만 한 종이에다 화학 공식과 조선 후기 동학란을 깨알같이 정리했었다. 쪽지는 내가 수업에 흥미를 잃은 뒤로도 매일 습관처럼 만들었다.

내가 병원에 있던 기간을 빼고도 우흠과 내가 쪽지를 외고 다닌 것은 1년이 넘었다. 우리가 쪽지만으로 공부한다는 걸 반 아이들이 모두 알았다. 쪽지 공부로 1등을 다툴 지경이 되자 한때 반 아이들 사이에서 쪽지 열풍이 불었다. 10여 명이 골목을 가득 채우고서 쪽지를 외우는 진풍경도 벌어졌다. 지난 학기의 얘기다. 아이들은 종달새처럼 종알거리며 우리 동네까지 걸어온 후, 각자 버스를 타고 뿔뿔이 흩어졌다. 하지만 아이들 대부분이 딴 지역에 살았기 때문에 얼마 못 가 학교 앞에서 시내버스를 타 버렸고, 나와 우흠만 남아 지름길을 걷게 되었다.

전에도 해가 빠진 후 집으로 갈 때가 있었다. 어두워서 쪽지를 읽을 수 없으면 가로등 아래로 가서 몇 줄을 입에 넣고 다음 가로등에 가서 확인하곤 했다. 그런데 지금은 나도 우흠도 쪽지를 꺼내 손에 쥐었으면서도 가로등 몇 개를 지나쳐 버렸다. 왜 그런지 쪽지를 외우기가 싫었다.

9시가 한참 지났을 시각이었다. 송라시장에서 상인들이 짐을 꾸려서 나오고 있었다. 상인들은 커다란 짐 자전거 뒤에 트럭처럼 물건을 가득 싣고 느릿느릿 페달을 밟았다. 우리는 리어카와 자전거 틈에 끼여 골목을 걸었다. 길을 꺾자, 철도 건널목의 조명등 불빛이 눈부시게 쏟아졌다.

건널목에는 제복을 입은 철도원 영감이 깃발을 흔들며 행인들을 통제하고 있었다. 이때는 행인들이 별로 없지만 해 저물녘에는 무척 붐볐다. 경보 종이 땡땡땡땡 울리기 시작하면 삽시간에 주변은 북새통으로 변했다. 사람들은 한사코 열차를 보지 않겠다는 듯, 한꺼번에 몰려들어 철도를 건너겠다고 악을 쓰는 것이다. 노란 철제 차단기가 내려온 뒤에도 아줌마들은 그 밑을 개처럼 엎드려 기어갔다. 철도원 영감이 호각을 삑삑 불며 "아줌마 그러다가 뼈도 못 추려!" 고함을 질러 댔다. 열차에 치이면 진짜 뼈도 못 추린다. 철도원 영감의 으름장에 놀란 아줌마가 레일에 발이 걸려 비틀거리는 경우도 있었다. 정말 넘어져서 열차가 그 위를 덮칠 것 같아 차단기 앞에 선 사람들이 오싹해한다.

나와 우흠은 노란 차단기 앞에 섰다. 우리는 동대구역 반대 방향을 지켜보고 있었다. 불빛에 번들거리는 네 가닥 레일은 완벽한 직선이었다. 곧게 뻗은 레일은 원경이 될수록 좁아지다 어둠 속으로 소멸되었다. 레일이 어둠에 묻히는 그 지점이, 두 달 전에 열차 탈선 사고가 난 곳이었다.

"물러서요, 물러서!" 철도원 영감이 무당처럼 깃발을 흔들며 소리 질렀다. 사고 후부터 영감은 훨씬 사나워졌다. 차단기 근처에는 아무도 얼씬 못하게 했다. 사람들도 고분고분 물러났다. 영감이 사고 당사자인 나까지 몰라보는 게 무척 서운했다. 공부 잘하는 나를 친척 아저씨가 몰라주는 것처럼. 몇 걸음 물러난 우리는 목을 빼서 레일이 사라지는 쪽의 깊은 어둠을 노려보고 있었다. 캄캄한 저편에서 여린 빛이 물처럼 스며드는 듯하더니 이내 불그스름해졌다. 그러곤 엄청난 광량이 암흑의 공간으로 밀고 들어왔다. 순간, 내 등으로 거센 바람이 몰아치는 느낌이 들었다. 철도 사고가 나던 그때처럼. 그렇지만 난 어깨를 약간 움츠릴 뿐이었다.

이윽고 열차가 사방으로 굉음을 토하며 눈앞까지 달려왔다. 눈앞에서 대하는 열차는 우람하기 그지없었다. 철도원 영감은 차단기 맨 앞에 서서, 밀려오는 역풍에 제복을 펄럭이며 으스대듯 거수경례를 붙였다. 열차에다 대고 경례를 붙이는 것 같지만 자세히 보면 열차 앞머리에서도 운전사(기관사)가 손을 올리는 걸 볼 수 있었다. 저 큰 열차에도 운전하는 사람이 있다니! 어릴 때부터 그런 생각을 했지만 아무리 나이가 들어도 이건 신기한 노릇이다. 폭이 불과 10센티미터도 안 되는 레일 위로 거대한 쇳덩이를 몰고 다니지 않는가. 그러나 이때는 그런 생각이 들지 않았다. 나는 차단기로 한 걸음 다가섰다. 손에 쥐고 있던 암기 쪽지를 열차에다 대고 휙 던져 버렸다. 옆에서 우흠도 쪽지를 내던졌다. 우흠이 나보다 먼저 쪽지를 버렸는지 모른다. 우리 손을 떠난 몇 장의 흰 종이가 거대한 열차 바퀴 속으로 무섭게 빨려들었다.

철도원이 우리를 힐끗 돌아보았다. 호각을 입에 물었지만 불지는 않았다. 열차가 지나가는 동안에 호각을 불면 열차 발통이라도 비꾸러진다고 생각했을까. 열차는 소용돌이 바람을 일으키며 순식간에 통과해 버렸다. 나른한 공기가 휴전선의 비무장지대 같은 긴 공간을 가득 메웠다. 영감이 우리를 꾸짖지 않았으나, 기어코 본색을 드러냈다. 전에도 그랬듯이 영감은 행인들에게 복수를 하는 데 자신의 직무를 이용하는 것이다. 행인들이 말을 잘 듣지 않으면 차단기를 잽싸게 올리지 않았다. 이때도 영감은 아주 느릿느릿하게, 갑자기 졸려 죽겠다는 시늉으로 눈을 거의 감은 채 근무실로 걸어갔다. 열린 창문으로 상체를 집어넣는 데조차 1분이 걸렸다. 영감이 근무실 내부에 있는 조정간을 끌어당기자 교행 신호기에 파란불이 켜지면서 차단기가 철렁, 단숨에 올라갔다.

행인들이 와자하게 레일을 건넜다. 우리도 비무장지대로 발을 들였다. 침목 위에 쪽지가 보이지 않았다. 키 낮은 측백나무 밑에 한 장이 떨어져 있었다. 왜 열차에 대고 쪽지를 날려 보냈을까. 설명할 수 없지만 속이 후련했다. 우흠은 어째서 쪽지를 버렸지? 왠지 내일부터 쪽지를 만들지 말자고 제안할 것 같았다. 녀석도 나처럼 겨드랑이에 털이 나서 그런가? 웃음이 나왔다. 어젯밤에 깁스한 어깨가 몹시 가려웠다. 석고 깁스 밑으로 젓가락을 찔러 넣어 북북 긁다가 팔을 들고 거울에 비쳐 보았다. 뜻밖에도 몸에서 제일 늦게 생긴다는 겨드랑이 털이 보슬보슬 자라 있었다.

수협 공판장 앞에서 우흠과 헤어졌다. 우흠의 하숙집이 그쯤에 있었다. 나는 혼자 툴툴 걸었다. 육교를 내려오다가 가방에 손을 넣어 보았다. 외우고 나서 대부분 버린 줄 알았던 쪽지가 가방 밑에 꽤 많이 남아 있었다. 1년 동안 매일 서너 개씩 만들었으니 모두 1000개는 될 것이다. 그중에 빨간색, 파란색을 넣어 정성스럽게 작성한 건 버리기가 아까웠다. 어떤 건 시험 기간에 다시 외우려고 일부러 갈무리해 두었다. 나는 가로등 아래에서 가방을 벌렸다. 가방 밑바닥을 싹싹 긁어 쪽지를 끄집어냈다. 손으로 한데 뭉치자 크기가 사과 한 알쯤 되었다.

집으로 들어가는 어귀인 삼거리에 아구찜 식당이 있었다. 나는 식당 앞에 놓인 양철 쓰레기통에다 사과를 처넣었다.

오, 달콤한 세계

이상하게 들리겠지만, 그날 쪽지를 버리면서 비로소 나의 소년 시절은 끝이 났다.

누구에게든 그런 게 있을 거다. 동생의 갑작스러운 죽음이나 어머니의 가출이 소년기를 종식시키기도 한다. 혹은 우연히 타게 된 오토바이의 뒷자리가, 길을 가다 무심코 주워 든 포르노 한 장이 순수의 성막(聖幕)을 찢어 놓는다. 아주 사소한 것이라도 때로는 자못 거창하게 인생의 선(線)을 건드리는 법이다. 물론 당시에는 알아차리지 못한다. 나도 쪽지를 버릴 때는 싫증이 난 때문이라고 생각했다. 오랜 훗날에야, 이날 아구찜 식당 쓰레기통에 쪽지 뭉치를 집어던진 것을 기점으로 내 삶의 질감이 몽땅 변했다는 사실을 깨달았다.

쪽지를 버리고서 의외의 후유증을 꽤 앓았다. 그건 멈추지 않는 지각 사태였다. 일찍 집을 나와서 서둘러 학교를 가는데도 번번이

지각했다. 얼마나 자주 오리걸음으로 운동장을 돌아야 했던가. 나와 우흠에겐 시계가 없었다. 암기 속도를 높이려고 달리듯 걷던 4킬로미터의 지름길이, 암기를 하지 않자 자꾸 길어졌다. 게다가 거리의 풍경이 연해 눈에 밟혔다. 교통사고 현장에 얼쩡거리다가 운동장 두 바퀴를 돌았다.

송라시장에서 말을 구경한 날은 가관이 아니었다. 우흠과 나는 지각을 근심하면서도 말을 자세히 관찰하고픈 유혹을 떨칠 수 없었다. 그때 우리는 말이란 동물을 실제로 처음 보았는데 갈색과 붉은빛이 도는 늠름한 자태가 혀를 내두를 지경이었다. 말은 무려 다섯 마리나 되었다. 어깨 밑으로 흘러내리는 곡선과 뒷다리의 각선미가 말할 수 없이 아름다웠다. 말은 사진에서 본 것보다 훨씬 커서 그 아름다움이 마치 세상을 장악하듯이 여겨졌다.

엉덩이 뒤에는 정말 어울리지 않게 기저귀 같은 똥 주머니를 채워 놓아 우린 무척 서운했다. 도로에 똥을 내갈긴다 해도 도로가 더러워질 것 같지 않았기 때문이었다. 박차가 달린 멋진 구두를 신은 기수들이 시장 입구에 말을 세워 두고 국밥집으로 들어갔다. 우흠과 나는 기수 아저씨의 허락을 얻어서 말의 코와 붉은 앞다리를 만지기까지 했다. 학교에 가서 운동장을 다섯 바퀴 돌았다.

아, 이 무렵 내가 경험한 것을 잊을 수 없다. 눈앞으로 몰려들던 낯설고 달콤한 풍경을! 내가 앞으로 더 멋진 것을 보고, 또 세계 각처를 돌아다니고, 어떤 유서 깊은 장소에 머문들 이때의 경이로움에 미치지 못하리.

곳곳에서 움터 오르던 신비로운 것들. 마치 초봄에 무른 흙을 비집고 오르는 땅강아지나 길앞잡이처럼, 옅은 개천의 자갈 틈에 보이는 꺽지나 송사리처럼 약동의 기운으로 파르르 떠는 듯이 보였다. 사물은 의미로 채워지고 놀라움으로 가득 찼다. 상가의 간판들과 걸어가는 사람들의 신발 뒷굽, 리어카 위의 과일들과 여자들의 머리카락에서 풍기는 향기, 햇살에 부딪는 자전거의 바퀴살과, 진노랑 은행잎과 우울한 황금빛 노을. 나는 사물에 들이치는 빛을 처음 발견한 인상파 화가처럼 풍경이 주는 경이에 사로잡혀 있었다. 사실은 대단한 발견이랄 것까지는 아니었다. 쪽지를 외운다고 알파벳만 떠올리며 걷다 보니 등하굣길에 뭐가 있는지 몰랐는데, 이제 내 동공으로 거리의 잡스러운 풍경이 야단스럽게 쏟아져 들어온 것이다. 오히려 밤은 더 휘황했다. 푸르른 어둠에 잠겨드는 골목들, 밤이 되어서나 정체를 알 수 있는 카바레와 나이트클럽, 천막 틈으로 김이 모락모락 새 나오는 포장마차, 부랑자들의 무시무시한 욕설과 어디서 들리는 사이렌 소리. 등교할 땐 우흠과 같이 걸었지만 방과 후에는 미술실에서 두어 시간 박혀 있다가 나왔으므로 대부분 밤이었고, 혼자였다.

11월 말이었다. 아마 토요일이었을 것이다. 나는 오후 3시쯤 혼자 집으로 가고 있었다. 이제 집까지는 한 시간도 더 걸렸지만 지루하거나 힘들지 않았다. 그동안 지름길이 아닌 다른 골목으로 빠져서 돌아가기도 했고, 빌딩이나 가게 틈서리의 더욱 협소한 쪽길을 선택하는 재미를 맛보기도 했다. 당구장 건물의 옥상에 올라가 도시 정경을 내려다본 적도 있었다.

낮은 건물들이 밀집한 소로를 빠져나오면 송라시장까지는 다소 넓은 소방 도로가 이어졌다. 나는 시장을 향해 느릿느릿 걸었다.

조그마한 아치형으로 입구가 조성된 시장 양옆에는 붉고 푸른 차양막이 어수선하게 늘어서 있었다. 손님들과 행상들이 뒤엉켜 도로가는 발 디딜 틈이 없었다. 비명을 지르는 듯한 노점상들의 호객 소리가, 트럭 행상에서 튼 확성기의 소음에 겹쳐져 뜻을 알 수 없도록 윙윙 울렸다. 나는 늘어진 차양막 아래로 머리를 숙이고 시장으로 들어갔다. 해산물 특유의 비릿한 냄새가 진동했다. 비좁은 통로를 침범하듯이 갈치, 문어, 새우, 방게, 미역 따위가 진열돼 있고, 구멍 뚫린 천장 틈으로 들어온 햇살이 어룽거리는 바닥에는 더러운 물이 군데군데 괴어 있었다. 시장은 무척 낯설어서 처음 와 본 것 같았다. 전에는 사람들이 붐비는 시장 안으로 들어오질 않고 입구에서 곧장 2차선 도로로 빠져나갔다는 것을, 내 발걸음의 습관으로 보아 알 수 있었다. 암기 쪽지에 몰입하려고 수월한 길을 택했었다.

'왜 이런 재미난 곳에 와 보지 않았지?'

점포들은 물품을 어마어마하게 쌓아 놓았다. 조그마한 점포 안에 가마솥, 냄비, 프라이팬, 주걱, 도마가 천장에 닿도록 포개져 있어, 손님에게 주문을 받는다 해도 밑에 깔린 물건은 뽑아내기가 불가능할 것 같았다. 우리가 사용하는 모든 용품들이 여기서 나오는구나 싶어 혀를 내둘렀다. 나는 이것저것 구경하다 팬티 한 장을 샀다. 옆의 아주머니처럼 값을 흥정할 엄두를 못 냈지만 알록달록한 삼각팬티를 가방에 넣으며 "이거 근사한 일이군." 어깨를 으쓱했다.

점포를 통과해서 시장 뒷문으로 나오자 뜻밖에도 햇볕이 환하게 옴실거리는 작은 공터가 나타났다. 나는 약간 아연했다. 공터 가장자리에 수십 대의 리어카와 자전거가 세워져 있고 한쪽에 사람들이 둘러서 있었는데 왠지 으스스했던 것이다. 시장과 다르게 아주 이상한 정적이 감돌고 있었다. 나는 어른들 틈을 기웃거리다 깜짝 놀랐다. 소문으로만 듣던 야바위꾼들이었다. 사과 나무 상자를 가운데 놓고, 사냥 모자를 쓴 한 사내가 민첩하게 손을 움직이고 있었다. 얼굴이 새카맣고 주름이 진 그 사내는 믿을 수 없게도 아기 주먹만 한 혹을 턱에 달고 있었다. 사내가 손에 들고 있는 카드는 고작 석 장이었다. 번개처럼 카드를 섞다가 동작을 딱 멈추면 구릿빛 혹만 턱에서 덜렁거렸다. 더 믿을 수 없는 건 만 원짜리 지폐가 뭉치 상태로 이리저리 사람들의 손으로 옮겨 다니고 있었다는 점이다. 저 정도의 돈이면 시장 물건을 다 사 버릴 수 있지 않을까. 거기다 흔해 빠진 나무 상자 위에서라니. 나는 어른들의 뒤에서 구경하다가, 정말 무엇에 홀린 듯이 포켓에 있는 돈 2000원을 꺼내 카드 앞에 올려놓았다. 내 돈 2000원이 순식간에 없어졌다. 카드 기술자는 화가 난 듯이 1000원짜리 따위는 돌아다니지 않게 하겠다는 양 자기 바지 주머니에 쑤셔 넣어 버렸다. 나는 사내가 돈을 주머니에 넣는 걸 똑똑히 봤으면서도 내 돈이 혹 안으로 들어갔다는 착각이 일었다. 얼굴 피부는 쭈글쭈글한 데 비해 턱에 달린 혹은 무엇이 가득 찬 것처럼 탱탱한 구릿빛이었기 때문이었다. 난 터무니없는 손실에 울고 싶었다. 그러면서도, '세상에 돌아다니는 온갖 사기꾼들도 이 시장통에서 태어나는구나!' 속으로 씨부렁거렸다.

시장에서 나오자 다시 유쾌해졌다. 빈 깡통 하나를, 축구공을 몰듯이 걷어차면서 길을 걸었다. 전자 대리점을 지났고, 목욕탕 옆에 있는 신성소극장에 다다랐다. 두 프로를 잇달아 상영하는 '신성소극장' 얘기를 잠시 해야겠다.

이 무렵에는 어느 동네 할 것 없이 영화관이 하나씩 있었다. 아마 영화관 수가 가장 많았을 때가 아닌가 싶다. 조금만 번화한 거리라면 목이 좋은 곳에 대형 영화관이 들어섰다. 규모도 2000석에 이를 만큼 컸다. 그러나 시내 중심지가 아닌 곳의 대형 영화관은 모두 재개봉관(再開封館)이었다. 후미진 동네조차 300석 안팎의 소극장이 있었다. 소극장들은 재재개봉관이었다. 영화 필름은 전국에서 동시에 상영하는 시내 중심의 개봉관에서 출발하여 재개봉관으로 넘어오고 다시 재재개봉관으로 이동하는데, 필름이 소극장에 도착할 즈음엔 이미 너덜너덜해져서 구멍이 뻥뻥 뚫리고 끊어지기 일쑤였다. 상영 중에 필름이 끊어지면 관객들이 손을 올리며 "빨리 안 붙이나." 고함을 지르곤 했다. 이런 소극장도 관객이 꽤 붐볐다. 필름이 엉망인 대신에 두세 프로를 잇달아 보여 주기 때문이었다.

소극장에서는 거의 야한 필름만 돌렸다. 미성년자는 관람할 수 없었다. 하지만 소극장 앞에 전시하는 영화의 스틸 사진은 누구나 구경할 수 있는데 정말 가관이었다. 신성소극장에도 음란물이나 다름없는 사진을 입구에 다닥다닥 붙여 놓았다. 나는 다른 곳에서 이 정도로 유란한 사진을 본 적이 없지만 거리에, 그것도 대낮에 수십 장을 붙여 놓은 것 때문에 도무지 선정적인 느낌이 들지 않았다. 극장 앞은 언제나 먼지투성이였고 종이나 빈 깡통이 나뒹굴었다. 그래선지 극장 앞을 지날 때면 무슨 매캐한 안개 속을 통과하는 기분이 들었다.

한번은 하굣길에 나와 우흠이 알몸의 여자가 돌아앉은 사진 앞에서 걸음을 멈췄다. 사진은 실물 크기여서 우리는 모르는 체 그 앞을 통과할 수 없었다. 사진이 가로되, 극장에 입장하시는 분께는 저의 앞을 보여 드리옵니다, 하는 것 같았기 때문이었다.

"진짜 저렇게 나올까? 앞 말이야."

"에이, 아닐 거다."

왜냐하면 서점에서 《선데이서울》 같은 잡지를 보면 표지만 야단스러웠지 속에는 아무것도 없었다. 단순히 눈을 끌려는 광고에 불과했다. 그래도 영화는 다를지 몰랐다. 그런 생각이 들자 호기심이 솟구쳐 눈알이 뜨거울 지경이었다.

그러고 있는데 매표소 옆문이 활짝 열리면서 도휘란 놈이 튀어나왔다. 1학년 때 같은 반이었던 녀석이다. 어느 반 애가 미성년자 관람 불가 영화를 봤다가 정학을 당했다는 얘기가 있어서, 깜짝 놀랐다. 애들이 영화관에 가는 것을 적발하려고 선생님들이 잠입한다는 소문까지 나도는 판이었다.

"야, 너 영화 보고 나왔냐?"

나와 우흠의 눈이 휘둥그레졌다.

"그럼."

도휘가 음침하게 실눈을 흘겼다. 녀석은 교복 위에 잠바를 걸치고 있었지만 단추를 꿰지 않아서 교복을 감춘다기보다 금지 영화를 봤다는 걸 과시하는 품이었다.

"햐, 요 도토리 자식이!"

내가 도휘의 머리통을 쥐어박았다. 키가 150센티미터쯤 되는 도휘를 아이들은 도토리라 부른다. 근데, 이 녀석은 정말 사악한 놈이었다. 이딴 영화 때문이 아니다. 녀석은 문방구에서 노트 한 권을 사면 노트 갈피에다 샤프 한 자루를 슬쩍 끼우고, 장갑을 사면 장갑 안에 벨트 버클을 집어넣고는 주인한테 보란 듯이 장갑을 흔들며 나오는 놈이었다. 나중에 생각한 걸 미리 말하자면 중학교만 졸업하면 녀석은 송라시장으로 가서 야바위꾼이 돼 있을 거다. 이놈이 우흠과 친하다는 건 정말 이해할 수 없다. 우흠이 햇살이 비치는 교실 창가에 우두커니 앉아 있으면 이놈은 냉큼 책상 위에 올라가 우흠의 얼굴에 난 여드름을 짜 주곤 하는데, 그럴 때는 악어와 악어새를 구경하는 느낌이다. 아무튼 녀석이 성인영화를 나보다 먼저 관람했다는 게 대단하다기보다 불쾌했다. 녀석의 집이 이 근처라는 건 알고 있었다.

"난 이런 영화를 신물 나게 봤다고."

"진짜?"

도토리가 혀를 빼물고 끼륵끼륵 웃었다.

"우리 형이 여기서 필름을 돌리지. 형이 아플 때는 내가 대신 돌린다고."

그 말을 듣자 갑자기 시시해져 버렸다. 도토리가 하는 짓은 뭐든 시시하다. 여드름을 짜 주거나 볼펜이나 훔치는 놈이 영사기를 돌린다면 볼 건더기도 없는 영화였다. 하시만 그 뒤로도 이곳을 통과할 때면 음침한 안개가 뺨에 척척 달라붙는 느낌은 사그라지지 않았다.

신성소극장을 지나면 양복점과 철물점이 나오고 작은 교차로를 만난다. 거기서 좁은 시멘트 길로 얼마간 들어가면 이윽고 철도 건널목이 나타난다. 학교와 집의 딱 중간 지점이다.

철도를 넘어가면 집으로 가는 길도 다양해져, 초등학교 담장을 따라갈 수도 있고 술집이 있는 샛길이나 오래된 저층 아파트로 빠져서 수산물 공판장을 지나는 길을 고를 수도 있었다. 가장 직선인 길은 공판장 안을 통과하는 쪽이었다. 그렇지만 나는 내키는 대로 아무 길이나 골랐다. 앞서 말했듯이 학교와 집 사이의 4킬로미터 남짓한 지름길은 도시의 모든 환경이 압축되어 있고 내 사춘기의 체험도 여기서 많이 비롯되었다.

이날 오후는 좀체 잊을 수 없다.

날씨가 꽤 쌀쌀한 탓에 바지 주머니에 손을 꽂고는 손목에 책가방을 매단 채로 철도를 건너고 아파트 단지 옆을 걸어갔다. 엄청나게 넓은 이 아파트 단지는 대구에서 맨 먼저 생겼다는 것을 자랑이라도 하듯 건물이 우중충하기 짝이 없었다. 오랫동안 도색을 하지 않아 흰 아파트가 검은색으로 변했을뿐더러, 집집마다 빨래를 베란다에 내걸어 놓아 아파트 단지가 누더기 전시장처럼 보일 판이었다.

아파트 단지 옆을 지나면 수산물 공판장이 나온다. 나는 평소처럼 공판장 축대 밑으로 난 길로 돌아가지 않고 곧장 후문으로 들어갔다. 공판장은 무척 넓어서 후문으로 들어가 정문으로 빠져나가는게 좀 더 질러가는 편이었다.

해산물이 썩는 악취가 훅 끼쳐 왔다. 틈이 쩍쩍 갈라진 시멘트 바닥엔 시커먼 폐수가 깔려 있어 신발이 기분 나쁘게 질벅거렸다. 제빙 공장에서는 얼음을 만드는 소리를 요란하게 쏟아 내고 있었지만 얼음 이송 통로는 텅 비어 있었다. 어릴 때 아이들과 얼음을 주우려고 이송로 밑을 무단히 들락거렸던 게 기억났다. 철재 이송로가 얼마나 높았던지. 투명하고 거대한 사각 얼음이 롤러를 따라 움직이면서 뚝뚝 떨어뜨리는 물방울을 아이들은 얼굴에 맞으려고 기를 쓰곤 했다. 보석 같은 햐얀 드라이아이스를 주운 날에는 딱지를 쳐서 따먹기를 하거나 집으로 가져와 대야에 넣어 놓고 목욕을 했다.

얼음 이송로가 텅 비어 있는 데다 가빠 입은 인부들도 눈에 띄지 않았다. 고개를 갸웃거리며 정문을 향해 재게 걸었다. 보이지 않던 인부들은 공판장 한가운데 솟은 냉동 창고 옆에 몰려 있었다. '앗, 경매를 하고 있군.' 바쁘지만 잠시라도 경매를 구경하고 싶었다. 입술을 오므려 퉁소 같은 괴상한 음성을 내지르는 경매꾼과 옷깃 속에 감춘 손가락을 재빠르게 움직이는 상인들 간의 수화(手話)는 언제나 숨을 죄게 만든다. 이번엔 무엇으로 경매를 붙이고 있지? 호기심에 차서 다가가던 나는 까악, 놀라고 말았다.

이건 내 10대를 통틀어 가장 괴이한 장면과 만난 것이다. 경매가 아니었다. 냉동 창고 옆에 누워 있는 것은 고래였다. 어마어마한 크기였다. 아마 고래 중에 가장 큰 흰수염고래가 아니었을까. 그 고래는 성인인 나의 기억 속에서, 지금도 자신의 몸집이 냉동창고만 했다고 주장한다. 반월형의 거대한 주둥이, 지퍼가 달린 것 같은 작은 이빨들, 번들거리는 검은 피부와 끝이 두 개의 우산처럼 갈라진 꼬리의 우아함까지. 난 한참 동안 기가 막혔다.

어떻게 고래가 여기 있을까. 동해에서 내륙으로 100여 킬로미터나 들어온 도시에. 물론 수산물 공판장이 대구 전체만 아니라 시도의 경계를 넘어 충청도까지 해산물을 공급한다지만 고래를 통째로 갖다 놓은 것에는 상상에 마비가 일 지경이었다.

압도적인 크기에 짓눌린 듯 가빠 입은 인부들도 목을 늘어뜨리고 담배를 빨아 댔다. 그럴 때, 고래 등 너머에서 누군가가 손을 흔들었다. 뜻밖에도 도토리였다. 신기한 구경거리에는 귀신같이 등장하는 녀석이지만 여기까지 와 있을 줄 몰랐다. 녀석은 파란 재킷 주머니에 손을 찔러 넣고 거드름을 피우고 있었다.

"너 어떻게 알고 왔냐?"

내가 가서 물었다.

"인마가, 모든 정보는 다 내 귀로 들어온다는 거 모르냐? 너 고래가 무슨 수로 여기 왔는지 알아?"

"진짜 믿을 수 없어. 저걸 어떻게 옮겼지?"

녀석 옆에 단발머리 여자애가 서 있었다. 여자 친구인 듯했는데 키가 도토리와 비슷했고 분홍색 후드 티를 입고 있었다. 여자애는 얼핏 내게로 고개를 돌렸다가 계속 고래를 관찰했다. 처음 보는 얼굴이었다. 하긴 내가 아는 여자애라곤 없었다. 초등학교 때는 남녀 합반이었지만 그때의 계집애들조차 기억이 가물가물하다. 계집애들은 저들끼리 노는 종자니까 굳이 기억할 필요도 없다.

"헤엄쳐서 온 거야, 인마."

"뭐?"

"낙동강이 있잖아, 인마."

녀석이 돼먹잖은 소리를 지껄이며 웃음을 터뜨렸다. 오늘따라 말
끝마다 인마, 였다. 어처구니가 없어서 녀석의 뒤통수를 갈겨 주려
했지만 여자 친구 앞에서 거만을 떨고 싶구나, 하고 이해해 주었다.
여자애는 부끄러운 듯 고개를 숙이고 헤실헤실 웃었다.

조금 있으면 흰수염고래의 배를 가를 것이다. 가르고 나눠야 판
매를 하니까. 저 큰 배 속에서 뭐가 나올지 무척 궁금했다. 사람이
라도 나온다면 엄청난 뉴스일 텐데. 어쩌면 작은 고기들 사이에 사
람의 잘린 팔 하나쯤 발견될지 모른다. 아니면 멀쩡한 사람이 고기
들에 파묻힌 상태로 기절해 있다가 잠을 깬 듯이 눈을 뜬다면? 이
건 해외 토픽감이다. 대구는 삽시간에 기자들이 몰려와 북새통을
이룰 거다.

—여기가 어디죠? — 보다시피 대한민국입니다. 며칠 동안 고래
배 속에 있었습니까? — 아, 3일간 있었던 게 틀림없어요. 성경에 나
오는 3일간 고래 배 속에 있었던 요나처럼요. 배가 난파된 게 분명
히 3일 전이지요. 우리는 북태평양에서 조업하다가 폭풍을 만났어
요. — 그럼 당신도 신의 계시를 받았나요? — 맞아요. 계시를 받았
어요. 하지만 너무 오래 자는 바람에 잊어버렸어요.

머릿속에서 상상이 제멋대로 굴러다녔다. 황금빛 구레나룻을 가
진 서양인 어부가 기자들에게 둘러싸여 감격스럽게 외쳐 대고 있었
다. 기자들은 현장을 최초로 목격한 나와 도토리를 귀찮게 졸졸 따
라다니며 서양 어부가 잠을 깰 때의 모습과 옷차림 따위를 캐묻는
다. 하지만 배를 가를 때까지 기다릴 수 없었다. 안타깝게도 교회에

가기로 약속해 놓았던 것이다. 벌써 학생 회원들이 다 모였을 시간이었다. 내가 그만 가 봐야겠다고 가방을 추스르자 도토리가 팔을 잡았다.

"야야, 좀 있다가 우리 집에 가자고."

녀석이 여자애의 눈치를 쓱 살피더니, 손으로 나팔을 만들어 내 귀에 소곤댔다.

"극장에서 영사기 돌리는 우리 형 있지? 형이 만든 비밀 필름을 발견했어. 장롱 밑에 숨겨 놨더라. 영화 필름에서 야한 장면만 잘라 붙여 놓은 거야. 환등기로 비춰서 볼 수 있어. 형은 4시에 극장으로 출근해."

"엉?"

내가 여자애 쪽을 눈짓했다. 쟤도 같이 가냐는 뜻이었다. 여자애는 쪼그려 앉아 고래 입속을 들여다보고 있었다. 녀석이 다시 내 귀에다 달콤한 소리를 흘렸다.

"얼마나 야한지 아냐? 우흠이도 오기로 했어. 쟤는 보내야지."

"우흠도 너네 집으로 온다고?"

"아니, 여기 공판장에서 만나기로 했어."

우흠도 같이 필름을 볼 거라는 소리에 솔깃했지만 고개를 저었다.

"난 안 돼. 오늘 교회에 난로를 설치하는데 간다고 약속했거든."

"인마가, 뭐할라고 거기 가노."

녀석이 바닥에 침을 찍 갈겼다.

그때였다. 공터 저쪽에서 무언가가 크르릉, 움직였다. 아까 오면서 기다란 평상이 담장을 따라 놓인 거라고 무심히 보았던 게 트럭이었다. 트럭은 다시 한 번 내 상상을 무너뜨렸다. 적재함 아래로 바퀴가 무려 30~40개나 달린 엄청난 크기의 트레일러였다. 도대체 몇 톤이나 될까? 도시에서 만나는 트럭은 커 봤자 기껏 4~5톤이다. 내가 본 트럭 중에 14톤이 제일 컸다. 지금 눈앞에 있는 트럭은 좀 과장하면, 14톤 트럭을 수십 대나 실을 정도였다. 50톤은 넘지 않을까. 100톤이 될지 모른다. 나는 엄청난 고래를 본 것 이상으로 트레일러의 육중함에 질려 버렸다. 인부들이 우르르 길을 비켰다. 수십 미터에 이르는 트레일러는 낮은 굉음을 장중하게 울리면서, 그리고 땅을 진동시키면서 느리게 고래 쪽으로 이동했다. 트럭이 고래 옆을 지날 때, 등이 검은 고래와 거대한 트럭은 우아한 조화를 이루면서 둘만의 특별한 교신을 하는 것 같았다. 트럭 적재함에서 새 몇 마리가 포르르 날아올랐고, 고래의 반월형 입에서 바람 같은 것이 훅 빠져나왔던 것이다. 둘의 교신을 엿들으려는 듯 인부들이 상체를 앞으로 기울여서 고래와 트럭을 번갈아 보고 있었다.

트레일러가 정문으로 빠져나가자 인부들이 흩어졌다. 우리도 더 머무를 수 없었다. 남은 인부들이 우리 셋을 내쫓았기 때문이었다. 셋은 정문으로 나왔다. 도토리는 우흠을 공판장 정문에서 만나기로 했단다. 나는 도토리에게 먼저 가겠다고 말했다. 줄곧 땅만 내려다보고 있던 여자애가 언뜻 내게로 얼굴을 돌렸다. 두툼한 후드 티 위로 드러난 얼굴이 백합처럼 희었다. 콧등이 오똑하고 눈이 초롱초롱했다. 설마 녀석이 여자애랑 필름을 보려고 수작을 부리진 않겠지. 놈의 음침한 골방은 악마들의 소굴처럼 창문이 없는 데다 빈

라면 봉지 밑으로 바퀴벌레가 돌아다녔다. 우흠이 빨리 오기를 바랄 수밖에 없었다.

필름을 못 보게 된 건 별로 아쉽지 않았다. 그게 얼마나 야한 필름이든. 난 지구상에서 제일 큰 동물을 본 것만으로도 흥분해 있었고, 더 이상은 크기가 불가능할 트럭까지 목격했다. 그 때문에 작고 하잘것없는 부류들은 이미 체험한 것 같은 기분이 들었다. 그런데, 둘과 헤어지고 대로로 나왔을 때였다. 갑자기 가슴이 빠근하게 아팠다. 분홍색 티를 입은 그 여자애가 가슴으로 쑥 들어오는 것이었다. 종아리에도 쥐가 날 듯 걸음이 비틀거렸다.

교회는 우리 집으로 가는 골목 중간에 있었다.

2층 양옥과 지붕에 파란 천막 비닐을 덮어 놓은 한옥 사이에 끼인 교회였다. 여느 집과 비슷한 크기였다. 대문이나 담장조차 없어 골목을 가다가 창문을 들여다보면 안에서 뭔 일이 벌어지는지 훤히 알 수 있었다. 내가 찌그러진 도시락 같은 이 교회에 다니게 된 것은 중학교에 들어와서였다. 처음에 무슨 연유로 출석했는지 기억도 나지 않는다. 근방에 사는 애들치고 도시락 통에 발 한번 디뎌 보지 않은 애가 없었으니까. 우리 집에서도 100미터밖에 떨어지지 않았다. 특이한 점은 어른 예배는 늙은이들이 몇 명 앉아 졸고 있을 뿐인데 학생 예배는 미어터질 지경이란 것이다.

교회 마룻바닥에는 철사와 연통이 어수선하게 널려 있었다. 일찍 도착한 중학생들이 창고에서 꺼내 놓은 난로에 들러붙어 걸레로 닦고 있었다. 곤 씨가 A자형 사다리에 올라가 지난해 천장에 박았던 못자리를 찾았다. 모두 학생이었고 어른은 20대 중반인 곤 씨뿐이었다. 매년 겨울이 오면 강대상 앞에 석유난로를 하나 설치했는데 그때마다 연통을 꼭 세웠다. 석유난로에서 연기가 새 나오기도 했지만 그보다 난방 효과를 얻기 위해서였다. 연통의 열기로 교회 전체를 데울 수 있는 것이다. 어떻게든 실내에서 열을 다 소모시키려고 연통을 천장으로 길게 가로질러 놓았다.

교회의 자질구레한 일은 거의 곤 씨가 도맡았다. 곤 씨는, 내가 속한 중고등부를 지도하는 오 선생님의 동생이었다. 그러니까 이름이 오곤이란 말인데, 교인들은 그를 곤 선생, 혹은 곤 씨라 불렀다. 오 선생이라고 하면 자연히 그의 형을 가리키기 때문에 어쩔 수 없긴 하지만 곤 씨란 호명에는 어느 정도 얕잡아 보는 뉘앙스가 깔려 있었다.

아무튼 연통을 설치하고 나니까 제법 겨울 맛이 났다. 지난해에는 연통 이음매가 벌어진 틈으로 피리를 불듯이 피피거리며 물방울과 연기가 새 나왔다. 찬송가를 부르다 올려다보면 연통도 피이피이, 노래를 불러 웃음이 터지곤 했다. 그사이에 여고생들도 꽤 불어났다. 여고생들은 별것 아닌 것에도 웃음을 참지 못하면서 가위로 비닐을 잘랐다. 이제 비닐을 창문에 덧대어 외풍을 막는 일만 남았다.

곤 씨의 형인 오 선생님이 교회로 들어선 것은, 창문에 비닐을 대려고 학생들이 죄다 창틀에 올라가 있을 때였다. 와, 학생들이 환호성을 질렀다. 열고 닫히는 창문 소리를 요란하게 내면서 학생들이 창문에서 뛰어내렸다. 오 선생에게 다가가 꾸벅꾸벅 인사를 했다. 중학생만 아니라 향수 냄새를 풍기는 여고생들까지 그랬다. 키가 작은 오 선생은 팔을 올려 학생들의 등을 가볍게 쳐 주거나 미소를 띠었다. 학생들은 그런 몇 초간의 영예를 얻으려고 바짝 접근하여 인사를 올리는 것이다.

오 선생은 학생들의 수다스러움에 가볍게 반응한 뒤 구석에 앉아서 묵상기도를 올렸다. 차가운 맨마루에 방석도 깔지 않고, 좀 근엄한 자세로 책상다리를 하고 앉아 허리를 꼿꼿이 편 채 눈을 감았다. 학생들은 그가 눈을 감고 있는 동안 창문에 망치질을 하면서도, 긴 비닐을 바닥에 끌고 가면서도 조금의 소음조차 내지 않으려고 조심했다. 삐거덕삐거덕, 창문을 여닫거나 큰 소리로 말하는 이는 유일하게 동생 곤 씨뿐이었다.

오 선생은 스물여덟 살로 4년제 대학을 졸업한 뒤 신학대학에 다녔다. 작은 키에 몸집이 왜소했다. 볼살도 별로 없는 데다 입술이 얇아서 나약해 보였다. 다만 이마가 넓고 피부색이 희었는데 그 때문인지 결벽증이 있는 듯한 느낌도 주었다.

사실을 말하자면 오 선생은 지금껏 내가 만난 그룹의 지도자 가운데 가장 뛰어난 사람이다. 도시락 교회에 그런 위인이 있으려나 의심되지만 이건 정말이다. 당시에도 뚜렷이 느꼈다. 내가 어른이 되어도 이만한 인물을 만날 수 없을 거라 생각했다. 지난 여름방학 캠프에서였다. 관광지 인근 산꼭대기에 대형 천막을 치고 수련회를 가졌을 때 무슨 일로 오 선생이 하루 늦게 도착하게 되었다. 오 선생이 캠프로 온다는 소식이 전해지자 학생들은 그를 마중하기 위해 산꼭대기에서 버스 정류장까지 달려 내려갔다. 수십 명의 학생들이 캠프를 비워 놓고 산비탈을 미끄러지듯이 내려와 밭둑길을 달리는 광경을 상상해 보라. 왜 모두가 광적으로 오 선생을 사모했는지. 고등학생 형들은 훨씬 열광적이었다. 아마 고된 입시에 치이고 사회가 정치적으로 극도로 혼란해서 어떤 걸출한 대상을 사모하지 않고는 견딜 수 없었는지 모른다.

학생들은 그를 '생선오'라 불렀다. 오 선생을 거꾸로 뒤집은 명칭이었다. 그를 '오 선생님' 하고 부를 때도 '생선오 선생'이라는 뒤집힌 호칭을 입속에 물고 있었다. 생선 다섯 마리(生鮮五) — 그는 기적을 떠올리게 하는 사람이었다.

예수가 행한 기적 가운데 가장 아름다운 것으로 '물고기 두 마리와 떡 다섯 개'의 사건을 꼽기도 한다. 흔히 오병이어(五餅二魚)의 기적이라 부른다. 어느 날 5000명이 넘는 군중이 예수의 이야기를 들으려고 들판으로 몰려들었단다. 자갈과 잡풀이 있는 땅이었다. 해가 설핏하도록 가르침이 이어졌고 군중은 떠날 줄 몰랐다. 예수의 말을 더 듣고 싶었지만 다들 배가 고팠다. 군중이 주린 것을 본 예수는 한 아이가 바구니에 담아서 가져온 물고기 두 마리와 보리떡 다섯 개에 축사한 뒤 그것으로 5000명을 배불리 먹였다. 이 기적의 이야기는 감미로운 상상을 불러일으킨다. 예수의 손에서 물고기와 보리떡이 끊임없이 생겼다고 하는데 그 마술적인 찰나는 어떤 광경이었을까? 다시 생긴 물고기는 처음 물고기와 똑같은 종류였을까? 물고기를 한 마리씩 손에 든 군중의 반응은? 음식을 나누어 주는 제자는 겨우 열두 명이었으니 5000명이 자기 차례를 기다리려면 두 시간은 걸린 텐데, 그동안 넓은 들판에는 영탄과 신비로움과 평화가 가득했을 것이다. 지혜가 있고 주림이 없으니, 바로 이상향이 아닌가.

그러니까 학생들이 오 선생님을 '생선오' 선생이라 불렀던 것은 그가 기적의 생선 다섯 마리(성경에서 생선은 두 마리지만)를 뜻하기 때문이었다. 아무도 그 의미를 해석하지 않았지만 누구나 알고 있었다. 입술을 열어 '생선오' 선생님, 할 때마다 학생들은 그때의 군중들이 경험했을 것 같은 황홀한 기분에 빠져들었다. 손에서 물고기를 만드는 신비로운 그 이름을 불러 보듯이.

나로 말할 것 같으면—이건 정말 반역적인 고백이지만—생선오 선생보다 동생인 곤 씨에게 더 매료되었다. 3학년으로 올라간 이듬해에는 더욱 그랬다. 오 선생이 빛이라면 곤 씨는 어둠이고 그림자였다. 오 선생이 양화(陽畵)이면 그는 음화(陰畵)였다. 노랑이고 연둣빛이면, 파랑이고 보랏빛이었다. 곤 씨는 담배를 피우고 술도 마신다는 소문이 있었다. 직접 보지는 못했지만 골목에서 술에 취해 비틀거리는 곤 씨와 마주친 적이 있었다. 그가 전봇대에 오줌을 철철 쏟아 내더니 대뜸 자기 형을 조롱하는 것이었다.

"흐흣, 광야에 평화가 넘실댄다고? 헛소리 작작 하시라고 그래라. 형주야, 요즘 세상에 그런 평화는 눈을 닦고 봐도 없어. 수천 년 전에는 있었으려나?"

난 곤 씨에게 세상을 배웠다. 그는 내 인생에 가장 크게 영향을 끼친 사람이다.

하여간 오 선생의 얘기로 돌아가자면 우선 대단한 달변가였다. 일요일마다 학생 예배에서 설교했는데 조금 높은 톤으로 아주 빠르게 말을 했다. 그의 설교를 듣고 있으면 물살이 빠른 개울에 손을 담그고 있는 느낌을 주었다. 가느스름한 입술을 열고 나오는 말은 얼마나 기민하면서도 얼마나 정확하던지! 중학생인 내가 언어 감각이 별나지 않았을 텐데도 각 단어들이 섬세하게 구별되는 상태로 귀에 들어왔던 게 지금도 기억난다. 아이들의 영혼은 설렜고, 흔들렸고, 또 신음했다. 그러나 학생들이 오 선생을 흠모한 이유는 설교 때문이 아니었다. 평소 모습이 더 감동적이었다.

이를테면 이런 것이다. 그는 학생들에게 자주 토론회를 열게 했다. 학생들끼리의 토론은 좌충우돌하면서 쉽게 한두 시간을 넘겼다. 한쪽에 앉은 오 선생은 허리를 펴고 묵묵히 경청만 했다. 토론 과정에서 의문점이 생겨 질문을 하면 미소만 지을 뿐 아무런 해결책도 주지 않았다. 토론을 조정하거나 토론 요령을 가르쳐 주는 법이 없었다. 그는 정말 단 한 번도 학생들의 토론에 끼어든 적이 없다. 가끔 괴팍한 애가 고함을 지르고 욕설을 해서 난장판으로 변할 때조차 가만히 바라보기만 했다.

나는 대단한 달변가인 오 선생이 어설프기 짝이 없는 학생들의 토론회나 회의에서 전혀 입을 떼지 않는 것을 도저히 이해할 수 없었다.

그는 흡사 미륵불 같기도 하고 초인처럼 보이기도 했다. 세상의 온갖 지저분한 것이 할퀴어도 끄떡없을 것 같았다. 얼굴을 보면 마음을 헤아릴 수 있다. 학생들이 왁자하게 싸우는 와중에도 오 선생의 얼굴은 음이온이 솔솔 번지는 소나무 숲을 산책하듯 해맑았다. 언제부턴가 학생들은 요란하게 싸우다가도 오 선생의 얼굴을 보면 마음이 놓였다. 그는 거센 파도를 막는 높고 견고한 방파제 같았다.

나는 지난번 병원에서 시험지를 찢은 일로 오 선생님에게 상담을 받아 볼까 고심한 적이 있었다. 내 행동을 꾸짖을지, 내 마음을 이해할지 정말 궁금했다. 암기 쪽지를 쓰레기통에 버린 일을 두고는 뭐라고 할까. 하지만 도저히 상담할 수 없었다. 오 선생님의 반응은, 그가 입을 열어 표현을 하든 안 하든, 골디온의 매듭을 자르는 알렉산더 왕의 칼처럼 내 삶을 토막 내 버릴 것 같아 두려웠다.

12월 둘째 일요일이었다. 이날 오 선생님은 회개에 대해 설교했다. 그는 설교할 때 목사님이 오르는 높은 강대상을 쓰지 않고 마룻바닥에 놓아둔 낮은 단상에서 한다.

설교가 시작되자 떠들거나 조는 학생들은 한 명도 없었다. 그의 말은 여전히 회오리바람과 같았고, 낱낱의 어휘들은 예민하게 귓속을 깔짝댔다.

"회개가 무엇입니까? 죄를 뉘우치는 것이 회개가 아닙니다. 우리 모두는 숨을 쉬듯이 죄악 속에 삽니다. 예수는 도둑질할 마음이 있는 사람은 이미 도둑질한 것과 같다고 하셨으며, 음욕을 품은 자는 이미 간음한 자이며, 남을 미워하는 이는 살인한 자와 같다고 하셨습니다. 우리는 이미 도둑이요, 간음자요, 살인자입니다."

오 선생은 한차례 빠르게 말을 한 뒤 단상 옆으로 빠져나왔다. 갈색 긴 코트를 걸친 야윈 몸이 활짝 드러났다. 그가 옆으로 돌아서서 몇 발짝 걷고는 몸을 틀면서 소리쳤다.

"회개란 이렇게 몸을 돌리는 것입니다. 죄를 향해 가는 몸을, 죽음을 향해 가는 몸을, 지옥을 향해 가는 몸의 방향을 돌리는 것입니다. 자, 모두 일어서십시오."

우리는 우르르 일어났다. 그는 우리에게 앞으로 걸으라고 했다. 교회는 마룻바닥이었다. 우리는 걸었고 앞에 있는 학생들은 벽을 뚫고 나아가는 시늉을 했다. 여기저기서 웃음이 나왔다.

"자, 멈추고 단번에 뒤돌아서십시오. 발목을 돌릴 때 걷는 방향이 달라집니다. 발목은 언뜻 보이지 않지만 몸 전체의 방향이 거기서 변합니다."

뒤돌아선 학생들이 오 선생을 바라보았다.

"자, 이제 앞으로 걸으십시오. 여러분의 발목이 어둠을 향해 있으면 어떤 경우라도 어둠으로 나아갈 수밖에 없습니다. 여러분의 선행은 욕망에 의해 침범을 받습니다. 그러나 발목이 밝음, 천국을 향해 있는 사람은 번번이 악에 시달릴지라도 그는 밝음을 향해 갈 수밖에 없습니다. 그런 사람이 저지르는 악행은 잠시 서서 뒤를 돌아보는 것과 같으므로 고민에 차 있는, 가여운, 일시적인 악행에 불과합니다. 우리의 발목이 어디를 향해 있느냐! 발목을 돌리는 힘이 곧, 예수그리스도입니다."

설교는 쉬우면서도 핵심에 닿아 있는 것 같았다. 나만 그렇게 느낀 게 아니다. 중학교 1학년이나 고등학교 3학년도, 한구석에 조심스럽게 끼어 앉은 노인들까지도 감명에 젖어 허우적거렸다.

하지만 이날 오 선생의 설교를 나열한 건 다른 이유 때문이다.

그가 회개를 설명하려고 "모두 앞으로 걸어가십시오. 그리고 단번에 되돌아서십시오."라고 말하는 순간을 돌아보기 위해서이다.

그러니까 우리가 그의 지시에 따라 걸음을 멈추고 반대편으로 막 돌아서던 찰나를 주목하겠다는 것이다.

난 중학생이라 좀 앞줄에 있었다. 실내에는 학생들이 가득했다. 마룻바닥 위로 남학생들의 양말과 여학생들의 스타킹이 보였다. 서 있다 보니 몸집이 작은 중학생들 사이에 다소 공간이 벌어졌다. 바로 그때였다. 모두가 돌아서던 그때, 네댓 줄 앞에서 처음 보는 여학생이 흘낏 눈에 들어왔다. 청바지에다 옅은 보라색 스웨터를 입고 있었다. 그 애는 학생들 사이에 생긴 공간으로 좀 늦게 몸을 돌렸는데, 그 순간 어떤 팔랑개비 같은 빛이 몸을 트는 그녀의 동작과 더불어 회전하는 것을 느꼈다. 이제 앞으로 걸어가십시오, 오 선생의 말이 희미하게 들렸다. 그 애는 풍성한 스웨터 옆구리로 팔을 명랑하게 흔들며 옆 아이에게 웃음을 흘렸다.

그 애가 얼굴을 돌릴 때, 화들짝 놀랐다. 며칠 전 수산물 공판장에서 고래를 구경할 때 도토리와 같이 있던 여자애였다. 난 도토리도 왔는가 싶어 재빠르게 학생들을 훑었다. 고등학생 자리까지 얼른 살폈지만 도토리처럼 생겨 먹은 놈은 눈에 띄지 않았다. 사악한 놈이 오지 않은 게 천만다행이었다. 옆의 아이들이 밀물처럼 앞으로 쏠려 갔다. 학생들 사이가 벌어졌다. 마루 위에서 그 애의 전신이 활짝 보였다. 그러나 이내 학생들 틈에 섞여 보이지 않았다. 오 선생의 말이 다시 들렸다. "우리의 발목이 어디를 향해 있느냐?" 내 시선은 학생들의 무릎 아래를 두리번거렸다. 흡사 새 떼가 강가를 걷듯 총총히 이동하는 무수한 발목들. 수많은 발들 사이에서, 그 애의 목 짧은 노란 양말이 금니처럼 반짝였다.

예배를 마치고 고등학생과 나뉘어 중학생끼리 친교 시간을 가질 때 나는 그 애를 가까이서 보게 되었다. 그 애는 내게 이상한 괴로움을 주었다. 공판장에서 흰수염고래에 압도되어 미처 알아보지 못한 나 자신을 자책했다. 그 애는, 내가 누구에겐가 아름답다는 말을 들을 때 혼자 상상해 온 그런 아름다움을 지니고 있었던 것이다. 얼굴은 약간 역삼각형이었고 미간에서부터 일정한 높이로 융기된 콧등이 코끝에서 단아하게 꺾여 있었다. 연홍빛 입술 위로 섬세하게 골이 파인 인중은 말을 할 때마다 조금씩 움직였다. 보조개가 없는 흰 얼굴이 창백했으나 그 때문에 더 짙게 보이는 크고 까만 눈동자가 내 가슴을 저리게 했다. 그녀는 일어서서, 소매를 걷어 희게 드러난 양 손등을 배에 모으고 둥글게 앉은 학생들에게 인사를 했다.

"성명여중 2학년 서이령입니다. 지난주에 이사를 와서 여길 나오게 되었어요."

내 귓속을 두드리는 청아한 음성을 듣다가 갑자기 가슴이 철렁 내려앉았다. 저 애가 발 고린내 풍기는 도토리의 골방에서 음란한 필름을 봤을까 하는 궁금증이 지독한 두통처럼 머릿속을 긁어 댔다.

거리의 예술가들

서이령은 키가 155센티미터쯤 되는 작은 소녀였다. 하지만 나보다 훨씬 성숙해 보였다. 그 애는 완전한 숙녀였다. 풍성한 겨울 스웨터를 입었을 때도 도드라진 앞가슴이 옷 속에서 움직이는 것을 엿볼 수 있었다. 화사한 분홍색 폴라 티를 입거나 반대로 거칠게 프린트된 청색 셔츠로 멋을 내곤 했는데, 자신이 열다섯 살이라고 속삭이는 것은 고작 청소년용 운동화뿐이었다. 그녀는 또래 여자애들과 얘기하면서도 자지러지게 웃거나 크게 떠들지 않았다. 아주 가끔은 치아를 드러내며 방긋 웃었다. 그러면 어떤 파동이 입속에서 발생한 듯이, 얼굴과 몸 전체로, 폴라 티와 청바지와 손가락까지 웃음이 번지는 것 같았다.

한번은 교회 앞에 있는 구멍가게에서 서이령과 마주쳤다. 조잡한 진열대 사이로 난 좁은 통로에 서 있던 그녀는, 내가 자기 앞을 지나갈 수 있도록 발을 모으고 가슴을 뒤로 젖혔다. 그녀와 나의 가

숨이 맞닿을 듯이 비껴가는 순간에 그녀가 약간 미소를 띠며 나를 쳐다보았는데, 그녀의 흑빛 눈동자에 내 눈과 코가 뭉개지는 느낌이 들었다. 손으로 만질 수도 없고 눈으로 볼 수도 없는 감미로움이 그녀 속에 가득했다.

난 여자애를 사귄 적이 없었다. 또래 여자애와 나란히 10미터도 걸어가 보지 못했다. 그런데도 이즘 들어 내 몸의 근육과 털과, 잠자리에서의 공상(空想)이 이성을 향해 꾸물꾸물 자라고 있었다. 그럴 때면 내 신체는 어디 할 것 없이 팽팽히 부풀었다. 서이령은 그런 내 신체의 반응이 치졸하고, 개나 고양이 같은 욕정에 불과한 것이며, 많은 부분에서 빗나갔음을 가르쳐 주었다. 내가 허둥지둥 닿고자 하던 욕망이 무참히 꺾이는 것이다. 그녀는 내가 다른 곳에서 한 번도 느끼지 못했던 어떤 숭고함을 경험하게 했다. 그 숭고함은 정신적인 건 아니었다. 물론 육체적이지도 않았다. 그걸 달리 표현하기가 어려웠는데 나중에 나는 빈 크리스털 잔처럼 정결한 상태의 에로스가 아니었을까 생각한 적이 있었다.

나는 그 애를 잔느(잔)라고 불렀다. 화가 모딜리아니가 죽기 전에 마지막 모델로 삼았던 잔 에뷔테른. 물론 그 애가 내 마음에 들어왔을 때부터 잔느라고 생각한 건 아니었다. 그때는 잔느를 알지도 못했다. 몇 달 뒤에 나는 아주 우연한 일로 모딜리아니의 화첩을 손에 넣었고, 그 화첩에서 잔 에뷔테른을 보게 되었으니까. 하지만 여성이란, 남자에게 시간적인 원근의 구애를 받지 않는다. 어릴 때든, 중년이든, 더 늙어서든. 아마 그럴 거라고 짐작한다. 여성의 광휘는 삽시간에 시간의 격막을 파괴하고 남자의 전(前)과 후(後)로, 원래부터 이미 그랬던 것처럼 단 하나의 이상이 되어 남자를 사로잡는 게 아닐지.

잔느를 만나는 기회는 일주일에 한 번뿐이었다. 그렇지만 잔느는 종일토록 내 곁에 있었다. 나는 그녀 때문에, 내 몸에서 일어나는 육욕(肉慾)을 근심했다. 그 육욕은 내 의지와 상관없는 것이었다. 그런데도 근심하다 못해 내 신체는 정말 낱낱이 해부되었다. 별 소소한 기관들이 그녀에 의해 토막토막 잘려서, 눈동자와 뺨과 혓바닥과 허벅지에 실린 욕정의 무게가 측량되었다. 어느 때는 피부 속 모공이나 혈관 속으로 돌아다니는 단 1밀리그램의 욕정조차 감지할 지경이었다.

나는 교회에 가면서 예배를 보러 가는 게 아니라 잔느를 만나러 가는 것 같아 죄책감이 들었다. 나는 무척 죄의식에 시달렸던 것 같았다. 어떻게든 그녀를 보는 시간을 줄이려고 일부러 예배에 지각했으니까. 하지만 뒤늦게 교회 안에 들어서자마자 현관에 나뒹구는 수십 켤레의 신발 가운데서 유독 그녀의 파란 운동화만 눈에 띄었다. 나는 신발을 벗는 척하면서, 모두 예배 보는 틈을 타 그 애의 신발을 손으로 만져 보았다. 마치 도둑질하는 기분이었다. 난 사악함을 떨쳐 내기 위해 허우적거리면서도 손으로는 한 뼘밖에 되지 않는 예쁜 운동화를 쓰다듬었다. 파란 바탕에 달리아 꽃무늬가 그려져 있었고 김칫국물 같은 빨간 점이 묻어 있었다. 마루에 앉은 아이들을 힐끗 보고는 운동화 속으로 손을 집어넣었다. 신발 앞쪽의 옴폭한 바닥에 손가락이 닿자 마치 그녀의 발가락을 만지는 느낌이 들었다.

난 도무지 그녀에게 말을 건넬 수 없었다. 그녀는 늘 또래 여학생들에게 둘러싸여 있었다. 친교 시간이 되어, 모두가 더불어 추는 포크댄스에서, 그녀는 내 어깨에 손을 얹고 인사를 했다. 희고 가는 팔목에 율동을 넣어 다른 남자애들에게 하는 것과 똑같은 분량으로 내게 경쾌하게 인사하는 동작은 조금도 서운하지 않았다. 그녀가 더욱 순수하게 여겨질 뿐이었다.

하지만 집으로 돌아와 내 방에서 피아노 페달을 베고 누워 있으면 전혀 그렇지 않았다. 다른 애들과 어울리던 그녀 모습은 종적을 감추고 이상하게도 나 혼자서 비밀스럽게 만졌던 달리아 운동화만 망막에 넘실거렸다. 손끝에 닿던 까칠한 신발 바닥과 안쪽의 어둠이 가슴을 아프게 했다. 약간의 고린내와 미미한 체온의 흔적. 신발끈은 얼마나 단정했던가. 신발은 또 얼마나 작아 길이가 한 뼘밖에 되지 않았다. 나는 내 턱에서 이마까지 뼘을 재 보고는 내 얼굴이 그 애의 운동화 길이와 똑같다는 걸 알았다. 손바닥을 얼굴에 덮은 채로 숨을 깊이 들이마셨다. 내 입속에서 그 애의 몸이 느껴졌다.

난 변태인 것 같았다. 정말 페티시즘처럼 괴상한 욕구가 꿈틀거리는 것 같아 겁이 났다. 그러면서도 운동화에 대한 집착을 떨쳐 내지 못했는데, 그러면 그녀의 순수를 범하는 듯한 죄책감이 몰려와 밤이 이슥하면 종종 파김치가 되었다.

학교 생활은 많이 변했다. 나는 더 이상 모범생이 아니었다. 지각 사태는 면했지만 갈수록 수업이 싫증났다. 1등 하는 최성수 뒤에 앉아 언제쯤 뒷자리로 떨어지지? 그런 생각을 했다. 수업 진도

와 상관없는 페이지를 펴 놓고 하품을 하지 않으면 선생님 얼굴을 연습장에 스케치하곤 했다. 아니면 방과 후에 그릴 풍경화의 구도를 짜다 들켜 벌을 받았다.

누구나 짐작하듯이 미술부원이 되었으니 그림 지도를 받았겠구나 싶지만, 그런 적이 없었다. 나만 아니라 신입인 진기섭도 마찬가지였다. 기대했던 괴짜 선생은 지도는커녕 정말이지 코끝도 비치지 않았다. 연말이 되자 괴짜 선생은 무슨 일로 수업에 들어오지 않아 얼굴도 잊어버릴 지경이었다.

실제로 미술부는 제멋대로 굴러갔다. 그즈음 졸업반 형들도 뿔뿔이 흩어져서 2학년인 우리가 미술부를 지휘해 나가는 실정이었다. 그닥 지휘랄 것도 없었다. 1학년 후배들이 미술실로 들어오며 "안녕하십니까?" 큰 소리로 인사하면 "응." 하고 짧게 대꾸하는 게 고작이었다.

나는 이토록 방치된 서클을 보질 못했다. 초등학교 때 보이스카우트단이나 과학 실험반, 고전 읽기반을 겪어 봤지만 모두 일정한 규율이 있었다.

그런데도 부원들은 수업 마침 종이 땡땡 울리기가 무섭게 미술실로 달려왔다. 마치 발목이 쇠사슬에나 꿰인 양 오지 않고는 못 배긴다는 시늉이었다. 대부분이 그랬다. 미술실은 완전히 방기된 상태인데도 괴상한 점염성이 나돌았다. 그것은 마치 지독한 질병과 같았다. 수년 전에 친척 아주머니가 이질을 앓은 적이 있었다. 아주머니는 한여름인데도 이불을 뒤집어쓴 채로 땀을 뻘뻘 흘리면서 춥다고 오들오들 떨었다. 이상하게도 아주머니는 물을 거푸 마시면서도 엄청난 갈증에 시달렸다. 누구도 그 방에 들어갈 수 없었다. 아이들은 아주머니처럼 기막힌 갈증에 시달리게 될까 봐 그 방을 쳐다보지도 않았다. 그림은 아주머니가 앓던 이질 증상과 흡사했다. 그림을 그리는 동안에도 뭔가 더 그리고 싶어 미칠 지경이었다.

나는 특히 색의 배합에 매료되었다.

빨강과 노랑이 섞인 색, 황토에 초록을 섞은 색. 팔레트에 나란히 배열된 초록과 청색 사이에도 무수한 색이 존재한다는 것을 알게 되었다. 그만 아니다. 레몬색 하나도 물의 비율에 따라 색이 달라졌고, 붓을 한 번이나 두 번을 바닥에 뿌리고서 다시 팔레트에 개면 그때마다 색의 느낌이 변했다. 황혼의 빛깔처럼 색은 무한했고, 마술이었다. 전에는 고동색 하나로 나무를 그렸다면 이제는 수십 개의 서로 다른 고동색으로 나무를 그렸다. 심지어 고동색을 전혀 쓰지 않고도 나무를 세울 수 있었다. 전에는 상상도 못했던 일이다. 고동색 대신에 빨강이나 파랑의 혼합색이 나뭇가지의 일부에 들어가서 나무는 한층 싱그러워졌다. 겨울방학 내내 나와 진기섭은 불치병에 걸린 것처럼 이젤 앞에서 감탄하고, 전율하고, 비통해하고, 혼자 낄낄거렸다. 처음 미술실에 왔던 날 보았던 다른 애들처럼 우리도 그렇게 변하고 말았다.

결정적으로 회화에 눈을 뜨게 된 사건은 이듬해 2월에 일어났다. 이날의 체험을 통해 나는 단숨에 미의 핵심에 접근하게 된 것 같았다.

겨울방학을 마치고 학교에 나오는 짧은 봄 학기 중이있다. 그러니까 2월 초순이었는데, 웬일로 괴짜 선생님이 미술실에 쓰윽 나타났다. 낯선 이의 출현에 어리둥절해하는 부원들에게 선생님은 턱을 쓸며 헤실헤실 웃었다.

"야아, 오랜만이야. 너희들, 부탁 하나 들어줄래? 음, 내 그림을 좀 날라 줘. 어제 전시회가 끝났는데, 그림이 커서 버스에 싣지를 못하거든. 전시장에서 집까지 옮겨다 주면 말이야, 자장면을 토할 만큼 사 줄 테다. 어떠냐?"

이제 밝히건대, 괴짜 선생님의 이름은 남창원이다. 그는 키가 훤칠하고 얼굴이 붉으며 눈썹이 짙었다. 수염이 풍성하게 덮인 뾰족한 턱은 날카로운 감각을 지닌 예술가의 풍모인 양 멋져 보였다. 그의 유화가 국전에 입선을 했다는 것이다. 당시 국전은 권위가 있어서 입선이라 해도 대구에서는 한둘뿐이었다. 수상작은 전국 순회 전시를 했는데 마지막으로 열린 곳이 대구였다. 그래서 서울로 옮기기 전에 가까운 부산, 경남의 작가들까지 전시장에 와서 자기 작품을 수거한다고 했다.

자장면을 실컷 먹게 해 주겠다는 제의는 우리에겐 더없는 유혹이었다. 그래서 느닷없이 나타나 그림을 옮겨 달라는 염치없는 부탁마저 오히려 고맙게 생각될 정도였다. 곧 졸업할 부장 형과 2학년 셋이서 버스를 타고 시민회관으로 갔다. 처음 들어가 본 시민회관 대전시실은 무척 어수선했다. 그림 액자가 대부분 바닥에 내려져 있었고 시든 꽃다발도 여기저기 나뒹굴었다. 일반 관람객은 한 명도 보이지 않았다. 그렇지만 붐비고 있는 많은 사람들이 화가임을 한눈에 짐작할 수 있었다. 야구 모자를 눌러쓴 늙은이도 있고 구멍 뚫린 청바지 차림이나 카이저수염을 기른 중년도 보였다. 결 좋은 머리카락이 등까지 내려온 여류 화가는 놀랄 만큼 미인이었는데 유화 물감이 덕지덕지 묻은 녹색 군용 재킷을 걸치고 있어서 당황스러웠다. 큰 키에 구레나룻이 풍성한 남창원 선생님이 제일 신사 같았다.

우리는 서너 군데의 전시실을 돌며 그림 구경을 했다. 철거 중인 전시실은 황량했지만 그 때문에 오히려 감상하는 맛이 있었다. 모양 좋게 꾸며 놓지 않아서 마치 원석(原石)을 대하는 기분이 드는 것이다. 거기다 화가들과 어울려 작품을 음미하다니! 우리도 화가가 된 양 우쭐대면서 양손을 주머니에 찌르고 거만하게 작품을 노려보았다. 그럴 때 누군가 괴짜 선생님의 그림을 발견했다고 소리쳤고 우리는 그쪽으로 와르르 몰려갔다. 선생의 그림도 벌써 로프를 떼어 벽에 세워 놓았는데, 그 앞에 당도한 순간 기분을 망쳐 버렸다. 그림이 이상했다. 우리는 너무 실망하여 못 본 척하며 다른 전시실로 가고 싶었다. 창피스러움을 간신히 억누르면서, 옆에 있는 다른 이의 작품이 마치 선생의 작품인 것처럼 그 앞에 모여서, 곁눈질로 선생의 그림을 흘끔거렸다.

큰 캔버스에 온통 검푸른 물감을 진흙처럼 두텁게 발라 놓았다. 물감이 모자란 듯 오른쪽 귀퉁이만 희끗했다. 추상화라곤 하지만 아무리 봐도 캔버스와 물감이 아깝단 생각만 들었다. 무슨 국전 입선작이 이러냐고 숙덕이고 있을 때 남창원 선생이 어깨를 흔들며 다가왔다. 그는 어처구니없을 만큼 큰 소리로 껄껄 웃고는 우리에게 그림을 들게 한 뒤 돌아서서 다른 화가들에게 힙류해 버렸다.

우리는 그림을 맞잡고 시민회관을 나왔다. 100호나 되는 캔버스에 두툼한 액자를 씌워 놓아 잡기가 여간 불편하지 않았다. 날씨까지 살을 에는 듯 추웠다. 자장면이 아니라면 이깟 액자를 어느 구석에 던지고 도망을 쳤을 테다. 액자는 점점 무거워졌다. 우리는 하중을 분산시키려고 액자를 관처럼 눕혀서 네 명이 한 모서리씩 잡았다.

수성교를 건널 즈음에 우리는 기진맥진해졌다. 다리 난간에 액자를 기대 놓고 쉬기로 했다.

"이건 도대체 뭘 그린 거야?"

캔버스에 덮인 신문지를 걷어 내고 준혁이 이죽거렸다.

"추상화잖아. 뭘 그린 게 아니지. 그냥 내키는 대로 물감을 끼얹은 거라고."

"발바리한테 물감을 떡칠해서 뛰어놀게 한 거 아닐까?"

"아래는 설사한 똥이 말라붙은 거 같네."

"야, 우리도 오줌을 좀 갈겨 줘? 그러면 더 기막힌 추상화가 될걸?"

우리는 그림을 발로 툭툭 차며 낄낄댔다. 예술고 진학이 확정된 해성 형이 혀를 차지 않았다면 한층 경멸스러운 짓을 했을 것 같다.

"쯧쯧, 자식들. 마구 칠한다고 추상화가 되는 줄 알아? 도리어 반대지. 추상(抽象)이란 어떤 사물에서 상(像), 즉 이미지만을 뽑아낸다는 뜻이야. 제목이 '아침'이잖아. 아침이 주제인 거지. 그러니까 이른 시간, 막 동이 틀 때의 어떤 이미지를 담아 낸 작품이라고 봐야 돼."

해성 형이 돌변하자 2학년들은 멈칫했다. 해성 형의 말을 존중하지 않을 수 없었다. 그는 화가만큼 잘 그리니까.

"사람마다 아침을 다르게 받아들여. 보통은 하루를 시작하는 게 아침이지만 어떤 이에겐 밤이 종료되는 시각이지. 이건 남창원 작가의 아침이야."

"뭔 아침이 저렇게 시커메요?"

준혁이 피식 웃었고 진기섭은 콧구멍에 손가락을 끼운 채로 고개를 갸우뚱했다. 우리는 난간에 세운 그림 앞에 빙 둘러섰다. 대체로 검푸른 색이 캔버스 전체를 덮었고 오른편 귀퉁이만 약간 밝게 처리해 놓았다. 자세히 보면 거기에 여자의 실루엣이 흐릿하게 깔려 있었다. 해성 형이 거무튀튀한 화폭에서 자주색 계열을 짚어 가며 무어라 설명했다. 지나던 어른들이 걸음을 늦추고 그림을 힐끗거렸다.

그러고 보니 '아침'이 저럴지도 몰랐다. 통상적인 아침과는 전혀 달랐지만 그림을 응시하는 동안, 언젠가 한번은 떠올렸음직한 아침의 다른 부분들이 깃들어 있음을 느끼게 되었다. 겨울날의 동틀 무렵, 사물은 아직 어둠에 잠겨 있고 잔설과 서리의 결정이 쩍쩍 비틀어지기 시작할 즈음일까. 화면은 바다 밑처럼 캄캄했고 왼편에서 중앙으로 뻗은 갈퀴 같은 형태의 검은 물결은 밤의 악몽을 표현한 것 같았다. 우측 여자는 악몽의 틈서리에 스민 희망을 뜻하는 이미지일까.

날씨는 매섭게 추웠다. 찬바람이 불어와 손과 뺨이 얼어붙는 듯했다. 하지만 다리 위에서 국전 입선작을 비평하는 짓은 꽤나 근사했다. 행인들이 옷깃을 세우고 그림을 기웃거렸다. 우리는 검정 교복과 흰 테가 둘린 중학생 모자를 썼다. 누구든 중학생이란 걸 알 수 있었다. 행인들은 점점 몰려들어 나중에는 스무 명이나 되었다. 우리는 정말 예술가들처럼 우스꽝스러울 만큼 진지한 자세로 팔짱을 끼거나 손을 입술에 댄 채 허연 입김을 내뿜으며 논평을 했다. 어른들은 우리가 하는 말에 귀를 기울였고 놀란 눈으로 우리를 아래위로 훑어보았다. 나도 지금껏 그림 하나를 이토록 오래 감상한 적이 없었다.

캔버스 너머에 우중충한 도시의 풍경이 보였다. 납작 엎드린 판잣집과 미로 같은 골목들, 자전거와 사람들. 여기저기 시커먼 물이 괴인 강물이 도시 한가운데로 굽이지고 있었다. 시선이 겨우 미치는 먼 풍경은 낮게 드리운 구름이 섞여 짙은 잿빛이었다. 순간, 도시의 전경에서 추럼한 어떤 이미지가 캔버스 안으로 흘러들어 온 것 같다고 생각했다. 명도(明度)는 달랐지만 채도(彩度)와 음울함의 정도가 비등해 보였다. 이번에는 반대로 캔버스로부터 도시를 감상할 수 있었다. 극도로 혼탁한 색조가 도시의 빛깔과 어울렸다. 마치 캔버스의 자주색과 암녹색의 너울이 은강천으로 흘러가 도시의 원경 속으로 번지는 것 같은 느낌이 들었다. 밤의 악몽은 저곳에도 있구나. 잠결에서만 아니라 거대한 도시의 한낮에도 밤의 악몽이 깔려 있구나. 나는 그렇게 느꼈다.

물감이 모자라서 희미하게 그렸다고 웃어넘겼던, 우측 상단에 있는 여인의 작은 실루엣은 따뜻한 위로의 상징이 아닌지. 연보랏빛이 도는 저 여인이 없다면 아침의 악몽은 도시 전체를 삼켰으리라. 도시는 온통 불길함으로 가득 차, 우리는 숨을 쉬지도 못하리라. 밤보다 더 캄캄한 아침, 악몽 속에 희망을 애원하는 절박한 시간. 괴짜 선생은 그 이중의 시간을 그리려 한 것 같았다.

놀랍게도 우리가 시도한 해석은 그리 빗나가지 않았다. 나는 몇 달 뒤에 이 시기의 남창원 선생님을 알게 되었는데, 어떤 정치적인 이유로 견디기 힘든 나날을 보냈다고 한다. 특히 출근하는 아침이 가장 고통스러웠다. 옷을 입고 대문을 나서면 태양 광선은 예리한 유리 파편처럼 머릿속에 박혀 발작적인 두통을 일으켰고, 안구가 통째로 뽑히는 듯했다고 한다.

그림을 그린다는 게 이런 것인가!

남창원 선생은 눈에 보이는 외부 대상이 아니라 자신의 내부를 그렸다. 어떤 파동 치는 내면의 결을 캔버스에 옮겨 놓은 것이다. 다른 방식으로는 표현되지 않는 마음의 풍경을. 그래서 마치 퇴적암에 박혀 있는 삼엽충 화석처럼 그도 화폭에 아로새겨졌다. 그의 몸은, 뼈와 살은 화폭의 일부가 되었다.

이처럼 작품에는 예술가의 삶과 마음이 배어 있고 영혼의 씨앗이 간직되어 있는 게 아닐까. 그 씨앗은 때로 잠들어 있다가 예술가가 죽고 많은 세월이 흐른 뒤에 싹이 트고 꽃을 피워서 사람들에게 감동을 주는 게 아닐는지. 기교와 형식은 추후의 문제일 테다. 그건 갈고닦으면 언제든 가능하다. 화가만 아니라 모든 예술가는 자신의 예술에 대해 삼엽충처럼 낱낱이 박혀 있는 것이리라. 예술에 대한 나의 첫 체험은 그렇게 수성교 위에서 이루어졌다.

액자 귀퉁이를 잡고 우리가 선생의 집 마당으로 들어서자 선생의 부인이 "어서오세요, 수고하셨네요." 호들갑을 떨며 맞아 주었다. 부인은 겨우 스무 살을 넘겼을까 싶게 어려 보였다.

선생의 집은 신문 방송 기자들이 많이 거주한다고 해서 기자촌(記者村)이라 불리는 동네에 있었다. 집은 아담한 2층이었는데 1층 거실 전체를 화실로 쓰고 있었다.

선생의 부인이 백도 통조림을 까서 접시에 담아 왔다. 어여쁜 부인이 보는 앞이라 우리는 서로 양보하는 척하면서 많이 먹으려고 신경전을 벌였다. 기섭이 멍청한 실수로 백도를 찍은 포크를 바닥에 떨어뜨렸다. 기섭이 백도를 주워 먹으려고 하자 부인이 간지러운 비명을 지르며 기섭에게서 백도를 빼앗았다. 소녀 같은 부인의 행동을 보면서 나는 당황스러웠다. 예전에 남창원 선생님이 과학 여선생님을 두고 음악 선생님과 싸웠다는 소문이 떠올라서였다. 개구리처럼 선생의 눈이 팅팅 부었던 그때가 떠올라선지 부원들도 서로 눈짓을 주고받았지만, 그걸 떠벌리는 실수는 아무도 하지 않았다.

우리는 선생의 화실에서 자장면을 실컷 먹었다. 레몬 빛 커튼과 대형 유리로 전망이 트인 화사한 실내에는 이젤이 세 개나 세워져 있고 작업 중인 캔버스에 물감이 번들거리고 있었다. 오일 물감 냄새를 맡으면서 먹는 자장면이 이토록 황홀한 맛이라니! 물감과 자장면의 냄새는 기막히게 어울려서 입술을 모아 면발을 짝짝 빨아당기면 물감 냄새까지 코로 흡입되어, 마치 작품을 먹는 듯한 희한한 느낌이 들었다. 오는 동안 다리가 아프고 추위에 떨었다고 아무도 불평하지 않았다.

자장면 그릇 바닥을 혀로 핥고 있을 즈음에 남창원 선생의 기척이 들렸다. 찬바람을 안고 현관으로 들어선 선생이 큰 소리를 질렀다. 술에 취해 있었다.

"오라, 자장면을 먹고 있구나. 여보, 우리 아이들 잘 대접했어? 왕처럼 극진히 모셔야 돼. 애들 말이야, 나중에 화가가 될 거야. 아니지. 벌써 화가나 다름없어. 시시껄렁한 환쟁이들보다 실력이 좋다고. 하핫, 그렇지?"

내가 깜짝 놀랐던 것은 괄괄 떠드는 괴짜 선생 때문이 아니었다. 선생 뒤를 따라온 사람이 곤 씨였던 것이다. 교회 인부 노릇을 하는, 오 선생님의 동생인 오곤 씨. 곤 씨의 등장에 어리둥절했는데 곤 씨는 나를 보지 못한 듯 "이상한 선생 밑에서 학생들이 고생이구먼." 너스레를 떨었다. 둘은 친구이고, 선생이 곤 씨의 사무실에 들렀다가 함께 왔다는 얘기를 들을 수 있었다.

괴짜 선생은 우리에게 소파에 그대로 앉아 있으라 하고는 맥주를 한 잔씩 돌렸다. 나는 한 모금 입에 넣어 보다가 오줌 냄새가 나서 코를 찡그렸다. 기섭은 선생이 따라 주는 맥주를 맛도 모르면서 벌컥벌컥 들이켰다.

괴짜 선생과 곤 씨는 마주 보고 앉아 잔을 주거니 받거니 했다. 둘은 이미 취해 있던 터라 이내 얼굴이 불그스름해졌다. 그들은 우리를 팽개치고 뭔가에 대해 격한 논쟁을 시작했다. 그 광경이 꽤 인상적이었다. 검고 우중충한 망토를 걸친 곤 씨가 이쪽 소파에 앉아 있고 큰 키에 수염이 수북한 괴짜 선생이 건너편에 있었다. 소녀처럼 앳된 부인은 둘과 정삼각형을 이루는 바닥에 앉았다. 하늘하늘한 연두색 원피스를 입은 그녀는 다소곳이 무릎을 모은 채 두 사람의 다툼을 말끄러미 쳐다보고 있었다. 시끄럽게 떠드는 산적 같은 두 사내와 가냘픈 부인의 고요한 태도가 극히 대조를 이루어서 왠지 모를 감동이 일었다.

곤 씨는 선생의 추상미술에 대해 노골적으로 불만을 터뜨렸다.

"자네 그림은 도통 알 수가 없어. 거꾸로 세워 놔도 아무도 모를 테지. 흥, 작가 사인을 봐야 어디가 아래인지 알 거야. 이번 국전 작품도 마찬가지야. 대중이 이해할 수 있는 걸 그리라고."

곤 씨가 미술을 알 리 없었다. 교회 인부나 다름없는 자니까. 난다리 위에서 추상미술에 감명받은 터라 그의 말에 화가 치밀었다. 이상한 것은 그런 비난을 당하는 선생의 태도였다. 곤 씨의 눈을 빤히 보거나 진지한 어조로 대응했는데, 자신과 비슷한 수준으로 대접하는 투였다. 어여쁜 선생의 부인조차 무릎을 가슴에 껴안고 곤씨의 말에 귀를 쫑긋 세우는 눈치였다.

나중에 회상해 보니 두 사람은 이때 순수예술과 민중예술을 두고 논쟁한 게 아닌가 싶었다. 내용은 거의 기억나지 않는다. 몇 달후 곤 씨가 갑작스럽게 사망했고, 그리고 다시 몇 년이 흐른 후, 곤씨에 대한 기억을 정리할 때 이날의 논쟁이 떠올랐다. 곤 씨는 민중예술을 주장했고 선생은 순수예술 쪽일 것이다. 선생은 가끔 술 취한 음성으로 소리 높여 응수했다. 어떤 땐 외면하는 시늉으로 뒷목에 손을 넣어 등을 긁기도 했으나 자주 머리카락을 쥐어뜯으며 괴로운 표정을 지었다.

바닥에 앉은 선생의 부인은 술잔을 입에 대지 않았다. 그녀는 연두색 원피스 속으로 세운 무릎을 약간씩 움직일 뿐이었는데, 마치

곤 씨의 투박한 음성이 보이지 않는 그녀의 다리를 은밀히 움직이게 하는 것처럼 보였다. 그 모습이 명령을 받는 포로처럼 가여웠고, 반응이 세밀해서 사랑스러웠다.

우리는 하나둘씩 소파를 빠져나가 아틀리에를 구석구석 구경했다. 나는 맥주 반 잔만 마셨는데도 머리가 울렁거렸다. 창밖을 내다보다가 2층 목조 계단 아래에 있는 서가로 갔다. 어깨 높이인 서가에는 미술책들이 가득 꽂혀 있었다. 미술책이 이토록 많다는 게 놀라웠다. 두꺼운 양장본도 수다했지만 팸플릿처럼 얇은 화첩은 헤아릴 수 없을 정도였다. 화첩은 대부분 영어와 일본어로 되어 있었는데, 선생이 서울과 부산의 헌책방을 돌아다니며 모은 것이라고 한다. 물론 나중에 들은 얘기였다.

나는 여기서 기막힌 화첩 하나를 보게 되었다.

서가 앞에 주저앉아 아무거나 뽑아 구경하던 참이었다. 알 수 없는 어떤 자력이 한 화첩을 펼치게 했다. 대학 노트 크기로 50쪽 정도인 얇은 컬러 도판이었다. 책은 여자 그림뿐이었다. 특이하게도 여자의 자세가 어색했고 신체 비율이 왜곡돼 있었다. 지나치게 가는 허리에다 팔과 목이 괴이하게 길었다. 유럽인인데도 피부는 주황빛이었다. 다리 위에서 선생의 추상화를 보지 않았다면 납득하기 어려웠을 거다. 나는 화가가 여자의 외양이 아니라 내면을 그렸다고 생각했다. 게슴츠레하게 뜬 녹색 눈은 꿈을 꾸고 있는 것 같았고 벌린 입술에는 허망함이 느껴졌다. 늘어뜨린 손목엔 왠지 쓸쓸한 과거가 담긴 듯했다. 더 눈길을 끈 것은 가늘고 긴 목이었다. 목이 너무 가늘어 손을 갖다 대면 좁은 도랑으로 흐르는 물처럼 어떤 욕망의 흐름을 감지할 수 있겠다는 생각이 들었다. 단순한 인체(人體)가 이런 느낌을 자아낸다는 게 신기했다. 나는 뒷장에 있는 누드화까지 펼치고 들여다보았다.

바로 1미터 옆에서 부인이 까르르 웃음을 터뜨렸다. 난 깜짝 놀라 누드화를 덮으려고 했다. 옆으로 돌아앉은 부인은 여전히 곤 씨의 얘기에 열중하고 있었다. 망토를 벗은 곤 씨가 뭔가를 설명하는 중이었다. 여자의 누드는 아무렇지도 않았다. 어떤 흥분도 일어나지 않았다. 가늘고 붉은 허리는 가볍게 퇴폐적이면서도 원시적이었다. 관능이 흐르고 있었지만 순수한 느낌이 들었다. 우수가 어린 붉은 피부, 어떤 접촉을 애원하는 듯한 비틀어진 팔, 몸의 곡선 때문에 느껴지는 애잔함, 다리를 아무렇게나 벌린 아이 같은 동작. 그리고 현기증 같았던 지난날의 쾌락, 슬픈 기억들……. 당시에 내가저 관능의 다양성을 제법 이해했다고 말하려는 건 아니다. 난 약간 먹먹한 상태였다. 실체와 상상이 뒤엉켰다. 하지만 어느 순간에, 저 누드에서 퇴폐와 순수가 동시에 피어오르는 것을 느꼈음은 분명하다. 그 두 요소 사이의 낙차가 내게 기묘한 성적인 감정에 젖어들게하였다……. 난 가슴이 설렜고 몸이 약간 달아올랐다. 화첩을 내려다보며 입술을 핥고 있는데 불현듯 한 여자가 눈앞에 떠올랐다. 선생의 부인인가? 하늘거리는 원피스로 몸의 굴곡을 드러낸 선생의 부인. 앳된 소녀처럼 조바심을 내는 부인. 하지만 아니었다. 그 여자는 서이령이었다. 닮지는 않았으나 누드화에서 보이는 서로 어긋나는 감각이 서이령을 떠올리게 한 것 같았다. 창백한 얼굴에 콧등이 거만하게 솟은 서이령이 삽시간에 어색한 자세로, 왜곡된 신체 비율로, 녹색 눈으로, 애원하듯이 비틀어진 팔로, 실오라기 하나 걸치지 않은 알몸으로, 화첩 속에 뛰어들었다. 서이령은 소년처럼 다리를 쳐들며 누웠고, 목이 길었고, 녹색 눈으로 나를 쳐다보았다.

"어라, 모딜리아니를 보고 있네."

누가 뒤에서 화첩을 낚아챘다. 소스라쳤다. 왜 선생의 부인이 뒤에 있다고 생각했을까. 부인이 아니라 괴짜 선생이었다. 화첩을 빼앗은 선생은 내가 펴 놓은 페이지를 흔들며 낄낄 웃었다.

"야, 재미있냐? 뭐, 미술부원이 누드화를 감상하는 건 이상하지 않지."

선생이 교활한 말로 내가 무슨 짓을 하고 있는지 공개해 버렸다. 나는 질끈 눈을 감았다.

"이 여자는 화가 모딜리아니의 마지막 모델이야. 음, 연인이기도 하지. 화가가 죽자 이틀 뒤에 따라 죽을 만큼 독한 사랑을 나누었어."

선생이 나를 변호해 주는 거 같아 좀 안심이 되었다. 그렇지만 부인과 다른 애들이 보고 있어 고개를 들 수 없었다.

"......"

"이름이 잔 에뷔테른이야. 마음에 드니? 그럼 너 가져."

선생은 책이 아니라 모델을 가지라는 투로 말하며, 책을 휙 던졌다. 난 팔을 벌려 날아오는 화첩을 얼싸안았다. 책은 이미 싸늘하게 식어 있었다.

이렇게 해서 나는 잔느를 알게 되었다. 열여섯 살의 잔느를 소유했다. 잔느는 서이령과 어울려서 내 첫사랑의 감정을 진동시켰다.

일본에서 제작된 이 모딜리아니의 화첩은 뒷날 대학 시절에 자취방을 전전하는 동안 누가 집어 가지 않았다면 지금도 내 책장에 꽂혀 있을 것이다.

한 가지 덧붙이자면, 진기섭도 옆에서 나처럼 한 권을 뽑아 들고 선생의 눈치를 살폈다. 기섭이 탐내는 건 영문판으로 된 레오나르도 다빈치의 얇은 데생집이었다. 기섭의 데생 솜씨가 걸출하단 것을 선생이 알 리 없었다. 그는 뾰족한 턱을 쓸며 "이 책은 진짜 아까운데." 고개를 젓더니 기섭이 손가락을 끼우고 있는 페이지 한 장을 조심스럽게 찢었다. 그림 한 장을 받고 기섭은 무척 좋아했다. 뭔가 싶어 녀석이 손에 든 걸 보았다. 징그럽게도 사람의 얼굴뼈를 정밀하게 그린, 연필화처럼 보이는 소묘였다.

기섭의 취향이 괴이할 거라 짐작했지만, 남창원 선생님은 역시 존경할 만큼 넉넉한 예술가였다.

선생님의 부인은 소파에도, 거실의 다른 곳에도 보이지 않았다. 탁자 위에 맥주병이 10여 개가 세워져 있었고, 소파에는 망토를 벗은 곤 씨만 혼자 등받이에 머리를 젖힌 채 눈을 감고 있었다.

우리는 선생님의 아틀리에에서 적잖은 영향을 받은 것 같다. 그날부터 학년이 끝나는 2월 말까지 정말 열심히 그림을 그렸으니까. 2학년들은 봄방학 내내 하루도 빼먹지 않고 미술실로 나왔다. 그 사이, 졸업식이 있었다. 선배 세 명이 미술부를 떠났다. 부장이었던 해성 형은 예술고등학교로, 한 명은 상업고등학교 디자인 특기생으로, 남은 한 명은 일반 인문계로 진학했다.

기섭은 추운 날씨에도 정말 알몸에 교복만 입는 눈치였다. 몸에 때가 갑옷처럼 덮여 있어 별로 춥지 않을 거라고 애들끼리 농담했지만 녀석은 입술이 파래질 만큼 추위에 떨었다. 지독히 가난해선지 도시락도 싸 오지 않았다. 점심때가 되면 가방에서 젓가락을 꺼내 교복에 쓱쓱 닦으며 식사 자리로 다가왔다. 아무도 녀석에게 왜 도시락을 안 싸 오냐고 묻지 않았으나 식사 시간이 좀 어색했다. 하지만 밥을 먹는 동안에는 아무렇지도 않았다. 이전처럼 히득거리며 잡스러운 농담을 주고받는 데 열을 올렸다.

미술반에 가입한 지 4개월이 지난 이 무렵에도 기섭은 데생만 했다. 방학 내내 아그리파 데생을 수없이 반복했고, 베토벤과 줄리앙을 거쳐 이즘엔 복잡하기 그지없는 미켈란젤로에 손을 대고 있었다. 나는 데생이 지겨워서 일찌감치 수채화로 옮겼다.

기섭은 괴짜 선생에게서 받았던 레오나르도 다빈치의 소묘를 자기 화판 뒤에 딱 붙여 놓았다. 데생을 하기에 앞서, 화판을 뒤집어 놓고 녀석은 마치 기도하는 놈처럼 다빈치의 얼굴뼈 소묘를 응시하며 명상에 잠긴다는 식으로 꼴값을 떨었다. 그런데 기묘하게도 다빈치의 얼굴뼈가 베니어 화판을 뚫고 녀석의 손목에 영험을 주는지 실력이 놀랍게 늘었다. 내가 보기엔 벌써 기존 동급생을 추월한 것 같았다. 우스꽝스러운 점은 중학생 미술 대회에 데생 부분이 없는 걸 녀석이 모른다는 것이다. 그건 미술대학 입학시험에나 필요했다.

학기 종료가 이틀 남은 그날도 2학년 네 명이 늦게까지 미술실에 남아 있었다.

기섭은 이틀째 미켈란젤로를 데생하는 중이었다. 전날 미켈란젤로상을 그의 이젤 앞으로 옮길 때 내가 좌대를 맞잡고 거들어 주었다. 우람한 석고상에다 시선을 맞추려고 해선지 모르지만 녀석은 이젤 맨 위 칸에 화판을 걸어 놓고, 다리도 아프지 않은지 몇 시간을 서서 그렸다.

사실을 말하자면, 부원들은 자주 진기섭의 화판을 흘끔거렸다. 도화지에 희미한 윤곽이 잡힐 무렵이면 모두가 말은 안 했어도 얼마만큼 뛰어난 소묘 작품이 나올까 궁금해했다. 우리의 궁금증을 아는지 모르는지, 기섭은 4B연필을 마치 외과 의사의 메스라도 되는 양 조심스럽게 거머잡고 미켈란젤로의 구불구불한 뺨과 콧등의 경사각, 음영의 정도를 재어 샅샅이 도화지에 옮겼다. 기섭을 제외한 우리 모두가 그렇게 느꼈다. 풍성한 구레나룻을 가진 늙은 중세인이 가늘고 흐린 윤곽만 띠고 있다가 어느 때부터 세포가 증식되는 형용에 놀라워했다. 아니면 바다의 어두운 심연에서 하나의 이미지가 수면으로 아주 조금씩 부상하는 듯한 광경을 훔쳐보다, 마침내 우리는 자신들의 초라한 그림을 바닥에 던져서 짓밟고 싶은 격한 자학에 사로잡히곤 했다.

사건이 터진 것은 그날 밤 9시에 가까울 무렵이었다. 복도가 갑자기 시끌시끌해서 우리는 그림에서 잠시 눈을 뗐다. 미술부에 가입하던 날처럼 몇 놈이 복도에서 레슬링을 벌이고 있었다. 구경꾼들까지 합쳐 예닐곱 명쯤 될 성싶었다. "집에 안 가고 뭘 하지?" 투덜댔지만 어쩔 수 없었다. 3학년 선배들이 졸업한 마당이라 밖에 있는 애들이나 우리나 같은 2학년이었다. 변성기가 지난 목청으로 욕지거리를 주고받는 걸로 보아 덩치도 만만찮을 것이다. 난 전혀 안 들린다는 듯 그림에 얼굴을 바짝 대고 잔터치를 계속했다.

"저 새끼들 정말!"

그렇게 씨부렁거리는 게 기섭이라 실소했다.

비쩍 마른 기섭이 문으로 저벅저벅 걸어가는 게 보였다. 좀 조용히 해 달라고 부탁하겠지, 열없게 웃으며 예상하는데 기섭이 문을 벌컥 열었다. 이어서 거짓말처럼 뺨을 치는 소리가 짝짝, 들렸다. 손바닥으로 벽을 후려치듯 타격음이 작열했다. 난 눈이 뒤집히도록 놀랐다. 기섭이 등 뒤로 문을 쾅 닫고 들어와 제 이젤로 가 버렸다.

일순 복도가 고요해졌다. 내 머릿속이 하얘졌다. '이런 미친놈을 봤나. 뭘 믿고 저러지?' 그제야 기섭도 당황하는 눈치였다. 어처구니없는 짓을 저질렀다는 듯 제풀에 놀라 실내를 두리번거렸다. 밖에서 금방이라도 문을 발로 걷어찰 것 같았다. 잠긴 문고리쯤은 아무것도 아니다. 덩치 큰 예닐곱 명이 들이닥친다면 미술실은 쑥대밭이 될 거다. 우린 넷뿐이었다. 이유야 어찌 됐든 그렇게 되면 우리 동기들은 미술실도 사수하지 못한 졸렬한 기수로 낙인찍히고 만다.

애처롭게도 사태를 수습할 놈은 나뿐이었다. 기섭은 힘을 쓸 깜냥이 못 됐고, 준혁은 부장이긴 해도 어린 티가 여실했다. 정유는 옷을 벗겨 봐야 계집앤지 머슴앤지 알 정도였다. 내가 나설 수밖에 없는 것이다. 문이 뜯기기 전에 먼저 나가서 달래 보는 게 그나마 방어책이 아닐까 싶었다.

조심스럽게 문을 열었다. 복도의 어둠 속에 엉거주춤 서 있는 다섯 놈을 보자마자 기절할 뻔했다. 대번 누군지 알 수 있었다. 육상부와 유도부들이 아닌가. 덩치가 송아지만 하고 몸도 근육 덩어리인 애들이었다. 유도부는 나이가 마흔 살이나 처먹은 것처럼 넓적한 안면에 뺨이 쭈글쭈글해서 늙어 보일 지경이었다. 이놈의 학교가 유도부 하나는 전국 최강이다. 방방곡곡에서 몸집 좋은 애들을 끌어모아 선수로 길렀는데 도대체 뭘 먹이는지 2학년 말이 되면 헤비급에 육박하는 애들이 수두룩하게 유도실을 들락거렸다. 앞에 있는 유도부도 2학년 초에 스카우트되었는데 성질이 사납기로 소문나 있었다.

"어 괜찮나? 너희가 떠들어서 그래. 미술실 앞에서는 좀 조용히 해 줘야 되거든."

나는 애타게 타일렀다. 겁먹은 기색을 숨기려 해도 이가 저절로 딱딱거렸다. 이놈들이 쳐들어오면 우리는 뼈도 못 추릴 거다. 그만 집에 가 줘, 다시 하소연하려는데 육상부가 아까 맞은 자린 듯 뺨을 쓸며 퉁명하게 내뱉는 말은, 틀림없이 내가 잘못 들었을 것이다.

"야, 방금 왔다 간 애, 우흠이지?"

우흠이라니, 난데없이. 우흠은 내 친구가 아닌가. 잘못 들은 거라고, 내 귀청이 들은 소리를 거부하는 바람에 되물으려고 했다. 육상부가 재차 "우흠이 맞지?" 하고 확인해 왔다. 나는 그때 알 수 있었다. 한데 모여 엉거주춤 서 있는 녀석들의 표정이, 컴컴한 복도에서 자신들에게, 그것도 다섯 명의 뺨을 연달아 올려붙일 수 있는 건 학교 전체를 통틀어 우흠밖에 없지 않느냐는 눈치였다.

"야, 야, 집에 돌아가. 많이 늦었다고."

나는 꽤 교묘하게 대응했다. 너희 말이 맞다는 것처럼 양손을 펴고 위로하는 제스처를 취하면서도 위협을 감춘 투로 속삭였다. 내가 우흠과 친하다는 걸 애들도 알고 있을 것이다. 우흠과 함께 다니는 나를 한 번쯤은 보았을 테니까. "이야, 진짜구나." "어쩐지……." 놈들은 왠지 체념하듯 씨부렁거렸다. 몇몇은 벌써 가방을 주섬주섬 챙기고 있었다. 곧 그들이 복도 저쪽으로 우르르 사라졌고 나도 잽싸게 미술실로 돌아왔다.

정말 괴이했다. 기섭이 컴컴한 복도에서 들소 같은 애들에게, 그것도 다섯 명의 뺨을 순식간에 칠 수 있다니. 알몸에 교복만 입고 다니는 허수아비 같은 녀석이. 하지만 그게 아니었다. 기섭은 이젤에 이마를 대고 눈물을 찔끔찔끔 짜 댔다. 미켈란젤로의 눈동자를 그리는 데 골똘해 있다가 바깥이 시끄러워 얼결에 문을 박차고 나갔다는 것이다. 정신을 차리고 보니 자기가 유도부의 뺨을 때리고 있었단다. 듣고 있던 부원들이 머리를 흔들었다. 세상에 이런 멍청하고 불쌍한 놈은 다시없을 거다. 얼마 안 가서 육상부와 유도부가 기섭에게 맞은 사실을 알게 될 것이다. 그들이 가만있을까. 끔찍이 보복할 게 뻔했다. 기섭은 유도부와 집의 방향이 비슷한지 길에서도 자주 마주친다고 울먹였다. 기섭이 이젤 아래에 쪼그려 앉아 양손으로 머리를 싸맸다. 그런 기섭을, 한쪽 동공을 잃은 미켈란젤로가 구슬프게 내려다보고 있었다.

하지만 내가 도무지 이해할 수 없는 건 저 애들의 입에서 우흠의 이름이 튀어나왔다는 점이다. 우흠이 공포의 대상이라도 되듯이 수런대며 가방을 챙기지 않았나. 내가 알기로 우흠은 주먹질과 거리가 멀었다. 어디서 싸움했단 소리를 듣지도 못했다. 싸움은커녕 결핵을 앓아 허약한 편이었다. 딱 한 번의 예외가 머리를 스쳤다. 두어 달 전, 겨울방학을 며칠 앞두고서다. 성기라는 옆 반 애가 있었다. 성기는 심심하면 우리 반을 들락거리며 만만한 애들을 골라 발차기 연습을 하는 애였다. 태권도 3단인 성기의 발차기는 정말 예술이다. 젓가락으로 날아다니는 파리를 낚아채는 무협 만화의 악당처럼 성기도 발차기로 뭐든 할 수 있었다. 그날 성기는 교실로 들어오는 우흠에게 발로 그의 모자챙을 걷어찼다. 성기의 신발이 가슴을 지나 우흠의 얼굴로 휘익 올라가는 순간에, 틀림없이 얼굴을 맞았을 거라고 아이들이 상상하고 있는데 모자만 공중으로 솟구쳐 빙그르르 돌며 곡예를 하고 있었던 것이다. 그런데, 눈을 빠히 뜬 채 피하지도 않던 우흠이 바닥에 떨어진 모자를 줍고는 허리를 펴자마자 다른 손으로 앞에 있는 성기의 얼굴을 갈겨 버렸다. 성기는 그 자리에서 뻗었다. 얼굴이 피범벅이었고 이가 세 개나 부러졌다. 그런 일이 있었다. 하지만 우흠은 싸움하는 애가 아니었다. 우흠에 대해서라면 누구보다 내가 잘 알았다. 지난 학기 초에 한 달이 넘도록 입원한 데다 그 후 하교 시간도 서로 달라서 내가 모르는 변화가 있었을까.

'너 유도부 장태 알지? 얼굴이 곰 발바닥처럼 울퉁불퉁한 애. 기섭이가 장태의 따귀를 때렸는데 걔는 너한테 맞은 줄 알더라.'

차마 우흠에게 그렇게 일러바칠 수 없었다. 우흠이 유도부에게 해명하는 날에는 기섭은 어떻게 되는가. 녀석들이 기섭을 개처럼 끌고 다닐 거다. 친구에게는 안됐지만 먼저 기섭을 보호해 주고 싶었다. 기섭은 언제 유도부들이 찾아올지 몰라 미술실에 나오지도 못했다. 그 후로 미켈란젤로는 한쪽 눈이 없는 상태로 방치되고 있었다. 미켈란젤로의 모습은 가슴을 아프게 했다. 우리는 주인 없는 이젤 앞에 빙 둘러서서 마치 죽음을 애도하듯이 애꾸눈 미켈란젤로를 바라보곤 하였다. 언제 저 중세 예술가가 반짝이는 두 눈을 가질 수 있을까. 구레나룻이 풍성해야 할 턱도 미끈해서 털이 다 뽑힌 닭처럼 볼품없었다. 위대한 예술가 미켈란젤로가 춥고 초라한 미술실에서 능멸을 당하고 있다고 우린 느꼈다.

나는 우흠에게 지나가는 투로 슬며시 물어보았다.

"유도부 애들 요즘 봤어?"

"누구?"

"꼭 누구는 아니지만, 밤늦게까지 유도부랑 육상부 애들이 몰려다니더라고."

우흠이 나를 휙 돌아보는 바람에 씹던 껌이 튀어나올 뻔했다. 우흠의 대답이 의외였다.

"3학년들이 졸업해서 그래. 요새 2학년들끼리 학교 전체를 두고 전쟁을 벌이고 있어. 5반 애도 있고, 유도부도 거들고 있어…… . 대여섯이 나섰지. 누가 장군이 될지 몰라. 나머지는 눈치만 살피고 있고."

"어, 그런 일이 있어?"

기섭과 관련되지 않아 다행이지만 내가 모르는 사건이 벌어지고 있는 것 같았다.

"응. 운동장 끝에 씨름장 있잖아? 거기서 일대일로, 주먹으로만 싸워. 승부가 날 때까지. 주먹 싸움이 끝나고 정리가 되면 그때부터는 야구방망이가 등장할 거야."

싸움이 끝났는데 왜 야구방망이가 등장할까, 아리송했지만 묻지 않았다. "곧 오야붕이 뽑힐 거야. 뽑히지 않으면 3학년에 올라가서도 계속 치고받겠지 뭐." 우흠이 조롱하듯이 말했다. 그가 싸움판 소식을 자세히 알고 있는 것은 놀라웠다. 얼마 전부터 그가 운동 삼아 킥복싱 도장에 다니고 있긴 했다. 거기서 소문을 들었을까? 하지만 우흠이 싸움판에 끼어 있는지는 종잡을 수 없었다. 무심한 말투인 데다 비웃음도 흘리고 있었기 때문이었다.

3학년에 올라가면 무서운 일이 터지겠구나, 아무튼 그런 생각이 들었다. 하지만 진기섭이 미켈란젤로를 그리다가 복도에서 유도부원의 따귀를 올려붙인 일이 불과 한 달 뒤에 일어날 엄청난 싸움의 원인이 되었다는 것을 미리 알았다면, 이때 우흠에게 귀띔이라도 해 주었을 것이다.

어지러운 학교

이윽고 3학년이 되었다. 명찰도 노란색에서 자주색으로 바뀌었다.

열여섯 살은 아이들 사이에서 신체가 가장 고르지 않은 나이다. 어떤 애는 키가 180센티미터가 넘고 어떤 애는 초등학생처럼 작고 여리다. 어른같이 굵은 목청을 가진 애와 변성기에 들어서지 않은 애들이 같은 공간에 섞여 있다. 쇳덩이와 계란이 함께 있는 것이다. 사춘기의 거의 모든 슬픔은 여기서 비롯된다. 자연은 왜 우리들에게 격심한 신체의 차이를 나게 했는지. 우리가 건너야 하는 열여섯 살의 교량은 한없이 좁고 아슬아슬하다.

다행히 나는 우흠과 같은 반이 되었다. 나는 그와 꼭 붙어 다녔다. 갑자기 등장할 '장군'이 무서워서 그랬는지 모른다. 서로 그런 얘기를 주고받지 않았으나 심리적으로 어떤 결속을 가지려고 했던 것 같다. '장군'은 어느 날 무시무시하게 등장할 거다. 우리는 그 앞에서 신하처럼 굽실대야 하지 않을까. 그가 이유 없이 내 엉덩이를 걷어찬들 항변도 못할 거다. 차비도 대신 내고 가방조차 들어주어야 할 테다. 그런데, 3학년이 되고도 보름이 흘렀지만 누가 '장군'이 되었단 소문은 들려오지 않았다. 싸움이 벌어지는 기척도 없었다. 교정은 고요했다. 나는 가끔 운동장 구석에 있는 씨름장으로 가보았다. 고르게 깔린 모래 위로 물오른 버드나무 그림자만 어룽거렸다.

3월이 끝나는 주말에 나는 우흠과 함께 청천으로 놀러 갈 계획을 세웠다. 청천은 대구 외곽에 있는 경치가 아름다운 강변이었다. 우흠이 하숙집 아주머니에게 부탁해서 도시락을 싸 왔다. 하지만 아침부터 비가 뿌려서 소풍을 망쳐 놓았다. 우리는 할 수 없이 동네에 있는 측후소로 장소를 바꿨다. 우흠은 측후소를 구경한 적이 없다고 했다. 나도 칠촌 아저씨가 타지로 발령을 받아 떠나는 바람에 오랫동안 가 보질 못했다.

얼굴을 아는 경비에게 사정해서 정문을 통과할 수 있었다. 어린 시절에 그토록 다감했던 측후소. 짙푸른 편백나무 숲과 잉어들이 수면으로 주둥이를 내미는 연못과 까마귀 같은 풍향계를 보았고, 하늘을 찌를 듯한 황금빛 성탑 안으로 들어갔다. 바닥에 깔린 육각형은 드문드문 은선(銀線)이 뜯겨져 있었다. 들어오자마자 맨 먼저 찾곤 했던 창가에 놓였던 지구의도 보이지 않았다. 하지만 회오리바람처럼 외로 솟구쳐 있는 나선형 계단과 미로 같았던 좁은 복도들은 그대로였다. 까마득히 높은 계단 상층부인 천장 아래에도 어릴 때처럼 신비로운 빛이 감돌고 있었다.

우리는 본관을 나와 연못가에 있는, 최근에 지은 정자에서 도시락을 먹었다. 하숙집에서 도시락을 우흠 몫으로 하나밖에 싸 주지 않았다. 먼저 우흠이 반을 먹고 내 앞으로 도시락을 내밀었다. 나는 비가 주룩주룩 뿌리고 있는 본관을 쳐다보았다. 색이 바래 누르스름했던 성탑은 비를 맞아 붉게 보였다. 사각 병을 거꾸로 세워 놓은 듯한 거대한 성탑이 원근의 대비 때문에 장엄한 기하학적 형용을 띠고 있었다. 갑자기 앞에서 우흠이 눈물을 글썽였다. 난 젓가락을 빨며 "왜 그래?" 하고 물었다. 우흠이 우울한 음성으로 말했다. "우리 집에선 식구들도 수저를 따로 정해 놓고 써. 찌개도 같이 먹지 않아." 아, 그가 앓았던 결핵 때문이었다. 성탑을 쳐다보느라 결핵을 앓았던 사실을 깜빡 잊어버렸다. 그의 젓가락을 닦지도 않고 내가 사용했던 것이다. 지난번에 하숙을 옮긴 것도 그 때문이라고 우흠이 말했다. 1년 반 전에 병을 앓은 것을 알고 주인이 나가라고 했단다. 이미 완치되었다고 사정했지만 소용없었다. 갑자기 끔찍해졌다. 병이 옮을까 봐 젓가락이 마구 꼬였지만, 녀석이 나의 방심에 감동하는 바람에 젓가락을 휘두르며 시원하게 떠벌려 주었다.

"야야, 고작 이거 가지고 그래. 친구끼리는 결핵이 아니라 뭔 병이든 같이 앓아도 된다고."

어린 시절의 황금빛 성탑은 내게 우흠과의 깊은 우정을 선물했다. 측후소에 다녀온 뒤로 더없이 친해졌다. 우리는 무엇이든 서로 나누었다. 호주머니도 같이 사용했다. 버스비나 분식집의 오뎅, 라면 값은 물론이고 학용품을 살 때도 누가 값을 치렀는지 조금도 의식하지 않았다. 그가 하기도 했고 내가 하기도 했다. 심지어 옷을 바꿔 입기도 했다. 자주 팔짱을 끼거나 손을 잡고 걸었다. 그러면 마치 동성끼리 사랑을 나누는 듯한 묘한 감정까지 들었다.

우리는 온갖 말과 감정을 주고받았지만 학교 장군이나 깡패 따위의 사나운 얘기는 하지 않았다. 그가 다니던 킥복싱 도장조차 입에 올리지 않았다. 아마 우리 사이의 분위기와 어울리지 않는다고 여긴 것 같다. 마주 앉아 있으면 소녀들 같은 감정에 젖곤 했으니까. 그런 묘한 우정의 즐거움 때문에 한동안 서이령도 까맣게 잊었다.

그러던 4월 중순, 어느 수요일이었다. 점심시간에 도토리가 구르듯이 우리 반으로 달려왔다. 도토리는 5반이고 나와 우흠은 6반이었다.

숨 넘어갈 듯이 달려온 도토리가 우흠의 귀에다 대고 침을 튀겼다.

"야, 큰일 났네. 지금 4반에 상고 놈들이 들이닥쳤어."

우흠과 나는 화들짝 놀라 몸을 일으켰다. 복도로 나갔다. 우리 학교와 같은 담장 안에 있는 중앙상업고등학교 학생들이었다. 열 명은 돼 보였다. 네댓 명이 계단을 봉쇄했고 나머지는 4반에 들어가 있었다. 교실 안에 살기가 돌았다. 고등학생들이 점심을 먹는 애들을 일으켜 세우고는 "야야, 얼굴 똑바로 쳐들어!" 윽박지르고 있었다.

상고생들이 우흠을 잡으러 온 게 분명했다. 바로 전날 중앙상고생 두 명이 우흠한테 봉변을 당해서 보복하러 온 것이다. 그들은 우흠의 이름을 몰랐고 자주색 명찰을 단 3학년이란 것과 '일반 교복'

을 입었다는 것, 그리고 얼굴만 알 뿐이었다. 나와 우흠은 황급히 복도 끝의 11반 교실로 피했다. 도토리는 복도를 기웃거리며 상고생들의 동태를 살폈다.

전날 우리 셋은 중앙로에 있는 YMCA에 무슨 연극을 보러 갔다가 입석 버스를 타고 돌아오던 중이었다. 당꼬 바지를 입은 고교생 두 명이 버스에 오른 것은 양키 시장 앞 정류장에서였다. 당시 당꼬 바지 교복은 '나간다'는 애들이 입는 옷이었다. 허벅지는 풍성하게 늘리고 바지 밑단을 바싹 줄여 마치 대님을 맨 한복처럼 고쳤다. 허벅지에 비해 바짓부리가 좁을수록 주먹이 세다는 것을 나타내는 일종의 계급 표시였다. 보통 바지가 9인치인데 어떤 애는 도저히 발을 넣을 수 없을 지경인 5.5인치까지 줄여서, 마치 배가 늘어진 복어처럼 허벅지를 펄렁대며 돌아다녔다. 이때 버스에 오른 고등학생도 6인치쯤 되는 당꼬 교복을 입어서 눈길을 끌었다. 그들은 버스 중간에 서서 건달처럼 어깨를 둥글게 말고는 내용도 없이 욕설만 주고받았다. 목소리가 컸고 욕설은 음란하기 짝이 없었다. 그러더니 좌석에 앉은 여고생 앞으로 손을 늘어뜨려 가슴을 만질 듯이 장난을 쳤다. 버스가 휘청대는 틈을 타서 가슴에 손을 찔러 넣을 품이었다. 여고생 둘이 가방을 껴안고 허둥지둥 자리를 비켰다. 승객들도 앞뒤로 흩어졌다. 그럴 때였다. 뒤 칸에 있던 우흠이 당꼬 교복에게 성큼성큼 다가갔다.

우흠이 불쑥 소리를 질렀다.

"야, 너희들 어디서 좀 노냐?"

우흠은 교복을 입었고 흰 테가 있는 중학생 모자를 쓰고 있었다. 기분 좋게 좌석을 차지한 고등학생들이 어리둥절해했다. 돌발 사태를 지켜보는 내 시선이 하애졌다. 우흠은 그들 바로 앞에 서 있었다. 아연한 눈으로 올려다보는 고등학생들에게 팔을 뻗는가 싶더니 손끝으로 모자챙을 짓눌렀다.

"밥풀떼기 같은 놈들이 어디서 개지랄을 떠냐? 턱도 없이 당꼬나 처입고 허풍을 떨어, 요런 양아치 새끼들이!"

우흠이 침을 튀기며 다리를 끄덕거렸다. 금방이라도 무르팍으로 얼굴을 쳐올릴 기세였다. 도저히 믿을 수 없단 듯 당꼬들이 입을 다물지 못했다. 중학생과 고등학생이 아닌가. 거기다 한쪽은 건달들이었다. 버스는 흔들리며 계속 달렸다. 싸움이 날 것 같아 버스 중간은 순식간에 텅 비었다. 나와 도토리가 서 있는 뒤쪽으로 어른들이 밀려들었다. 버스는 불속과 같았다. 고등학생들이 시뻘게진 얼굴로 서로 눈짓을 했다. 버스가 정류장에 급정거했다. 그들이 몸을 일으키는가 싶더니 가방으로 우흠을 밀쳤다. 우흠이 주춤 물러서자 쏜살같이 버스에서 내렸다. 몸집은 좀 작은 편이었다. 밖에서 그들이 벌떡벌떡 뛰며 우흠을 향해 주먹을 내지르고 지독한 욕설을 퍼부었다. 어른들이 웅성거렸다. 내가 다가갔다. 우흠은 흥분을 가라앉히려는 듯 입을 꾹 다물고 있었다.

나는 왜 나섰느냐고 물을 수조차 없었다. 그런 물음 따위는 맞지 않는 것이다. 너무나 대범한 행동이어서 겁이 나지 않았는지, 뒷일이 어찌 될지, 아무것도 생각나지 않았다. 잘한 건지 아닌지에 대한 판단도 유보되었다. 나는 우흠의 대담함에 감동했다. 행동은 빛이 났고, 자체로 아름답기까지 했다. 그런데 하필이면 그 당꼬들이 우리 학교와 같은 담장을 쓰고 있는, 악명 높은 중앙상고의 2학년들이었다.

하여간 그 뒤로도 나는 우흠에게 버스 사건을 일으킨 이유를 묻지 않았다. 아마 그즈음 학교에 불량 서클이 생기기 시작하고 당꼬교복을 입은 애들도 자꾸 늘어난 게 이유인지 모른다. 선생님들은 이상한 교복을 금지시키지 않았고 학생들끼리의 싸움도 모른 체했다. 그건 지금도 이해할 수 없다. 그때도 이해할 수 없었다. 아마 학교가 방치하고 있는 것에 반항심이 일어나 느닷없이 고등학생들에게 화풀이한 건지 모른다.

앞서 말했듯이 우흠은 성격이 유순하고 세심했다. 눈이 크고 보조개가 있어 아이처럼 보이기도 했다. 그런데 이다지 담대할 수 있을까. 이런 용기는 어디서 온 걸까. 정말 의문이었다.

우흠이 묵던 하숙집에 마흔 살쯤 된 사내가 있었다. 그도 하숙했는데 폭력 전과가 있는 자였다. 우흠은 사내에게서 싸움을 배웠다고 한다. 나도 그를 본 적이 있었다. 밤송이처럼 머리를 짧게 깎고 탱크처럼 탄탄한 어깨를 가진 사내가 방에 만화책을 잔뜩 쌓아 놓고 들여다보고 있었다. 싸움하는 법은 간단했다. 선빵만 하라는 것이다. 선빵은 상대를 먼저 공격한다는 뜻이다.

"이기는 건 쉬워. 힘이 3분의 1만 돼도 상대를 먼저 치고 들어가면 이길 수 있지. 우선 한 방을 갈기면 누구든 자세가 흐트러져. 그때 한 방을 더 쏴 버리면 그걸로 끝나. 오히려 어려운 건 언제 주먹을 날릴까 감을 잡는 부분이야. 싸우기 전에 어떤 형태로든 시비가 벌어지잖아? 그 시비가 싸움으로 이어지겠다 싶은 순간을 놓치지 않는 게 중요해."

한 방을 맞고도 상대가 흐트러지지 않으면 어떡하냐고 우흠이 되물었단다.

"무하마드 알리도 휘청거리게 되어 있어. 딱 한 번이면 진짠지 확인할 수 있지. 그 뒤론 저절로 자신이 생겨. 걱정되면 하나 더 보태 줄까? 두 번째 주먹을 날린 뒤에는 여유를 가져야 돼. 넘어진 놈을 발로 짓밟을 때 얼굴은 피해야 한다고. 덤벙대다간 목을 밟는 수가 있거든. 흐흐, 죽으면 안 되잖아."

우흠은 지난해 9월부터 두 달간 그 사내와 같은 방을 썼다. 그는 더워도 내의를 벗지 않았다. 등 전체에 커다란 용 문신이 있기 때문이었다. 대중목욕탕에 같이 가서 등을 밀어 주기도 했단다. 난 어느 정도 이해할 수 있었다. 그 무렵 내가 열차 사고로 입원한 데다 미술실까지 드나드는 통에 그간의 변화를 몰랐던 것이다.

그렇다고 해도 버스에서 목도한 그때의 감동이 엷어진 건 아니다. 나는 그만한 담대함은 죽을 때까지 못 볼 것이다. 싸움꾼도 아닌데 저런 배포를 가질 수 있을까. 그건 열여섯 살의 남자아이가 뿜어낼 수 있는 순수한 용기가 아닐까. 물론 무턱 댄 것이기도 하겠다. 그러나 아무것도 계산하지 않는 순수함이 육체적인 힘의 도움을 받아서 저런 대범함을 낳는 것일 테다.

힘이 3분의 1만 돼도 이길 수 있다는 말이 용기를 주더라, 우흠은 그렇게 설명했다. 나는 그와 용기에 대해서 많은 얘기를 나눴다. 키가 작은 나는 나약했고 겁이 많았다. 수줍음은 줄었지만 배짱이라곤 없었다. '3분의 1'은 내게도 용맹을 선물했다. 그 '용기'는 몇

년 뒤 우흠과 작별한 뒤에도, 성년이 되어서도, 내 핍진한 삶에서 나를 격동시키는 하나의 중요한 틀이 되었다. 꽤 대담한 사람으로 변했던 것이다. 나는 우흠이 말한 '힘'을 주먹의 힘이 아니라 다른 힘으로 해석했다. 이를테면 머리가 좋다든가, 재능이 뛰어나다든가, 외모가 잘생겼다든가 하는 쪽으로 바꾸었다. 나는 명석한 두뇌를 가진 동료, 돈이 매우 많거나 천부적인 재능을 타고난 이들을 만나면 얼마나 주눅이 들었던가. 상대가 머리 좋고 재질이 뛰어나다 해도, 내 머리와 재능이 3분의 1에만 미친다면 능히 경쟁할 수 있고 이길 수도 있다는 말이다. 또한 '선빵'은 신념이나 의지, 혹은 이상(理想)으로 이해했다. 싸움이 아니니까. 선빵은 결국 방법론이고, 결정적인 매개(媒介)인 셈이다. 신념이나 이상을 품고 있으면 누구와도 대등하게 경쟁할 수 있다는 뜻이고 그런 믿음을 갖는 게 곧 '용기'다.

싹싹 비질하듯이 4반 교실부터 훑어 오던 상고생들이 이제 9반으로 들이닥쳤다. 검은 당꼬 바지를 펄렁이면서 저승사자처럼 몸에 시퍼런 살기를 휘감고 복도를 저벅저벅 걸어왔다. 점심을 먹은 후 축구공을 들고 아래층으로 내려가던 애들이 계단을 지키는 당꼬들에게 사정없이 걷어차였다.

나와 우흠은 11반 교실에 숨어 있었다. 아무리 용기를 내려고 해도 불안감이 먹구름처럼 몰려왔다. 그곳에 무슨 볼일이라도 있듯이 애들에게 말을 걸었지만 숨조차 쉴 수 없었다. 어찌 될 것인가. 수색을 중단시킬 방법은 어디에도 없었다. 누군가 교무실로 달려가서 선생님을 불러오길 바랐지만 그쪽 교사로 통하는 공중 복도를 그들이 장악하고 있었다. 3층의 모든 교실은 감옥으로 변했다. 게다가 중앙상고 건달들은 선생님도 무서워하지 않는다고 했다. 애들 얘기로 저놈들의 왕초 몇몇은 수업 중에 교실 뒤에서 담배까지 피운다는 것이다.

점점 육박해 오는 운명의 발자국 소리. 우흠은 얼굴이 하애졌고 눈을 감고 있었다. 이제 고등학생들이 9반에서 나와 10반으로 이동하는 참이었다. 10반은 하등반이었다. 3학년의 학급은 인문계 고등학교를 들어갈 수 있는 성적을 기준으로 하여 열 개의 일반반과 두 개의 하등반으로 나뉘어 있었는데, 10반이 하등반에 속했다. 10반 앞 복도에는 좀 전부터 그 반 급장이 혼자 나와 서성이고 있었다. 급장은 떼거리로 몰려오는 고등학생들을 가볍게 제지했다. 삽시간에 그들이 10반 급장을 에워쌌다. 뜻밖에도 급장은 그들과 잘 아는 사이 같았다. 10반 급장이 상고생 왕초와 어깨동무를 한 채로 얘기를 나누고 있다고, 망을 보던 도토리가 우리에게 와서 어깨동무 시늉을 해 보이면서 전해 주었다. 정말 놀라운 소식이었다. 나도 복도를 내다보았다. 10반 급장이 고등학생에게 뭔가 숙덕거렸고 왕초는 고개를 저었다. 급장은 다른 고등학생들에게도 팔을 벌리며 자기 반에 들어오지 못하도록 저지했지만 그들은 급장을 밀쳐 버리고 10반으로 들어가고 말았다.

그들이 10반을 뒤지고 있을 때 학생주임 선생님과 국어 선생님이 공중 복도로 달려왔다. 상고생들은 귀찮은 듯 슬금슬금 복도로 몰려나왔다. 도망도 치지 않았다. 중학생 놈이 고등학생을 건드려서 잡으러 왔다고, 껄렁한 말투로 이죽거렸다. 선생님과 상고생들이 고성을 주고받는 광경을, 수백 명의 아이들이 복도로 얼굴을 내민 채 지켜보고 있었다. 선생님들이 그들과 대치해서 쩌렁쩌렁 고함을 쳤지만 그 광경은 이상하게 맥이 빠지고 고요한 느낌마저 들었다. 그럴 때, 고등학교 럭비 코치와 체육 선생님이 각목을 들고 계단을 뛰어 올라왔다. 그제야 상고생들은 하는 수 없다는 듯 바지 주머니에 손을 찌르고 당꼬 바지를 펄렁이며 계단을 내려갔다. 10반 급장이 잘 가라는 듯 머리 위로 손을 흔들었다.

상고 왕초와 어깨동무하고 얘기를 나누던 10반 급장의 이름이 황시웅이었다. 2학년 때는 보지 못한 얼굴이었다. 3학년을 유급해서 우리보다 두 살이나 세 살이 많다고 했다. 상고 왕초와는 친구 사이라는 것이다.

폭력은 아이들에게 인간의 고독을 알게 한다

상고생들이 물러간 것은 끝이 아니라 서막이었다.

그들은 10반 급장을 따로 만나 위험한 거래를 튼 것 같았다. 상황을 조합하면 그렇게 짐작할 수 있었다. 그들이 황시웅을 중앙중 장군으로 인정하는 대신 상고생을 건드린 중학생을 찾아내 자신들한테 넘기라고 요구한 거였다. 황시웅이 그를 적발하는 건 어렵지 않았다. 주먹을 쓴다는 놈치고 당꼬 교복이 아닌 일반 교복을 입은 애는 한 명뿐이었다. 바로 류우홈이었다. 나조차 잘 알지 못했지만 주먹잡이 애들 사이에서는 이미 소문이 나 있었나 보았다.

10반 애들은 급장인 황시웅을 형이라 부르고 예대했다. 아무리 두어 살이 많다지만 동급생을 형이라 부르다니. 멍청이들이 아닌가. 사실 10반의 속사정은 알 수 없다. 황시웅은 선생이나 되듯이 애들을 책상 위에 세워 놓고 회초리로 종아리를 때린다고 하니까. 만약 내가 10반이었다면 황시웅의 책상 위로 올라가지 않을 수 있을까.

상고생들이 침입한 사건으로 황시웅의 이름은 전교생에게 퍼졌다. 나도 이때 황시웅을 처음 알았다. 2학년 말에 주먹잡이 애들끼리 패권을 가리려는 시도가 있었지만 3학년에서 그가 버티고 있자 쓸데없는 짓이 되었던 사실도 알게 되었다. 학기 초가 잠잠했던 이유도 황시웅이라는 걸출한 주먹이 있었던 탓이었다. 황시웅의 패권이 확인된 뒤로, 각 반마다 꼬붕들이 생겨났다. 주먹이 센 애들이 다투어 황시웅의 수하가 되었다. 황시웅의 몇몇 조무래기들은 지독히 사악했다. 다른 애들의 돈을 갈취하고 자질구레한 일로 시비를 걸어 굴복시켰다. 유도 시간에 자기 유도복을 가져오지 않고 딴 애들의 것을 빼앗아 입었고 마음 안 드는 애를 불러내 복도에서 발가 벗겨 창피를 주었다.

우리 반에도 황시웅의 꼬붕으로 기철이란 애가 있었다. 기철은 행패를 부리지 못해서 암고양이처럼 배배 꼬여 있었다. 우흠 때문이었다. 나도 놀라웠다. 기철은 우흠이 쏘아보기만 해도 움츠러들었다. 기철만이 아니었다. 다른 꼬붕들도 우리 반에 와서는 우흠의 눈치를 슬금슬금 보았다. 황시웅 쪽에서 보면 우리 반은 치외법권이었다. 우흠이 일대일의 싸움에서는 학교에서 최고라는 말이 들린 것도 이 무렵이었다. 실제로 그런지 모르나 그런 소문이 보이지 않는 전선처럼 은밀히 돌아다녔다. 황시웅은 무척 자존심이 상했나 보았다. 한번은 황시웅이 기철을 자기 반으로 불러 뺨을 열 대나 때렸는데, 그게 우흠 때문이라고 한다.

그런데 사태가 이상하게 흐르고 있었다. 다행인지 불행인지 황시웅이 우흠을 상고생에게 넘기지 않고 자신이 직접 처리하겠다고 상고생 왕초와 합의한 모양이었다. 이후로 목숨을 건 싸움이 일어난 것으로 봐서 알 수 있었다.

어느 날 세계사 시간에 우흠이 나와 나누던 필담에 이렇게 적었다. 우리는 창가에서 앞뒤로 비딱하게 앉아 자주 필담을 주고받았다.

"아무래도 싸워야 할 것 같아. 점점 죄어 오네……."

내 가슴이 철렁 내려앉았다.

"황시웅이야? 상대가."

키가 175센티미터쯤 되는 황시웅은 검은 피부에 몸매가 근육질이었고 작은 눈이 쥐눈처럼 반짝여서 보기만 해도 무서웠다. 우흠은 그와 키만 비슷할 뿐 여느 애들처럼 팔이 가늘고 어깨가 좁았다. 아직 아이티가 났다. 난 우흠을 도울 수 없었다. 싸움을 할 줄도 모르지만 근시가 심했다. 무려 5.5디옵터의 근시 안경을 쓰고 있었다. 안경을 벗으면 앞이 보이지 않아 조무래기한테도 얻어터지고 말 거다.

"시웅만 아니야. 상대는 스무 명쯤 되겠지."

내가 푸 한숨을 쉬었다.

"스물이나!"

"응. 각 반에 주먹 좀 쓴다는 애들이 다 걔 꼬붕이니까……."

"너 혼자서?"

우흠은 필담 대신 고개를 끄덕였다. 사실 우리 반 기철과 맞붙어도 우흠이 이긴다고 장담을 못 할 것 같았다. 잠시 후 필담 노트가 돌아왔다.

"딱 한 번만 죽도록 싸울 거야. 공불 해야지. 고등학교를 가야 잖아."

이 무렵 우흠의 성적은 거의 바닥이었다. 3학년이 되기 전부터 킥복싱 도장에 다닌 데다 언제 터질지 모를 싸움에 대비하느라 공부는 뒷전이었다. 나 역시 성적이 지렁이처럼 땅에 붙어 있었다. 우흠에게서 숨기기 힘든 불안감이 전달되어 늘 뒤숭숭했다. 우리는 모든 부분을 서로 나누지 않았던가. 마치 한때 그가 앓았던 결핵균이 내게 옮겨 온 것처럼 쓰라렸다. 어떨 때는 그와의 우정조차 부담스러웠다. 이러다 정말 병을 얻는 게 아닐까 싶었다.

지옥 같은 나날 가운데 반짝이는 공간이 하나 있었다.

그것은 일요일에 나가는 교회였다. 교회는 학교에 비하면 낙원이었다. 여학생들과 어울려 노래를 부르고, 코밑이 시커먼 고등학생 형들과 짓궂은 장난도 칠 수 있었다. 그리고 아름다운 서이령을 만난다.

교회 학생회에서 시 외곽에 있는 망우당공원으로 소풍을 가게 된 것도 이 무렵이었다. 공원은 완만한 경사지에 짧은 잡풀이 깔려 있고 소나무와 느티나무의 짙은 그늘과 아카시아아 향기가 넘실거렸다.

오 선생님은 약간 비탈진 잔디밭 위에서 예배를 인도했다. 50여 명의 학생들이 빙 둘러앉았다. 아래쪽에 서서 성경을 옆구리에 낀 오 선생님은 '우물물을 긷는 사마리아 여인'에 대해 이야기를 했다. 환하게 웃음을 머금은 그의 입술에서 특유의 능변이 쏟아지기 시작했다. 어휘들은 하나같이 빠르고 정확해 우리는 놀라워한다. 날아드는 무수한 화살이 영혼의 갈피에 꽂히듯 감동에 젖는다. 짧은 예배를 마친 후, 학생들은 언덕배기로 뛰어올라가 5월의 따사로운 햇살을 만끽했다.

오 선생님은 느티나무 그늘에 앉아 음료수를 마셨고 우리는 어린애들처럼 뛰어놀았다. 까까머리 중1들과 턱이 시커먼 고3 형들과 여고생 누나들까지 길게 줄을 지어 앞사람의 허리를 붙잡고서, 아무리 반복해도 지겹지 않은 기차놀이를 했다. 기차길 옆 오막살이, 아기 아기 잘도 잔다. 한쪽 줄은 기차가 되어 달리고 다른 줄은 터널이 되어 기차를 통과시킨다. 치이푸욱 치익칙푸우푹. 기차가 터널로 바뀌면 이번에는 터널이 기차로 변한다. 역할을 주고받는 게임. 내가 당신을 위해 터널이 되고, 다음엔 당신이 나를 위해 터널로 변하는 것이다. 푸른 솔밭과 태양, 평화로운 재잘거림. 뽀송뽀송한 잔디를 밟으며 포크댄스를 췄다. 그리고 수건돌리기와 신문지 때리기 같은 유치한 놀이가 그토록 즐거울 수가 없었다. 서이령도 가까이 있었다. 서이령은 얼마나 예뻤던지! 그녀는 날아오는 공을 받듯이 양손을 펼치고 자지러지게 웃었다. 그녀의 뒷모습을 보는 것으로도, 그녀가 지나간 뒤의 빈자리에 내가 잠깐 서게 되는 것만으로도 황홀했다. 내겐 어떤 이성적인 감정도 없었다. 내 신체에 1밀리그램의 동물적인 욕망도 발생하지 않았다고 맹세할 수 있다. 서이령만 아니라 다른 여학생들도, 심지어 남학생들도 천사처럼 보였다. 우리는 길게 늘어서서 손을 잡고 가스펠송을 불렀다.

사자들이 어린양과 뛰놀고 어린이도 함께 뒹구는, 독사 굴에 어린이가 손 넣고 장난쳐도 물지 않는 그 나라가 오면 사막은 꽃동산이 되리.

그런데 야유회를 마치고 공원 둔덕을 내려오면서 나는 이상한 감정에 사로잡혔다. 뭔가를 배신하고 있는 기분이었다. 그 느낌은 아주 찜찜했다.

느티나무 숲을 거의 빠져나왔을 때였다. 난 무엇이 불편한지 뚜렷이 깨닫게 되었다. 세상은 온통 황폐한데 나 혼자 흥겨웠던 게 아닌가. 지옥 같은 학교, 복도에서 옷을 벗기는 못된 아이들, 쥐눈을 번뜩이는 황시웅. 당장 내일이면 책가방을 들고 컴컴한 동굴 속으로 들어가야 한다. 그 무렵 속출한 정치적인 사건에도 영향을 받은 것 같다. 사람들을 불편하게 하는 괴이한 소문이 끊이지 않았다. 잘 알 수 없었지만 그런 것이 나를 짓누르곤 했다. 그랬다. 어디나 학교처럼 암울했던 것이다. 그런데도 기쁨에 들떠서 노래를 부르고, 수건돌리기와 기차놀이를 했다니! 내 속에서 모든 것이 전회(轉回)하고 있었다. 입을 모아 부르던 합창도, 믿음과 사랑의 감정도, 감히 오 선생님의 설교조차 가증스러웠다. 그것은 뻔뻔스러운 향락이거나 턱없이 고상한 짓에 불과했다. 마침내 내 감정은 걷잡을 수 없도록 격정적이 되었다. 다시는 이곳에 오지 않겠다. 다시는 오 선생의 설교를 듣지 않을 테다. 잔느와도 이제는 작별이다.

내가 생각해도 나의 감정은 뒤죽박죽이었다. 혼자 뒤처져서 공원을 내려왔다. 내 옆에는 아무도 없었다.

즐거웠던 소풍은 나의 자폐적인 주장 때문에 비참하게 끝났다. 그러나 몇 시간 동안 누렸던 망우당공원에서의 행복한 소풍은, 이 무렵 앞뒤로 뒤덮인 혼돈의 바다에서 섬처럼 있었던 빛나는 시간이었음을 부인할 수 없다. 기쁨을 향락으로, 사랑을 퇴폐로 받아들였을 뿐이다.

내 감정은 지나친 게 아니었다. 바로 다음 날 월요일에 등교하자마자 그걸 확인할 수 있었다. 60미터나 되는 3층 복도를 황시웅의 패거리들이 장악하고 있었다. 다른 애들 틈에 드문드문 섞여 있었으나 그 애들의 거친 동작과 목소리는 학교에 단 하나의 세력만 있다는 사실을 일깨워 주었다. 우리 반 교실 복도만 고요했다. 아무도 다니지 않았다. 마치 하늘을 뒤덮은 먹구름이 한 곳만 틔어 있어 그 곳에 비가 내리지 않는 것처럼, 희한할 정도로 텅 비어 있었다. 왠지 우리 반 애들도 복도에 나가길 꺼렸다. 긴 복도에 우리 반 교실 앞만 고요한 건 정말 소름 끼치는 광경이었다.

"오늘 이상하지 않나?"

생물 시간에 내가 우흠한테 필담을 넘겼다.

"뭐가?"

"황시웅이 각 반 애들을 모으는 것 같더라. 아까 복도에서 열 명쯤 되는 애들이 황시웅을 둘러싸서 숙덕거리더라고."

우흠에게서 바로 응답 쪽지가 넘어오지 않았다. 내가 다시 보냈다.

"널 해칠 거 같아. 피해야 돼……."

"어디로 피해? 풋, 겁나지 않아."

돌아온 우흠의 필담 쪽지에 웃음표까지 달렸지만 도리어 그 때문에 더 불길했다. 정말 피할 수도 없다. 어디로 도망친다 말인가? 저번에 상고생들이 들이닥친 후 집에 알리라고 우흠에게 권한 적이 있었다. "엄마가 문경에서 올 거 같아? 한 번 다녀간들 뭔 소용이야." 우흠이 고개를 저었다. 나도 아버지에게 그 사건을 털어놓았지만 사내놈이 그깟 일도 못 헤쳐 나가냐는 비아냥거림만 돌아왔을 뿐이었다.

다음 날, 오후 둘째 시간이었다.

우흠이 교실에 들어오지 않았다. 난 아무런 귀띔도 받지 못했다. 아무리 짚어 봐도 그가 수업에 빠질 만한 다른 이유가 없었다. 종종 수업에 빠지는 건 미술부 행사가 잦은 나였다. 10분이 흘러도, 20분이 흘러도, 교실 문을 열고 들어서는 그를 볼 수 없었다. 황시웅 패거리와 싸우고 있는 걸까? 아마 그럴 거다. 상대는 몇 명이지? 어떤 방식으로 싸울까? 학교 안에 있는지, 학교 밖으로 나갔는지…… 위로가 될 만한 온갖 시나리오를 상상했으나 항상 그 끝은 피투성이가 돼 있는 그의 모습만 남을 뿐이었다.

'사태가 이 지경이 된 건 나 때문이야.'

자책감이 혹독히 밀려왔다. 며칠 전에 내가 10반 애한테 돈을 빼앗긴 적이 있었다. 그날, 저녁 8시쯤 미술실에서 나와 바로 귀가하지 않고 어째서 학교 옆 전자오락실로 들어갔을까. 전자 기기 소음이 난무한 컴컴한 오락실. 갈색머리를 한 조그마한 녀석이 나를 쏘아보며 돈을 달라 했고 난 줄 수밖에 없었다. 갈색머리가 10반 애란 걸 알고 있었다. 다음 날 우흠이, 누구에게 그 얘길 들었는지 복도를 지나는 갈색머리의 팔을 비틀어 호주머니를 샅샅이 털어 버렸다. 그 일로 황시웅은 폭발하고 말았을 것이다.

난 숨조차 쉴 수 없었다. 몇 자리 건너에서 기철이 야릇한 웃음을 흘리는 게 보였다. 황시웅의 꼬붕인 기철에게 쪽지를 썼다. "너, 우흠이 어디 있는지 알지?" 그러나 건네지 못했다. 저놈에게 물어볼 바에야 차라리 세상이 부서지는 게 나았다.

수업 종료 벨이 울리자마자 도토리의 6반 교실로 달려갔다. 도토리도 모른다고 했다. 나는 도토리와 함께 계단을 뛰어 내려갔다. "학교 밖으로 나간 거 아냐?" 도토리가 말했다. 경비가 교문을 통제하고 있어 나가려면 월담뿐인데 그건 쉽지 않았다. 열 명 정도가 단체로 월담하기는 어려울 테다. 그렇다고 많은 수가 학교에서 싸우기도 힘들 거다. 나와 도토리는 씨름장과 옥외 화장실, 고등학교 교사 뒤편의 느릅나무 고목까지 훑었지만 우흠의 행방은 오리무중이었다.

숙직실 옆, 온실 수돗가에서 우흠을 만났다. 세수를 하고 있었다. 교복을 입은 상태였고 얼굴만 약간 시뻘겠다. 나는 감격했다. 우흠의 손을 덥석 잡았다.

"1학년 4반 교실에 있었어. 시웅이가 그리로 오라 하데."

우흠이 교복을 들추어 내의로 세면한 얼굴을 닦았다. 아, 정말 황시웅이었구나. 거무튀튀한 얼굴에 쥐눈이 박힌 시웅을 떠올리자 소름이 끼쳤다.

"1학년 4반 교실에?"

"응. 오늘 1학년들이 오전 수업했잖아. 일제 고사 때문에. 이 시간에 비어 있었어."

생각지도 못한 장소였다.

"나랑 같이 가지 왜?"

같이 가서 어쩐단 말인가. 그래도 그렇게 입을 떼지 않을 수 없었다. 도토리가 아니꼽다는 듯 입으로 공기를 뿜으며 웃었다.

"교실로 들어가니까 여섯 명이 진을 치고 있더라."

"황시웅도?"

"응."

좀 전 수업 시작종이 울린 터라 운동장에는 아무도 없었다. 도토리는 손목시계를 들여다보곤 씨부렁거리며 교실로 뛰어갔고, 나는 우흠을 데리고 미술실로 갔다. 이 상태로는 수업을 할 수가 없었다. 나중에 문제가 되면 미술실에 행사가 있었다고 둘러댈 참이었다. 미술실에서 숨을 돌린 뒤, 우흠과 함께 1학년 4반 교실로 내려가 보았다.

텅 빈 교실은 엉망이었다. 책걸상이 어지럽게 널려 있고 부러진 청소용 밀대가 나뒹굴었다. 정확히 한 시간 전, 우흠이 이 교실로 들어왔을 때 황시웅은 책상 위에 걸터앉아 담배를 피우고 있더라고 했다.

"교실 문을 발로 걷어차고 들어갔어. 몇 놈이 바짝 경계를 하며 일어서더라. 내가 혼자 왔다는 걸 알려 주려고 등 뒤로 문을 쾅 닫았지. 모두 놀라는 눈치였어. 일단 수업 중이고 혼자 오겠나 싶었던 거야. 나중에야 어찌 되든 배짱을 보여야 돼. 햐아, 황시웅은 나르더라. 담배를 어금니에 삐딱이 물고 연기를 푸푸 내뿜더니, 목소리를 깔고 말하데. 무릎 꿇어. 용서해 줄게."

"그래서?"

"내가 시웅이를 똑바로 쏘아보며, 병신같이! 뭘 용서해? 한 마디 찔렀지. 사자도 독 오른 하이에나를 함부로 물지 못하거든. 핫, 들어올 때만 해도 간이 떨렸는데 냅다 소리 지르고 나니까 여기서 죽어서 나가마, 결기가 생기데. 시웅이보다 꼬붕 애들이 더 놀라더라. 몇 놈은 파랗게 질렸어. 난 그때 알았어. 책상과 걸상을 일부러 흩트려 놓은 걸 보면서 이놈들이 정말 나를 두려워하고 있구나 싶더라고. 전에 태권도 3단짜리 성기를 한 방에 눕혔잖아? 개보다 내가 태권도를 더 잘하는 줄 알고 아예 발을 쓰지 못하게 바닥을 어질러 놓은 거야. 그걸 보는 것으로도 자신감이 생기데. 아, 물론 진짜 싸움은 그때 시작되었어."

황시웅은 담배 한 개비만 손가락에 끼고 있었지만 다른 세 명은 손에 밀대를 들고 있었다고 한다. 녀석들이 밀대를 책상에 후려쳤다. 밀대 봉이 뾰족하게 쪼개졌다. 우흠은 몇 걸음 물러서며 자세를 취했다. 등 뒤로는 문이 닫혀 있었다. 순식간에 교실은 얼음장으로 변했다. 잠시 숨을 죽였을까. 한 놈이 밀대를 죽창처럼 꼬나들고 달려들었다. 뾰족한 창끝이 눈앞에 크게 보였다. 열여섯 살이란 겁이 없다기보다 아무것도 모르는 나이였다. 우흠은 혀를 내둘렀다.

"얼굴로 날아오는 밀대를 얼결에 피했어. 그러지 못했으면 그대로 이마에 꽂혔을 거야. 이것 봐. 밀대가 여길 찍었어."

교실 문에, 키 높이에서 밀대 봉이 꺾인 자리가 선명히 남아 있었다.

귀 옆으로 밀대가 비껴가는 틈을 타서 우흠은 몸을 돌려 녀석의 허리를 걷어찼다고 한다. 킥복싱에서 미들 킥 자세였다. 정확히 허리를 보고 가격할 수 있었던 것은 킥복싱을 한 덕분이었다. 발등 뼈에 허리를 맞은 녀석이 그 자리에서 꼬꾸라졌다. 뒤에 있던 다른 두명이 동시에 가슴을 겨냥해 밀대를 찔러 왔다. 다행히 밀대는 약간의 시차를 두고 날아왔다. 우흠은 먼저 날아오는 밀대를 간신히 피하면서 다음 밀대는 손으로 막을 수 있었다고 한다. 늦게 밀대를 날린 녀석은 허리가 차일까 주춤거렸기 때문에 틈이 벌어진 것이다. 그러나 얼핏 보면 세 녀석이 한꺼번에 달려든 것처럼 보였고 그중하나가 엎어져 있었다. 두 녀석이 밀대를 들고 멈칫하며 황시웅을 돌아봤다.

시웅이 그제야 책상에서 내려왔다. 시웅이 움직이자 밀대를 든 녀석들이 한 발 물러섰다. 나이가 많은 시웅은 교활했다. 그쯤 되면 일대일로 맞붙어야겠지만 만약 지기라도 하면 낭패라고 판단한 것 같았다. 우흠은 퍼뜩 그걸 알아채고 시웅에게 붙자고 손짓을 했다. 시웅은 주먹을 손바닥으로 탁탁 치며 야릇한 미소를 흘렸다. 시웅의 옆에 밀대를 들지 않은 덩치 큰 놈이 하나 있었다. 그는 몸집이 대단했다. 시웅이 그에게 눈짓하자 놈은 몸을 날렸다. 다짜고짜 달려와 레슬링하듯이 우흠의 허리를 부여잡았다. 우흠은 아차 싶었다. 그럴 계획이었던가 보았다. 자신이 넘어지면 몰려들어 밀대로 두들길 것이다.

"걔는 유도부야. 딴 학교에서 스카우트된 앤데 힘이 장사더라. 잡히니까 내 몸이 붕 떠. 씨름에서 맞배지기하는 자세로 그놈이 내 허리를 움켜잡고 허공에 띄운 거야. 진짜 포클레인으로 한 삽 뜨듯이 가볍게 띄워 버리데. 그때 얼핏 어떤 생각이 스쳤어. 힘이 센 놈은 대신 몸이 빠르지 못하다는 거. 정신을 차리고 침착하게 무릎을 세웠지. 그러곤 놈의 명치를 힘껏 쥐질렀어. 몸이 뜬 상태인데도 어떻게 힘을 모을 수 있었는지. 무릎에 묵직한 충격이 실리는가 싶었는데, 내 허리가 풀리면서 놈이 벌렁 나자빠지더라. 그렇지만 숨 돌릴 틈이 없었어. 다른 놈들이 한꺼번에 달려들었지. 밀대와 주먹이 마구 쏟아졌어. 진흙탕 같은 싸움이 벌어졌지만 난 엎어져 있는 고릴라한테만 집중했지. 여럿이 덤빌 때는 한 놈만 물고 늘어져야 돼. 죽을지 모른다는 불안감이 다른 놈들한테도 전달되거든."

"아…… 그래서?"

내 가슴이 조마조마했다.

"시웅도 걱정이 되는지 야 짜식들 그만해, 소리치며 다가와서 늘어져 있는 고릴라를 발로 툭툭 차며 일어나라고 하데."

"시웅은?"

"시웅에게 달려들 수 있었지만 덜컥 겁이 나더라. 아까까진 안 그랬는데 시웅과 맞짱 뜨다가 지면 어떡하지, 걱정되는 거야. 힘도 다 빠졌고. 시웅이도 비슷한 생각을 한 건지 다시 담배를 피워 물더라. 싸움을 그만하자고 표시한 거야. 정말 다행이다 싶었어. 난 마지막 뱃심으로 일부러 느긋하게 몸을 돌려 교실을 빠져나왔지.

그런데, 이상한 일이 그때 벌어졌어. 바닥에 퍼져 있던 유도부가 말이야. 언제 일어났는지, 내가 문을 열고 나가는데 비겁하게 등 뒤에서 내 목을 때렸어. 여기 벌겋게 부어오른 게 그 때문이야. 시웅이, 그만두라니까! 고함을 질렀어. 이상하지, 황시웅이 말린 거다.
좀 전까지는 떼거리로 덤비게 하더니. 아무튼 시웅이 고함치지 않
았다면 진짜 어떻게 됐을지 몰라. 걔가 죽었거나 내가 죽었을 거 같
아. 왠지 그놈의 주먹에 굉장한 살기가 느껴졌어. 한 방 맞고 정신
을 잃을 뻔했으니까. 황시웅은 싸움꾼인 게 분명해. 이미 싸움이 끝
났다고 나와 합의를 본 거거든. 내가 비열한 수작을 하지 말라는 투
로 침을 뱉고 밖으로 나왔지. 나오는데 문에 붙어서 망보던 갈색머
리 애가 달달 떨더라."

우흠은 대단했다. 나중에 뒤에서 달려들었다는 애는 아마 미술
실 복도에서 진기섭에게 따귀를 맞은 유도부일 것이다. 아직도 우
흠에게 맞은 걸로 오해하고 있는 게 틀림없었다. 내가 그 얘기를 털
어놓으며 진작 말하지 못한 것을 사과했다. 의외로 우흠은 낄낄 웃
으며 즐거워했다.

우흠과 다니면 무서울 게 없을 것 같았다. 이 무렵엔 어느 동네
든 우범지대가 숨어 있었다. 공사장의 빈터나 놀이터에 건달들이
자주 모였다. 대낮의 도심에서조차 빌딩 뒷골목을 지나가기란 여간
두려운 게 아니다. "넌 정말 어딜 가도 겁나지 않겠어." 우흠은 고
개를 절레절레 흔들었다. "중학생 싸움은 애들 장난이야. 고등학생
에 비하면 아무것도 아니지. 고등학생 건달들은 진짜 조폭과 선이
닿아 있어. 얼마나 무서운지 알아? 죽이기까지 해." 나는 다시 두려
워졌다. 무시무시한 싸움 세계의 밑바닥을 들여다본 느낌이었다.

그 뒤로 우흠은 착실한 학생으로 돌아온 듯했다. 킥복싱 도장에
는 다녔지만 공부에 열중하는 모습을 자주 볼 수 있었다. 수업 중

에 삐딱이 앉아 나와 필담을 나누는 횟수도 줄어들었다.

하지만 복도는 여전히 살풍경했다. 황시웅이 복도에 등장하면 각 반 패거리들이 우르르 몰려들었고 그들의 동작은 위협적이었다. 분 위기가 좀 누그러지긴 했어도 그다지 변한 게 없었다. 오히려 그들 에게 누가 돈을 빼앗기든, 매를 맞든, 옷이 벗겨지든 구해 줄 사람 은 더 이상 없었을 것이다. 그날 우흠이 펼친 용맹은 놀라웠다. 세 명 이 밀대 봉을 창처럼 쪼개서 덤벼들지 않나. 마치 옛 무사의 이야 기를 듣는 것 같았다. 그렇지만 달라진 건 아무것도 없다. 이건 어 딘가 미흡했다. 완벽하게 이긴 것도 아니고 처절하게 패한 것도 아 니니까.

싸움이 있고 열흘쯤 지난 어느 오후였다. 하굣길에 우흠과 함께 집으로 가고 있었다. 그는 여느 때처럼 다정하게 굴었지만, 난 입을 꾹 다문 채 이맛살을 찌푸리고 두어 걸음 떨어져서 걸었다. 철도 건 널목을 지나고 수산물 공판장 옆길로 들어설 무렵에 나는 불쑥 이 렇게 쏘아붙이고 말았다.

"야, 이게 뭐야? 아무것도 달라진 게 없잖아. 황시웅은 이전과 똑같다고. 넌 혼자서 싸우긴 했지만 충분히 더 지독하게 붙을 수 있었어. 맛만 보다가 자리를 피했지. 결국 도망친 거나 다름없어."

우흠의 얼굴이 빨개졌다. 당황한 듯 눈알이 흔들렸다. 입술만 우 물거리다가 대꾸도 못했다. 책가방을 어깨에서 떨어뜨리고는 빠른 걸음으로 앞서 가 버렸다. 공판장의 높은 축대 그림자가 그의 몸을 삼켰다.

하교 중에 우흠과 헤어진 것은 이때가 처음이었다. 우리는 이때

폭력은 아이들에게 인간의 고독을 알게 한다 123

까지 사소한 말다툼조차 한 적이 없었다.

왜 그런 불평을 했을까. 격하게 후회했다. 우흠이 나를 위해 싸워 준 것도 있지 않은가. 그렇지만 소리 질러 친구를 부르지 않았다. 빠르게 뒤따라가지도 않았다. 우흠과의 거리는 멀어졌다.

난 가끔 내가 끼어든 싸움을 상상했다. 5.5디옵터의 근시여서 애초부터 가능하지도 않지만 서부영화의 총잡이처럼 멋지게 등장해서 해결하는 꿈을 꾼다. 이럴 땐 악마 같은 잔혹함이 내게 쏟아질수록 좋다. 거의 시신이 된 상태로 흙탕물에 사지가 질질 끌려가도 나쁘지 않다. 마지막 반전이 항상 예고되어 있으니까. 모든 고통은 승리의 기분 좋은 재료일 뿐이니까. 아, 나도 저런 악다구니에 뛰어들 날이 오기를. 이기든지 아니면 무참히 쓰러지든지! 이딴 공상이 어처구니없게도 우흠에게 불만을 터뜨리게 한 것 같았다. 상상으로야 뭐든 가능하다.

나는 후회하면서도 느적느적 그의 뒤를 따라갔다. 멀리 공판장 축대가 끝나는 모퉁이에 친구가 서 있는 게 보였다.

얼마 안 있어 나도 축대 모퉁이에 당도했다. 높이 3미터나 되는 우람한 축대에는 공판장 마당에서 새 나온 물이 질질 흘러내렸다. 기다리고 있을 줄 알았던 친구가 보이지 않았다. 난 믿을 수 없어 하며 골목 앞뒤를 두리번거렸다. 어디에도 없었다. 좀 전 그가 멈춰섰던 모퉁이를 다시 돌아보았다. 마치 거기에 우흠이 있는 것처럼. 그가 옆구리에 가방을 끼고 빙긋이 웃고 서 있는 것처럼. 보이지 않는 그를 투명인간이라고 여긴 듯이 손을 내밀며 다가갔다. 그의 등 뒤로, 축대의 가슴 높이에 오징어 한 마리가 그려져 있는 게 눈에 띄었다. 손바닥만 한 그 오징어가 나를 흠칫 놀라게 했다. 우흠이 오징어로 변했다고 생각했던가! 물론 그건 아이들이 분필로 그린 낙서였다.

바짝 다가가 오징어를 자세히 살폈다. 오징어는 펴진 상태로 콘크리트 표면에 붙어 있은 지 꽤 오래된 것처럼 보였다. 넓적한 몸통과 긴 다리 위로 폐수가 허옇게 말라 있었다. 비듬처럼 아삭아삭 일어난 죽은 이끼 밑에는 삿갓 머리가 희미하게 놓여 있었다. '낮이고 밤이고 이렇게 붙어 있었겠네.' 나는 손으로 오징어 몸통을 쓰다듬었다. 바람이 불면 바람을 맞고 비가 내리면 비에 젖었을 거야. 여름철 태양에 콘크리트가 달궈져 있을 때도, 겨울철에 눈바람이 들이칠 때도, 공판장에서 흐른 물이 얼어 두껍게 덮였을 때도 혼자이 벽에 붙어 있었을 거다. 다리는 비뚤비뚤했고, 일곱 개뿐이었다.

우흠과 헤어졌던 그날 이후, 나는 이따금 학교에서 복도를 끝에서 끝까지 걸어가 보곤 했다. 복도는 60미터쯤 되었다. 10반 앞을 지날 때는 터널 속을 걷듯 눈앞이 캄캄했다. 욕설을 하며 다니는 황시웅 패거리가 양옆을 스치기도 했다. 무시무시한 황시웅과 보폭을 같이해서 몇 미터를 나란히 걸은 적도 있었다.

왜 복도의 끝까지 걸어가 보곤 했을까. 내 속에서 요동치는 감정을 똑똑히 응시해 보고 싶었다. 복도는 한없이 길었고, 추웠고, 막막했다. 그리고 축대 모퉁이에 그려진 오징어가 떠올랐다. 겨울철에 눈이 축대에 척척 뿌릴 때도, 비바람이 몰아칠 때도, 또한 밤이 이슥토록 오징어는 절벽에 붙어 있었을 테다. 그 절벽에 붙어 있는 오징어처럼, 차디찬 고독을 나도 느꼈다.

그랬다. 지금껏 나를 보호해 주던 울타리가 다 걷혔음을 알았다. 아버지든 어머니든, 형들이든, 친구든……. 황시웅과 나란히 가다가, 그가 아무런 이유도 없이 팔꿈치로 내 옆구리를 쥐지른들, 내가 바닥에 꼬꾸라진들 나를 일으켜 줄 사람은 아무도 없으리라. 혼자 일어나야 한다. 눈물도 흘리지 말고 무릎을 세워야 한다.

난 이제 소년이 아니다. 가족의 울타리가 다 무너지고, 걷혀졌다. 열여섯 살이면 누구나 비슷할 테다. 우흠은 좀 더 일찍 알았던 거고 난 이제 눈을 떴다. 한 달 전, 복도에서 옷을 다 발가벗겨진 아이도, 그의 어머니가 학교로 달려와서 아이들을 꾸짖은 바로 다음 날 그런 창피를 당했던 것이다. 누구의 손길도 얻지 못하고 알몸이 되고 말았다. 오히려 둘러싼 애들한테 조롱거리로 떨어지지 않았던가. 모두가 울타리가 없이 살아가야 한다. 모두가 혼자서 살아가야 한다. 스산한 복도를 내딛으면서, 누구에게나 한 번은 닥치듯이, 소년의 시간을 벗어나는 그 순간이 비로소 나에게 찾아왔구나, 하고 감지했다. 변성기에 생기는 목청의 다른 감각처럼, 깃털의 빛깔이 변하는 새처럼, 모두가 겪게 되는 그 순간을 내가 이토록 생생히 체험한다는 사실이 경이로웠다.

그렇지만 무척 쓸쓸했다. 그 쓸쓸함은 어릴 때부터 가족을 그리 친근하게 느끼지 않았는데도, 뼛속까지 시리게 했다. 무너진 울타리 위로 불어치는 찬바람을 교실에서도, 늘 지나다니던 상점 앞에서도, 혼자 있는 내 방에서도 느꼈다. 입속에도 찬바람이 불었다.

진리는 하나가 아니다

뙤약볕이 무척 강했다. 5월 중순인데도 거리는 한여름 같았다. 이 도시는 원래 봄이 없다. 한두 차례 폭우가 쏟아진 후, 나뭇잎이 무성해지면 어느새 여름이 지척에 와 있다.

나는 곤 씨 아저씨의 사무실을 찾아가는 길이었다. 곤 씨의 사무실이 수변동 실내체육관 근처라고, 남창원 선생님이 약도를 그려 주며 말했다. 버스에서 내려 약간 경사진 2차선 도로를 따라 올라가자, 거대한 카우보이 모자처럼 생긴 실내체육관의 하얀 지붕이 눈에 들어왔다.

이날 점심시간이었다. 나는 운동장에서 반 아이들과 럭비 시합을 하고 있었다. 중앙상고가 럭비를 교기로 삼고 있어서 럭비는 축구만큼 익숙한 종목이었다. 아이들은 까다로운 경기 규칙이 귀찮아서 길거리농구처럼 골포스트를 하나만 두고 시합을 벌였다. 내가 숨이 차서 사이드라인으로 나와 있는데 남창원 선생님이 손짓을 했다. 괴짜 선생은 내 소매를 부여잡고 운동장 가에 있는 화장실 뒤로 데려갔다. 가방에서 둘둘 만 도화지를 꺼내며 속삭이는 목소리로 말했다.

"형주야, 오곤이 알지? 이거, 오늘 걔한테 좀 갖다 줘."

오곤은 곤 씨 아저씨의 본명이었다. 선생님은 곤 씨가 내 친구라도 되는 것처럼 이름을 들먹여서, 화장실 악취 때문이라는 듯 코를 막는 시늉을 하며 웃었다. 전에 선생님의 집에서 만난 적이 있어 곤 씨와 내가 한교회에 다닌다는 것을 그는 알고 있었다.

"집을 모르는데요."

곤 씨의 형인 오 선생님 댁을 찾아가 물으면 되겠지만 여긴 학교였다.

"어, 집을 몰라?"

선생님은 턱을 긁으며 실망했다.

그러고 보니 괴짜 선생의 모습이 평소와 달랐다. 당당하던 기세는 어디 가고 넋이 나간 듯했다. 머리카락을 짧게 깎았고 자신이 화가임을 입증하는 듯한 무성한 구레나룻도 말끔히 밀어서 뾰족한 턱을 노출했는데 그 때문에 이제 화쟁이질을 때려치운 게 아닌가 싶었다. 잠시 갸우뚱하던 그가 주변을 곁눈질하더니 수첩 한 장을 조심스럽게 찢었다. 거기다 보물섬 지도를 그리듯 은밀하게 약도를 그렸다. 그는 손끝이 떨렸고 숨도 쉬지 않았다. 명색이 국전 입선 화가가 약도조차 꾸불꾸불하게 그리는 통에 웃음이 터질 뻔했다.

얼마 전에 선생님이 학교에서 쫓겨날 거라는 얘기가 떠돌았다. 교장실에서 나오는 남 선생님을 도토리가 봤다는데, 뇌진탕을 일으킨 것처럼 눈에 초점을 잃고 비틀대더라고 했다.

난 기분이 찜찜했지만 호기심도 일어났다. 그것은 남 선생님이 아니라 곤 씨 때문이었다. 곤 씨의 사무실로 찾아가라는 게 아닌 가. 교회에서 자주 만나는 곤 씨는 정말 수수께끼 같은 인물이었다. 얼굴이 검고, 하마처럼 턱이 넓적하며, 어깨도 딱 벌어져 힘을 꽤 쓸 것 같은 체격이지만 표정은 무뚝뚝하고 말도 적었다.(전에 괴짜 선생과 말씨름을 한 것은 정말 의외였다.) 한여름이 될 때까지 낡고 검 은 망토만 걸치고 다녔다. 마치 오랫동안 범죄자의 낙인이 찍힌 것 처럼 누구와도 멀찍이 떨어져서 지내는 것 같았다. 자신에 대해서 도 무관심해서 망토 목덜미에 비듬이 떨어져도 내버려 두었고 입에 서도 지독한 냄새를 풍겼다. 지쳐 보이는 얼굴에는 특이하게 까만 눈알만 병적인 광채를 띠고 있었는데, 그런 부조화 때문에 그가 가까운 곳에서 범죄를 저지르고 금방 돌아온 사람 같은 인상을 주 었다.

괴짜 선생은 약도를 다 그린 뒤에, 둘둘 만 도화지를 내게 건 넸다.

"이거 펴 보지 말고 바로 오곤이한테 전해 주어야 돼."

선이 비뚤비뚤했지만 약도는 매우 정확했다. 거대한 카우보이 모 자처럼 생긴 실내체육관까지 이어지는 도로는 주차장에서 끝났는 데, 주차장의 넓이조차 약도의 축소된 비율과 맞는 것 같았다. 내 가 가야 할 길은 주차장 아래로 나 있었다.

주차장에서 내려다보면 옛 도로는 벼랑 아래로 흐르는 개울처럼 아뜩했다. 지대의 높낮이가 현저히 차이 나서 차로(車路)를 깔지 못하고 넓은 계단으로 이어 놓았다. 계단은 지하 세계로 내려가듯이 깊었다. 낮은 지대는 꽤 넓었으며 오래된 한옥들이 게딱지처럼 밀집해 있었다. 약도를 자세히 살폈다. 계단을 내려와서 50미터쯤 가면 폐점한 2층 식당이 있다고 했다. 그 건물 지하층이 곤 씨의 사무실이었다.

사무실 문은 잠겨 있었다. 돌아갈까 하다가 내친김에 기다리기로 했다. 곤 씨가 내 어깨를 툭툭 친 것은 내가 폐업한 식당 앞에 한 시간쯤 퍼질러 앉아 있을 때였다.

"아니, 형주가 여기 웬일이야?"

남창원 선생님의 심부름을 왔다고 말했다. 불안과 호기심을 억누르고 곤 씨를 따라 지하층으로 내려갔다. 큰 탁자 세 개가 맞붙어 있고 나무로 된 걸상이 놓여 있었다. 탁자 위에 흩어져 있는 것은 뜻밖에도 중고등학교 교과서였다. 정면에는 학교 교실처럼 커다란 녹색 칠판이 걸려 있었다. 말로만 듣던 야학당이었다. 가난한 애들에게 무상교육을 하고, 밤에만 문을 열고, 선생들과 처녀 학생들이 연애질을 한다는 우스갯소리가 내가 귀동냥으로 들은 야학당의 정체였다.

"와, 아저씨가 야학을 하시는 줄 몰랐어요. 우리 미술 샘도 같이 하시나 봐요?"

한결 마음이 가벼워졌다. 벽에 걸린 그림으로 보아 남창원 선생님도 학생들을 가르치나 보다.

"그래. 오랫동안 봉사했지."

"우린 그냥 괴짜 샘으로만 알고 있었는데…….'

"아냐, 아주 훌륭한 선생님이야. 학생들에게 예술을 가르쳤지."

곤 씨는 웃으며 나더러 걸상에 앉으라고 손짓했다.

사실은 야학당이 아니라 창고나 진배없었다. 조도를 높이기 위해 형광등 몇 개를 덧대어 달았고, 한쪽에 설치된 칸막이 뒤에는 전기난로, 냄비, 신문지, 체육복 따위가 지저분하게 쌓여 있었다. 소파에 얹힌 때에 전 담요에서 풍기는 냄새와 지하실의 습기, 곰팡이와 음식 냄새가 뒤섞여, 평소 곤 씨의 망토에 묻은 악취가 바로 요거구나 싶었다. 아저씨, 자주 목욕해야겠어요. 그런 몸으로 처녀 학생과 연애하겠어요. 낄낄 웃어 대려다 누가 배우러 오느냐고 점잖게 물었다.

"3공단 노동자들이지. 열다섯 살짜리도 있고 서른이 넘은 친구도 있어. 요즘 수가 줄어들어 문을 닫을 판이지만."

곤 씨가 허탈한 목소리로 대답했다. 3공단은 은강천 건너편에 있는 공장 밀집 지역이었다.

"왜요?"

"경찰이 들쑤셔서 엉망이 됐지 뭐냐. 벌써 몇 번째다."

벽에 종이가 뜯긴 흔적이 보였다. 책장에도 책을 성급하게 다시 꽂은 듯 고르기가 들쑥날쑥했다. 처음 들어왔을 때 창고처럼 어수선하게 보였던 건 수색을 당했기 때문인 것 같았다.

왜 경찰이 왔냐고 물었지만 곤 씨는 빙긋이 웃기만 하고 내가 가져온 도화지를 펼쳤다. 도화지에는 "사람답게 살련다"라는 큰 글자 아래에 포스터컬러로 붉고 푸르게 물결처럼 바탕칠을 해 놓고 그

위로 맞물려 돌아가는 톱니바퀴가 그려져 있었다. 무슨 행사의 도안인가. 포스터를 기웃거리던 내 머릿속에 불이 빠짝 켜졌다.

이곳은 보통 야학당이 아닌 게 분명했다. 무슨 음모를 꾸미는 곳이야. 왠지 그렇게 단정이 되었다. 곤 씨의 옷차림과 범죄자 같은 인상, 괴짜 시늉을 하며 뭔가 숨기고 있는 듯한 남창원 선생님의 행동까지. 나는 직감적으로 야학당의 정체가 짚어졌다. 이 무렵 시위가 얼마나 잦았던가. 먼 데서 폭염 소리가 울리듯이 시위의 소문은 어디에선가 날아들었다. 항상 그랬다. 수년 전에 새 헌법의 찬반을 묻는 국민투표가 있었다. 헌법은 쉽게 통과되었지만 소요가 끊이지 않았다. 이번에는 그 헌법을 유지하느냐 마느냐로 다시 국민투표에 붙여졌다. 투표의 성격이 해괴하기 짝이 없다고들 했다. 그게 금년이었다. 미술부원들이 괴짜 선생의 100호짜리 국전 입선 작품을 들고 선생의 집으로 갔던 날이 바로 투표가 있고 일주일쯤 뒤였던 것이다.

성인이 되어 돌아보면 언제나 그 시절은 소요 상태였다. 신기하게도 그것은 내 사춘기와 더불어 발생하여 스무 살 안팎에서 불길처럼 솟다가, 모든 방황이 종료되어 세상이 무덤덤해지는 나이에 이르면 그 많던 소요들도 덩달아 종적을 감춘다. 이윽고 마흔 살쯤에 접어들면 어떤 시위도 눈에 띄지 않게 되는 법이다. 당시에도 그랬다. 시위는 어디에선가 늘 발생했고 직접 보진 못했으나 마치 지하수가 흐르듯이 쉼 없이 이어지고 있다고 생각했다. 그토록 흉흉한 사건들, 무언가가 불에 타고 누군가 죽었다는 끝없는 이야기들. 납득할 수 없었던 기괴한 소문들. 그런데 내가 정말 궁금했던 것은 그 많던 시위보다 누가 시위를 주도하기에 지하수처럼 흐를까 하는 쪽이었다. 잊을 만하면 다시 솟아오르곤 했으니까. 이건 정말 의아한 거다. 경찰에 수색당한 흔적을 보자 바로 여기가 음모를 꾸미는 데구나, 속으로 무릎을 쳤다. 무섭지는 않았다. 오히려 은근히 신이 났다. 내가 사회의 비밀스러운 후면(後面)에 와 있다는 멋진 생각 때문이었다.

"뭘 자꾸 흘끔거리냐? 이거나 먹자."

곤 씨는 들고 온 비닐봉지에서 빵과 콜라를 꺼냈다.

"수업은 마치고 왔니? 네가 데생을 잘한다고 그러던데."

"누가요?"

"네 미술 선생. 화가가 될 만큼 상당한 재능을 가졌다고 하더라."

"전 데생을 별로 하지 않는데요?"

"남 선생이 네가 미켈란젤로 데생을 절묘하게 했다고 칭찬하던데?"

"칫. 그건 제가 아니라 헐렁이란 애예요. 겨울에도 속옷을 안 입고 다니는 괴상한 놈이 있어요."

한 번도 미술실에 들르지 않던 괴짜 선생이 나를 진기섭과 혼동한 모양이었다. 심부름까지 시키면서 그런 걸 헷갈리다니.

"네가 아니야? 거참. 자기가 본 것 중에 최고의 데생이라면서 한 시간 동안 떠들더라. 석고상의 각도도 좋고 입체감도 돋보였다던데."

곤 씨가 망토를 벗어 의자 등받이에 걸며 껄껄 웃었다. 기섭에게 질투심이 일어났지만 어깨를 으쓱하고 말았다.

곤 씨는 크림빵을 꺼내 놓고 탁자 위에 어질러져 있는 등사기를 접었다. 장방형 등사기에 검은 잉크가 뻑뻑하게 굳어 있었다. 교회에도 저런 등사기가 있다. 얇게 밀랍을 먹인 용지를 쇠줄판 위에 놓고 철필로 글을 긁은 뒤, 망사에 붙여 등사를 하는데 200장 정도는 거뜬히 뽑아낼 수 있는 일종의 수동 인쇄기였다. 잉크가 마르면 프린트가 되지 않아 한 번에 작업을 마쳐야 하는 게 단점이었다. 곤 씨가 등사기를 정돈하는 동안에 옆에 쌓인 등사물을 읽어 보았다. 학생들의 현장 수기나 수필로 보였다. 몇 장을 넘겼는데도 정부를 비난하는 대목은 보이지 않았다.

"에이, 이게 뭐야. 딴 건 없어요?"

"뭘 찾고 있는데?"

"이런 걸 경찰이 단속할 리가 없잖아요?"

"물불 안 가린다는 말 모르니? 아, 저기 수도꼭지 보이지? 이 컵 좀 씻어 와라. 콜라 따라 먹게."

나는 칸막이 옆에 바닥 위로 돌출된 수도꼭지를 틀어 컵을 씻으면서 고개를 갸웃거렸다. 어쩌면 여기가 반정부 시위를 은밀히 모의하는 아지트가 아닐지 몰랐다. 하긴 시위라고 모두 반정부만 가리키는 건 아니었다. 노동자의 파업도 있었고 철거민 농성이나 도시 빈민 운동도 있었다. 사실 이쪽이 더 격렬했다. 이즘 들어 나는 마르크스나 레닌, 트로츠키 같은 이름을 어디선가 주워들었는데 세상을 재는 다른 척도가 거기에 있다고들 했다. 아마 여기서 그런 공부를 하는 것 같았다. 공부에도 여러 갈래가 있을 거다. 하지만 이런 것은 정말 알 수 없다.

그런데 내가 더 이해할 수 없는 것은 이곳이 다락방 교회 같은 분위기를 풍긴다는 점이었다. 흩어진 교과서 틈에 찬송가와 성경책도 섞여 있었고 찢어진 수업 시간표 옆에는 프린트된 예수의 얼굴이 붙어 있었다. 그 예수는 교회나 성당에 있는 것과 판이했다. 야윈 볼과 벌겋게 핏발이 선 눈과 고통스럽게 일그러진 입술에서 성자의 기품을 찾아볼 수 없었다. 예수가 아닌 것처럼 보여도 분명 예수의 얼굴이었다. 들어올 때부터 께름칙해서 외면했었다. 신앙의 대상이 다른 모습을 띠고 있는 건 정말 충격이었다. 내가 크림빵을 먹지 않자 곤 씨가 눈치를 챘다.

"저거? 네가 믿는 예수님과 같은 예수님이야."

"어떻게 얼굴이 저래요?"

도둑놈처럼 생겼잖아요, 할 뻔했다. 저런 흉한 얼굴을 떠올리면 기도도 올릴 수가 없을 테다.

"예수의 얼굴은 다양해……. 음, 진리가 하나일 수 없는 것처럼 말이야."

"뭐라고요?"

내가 시큰둥하게 내뱉었다.

"진리가 하나라면 진리는 폭력으로 변해서 사람들을 압사시키고 말지. 예수도 그렇단다."

"그렇지만 분명히 예수님은 한 분이잖아요."

"그래, 한 분이야. 그렇지만 예수를 믿는 100만 명에게는 각각 100만 명의 예수님이 계셔."

'그런 말이 어디 있어요?' 나는 말을 삼키며 일어나서 벽에 붙은 예수의 프린트를 들여다보았다. 압수 수색할 때 바닥에 떨어진 건지 얼굴 위로 워커 발자국이 어지럽게 찍혀 있었다. 희미해지긴 했으나 뺨과 관자놀이에 다이아몬드 꼴의 철인(鐵印)이 찍힌 것처럼 종이가 선명히 눌려 있었다. 얼굴 위로 난폭하게 뿌려진 발자국은 거칠게 그린 예수의 모습을 더 참혹하게 만들어서, 이상스러운 감흥조차 일어났다. 분명히 신성모독이었다. 하지만 이런 유의 신성모독에서 받게 되는 분노가 기묘하게도 도리어 신성한 것처럼 와 닿았다. 그러니까 짓밟힌 예수의 얼굴이 신성을 모독하는 게 아니라 오히려 그 모습 자체로 신성함이 드러나는 이상한 역전을 경험하는 기분이었다.

"아저씨 말씀은 자기 식대로 예수를 믿어라, 그런 뜻이잖아요?"

난 뭔가 홀리는 듯한 감정에서 빠져나오려고 했다.

곤 씨가 콜라 잔을 내밀며 설득하는 투로 말했다.

"형주야, 그렇지 않아. 정반대지. 예수의 본모습은 같아. 그러나 사람마다 다른 모습으로 나타난다는 말이다. 다시 얘기하면 그의 영혼은 크고 넓어서 사람들은 자신에게 맞는 그 일부를 흡수하는 거야. 그 일부도 본질의 한 자락이지. 이해할 수 있겠니? 나에겐 …… 예수는 말들의 집에서 태어난 분이고, 서른 살이 될 때까지 목수 일을 해서 손에 굳은살이 박인 분이야. 난쟁이를 사랑했고 길에 떠도는 여자들을 돌봤어. 법으로 정해져 있으나 간음한 여자에게 돌을 던지지 말라고 했지. 어부와 세리와 창녀의 친구였어. 그런 예수가 내게는 의미를 가져."

내가 물끄러미 쳐다보자 수긍하는 걸로 생각했는지 곤 씨의 음성이 밝아졌다.

"네가 좀 더 객관적이 되도록 하나님 대신에 신이라고 말해도 괜찮겠지? 예수는 신의 아들이야? 맞아. 그러니 예수의 성격은 신의 성격이야. 곰곰이 생각해 봐. 우리의 신이 맨 처음 구해 준 민족은 이스라엘이야. 당시 그들은 500년 동안 이집트에서 노예 생활을 하고 있었어. 이집트는 세계 최고의 국가였거든. 그때 신은 지배민이 아니라 노예민을 선택했어. 이상하지 않니? 그러나 만약에 가여운 노예민을 버려두고 지배자의 편을 들었다면 어떻게 되었을까. 신의 성격이 완전히 달라졌겠지. 그러면 예수도 옹색한 마구간이 아니라 왕의 궁전에서 태어났을 테지. 그게 지금 우리가 믿는 하나님일까?

신은 패배한 자, 억눌린 자를 일으켜 주는 거야. 신의 성격이 그런 거고 진리의 성격이 그런 거다. 사람들은 무언가에 대해 승리를 목표로 삼으며 살아가잖아. 더 잘 먹고 더 잘 누리려는 거지. 하지만 진리는 패배한 곳에서 움터. 이기는 것만 좇는 모든 역사의 강물에서, 그 가장자리에 일어나는 일종의 작은 역류(逆流) 같은 존재가 진리야. 진리는 역설의 구조를 띠고 있어. 그래서 우리는 자꾸 잊어버리게 되고, 잘 보지도 못하는 거란다."

그 뒤로도 곤 씨의 말이 더 이어졌다. 난 그의 말을 잘 이해할 수 없었다. 다만 신이 지배자의 편을 들었다면 우리는 어떻게 되었을까, 하는 가정은 상당히 충격이었다. 아무리 선한 지배자라 해도 그 손을 들어준다는 건 누구에게든 잔혹한 일이다. 신이 그러지 않았다는 사실에 안도했다. 난 곤 씨의 툭툭 던지는 듯한 말을 듣고만 있었다. 평소 좀체 입을 떼지 않는 곤 씨가 그의 형처럼 말을 잘한다는 게 놀라웠다. 말투는 억셌지만 커다랗고 거친 남자의 손처럼 다정스러웠다.

지하실에서 나왔을 때 이미 날은 어두웠다.

나는 곤 씨와 은강천 천변으로 갔다. 시내버스 정류장이 거기에 있었다. 도시 한가운데로 흐르는 은강천에는 폐수 거품이 여기저기 떠다녔다. 수면은 검은 보랏빛이었다. 곤 씨는 3년 전까지 건너편 공단에서 방직기계를 돌렸다면서 자주 이곳으로 산책을 나온다고 했다. 강 건너 어둠 속에 공단이 넓게 자리 잡고 있었다. 불을 밝힌 곳도 있었고 어느 쪽은 캄캄했다. 가까이서 보니 곤 씨의 얼굴에는 자잘한 상처가 많았다. 가로등 불빛이 옆으로 비쳐서 작게 팬 자국까지 드러났다. 아마 파업을 주도하다 쫓겨나지 않았을까. 왠지 그래 보였다. 쫓겨났으니 미련이 있을 테지. 물어봐도 대답을 들을 수 없을 거다. 그는 언제나 자신의 일에 대해선 입을 다무는 사람이다.

곤 씨의 형인 오 선생님이 생각났다. 긴 코트를 걸치고 학생들 사이를 거닐며 은자처럼 미소를 짓는 오 선생님. 손을 펴면 기적처럼 생선 다섯 마리가 손바닥에 얹혀 있을 듯한 생선오 선생님. 한 형제인데 이토록 다를까. 그러나 생선오 선생님의 성자 같은 모습과는 다르지만 곤 씨한테도 알 수 없는 매력이 번졌다. 나는 통찰하듯 그것을 느꼈다. 생선오 선생님의 은은한 성품은 원래의 성격에다 오랜 기도 생활과 신학 공부를 하면서 획득한 것인 반면 곤 씨의 기품은 험한 고초가 몸에 쌓여 나타나는 독특한 면모가 아닐까. 이를테면 고기잡이를 위해 수년 동안 원양(遠洋)으로 나섰던 어부처럼 생사를 넘나들던 자의 몸에 밴 초연함 같은 것을 엿볼 수 있었다. 그래서 무연한 범죄자 같기도 하고 낭인처럼 보이는지 모른다. 사흘이 지나면 생선오 선생님을 만난다. 곤 씨도 땟자국이 묻은 망토를 걸치고 교회에 나타날 것이다. 문득, 선생님과 곤 씨의 뚜렷한 대비 때문인지 마치 예수의 다른 두 면이 각자에게 깃든 양 여겨졌다. 가나안의 잔칫집에서 값비싼 포도주를 만드는 기적을 일으키고 발에 향유 붓기를 마다 않던 예수와, 오랫동안 목수 일을 해서 손에 굳은살이 박인 노동자 예수. 진리는 정말 그렇게 서로 다른 모습을 띠고 있을까. 천사와 성모 같은 흰빛으로, 세리와 막달라 마리아와 예수 오른편의 강도처럼 검은빛으로. 생선오 선생님은 흰빛이다. 곤 씨 아저씨는 검은빛에 싸여 있다. 상처가 많은 각진 얼굴, 때가 낀 소맷자락, 이글거리는 눈동자가 검었다. 억센 말투와 침묵도 검었다. 옆에서 벚나무 가지를 흔들고 있는 곤 씨를 흘낏 돌아보았다. 아까부터 곤 씨가 내게 뭘 물었던 것 같았다. 난 건성으로 고개만 끄덕거렸을 뿐 내 생각에 빠져 있느라 잘 듣지 못했다.

"예, 뭐라고요?"

"그래, 열여섯 살이지?"

앞뒤를 못 들은 탓에 곤 씨의 말이 뜬금없이 들렸다.

"세상이 어떻게 돌아가는지, 인간이 무엇인지 궁금할 나이잖아. 궁금증이 일면 질문을 해."

"질문요…… 누구에게요?"

"진정한 질문은 다른 사람이 아니라 자신한테 하는 거야."

옅게 스치는 바람결에 염색 공장의 역한 냄새가 섞여 있었다.

"질문을 하게 되면 생각이 열려. 마치 머리에 물을 주는 것처럼 사고가 활발해지지. 그러면 상식적인 도덕이나 믿음도, 분명해 보였던 이념도 다시 생각하게 돼. 흔들리고 균열이 생긴단 말이다. 학교에는 나가야 할까? 담배는 피우면 안 될까? 뭐 이런 소소한 것에서부터 사람의 본성은 선한가, 악한가? 이성적인 동물인가? 또, 이런 것도 가능하지. 권력은 선할 수가 없는가? 군대는 왜 있는 거고 국가는 정말 필요할까? 답이 꼭 중요하진 않아. 질문을 통해서 인간은 살아가는 거란다."

벚나무에는 벌써 검은 버찌가 달려 있었다. 곤 씨의 목소리는 기분 좋게 가벼웠다.

"질문을 하다 보면 말이다, 어느쯤에 답을 하나 고르게 돼. 맞든 안 맞든, 명료하든 흐리든. 대부분이 그래. 사람들은 자기가 선택한 하나의 넝쿨을 붙잡고 살아가게 되지. 그게 인생이야……. 그런데 말이다. 아주 드물게는 하나를 선택하지 않고 계속 질문을 해 대는 사람이 있어. 지치긴 하지만 계속 무언가를 묻지. 질문이 끝나면 그때부터 늙는 거란다. 10대부터 늙은 애가 있고, 스물이나 서른이 되어서 늙는 사람도 있어. 어떤 사람은 아흔 살이 되어도 여전히 젊어. 질문을 그치지 않기 때문이지."

"아저씨는 늙지 않겠네요?"

"나? 무슨 소리야. 난 늙었지."

"왜요?"

"하하, 벌써 하나를 선택하고 말았잖아."

곤 씨는 내 어깨를 치며 큰 소리로 괄괄 웃었다. 왠지 허탈함이 섞인 웃음이었다.

집으로 가는 시내버스가 오는 게 보였다. 곤 씨와 나는 천변 비탈을 내려섰다. 곤 씨는 야학당으로 돌아갈 거라며 나 혼자 가라고 했다. 나를 바래다주러 여기까지 온 모양이었다. 버스가 쿨렁대며 멈춰 서자 곤 씨가 갑자기 생각난 듯 내 등을 두드렸다.

"형주야, 앞으로 여길 오지 마! 이런 심부름도 하지 말고."

"왜요?"

"아직은 그래. 나중에 대학생이 되면 오든가……."

버스의 엔진 소리가 곤 씨의 말을 막아 버렸다. 왠지 그의 말이 지하실에서 하던 것과 다른 것 같았다. 오지 말라는 까닭을 묻고 싶었지만 문이 열린 버스에 오르지 않을 수 없었다. 이내 차문이 거칠게 닫혔다. 곤 씨가 손을 흔들었다.

나를 태운 버스는 20여 미터 가서 신호등에 걸렸다. 대여섯 명의 공원들이 장난을 치며 건널목을 지나갔다. 버스 뒤창으로 아저씨를 찾아보았다. 흰 재킷을 입은 아저씨가 과일 가게 앞을 돌아 체육관 길로 올라가는 게 보였다. 한 떼의 자전거가 어두운 비탈길을 쏟아지듯 내려왔다. 자전거가 지나가자 아저씨만 남았다. 아저씨의 뒷모습이 가로등 불빛에 빤히 드러났다. 어둠 속에 흰 등만 불빛을 받고 있었다. 쿨렁, 버스가 급출발했다.

아저씨는 건물에 가려 보이지 않았다. 대신 내 망막에 어둠 속을 걸어가는 아저씨의 뒷모습이 잔상처럼 떠 있었다. 가로등 불빛을 받은 흰 등. 버스는 승객이 없어 우당탕거리며 내달렸다. 내일 비가 올 거라는 라디오 기상예보가 들렸다. 내 망막에 그려져 있던 아저씨의 등이 아직 지워지지 않았던가. 어느 순간, 작은 오징어의 영상이 눈앞에 떠올랐다. 우흠과 헤어지던 날 보았던, 공판장 축대에 분필로 낙서를 해 놓은 작은 오징어. 비탈진 도로를 오르는 아저씨의 등이 그 오징어처럼 보였다. 사각이 진 몸통과 가는 다리. 체육관 비탈길, 밤의 고요 속에서, 어두운 절벽에 매달린 오징어는 흡사 아주 오래된 암각화(岩刻畵) 같았다.

숨어서 들은 이야기

문틀에 등을 대고 서서 키를 잰다. 두 주 전만 해도 머리와 문틀 사이에 노트 한 권을 끼울 수 있었다. 지금은 머리끝이 문틀에 닿아 종이 한 장도 잘 들어가지 않는다. 키는 노트를 한 장씩 넘기듯이 매일 자란다. 신기하게도 아침에 커졌던 키가 저녁이 되면 오히려 줄어든다.

내 방은 사다리꼴처럼 비딱한 우리 집 거실의 한쪽 구석에 박혀 있었다. 원래 창고 방으로 썼는데 중학생이 되면서 내 차지가 되었다. 온갖 잡동사니를 들어냈지만 여전히 방이 비좁았다. 어머니가 신혼 때 쓰던 피아노를 그대로 둔 데다 새 책상을 들여놓아, L자형이 된 방바닥은 겨우 혼자 누울 공간밖에 없었다. 조금만 움직여도 책상과 피아노 다리에 몸이 닿았다. 그렇지만 난 이 방을 무척 좋아했다. 음침하고 비밀스럽고, 동굴처럼 밀폐된 곳을 좋아할 나이여서 그럴까.

방에 누워 피아노 페달을 베고 다리를 뻗으면 맞은편 벽에 닿는 발의 높이가 이전과 달랐다. 벽에 미치는, 발뒤꿈치의 높이로 키를 쟀다. 올해 초에 벽에 표시해 놓은 눈금은 이미 뒤꿈치 아래인 아킬레스건으로 떨어져 있다. 하지만 즐겁지 않았다. 공연히 화가 나기도 했다. 갑자기 키가 커질 때는 감정의 진폭도 덩달아 출렁이는 모양이다. 유쾌하든 우울하든, 감정의 과잉을 자주 느낀다. 식물처럼 발갛게 부푼 생장점(生長點)이 온몸에 퍼진 듯 신체 구석구석이 예민해진다.

난 걸핏하면 감상에 빠져들었다. 어머니나 형들과 대화를 하지 않았다. 집에 있는 동안 거의 혼자서 지냈다. 저녁밥을 먹고 나면 곧장 내 방으로 들어왔다. 깍지 낀 손을 뒷머리에 받치고 벽에 발을 올려서 한 시간이고 두 시간이고 누워 있었다. 그런 상태로 곤 씨 아저씨에게서 들었던 질문들을 되뇌곤 했다. '나는 무엇을 할 것인가?' '사람의 본성은 선한가, 악한가?' 그런 질문들은 제법 멋들어졌고 나 자신이 정말 똑똑한 아이처럼 여겨지게 했지만, 나를 깊은 고독에 빠뜨려 버렸다.

나는 소소한 일에서조차 고립감에 휩싸였다. 자신을 비웃었고, 세상을 경멸했다. 사실은 그럴 만한 일이 있었다. 곤 씨 아저씨의 지하실을 다녀오고 열흘쯤 지난 6월 첫 번째 일요일이었다. 교회에서, 어른 예배 시간에 늙은 장로님이 갈라지는 음성으로 대표 기도를 올리고 있을 때 사복 형사 두 명이 곤 씨의 어깨를 툭툭 치며 일어나라고 했다. 곤 씨는 이미 예상하고 있었다는 듯, 다만 시끄럽게 굴지 말아 달라고 아첨하는 미소를 흘렸지만 사복들은 바로 곤 씨의 손목에 수갑을 철컹 채웠다. 그날 오후에 나는 누구에게선지 아저씨가 그런 식으로 잡혀갔다는 얘기를 듣게 되었다.

그 뒤로 아저씨의 소식을 알기 위해 교회 주변을 얼씬거렸다. 그것도 겨우 두어 차례만 서성거렸다. 난 겁에 질려 있었다. 나는 수변동 지하실을 알았고 예수의 얼굴을 난폭하게 밟은 구두 발자국에 대해 알고 있었다. 무척 두려웠다. '국가는 무엇인가?' 하는 질문이 칼날처럼 뇌리에 박혀 왔지만 누구 앞에서도 입을 떼지 못했다. 무엇 때문인지 자꾸 눈물이 났다. 어떤 거대한 것이 나를 압박했다. 지난해 열차 사고가 났을 때처럼, 객차 출입문에 고꾸라진 내 몸 위로 뭔가가 자꾸 날아오던 그때처럼, 무시무시한 압박이, 육체는 가졌지만 숨결이라곤 조금도 섞이지 않은 차가운 압박이 내 영혼을 짓이겼다.

어느 날 저녁, 어둠에 잠긴 방죽 길을 걷던 때가 기억난다.

당시 나 자신이 얼마나 부서졌던가. 의식은 초토화된 상태였다. 머릿속에는 단 한 줄의 생각도, 기억도, 피도 돌지 않았다. 나는 돌이었고, 부러져서 길바닥에 떨어진 나뭇가지였다. 문을 닫은 가게들을 지나 방죽 길로 올라섰다. 라일락 향기가 떠돌았다. 띄엄띄엄 서 있는 가스등이 개천에서 피어오르는 물안개를 비추고 있었다. 나는 방죽 길을 걷다가 그만 돌부리에 걸려서 방죽 아래로 미끄러졌다. 약간 바둥대긴 했지만 힘없이 개천에 빠지고 말았다. 시궁창 같은 물이 허리까지 타고 올랐다. 수면에 보랏빛 거품이 떠다니고 있었다. 콘크리트의 돌출된 문양을 잡고 가까스로 개천에서 빠져나왔다. 바지가 찢겨 있었고 무릎에서 피가 흘렀다. 가스등 아래로 가서 붉은 무릎을 만지며 소리 죽여 울었다.

내가 학교에서 수업을 빼먹기 시작한 것은 이때부터였다. 책과 필기구를 책상 위에 펼쳐 놓고는 화장실로 가듯이 슬그머니 교실에서 빠져나왔다. 학교 밖으로는 나갈 수 없으니까 갈 데라곤 미술실뿐이었다. 거기서 점심시간까지 머물기도 했고, 어떤 날은 하루 종일 숨어 있었다. 담임의 수업에만 시치미를 떼고 교실에 앉아 있었다.

수업은 아무런 흥미도 없었다. 생물 과목만 조금 관심을 끌었다. 아메바의 운동이나 극피동물과 절지동물, 달팽이와 굴 같은 자웅동체가 흥미로웠다. 하지만 죄다 2학년 때 배운 내용이었고 3학년은 입시를 대비해 복습만 하기 때문에 금방 심드렁해졌다.

이상하게도 선생님들은 내가 수업에 빠지는 걸 묵인했다. 미술 대회에 자주 나가는 학생이어서 으레 그러려니 여기는 것 같았다. 한두 분만 교무실로 나를 불러 진심 어린 걱정을 해 주었다. 2학년 때에 비해 성적이 바닥을 헤맸기 때문이었다. 그분들은 인문계 고등학교가 미술 특기생을 선발하지 않은 지가 2년이나 되었다고, 나도 알고 있는 정보를 들려주었다. 묵인한 다른 선생님들도 이해할 수 있다. 미술 대회 성적이 워낙 좋았던 것이다. 그건 당연했다. 나만 아니라 진기섭과 준혁도 지난 겨울방학 때 무려 50장을 그렸다. 중학생이 단기간에 그려 내기 힘든 분량이었다. 그러니 대회에서의 윗자리 상은 죄다 우리 부원들이 휩쓸 수밖에 없었다. 남창원 선생님은 아예 부원들에게 수업에 들어오지 말라고 했다. 미술 시험도

면해 주었다. 그림에 이론 따위는 필요 없다는 것이다. 그러나 내가 모든 수업을 빼먹는 사실은 알지 못했다.

당연한 소리지만 미술실에서 그림을 그렸던 건 아니다. 잠시 붓을 잡는 시늉만 하다가 넋 놓고 창밖을 내다보거나, 건너 반에서 들리는 세계사 선생의 높은 목청에 귀를 기울이곤 했다.

나는 텅 빈 미술실에서 걸상을 죽 늘어 놓고 누워서 만화를 보았다. 성스러운 신전인 미술실에 만화책이 있을 리가 없었다. 아마 어느 친구한테 빌렸던 것 같다. 일본 가라테의 최고수인 최영의가 주인공으로 나오는 열 권짜리 만화였는데, 역도산의 제자인 그는 만화에서 최배달로 나왔다. 그가 중국 무협처럼 무술을 펼치는 흥미진진한 내용이었다.

난 첫 교시에만 교실로 들어가 등교를 확인한 후 다음 시간부터 그렇게 미술실에 틀어박혀 지냈다. 2학년 후배가 밖에서 자물통을 채워 놓아, 내가 미술실에 숨어 있다는 사실을 아무도 알지 못했다. 오줌은 깡통에다 누면 되었다. 후배들은 내가 죽었는지 살았는지 쉬는 시간에 어쩌다 한 번씩 문을 열어 보았다. 나는 온갖 만화책을 빌려다 놓았다. 딱딱한 걸상에 누워 만화책을 쳐들고 있다 보니 하교 시간쯤 되면 뒤통수에 큼지막한 혹이 생길 지경이었다. 만화는 익살스럽고도 무료했다. 구역질 나서 내던졌다가도 다시 주워 와 킥킥 웃으며 들여다보았다.

그러던 어느 날이었다. 점심시간이 지나고 오후 첫 수업 중이었다. 난 걸상에 누워서 나른하면서도 자학적인 식곤증을 즐기고 있었다. 문밖에서 선생님들의 말소리가 웅성웅성 들려왔다. 복도를 지나가는 소리가 아니라 미술실 앞에서 주고받는 말소리였다. 미술 선생님의 목소리도 섞여 있는 것 같았다. 자물통을 따는지 문이 떨거덕거렸다. 곧 문이 활짝 열렸다. 난 기겁을 했다. 걸상에 쌓인 만화책을 숨기지도 못한 채 급히 피한다는 게 석고상이 얹힌 탁자 밑이었다. 먼저 들어온 이는 교감 선생님이었다. 뒤로 남창원 선생님과 과학 여선생님이 따라왔다. 들키지 않으려고 탁자 안쪽으로 바짝 기어들었다. 뒷머리에 거미줄이 걸렸고 먼지가 풀썩 일었다. 몇 미터 앞, 버려 놓은 만화책이 원망하듯 나를 쏘아보고 있었다. 거미 한 마리가 목덜미를 타고 내려가는 것 같았다.

셋은 미술실을 둘러보는 듯 얼마간 한자리에 서 있었다. 길게 잇대어 놓은 걸상으로 교감이 다가왔다. 교감은 만화 한 권을 집어 뒤적이는 시늉이더니 신경질적으로 내던졌다. 만화책을 두고는 입을 떼지 않았다. 다행히 교감은 그림에 더 관심이 있는 눈치였다. 몇 개의 이젤을 옮겨 다니면서 그림 평을 해 댔다. 교감의 그림 비평은 정말 제멋대로였는데, 만화책 때문에 기가 꺾인 듯 남창원 선생님은 헤실헤실 웃으며 교감의 평에 무조건 동조하고 있었다. 과학 여선생님은 내 머리 위에 얹힌 비너스 누드상을 구경하는 게 분명했다. 미니스커트를 입은 여선생님의 무르팍이 한동안 내 코앞을 떠나지 않았다. 그녀의 살색 스타킹에 밥풀떼기 하나가 붙어 있었다. 그녀가 몸을 앞으로 기울일 때마다 허벅지에 붙은 밥풀떼기가 스타킹 코를 끈질기게 물고 애벌레처럼 꼬물거렸다. 난 눈앞에 있는 밥풀떼기를 떼어 주고 싶었는데, 이건 정말이지 참을 수 없을 정도였다.

"하아, 이놈 대단하구나."

아니나 다를까 여섯 개의 다리가 집결한 곳은 진기섭의 이젤이었다. 줄리앙에 두 개의 불빛을 양쪽에서 90도의 각도로 쏘아 환상적인 분위기를 뿜는 걸출한 데생이 이젤에 걸려 있었던 것이다. 볼에 마마 자국이 얽어 있는 탓에 성질이 무지막지하게 보이는 교감도 그림에 관심이 꽤 있는 듯했다.

"이 정도 데생 실력이면 상을 숱하게 받았겠어요?"

"우리나라에는 데생을 제출하라는 미술 대회가 없습니다, 교감 선생님."

교감 선생님이 데생을 자세히 들여다보느라 허리를 굽혔다.

"오, 그래요?"

"중학생은 풍경 사생만 합니다."

괴짜 선생의 음성은 은근히 자랑스러워하는 투였다.

"그럼 왜 가르치나요, 대회도 없는데?"

어이없단 목소리로 교감이 되물었다.

"화가들도 틈틈이 데생을 합니다. 세밀한 관찰력을 키우는 데 도움을 주거든요."

한 번도 가르친 적이 없는 괴짜 선생이 순발력 넘치게 대응했다. 거기까지 들을 건 없단 듯이 밭은기침을 내뱉은 교감이 발길을 획 돌렸다. 우르르, 여섯 개의 다리가 지네처럼 움직였다.

"이건 좀 특이하군요?"

그것은 내 그림이었다. 만화를 보다 지루하면 조금씩 붓을 댔던 수채화였다. 그리는 것도 지루해져서 중학생에게 금지된 흰색과 검은색을 마구 써 버렸다. 우연히 알게 되었지만 흰색과 검은색은 그림의 분위기를 독특하게 만들었다. 흰색은 대상을 거칠게 보이는 효과를 주었고 다른 색과 혼합된 검은색은 사물에 특이한 깊이를 발생시키는 것 같았다.

"어딜 가도 엉뚱한 놈이 있지 않습니까? 이놈이 불투명화를 시도한 건데 수채화로는 어림도 없습니다."

"이채롭긴 하네요. 참, 남 선생도 금년에는 국전에 특선을 하셔야지."

"맞아요, 교감 선생님. 지난번엔 정말 아까웠어요."

과학 선생님의 청아한 목소리가 끼어들었고, 화가는 기분이 좋은지 다리를 비비 꼬며 머리를 긁적이는 투였다. '제길, 아깝긴 뭐가 아까워. 직접 봤다면 입이 다물어질 텐데.' 시시껄렁한 소리를 더 이상 귀담아들을 필요가 없었다. 나는 상체를 굽힌 채로 다리를 폈다. 한참 동안 움츠린 탓에 목이 뻐근했고 종아리도 쥐가 날 것 같았다. '빨리 나가지 않고 뭘 하는 거지. 계속 꾸물대고 있으면 난 드러눕고 말 테야……' 그러고 있는데 교감의 목소리가 날아왔다.

"남 선생은 이제 야학을 안 하죠?"

"물론입니다. 교감 선생님."

"그놈들 야학한답시고 모여서 반정부 시위를 모의했다지 않소? 남북이 대치된 상황에서 도대체 반정부가 뭡니까? 공산주의를 지지하겠다는 거 아니오?"

아까와 다르게 마마 자국의 목소리가 칼날처럼 허공을 베었다.

"공산주의는……."

"지금 경찰이 손바닥처럼 들여다보고 있어요. 경찰이 학교까지 찾아와서야 어디 되겠어요?"

"시위는 하지 않았습니다만……."

남 선생님이 기어들어 가는 목소리로 웅얼거렸다.

"헛 참! 이봐요 남 선생! 시위를 하고 안 하고가 중요하지 않지. 이번 조치법은 유언비어 유포가 핵심이야. 남 선생, 유언비어란 말 뜻을 알아? 적통(嫡統)이 아니면 다 유언비어야. 그딴 문서를 제작하는 건 물론이고, 단순히 소지하는 것만으로도 처벌을 받는다는 걸 알아야 해."

"예…… 알고 있습니다. 교감 선생님."

"도대체 뭘 알았다는 거요?"

"야학당에 문제가 많다는 걸 알았습니다. 야학을 운영하는 그 친구와 결별했습니다. 다시는 가지도 않고 만나지도 않겠습니다."

깜짝 놀랐다. 하마터면 탁자를 밀치고 일어날 뻔했다. 괴짜 선생이 저런 소리를 하다니. 곤 씨 아저씨가 예배 중에 연행된 게 얼마나 지났다고? (곤 씨는 일주일 뒤에 풀려났다.) 어쩜 저렇게 비굴할까. 아예 결별을 했다니. 그사이에 무슨 일이 있었는지 모른다. 그렇다고 해도 이해할 수 없는 비굴한 태도였다. 전에 보았던 선생의 모습이 생각났다. 약도를 그릴 때 떨던 손이나 회사원처럼 수염을 말끔히 깎은 턱. 나한테 포스터를 갖다 주라고 했을 때 이미 아저씨와 헤어지기로 작정한 것 같았다. 그 포스터는 아저씨에게 보내는 마지막 성의였던가 보았다.

그는 이제 괴짜 선생이 아닌 것 같았다. 얼굴이 붉고 키가 크며 성격도 흔쾌한 남창원 선생님. 뾰족한 턱에 덮인 무성한 수염은 날카로운 감각을 품은 예술가의 풍모였다. 그가 한 번도 그림을 가르쳐 주지 않았으나 부원들은 그를 사랑하지 않았던가. 국전 입선 작가이자 비상한 직관력을 소유한 괴짜 예술가가 밖에 서성이고 있다는 느낌만으로도 우리는 자랑스러웠다. 그런 그가 이토록 옹졸한 사람이라니! 야학당 지하실에 배어 있던 곰팡이 냄새가 슬프게 느껴졌다……. 그런데, 나는 왜 여기에 숨어 있지? 당장 나가서 남창원 선생을 노려보기라도 해야 되지 않나? 마마 자국한테 왜 기가 죽는 거야? 나는 탁자를 떠밀며 벌떡 일어서려고 했다. 무릎에 힘을 주었다. 힘껏 어깨로 탁자를 치받았다. 비너스가 바닥으로 굴러떨어졌다. 와장창 바서지는 소리가 울렸다. 사방으로 흩어지는 파편을 피하던 선생님들이 나를 보고 놀라워한다. 뭐야? 이놈이 왜 여기 있어! 나는 목을 움츠리고 부들부들 떨었다. 그렇다. 나는 일어서지 못했다. 양팔로 무릎을 꽉 껴안고 탁자 밑 어둠 속에 웅크리고 있었을 뿐이다. 움직이는 그들의 다리로 시선을 옮기면서 떨고만 있었다.

얼마 지나지 않아, 셋은 무슨 얘기 끝에 한목소리로 껄껄껄 웃었다. 그러곤 미술실을 나가 버렸다. 쩔렁쩔렁, 밖에서 자물통 거는 소리가 들렸다. 나는 탁자에서 기어 나와 문고리를 걸어 잠갔다.

미술실 안을 터벅터벅 돌아다녔다. 그들이 남기고 간, 어른 특유의 머릿기름과 화장품 냄새가 군데군데 오물 덩어리처럼 괴어 있었다. 나는 팔을 늘어뜨린 채 비석처럼 서 있는 이젤들 사이를 얼마나 걸어 다녔는지 모른다.

스무 개 남짓한 크고 작은 석고상에서 유독 세네카상이 내 눈에 들어온 것은 서른 바퀴쯤 실내를 돌았을 때였다. 언제 귀퉁이로 밀려났는지 세네카는 벽에 걸린 베토벤 안면상(像) 밑에 방치되어 있었다. 그는 동네 어디서나 만날 수 있는 영감의 얼굴이었다. 무슨 서러운 일로 집을 나온 늙은이처럼 초췌했다. 헝클어진 머리카락과 쭈글쭈글한 뺨과 푹 꺼진 눈자위에 스민 처량함이 창밖에서 들어오는 뿌연 빛을 받았다. 그는 울적한 눈빛으로 나를 바라보았다. 황제의 명령을 받고 증기탕으로 들어가 숨을 거뒀다고 했지? 로마 시대의 얘기였지만 마치 몇 시간 뒤에 영감에게 그런 사태가 벌어질 것인 양 보였다. '젠장, 어지간히도 슬픈 표정을 짓고 있네!' 내가 시부렁거리며 손을 뻗어 영감의 얼굴을 만지는데 느닷없이 내 눈에서 눈물이 주르르 흘렀다.

상업학교로 진학한 선배가 썼던 포스터컬러 물감을 시렁 서랍에서 찾아냈다. 물감이 까칠하게 굳었지만 아직 쓸 만했다. 나는 화판에서 장난스럽게 그렸던 불투명 수채화를 뜯어냈다. 새 도화지를 화판에 걸었다. 남창원 선생의 포스터를 내가 다시 그려 볼 작정이었다.

선생의 포스터는 추상화풍이었다. 나는 추상화로 감춰진 부분이 무엇일까 추측해 보았다. 아마 일터나 노동자의 모습일 거다. 나는 굴뚝이 치솟은 공장과 용광로를 도화지 하단에 그려 넣었다. 애써 그렸지만 잘 되지 않았다. 채색을 끝내고 나자 노동자의 일터라는 느낌은 나지 않고 텔레비전의 광고처럼 산뜻할 뿐이었다. 재료가 포스터컬러인 탓이었다. 수채화 물감을 쓰는 게 나을 것 같았다.

이튿날부터 꼬박 닷새 동안 포스터에 매달렸다. 남창원 선생의 변절에 대한 불만이, 그의 그림에 대한 불만으로 표출된 것은 지금 생각해도 의아하다. 그에게 가장 수모를 주는 방법이 그림이라고 여겼는지 모른다. 그가 비겁한 것처럼 그의 추상화도 비겁하다고 생각한 듯했다. 아무튼 실패한 그림을 찢어 내고 다시 시작했다. 공장 따위는 없애고, 각각 다른 표정을 짓고 있는 네 명의 노동자 얼굴을 포스터 하단에 가득 채웠다. 얼굴에 주름까지 자세히 그렸다. 판화처럼 거칠게 보이도록 흰색과 검은색을 섞어 얼굴을 채워 나갔다. 흰색과 검은색을 사용해 불투명 수채화를 그려 본 게 도움을 주었다. 완성되면 수변동 야학당으로 가져갈 계획이었다.

재는 티스푼 하나 분량이었다

학기 말 시험이 다가왔다. 담임은 나를 불러 이번 시험도 엉망으로 치면 고등학교에 원서조차 내지 못할 거라고 으름장을 놓았다. 암기 과목이 걱정이었다. 영수는 기초가 있어서 버틸 만했지만 국사나 사회 같은 과목은 아주 바닥이었다. 그런데도 집에 와서는 책을 보지 않고 포스터만 들여다보다 잠이 들었다.

난 완성된 포스터를 곤 씨 아저씨에게 전해 주질 못했다. 수변동 지하실을 두 번이나 찾아갔지만 허탕을 쳤다. 한번은 문이 잠겼고, 다음번은 아저씨가 외유 중이었다. 푸른 작업복을 입은 청년이 문을 열고 나와서 뭔 일이냐고 매섭게 물었다. 가방에서 그림을 꺼내지도 못했다. 무슨 일인지 그즈음 아저씨는 교회에 나오지 않았다. 오 선생님에게 맡기면 되겠지만 그러고 싶지는 않았다. 절치부심해서 완성한 포스터를 아저씨에게 직접 건네려고 했던 것이다. 로마의 동굴 교회 같은 가련한 지하실에서, 워커 발자국이 찍힌 예수의 프린트 밑에서 "이거요." 하고 꺼내 놓는 것이, 포스터 작업을 하던 내내 머릿속을 꽉 채웠던 장면이었다.

아저씨에게 전달하지 못한 포스터는 4주 동안 내 방에서 뒹구는 신세가 되었다.

내가 봐도 발상이 흥미로운 포스터였다. 도화지 하단에 네 명의 얼굴을 올려놓았는데, 모두 곤 씨를 연상하며 그렸다. 얼굴은 각기 전등 헬멧을 쓴 광부와 밀짚모자를 쓴 농부, 주름살이 덮인 늙은이와 젊은 공원(工員)이지만 다양하게 바뀐 곤 씨의 얼굴이었다. 전에 그에게서 들었던 "진리는 패배한 곳에서 피어난다."는 말이 멋지다고 생각했다. 난 패배자로 곤 씨를 지목한 것 같았다. 하여간 곤 씨를 그리되 각각 다른 나이 대와 표정을 묘사했다. 미소를 띠고, 화난 듯이 입술을 깨물고, 동그랗게 눈 뜬 모습으로. 늙어빠진 영감도 하나 넣었다. 얼굴을 닮게 그린다는 건 무척 힘들다. 내 실력으론 어림도 없었다. 그렇지만 어딘가에, 가령 코끝이든가 넓적한 턱이든가 눈초리 어느 구석은 실제의 곤 씨와 비슷했다. 잘못 덧칠해서 오히려 새치름하게 쌍꺼풀이 진 청년의 한쪽 눈은 볼 때마다 우스웠다. 그러니 이 그림을 꼭 당사자에게 건네고 싶었던 것이다

초대형 태풍이 몰려온 것은 포스터를 보며 방에서 뒹굴던 어느 날이었다.

태풍 '미야'는 대구를 여지없이 강타했다. 해마다 이맘때면 한두 개의 태풍이 무서운 손님처럼 찾아온다. 태풍이 없다면 여름철은 무덥기만 해서 지겨울 것이다. 어렸을 때 측후소에서 일기도를 그리던 칠촌 아저씨가 "하늘에 동물들이 살고 있지." 하고 말했다. 정

말 태풍은 하늘에서 몸집을 키운 짐승이 지상으로 내려와, 바다를 철벙철벙 건너고 한반도에서 한바탕 몸을 비비고 지나가는 형용이 아닌가. 거대한 짐승이 발버둥을 치고 포효하면 놈의 등에 깔린 도시들은 죽는다고 비명을 지른다.

엄청난 폭우를 동반한 이해 태풍도 가공할 정도였다. 측후소가 있는 우리 동네는 대구에서 지대가 제일 높아서 집만 날아가지 않는다면 오히려 비 피해는 적은 편이었다.

난 경비실이 비어 있는 틈을 타서 측후소 경내로 몰래 들어갔다. 바람이 얼마나 세찼던지 본관 앞에 있는 10미터 기둥에 달린 풍향계가 죽은 새처럼 꺾여 있었다. 황금빛을 우아하게 발산하던 본관 성탑도 괴괴했다. 비에 씻겨 표면이 반짝였지만 누구에게 얻어맞은 듯 여위고 창백했다. 본관으로 들어가면 직원한테 쫓겨날 게 뻔해서 건물 뒤로 돌아갔다. 본관 외벽에 지그재그로 붙은 비상계단이 있었다. 그 철제 계단으로, 용의 몸을 타고 오르는 듯한 흥분에 떨며 4층까지 올라갔다. 겨우 한 사람만 발을 디딜 수 있는 좁은 층계참에 서서 도시를 내려다보았다. 정말 전쟁이 터진 것 같았다. 멀리 은강천은 엄청난 양의 황톳물이 넘실거렸다. 곳곳에 호수가 생겼다. 가까운 도로에는 수십 그루의 플라타너스 가로수들이 아스팔트를 물고 뿌리째 뽑혀 있었고, 드물게 차가 기어 다녔다. 어찌 된 영문인지 방에 있어야 할 장롱 하나가 도로 복판에 떡하니 누워 있었다.

이해 태풍은 잊지 못한다. 섬세한 도시의 질서를 누구도 거역할 수 없는 막강한 힘으로 무너뜨리며 관통했다. 그리고 열여섯 살 나까지 폐허로 만들었고 수장(水葬)시켰다.

태풍이 동해로 빠져나간 다음 날이었다. 휴교령이 풀려서 학교에 갔다가, 집으로 돌아와 저녁밥을 먹고 있을 때였다. 대문 벨이 띠링띠링 울렸다. 숟가락을 들고 나가 보니 교회 중등부 학생 몇 명이 나를 찾고 있었다. 서이령도 학교에서 바로 오는 길인지 교복 차림으로 함께 있었다. 그녀가 교복을 입은 건 처음 보았다. 흰 상의에 주홍색 칼라가 양쪽 쇄골 위에 손바닥처럼 얹힌 세일러복이 멋지게 어울렸고, 그 때문에 태풍으로 지저분해진 대문 앞이 화사하게 보였다. 난 애써 눈길을 거두며 회장한테 왜 왔냐고 퉁명스럽게 지껄였다.

"형주야, 곤 씨 아저씨가 사고 났대."

"뭔 사곤데?"

"자세힌 몰라. 병원에 있대. 같이 가 보자."

"지금?"

회장 녀석은 얍삽하게 다른 애들을 돌아보며 내 동의를 끌어내려고 했다.

"야, 위독하다 하셨지? 좀 전에 오 선생님께서 급히 병원으로 달려가셨어. 꼭 오라는 말씀은 안 하셨지만 우리도 와 보라는 표정이었어."

녀석의 말은 곤 씨 아저씨보다 오 선생님이 득달같이 뛰어갔기 때문에 당연히 쫓아가야 한다는 투였다. 오 선생님은 무조건 추종해야 할 만큼 존경스러운 분이지만 기분이 나빴다.

"우리 학교는 모레부터 기말시험이야. 난……."

안 돼, 거절하려다가 서이령의 구슬 눈동자와 딱 마주치는 바람에, "나도 가야지." 하고 말해 버렸다.

버스를 타고 가는 길에서야 곤 씨 아저씨가 걱정되었다. 무슨 일이 일어난 걸까? 불길한 상상이 치올랐다. 지하실에서 봤던 압수수색의 흔적이 숨을 막히게 했다. 어떤 정치적인 소문 중의 하나가 아저씨에게 일어난 건 아닐까? 하지만 아무도 알지 못했다. 경북대 병원에 도착했을 때 우리는 아저씨를 직접 문병할 수 없다는 것을 알았다. 그는 중환자실에 있었다. 우리는 중환자실과 통하는 유리 칸막이가 된 대기실에서 다른 보호자들과 같이 서성거렸다. 서이령은 유리문 뒤에서 두 손을 가슴에 모은 채로 꼼짝도 않고 서 있어서 애틋하고 더 사랑스러웠다. 오 선생님은 분주하게 원무과를 들락거리며 의사와 간호사를 붙잡고 뭐라 하소연을 했다. 9시가 좀 넘었을 즈음, 중환자실 문이 열렸다. 간호사들이 시트가 덮인 침대 하나를 밀고 나왔다. 그들은 대기실 쪽을 힐끔거리지도 않고 복도 저편으로 사라져 버렸다. 나중에 알았지만 그 침대에 누운 사람이 곤 씨 아저씨였다.

아저씨에게 터진 사고는 정말 상상 바깥의 종류였다. 내 평생 이토록 어처구니없는 사고는 다시 듣지 못할 테다.

태풍이 지나간 이날 아침이었다. 아저씨는 야학당이 있는 수변동에서 어느 집 지붕에 올라갔다고 한다. 바람에 뒤집힌 지붕 함석을 바로 놓기 위해서였다. 수변동 일대는 6.25 이후로 난민촌이 형성된 지역이라 이때까지 함석으로 덮은 지붕이 많았다. 구릉지에 가옥들이 개미집처럼 다닥다닥 밀집해 있는데, 이즘 들어 외곽으로 고가 도로를 건설하는 중이었다. 곤 씨가 지붕에 올라간 집은 공사 현장 바로 곁이었다. 공사장에 있던 대형 크레인이 며칠간 쏟아진 폭우로 약해진 지반을 견디지 못하고 넘어지면서 길갓집들을 박살냈다. 크레인이 곤 씨를 정통으로 때리진 않았지만 지붕 한 귀퉁이를 내리치면서 곤 씨는 마치 시소에 앉은 것처럼 공중으로 튀어 올랐다는 것이다. 곤 씨는 지붕 위에서 목뼈가 부러졌고 중환자실로 옮겨 수술을 기다리다 숨을 거뒀다.

무슨 죽음이 이럴까. 아저씨의 죽음은 도로 한복판에 누워 있던 장롱처럼 비현실적이었다.

수변동 지하실로 가면 등사기를 밀고 있는 아저씨를 만날 수 있을 것 같았다. 아저씨가 올라간 집이 야학당에 나오는 여공의 자취방이라 했지만 누군가 거짓말을 하고 있거니 싶었다. 라디오에서 크레인이 넘어져 한 명이 죽고 세 명이 크게 다쳤다는 뉴스를 들을 때도, 밥상에서 어머니가 아저씨를 위해 기도를 올릴 때도, 병원으로 가는 목사님과 교인들을 보았을 때도 아저씨가 돌아오면 황당할 텐데, 하며 푸념하곤 했다.

아저씨의 죽음은 빈소를 지키는 생선오 선생님을 보고서야 실감났다. 늘 그렇듯 선생님은 단아한 모습이었지만 갈색 무명 띠가 이마에 삐딱하게 둘러져 있었다. 그는 빈소에 앉아 고개를 떨어뜨리거나 눈도 깜빡거리지 않았는데 그 때문에 아주 깊은 슬픔이 울려 나오는 것 같았다.

나는 학교를 파하고 영안실에 들렀다. 시험공부는 뒷전이었다. 장례식 전날에는 우흠과 같이 왔다. 일찍 온 중학생 몇 명이 잡일을 거들고 있었다. 야학당 청년들도 숱하게 보였다. 나와 우흠은 영안실 밖 공터에서 왔다 갔다 했다. 청년들은 영안실 입구에 죽치고 앉아 이번 사고를 시(市)가 모른 체한다고 성토했다. 경찰이 크레인 기사를 불러 수사하고 있지만 처음부터 곤 씨의 죽음은 거들떠보지 않았다는 것이다. 크레인이 정통으로 떨어졌다 해도 곤 씨는 시위 전력이 있어서 피해자가 되지 못했을 거라고, 조그마한 처녀가 바닥에 퍼질러 앉아 울음을 터뜨렸다.

태풍이 지나간 뒤끝의 대기는 더없이 청정했다. 건물과 보도블록이, 나무 이파리가 물에 씻겨 속이 들여다보일 지경이었다. 그 때문에 죽음이나 청년들의 성토나, 어떤 불합리함이 바닥까지 눈에 보이는 듯했다. 야학 청년들 한 무더기가 빈소를 나와 미리 있던 청년들과 합류했다. 들쑥날쑥한 키와 어딘가 천박한 몸가짐, 촌스러운 입성들. 그들은 빙 둘러서서 담배를 뻑뻑 피우며 욕지거리를 날렸다. 대개는 스무 살이 넘었지만 내 또래로 보이는 장발 아이도 끼어 있었다. 공원들의 욕설은 시장통의 소음처럼 알아들을 수가 없었다. 입술로만 웅얼거렸고 흐느끼듯 들렸다. 고개를 떨어뜨리거나 발로 허공을 걷어차는 동작도 울음의 다른 소리 같았다.

그때, 영안실 현관문을 밀고 나오는 잔느를 보았다. 좀 전 그녀는 다른 학생들과 어울려 접시를 날랐다. 검은 민소매를 입었고 손등과 깔끔하게 다듬은 손톱에 물이 묻어 있었다. 유리문을 등지고 선 작은 체구의 그녀가, 사진관의 포토 라인에 선 소녀처럼 말할 수 없이 섬세하게 보였다. 그렇지만 나는 가벼운 목례조차 건네지 않았다. 그녀와 조금 떨어져서 손을 주머니에 뺐다 꽂았다 하며 야학 청년들의 욕설에 일부러 귀를 기울였다.

"한 바퀴 돌아 볼래? 병원을 말이야."

내가 퉁명스럽게 입을 뗐다. 영안실 앞이었기 때문에 그녀가 내 제의를 들어줄 거라는 근거 없는 믿음이 들었다. 대학 병원 구내를 한 바퀴 돌려면 20분쯤 걸릴 테다.

"왜?"

잔느가 까만 눈동자로 나를 빤히 바라보았다. 나는 두려움을 느끼며 허둥댔다.

"그, 냥…… 병원이나 한번 돌아 보려구."

"그냥?"

잔느의 대꾸가 너무 간략해서 나를 경멸하는 듯 느껴졌다. 화환을 싣고 온 오토바이가 유리문 앞에서 매연을 펑펑 쏟아 냈다. 나와 우흠과 잔느는 외래 병동 쪽으로 걸음을 옮겼다.

나는 아저씨의 죽음 때문이 아니라 잔느와 어깨를 나란히 하게 되어서 걸음이 어색했다. 설명할 수 없는 미묘한 감정으로 가슴에서 물이 흐르는 소리가 났다. 내가 누구랑 아름다운 장소를 산책한다고 상상할 때마다 그 상대가 잔느였던 것이다. 우흠이 내 왼쪽에, 잔느는 내 오른쪽에 있었다. 두 동을 지나는 동안 아무런 말도 나누지 못했다. 하지만 나는 차츰 잔느보다 곤 씨를 더 생각하게 되었다. 병원 특유의 약품 냄새가 떠돌고 곳곳에서 휠체어로 산책하는 환자들과 마주쳤기 때문일까. 나는 근육질이었던 곤 씨 아저씨의 몸매를 떠올렸다. 언젠가 축구 시합을 마치고 모두 모여 등목을 할 때 내가 아저씨의 등에 물을 끼얹어 주었다. 얼굴이 까맸지만 벗은 상체는 의외로 하얬다. 원래 살결이 흰 모양이었다. 형인 오 선생님과 뭐 하나 닮지 않았다고 여겼는데 피부색이 닮은 것이다. "아저씨, 정말 축구 잘하시던데요? 두 골을 넣었어요." "그러니?" "애들 다 깜짝 놀랐죠." "하하 학생 때 공 좀 찬다는 소릴 들었지." 아저씨가 등을 흔들며 웃는 바람에 엉덩이에 물을 끼얹고 말았다. 처음에는 무뚝뚝한 인상이 무섭기도 했지만 다 정겨움으로 변했다. 거무스레한 얼굴도, 하마처럼 넓적한 사각 턱도, 이따금 번뜩이던 눈동자도, 머리 비듬이 떨어진 망토도 다시 볼 수 없지 않은가.

대학 병원은 웬만한 학교보다 넓었다. 근래 지은 외래 병동을 제외하면 아주 오래된 붉은 벽돌 건물이 히말라야시다 사이로 줄곧 나타났다. 2, 3층짜리 적벽돌 건물은 옛 강점기 때 지은 것으로 보였다. 당시의 정교한 사진처럼 벽돌들은 각이 뚜렷하고 선홍빛이 여실했다. 우리는 담장을 따라 외곽을 돌았다. 우람한 버드나무에 가려진 멋진 적벽돌 건물 한 동을 만났다. 성당처럼 지붕이 뾰족했고 현관도 아치형으로 조형된 꽤 오래된 건물이었다. 건물 후미와 담장 사이의 공터에는 태풍으로 부러진 나뭇가지가 수북이 쌓여 있을 뿐 인적이라곤 없었다. 우리는 장난스럽게 나뭇가지를 짓밟았다.

"여긴 뭐 하는 데야?"

앞서 가던 우흠이 건물 안을 기웃거렸다. 나와 잔느도 창문으로 다가섰다. 창틀에 먼지가 두텁게 끼었지만 요즘도 사용하는 건물이란 느낌을 받았다. 어딘가 문이 열려 있고 전등을 켜 놓은 것 같다. 보이는 것은 1, 2층을 튼 넓은 공간이었는데 특이하게 원형 계단이 설치돼 있었다. 계단은 허연 시멘트로 되어 있어 야외 공연장을 실내에 옮겨 놓은 양했다.

"가운데 탁자는 뭐지?"

거대한 쟁반 같은 계단 한복판에 탁자가 하나 놓여 있었다.

"혹시 해부학을 강의하는 교실이 아닐까? 저 테이블에 시신을 올려놓고……."

얼핏 그런 생각이 들었다. 의과대학인데 음악 공연은 하지 않을 테니까. 지금껏 한 마디도 않던 잔느가 입을 뗐다.

"사촌 오빠가 의대를 다녀. 시체를 해부해 봤냐고 물으니까 오빠가 당연하지, 하면서 처음 해부학 수업을 할 때 면도날로 시체의 털을 다 깎았다고 그러더라."

"털을 왜?"

의아해서 내가 물었다.

"털을 깎으려면 시체를 만져야 되잖아. 온몸에 비누칠을 한 뒤 면도날로 꼼꼼히 털을 밀다 보면 시체랑 친해진대."

민소매 밖으로 빠져나온 잔느의 흰 팔뚝에 흘낏 눈이 갔다.

"뭐라고, 온몸에 비누칠을 해서?"

"눈썹이나 다리에 털이 있잖아……. 몸에 난 솜털도 싹싹 민대. 그러다 보면……."

잔느가 얼굴을 붉혔다.

털을 싹싹 민다는 말에 왜 거기에 난 털을 연상했을까? 커다란 접시처럼 생긴 원형 계단 중앙에 여자를 눕히고서. 시체긴 하지만 거기의 털을 깎다니. 오히려 시체라서 더 적나라한 느낌이다. 여자애들은 모르겠으나 남자애들은 대부분, 나도 그랬지만, 맨 처음 털을 깎는 곳은 자지 언저리에 돋아나는 털이다. 처음 거기에 털이 난 것을 발견하고는 자신이 돼지로 변한 것 같아 끙끙 고민하다가 대중목욕탕에 가기 전에 가위로 싹둑싹둑 잘라 버린다. 나도 그랬다. 거기에 털이 나는 것보다 더 창피한 일은 없었다. 하지만 어느새 그곳은 에로틱함의 진원지가 되어서 사춘기가 끝날 때까지 털을 생각할 때마다 사타구니를 의식한다. 의학도들이 탁자 위로 머리를 기울이고 시체의 그곳에 비누를 문질러 하얀 거품을 일으키는 광경을 상상하고 있는데 저쪽에서 잔느의 비명이 날아들었다.

"어맛!"

그녀는 혼자 다른 창문을 들여다보고 있었다. 나와 우흠이 얼른 그쪽으로 뛰어갔다.

스무 평가량 되는 실내에 형편없이 제작된 나무 침대가 가득 들어차 있고 침대마다 흰 천이 덮여 있었다. 뭘 덮었지? 채 의문이 돋기도 전에 직감했다. 아 실험용 사체들이었다. 천은 울퉁불퉁해서 사람의 윤곽을 가차 없이 드러냈다. 몇 군데는 누리끼리한 천이 제대로 덮이지도 않았다. 삐딱하게 덮은 천 밖으로 검은 나뭇가지가 노출되어 있었다. 한 번도 죽은 사람을 본 적이 없지만, 수십 구의 시신과 맞닥뜨리다니. 그것도 한자리에서. 40구나 50구는 돼 보였다. 새파랗게 질린 잔느가 뒷걸음질을 치다 깡통을 밟고 넘어질 뻔했다.

창문에 붙은 나는 눈을 뗄 수 없었다. 간이 오그라들었지만, 왠지 창문에 붙어 있어야 남자로 인정받을 것 같았다. 시야(視野)의 모든 풍경이 시신이었다. 흡사 전쟁터에서 산더미 같은 시체 앞에

선 느낌이었다. 한 구씩 침대 위에 올려놓은 것인데도 그토록 참혹하게 보였다. 이 적산 건물의 창문은 고딕 양식처럼 위로 올려서 여는 형태였다. 나는 창틀 밑으로 손을 집어넣어 힘을 써 보았다. 믿을 수 없게도 창문이 위로 쓱 올라갔다. 순식간에 두 뼘이나 올라간 창문을, 모른 척 그냥 내릴 수도 없어서 내친김에 머리 위까지 밀어 올려 버렸다. 나는 쓸데없이 솟구치는 영웅 심리를 억제하지 못했다. 이제 널찍하게 열린 창문으로 상체를 기울여 건물 안으로 얼굴을 넣을 수조차 있었다.

나는 두려움도 잊고 얼굴을 창문 안으로 집어넣었다. 깨금발을 세우고는 상체마저 깊숙이 들이밀었다. 창문 가까이 놓인 시신을 자세히 살피기 위해, 남자인지 여자인지 알아보려고, 눈썹이나 음부의 털을 정말 제대로 깎았는지 확인하려고 손을 뻗어 누리끼리한 천을 획 걷어 올렸다. 천은 병실 침대 칸막이에 쓰는 얇은 나일론이었다. 그러나 손이 충분히 미치지 못해서 천은 너풀거리며 겨우 10센티미터쯤 걷혔다. 그 정도만으로도 까맣고 가느다란 허벅지가 드러났다. 수분이 다 빠진 허벅지는 살가죽만 붙어 있어서 죽은 개처럼 딱딱해 보였다. 허벅지 위쪽은 천에 가려 보이지 않았으나 상체와의 사이에 공간이 벌어져 있어 골반과 상체가 연결되어 있는지조차 의심스러웠다.

나일론 천을 좀 더 걷어야겠어. 나는 팔을 크게 휘저었다. 손에 천이 잘 닿지 않았다. 바닥을 발로 박차면서 손을 길게 뻗다가 중심을 잃었다. 기우뚱, 상체가 쏟아지면서 천이 덮인 사체의 골반에 손을 짚고 말았다. 소름이 끼쳤다. 가까스로 상체를 일으켰지만 내 얼굴이 골반에 처박힌 느낌이었다. 황망히 몸을 뒤로 이동했다. 두 발을 땅에 내렸다. 그리고 상체를 창문에서 빼내는데 창문 프레임에 어깨가 타악, 심하게 부딪혔다. 그 순간 낡은 걸쇠가 풀리면서 육중한 무게의 창문이, 허둥대며 빠져나가는 내 목덜미를 단두대처럼 내리쳤다.

셋은 병원 구내를 마저 돌았다. 비바람으로 어수선한 담장 가를 돌지 않고 말끔히 정돈된 건물 앞쪽 길만 골랐다. 난 주머니에 손을 꽂고 태연한 시늉을 했다.

외래 병동 앞에는 사람들이 붐볐다. 착 달라붙는 파란 미니스커트를 입은 안내원들이 승용차를 주차장으로 인도하고 있었다. 외래 병동 현관 앞은 호텔처럼 화사했다. 우흠과 서이령과 나는 자판기에서 율무차를 빼 먹었다. 민소매를 입은 잔느에게 율무차를 건네받아 홀짝홀짝 마시면서도, 아까 본 시신들이 눈에서 지워지지 않았다. 창틀에 찍혔던 목덜미가 여태껏 아파서였다. 그 통증은 음산한 교실을 자꾸 떠올리게 했다. 창문이 목덜미에 떨어지던 그 순간, 내 몸의 일부가 분리되어 교실 안으로 던져지는 것 같았다. 산더미 같은 시신 속으로…… 그런데 어째서 저 사체들은 먼지투성이 교실에 누워 있지? 용도가 끝나서 폐기될 시간을 기다리고 있는지 모른다. 그들도 한때 피가 흐르던 사람이었지 않은가. 누구도 원하지 않았을 거다. 살아 있는 동안 학교도 다녔을 테고 더운 날 아이스크림도 사 먹었을 거다. 아름다운 사람과 사랑도 나누었을 거고, 거창한 야망도 품지 않았을까.

곤 씨 아저씨를 생각하자 눈시울이 뜨거웠다. 아저씨도 저 사체들처럼 죽은 개가 되었다. 아저씨의 죽음에는 살아 있는 동안에 품었던 어떤 것도 깃들지 못했다. 시간을 쪼개어 공원들을 가르쳤고 정부의 독재에 항거도 했겠지만, 죽음에 임해서는 어떤 명분이나 가치와도 동떨어진 채, 겨우 함석 지붕을 고치다가 지붕에서 튕겨 목뼈가 부러졌다. 최루탄에 맞지도 않고 뒷날 열사로도 칭송되지 못하고 어떤 작은 기념비조차 세워질 수 없는 상태로 있다가 결국 잊히고 말았다. 대학생이 되었을 때 나는 그렇게 안타까워하며 아저씨를 기린 적이 있었다. 이때는 그저 먹먹했다. 아무것도 분명하게 표현할 수 없었다. 다만 비슷한 감정에 휩싸여 있었다. 아귀가 맞지 않는 죽음, 모순 같은 죽음이라는 것만 느꼈다. 하지만 그 느낌은 손바닥에 면도날을 긋듯이 예리했고, 눈에 보일 지경이었다.

나는 더없이 울적했다. 우흠도 서이령도 옆에 없었다. 서이령은 빈소로 돌아갔고 우흠과도 집으로 오는 길에 헤어졌다.

밤이 이슥토록 나는 어두운 내 방에 웅크리고 있었다. 자정쯤 되어 형광등을 켜고, 이제는 아저씨에게 건넬 수 없게 된 포스터를 펴 보았다. 도화지 하단을 가득 메운 얼굴 네 개.

아저씨를 그린다고 했지만 별로 닮지 않았다. 다시 보니 눈과 입과 뺨에 일관성이 없었다. 이목구비가 서로 모순되어 한 사람의 얼굴에 담겨질 수 없는 것들이었다. 포스터를 그릴 때 도무지 아저씨의 얼굴이 생각나지 않아서 대신 내 얼굴을 거울로 비춰 보며 작업했던 게 기억났다. 미술실에서, 손바닥만 한 거울을 이젤에 올려놓고 배우처럼 표정 연기를 했다. 그래선지 그림 어딘가에, 가령 코라

든가 턱의 곡선에 아저씨를 상기시키는 구석이 있었지만, 또한 내 모습도 조금 스며 있었다! 얼굴은 곤 씨기도 했고 나이기도 했다. 나이기도 하다가 곤 씨이기도 했다. 자꾸 보면 그런 착각이 일었다. 그러던 어느 순간 무한히 확장되어, 이날 본 실험용 사체의 얼굴도 저럴 것이란 생각이 들었다. 나와 곤 씨뿐 아니라 40구나 50구가 되는 사체들이, 도화지에 있는 네 개의 얼굴에서 목격되는 것 같았다.

그랬다. 나는 수많은 사람들의 얼굴을 보고 있었다. 잠시라도 만났던 이들, 친구들과 아버지와 형들, 친척들, 그리고 내가 알지 못하는 사람들…… . 그들이 한때 어떤 직업을 가졌든, 무슨 심오한 철학을 지녔든, 숭고한 이상(理想)을 품었든, 어디에 내걸릴 자리조차 얻지 못하는 이 포스터처럼 쓸모없게 될 테고, 때로는 실험실의 사체처럼 누리끼리한 흰 천을 덮어쓰게 되리라. 이상을 가진 존재가 지상에서 그렇게 사라지리라. 종내 모든 인간이 그러리라. 그 길로 갈 수밖에 없으리라.

이건 내 인생에 처음 끼얹어진 염세(厭世)적인 생각이었다. 당시 나는 '염세'라는 단어의 뜻을 알고 있었다. 그래서 더욱 비감했다. 머리가 차갑고 뼛속까지 텅 비는 기분이었다. 얼굴을 무릎에 대고 죽은 듯이 웅크렸다.

그런데 참 기묘했다. 그것이 일어나면 물속으로 가라앉듯이 수긍하겠다며 기다리고 있던, 염세의 허망함이 몰려오지 않았다. 가슴을 허무는 낙담도 일어나지 않았다. 서럽지도 않았다. 폐허의 스산함도 들지 않았다. 반대로, 오히려 어떤 정화(淨化)의 느낌이 스며 왔다. 아주 맑은 물이 내 발목을 적시는 듯했다. 그 물은 순식간에 차올라 허리를 넘어 온몸을 적셨다. 그리고 살갗에 붙은 온갖 껍데기가 녹아 없어지는 상쾌한 기분이 들었다. 깜짝 놀라 방 안을 둘러보았다. 방은 그대로였다. 일어나서 창문을 열었다. 밖은 깜깜했다. 완벽한 어둠이었다. 어둠은 깊었고 티 없이 맑았다. 그 어둠의 청정함만큼 염세의 깊이가 느껴졌고, 인생의 어떤 경이를 응시하는 듯했다.

나는 아저씨에게 마지막 선물을 하고 싶었다. 포스터를 들고 현관문을 열었다. 마당에서, 대야에 포스터를 담아 놓고 불을 붙였다. 화르르 불에 휩싸인 도화지는 이내 재로 변했다. 재는 티스푼 하나 분량이었다. 아저씨의 몸도 화장하면 이렇듯 한 홉에 불과할 거다.

다음 날, 아침 일찍 일어나 학교 가는 길에 먼저 병원에 들렀다. 발인 준비로 바쁜 오 선생님에게 종이에 담긴 재를 내밀었다.

"선생님 이거요, 아저씨 얼굴을 그렸던 건데요……."

오후에 바다로 가서 아저씨의 유골을 뿌릴 때, 이 재도 함께 넣어 달라고 했다.

데칼코마니 같은 대칭의 무늬

곤 씨가 떠나면서 안겨 준 숭고함은 나를 더없이 성장시켰다.

그의 죽음이 내 정신과 육체에 골고루 미쳐서 적어도 열 살은 더 먹은 것처럼 느껴졌다. 유치한 공상을 하지 않게 되었고 걸핏하면 빠져들곤 했던 고립감도 일어나지 않았다. 으슥한 골목길에서 깡패처럼 보이는 청년들을 만나도 무섭지 않았다. 측후소 반대편으로 예전의 공동묘지 흔적인지 봉분이 몇 개 있었다. 밤에 그 앞을 지나면 도깨비가 튀어나올 듯이 으스스했는데 이상하게 그것마저 두렵지 않았다. 공부도 잘되었다. 그림 그리는 양이 대폭 줄고 책상에 앉아 있는 시간이 그만큼 늘어났다. 사회, 국사, 상업, 기술 등 밀린 암기 과목을 챙겼다. 그토록 외우기 싫었던 화학 공식과 왕들의 이름, 지역 특산물 따위가 머리에 속속 빨려 들어가는 것은 정말 희한한 현상이었다. 제법 어른스러워진 것과 암기 과목 공부가 도대체 무슨 관계가 있는지 모르지만 상상력이 필요 없는 안정적인 과목을 기꺼이 좋아하게 되었다.

하지만 이런 안정감은 오래가지 않았다.

여름방학 동안에 나는 새로운 고통을 앓게 되었다. 그건 이전과 다른 종류의 고통이었다. 어른스러워지면서 내 몸이 갑각류처럼 견고한 껍질을 가진 듯했지만, 그런 생물의 말랑말랑한 속살처럼 내 속의 어느 부위는 형편없이 취약했다.

한번은 교회 근처 구멍가게에서 중학생 대여섯 명이 모였다. 아이스크림을 빨며 무더위를 씻을 때였다. 누군가 곤 씨 아저씨의 유골을 뿌렸던 바다로 가자는 얘기를 꺼냈다. 방학이 아니면 언제 가겠느냐는 것이다. 사실 오 선생님이 유골함을 들고 감포 바다로 갈 때 중학생들은 동행하지 못했다. 학교를 갔기 때문이었다. 오 선생님은 야학 청년들과 함께 바다로 갔었다. 중학생들의 추모제 계획을 들은 오 선생님은 고맙다는 듯 고개만 끄덕일 뿐 다른 말은 하지 않았다. 그래서 7월 마지막 날에 중학생 몇이서 감포로 가게 되었다. 감포는 대구에서 버스를 타고 두 시간쯤 가는, 포항 아래쪽에 위치한 바닷가다.

당일에야 나는 맨 처음 추모제를 제안했던 애가 도휘라는 사실을 알게 되었다. 어리둥절했다. 도토리는 교회를 다니지 않을뿐더러 곤 씨 아저씨가 누군지도 모르는 놈이었다. 나중에 알고 보니, 도토리가 서이령한테 포항 해수욕장에 놀러 가자고 꼬드겼고, 서이령이 포항이란 말에 갑자기 곤 씨 아저씨가 생각나서 감포 어쩌고 하며 눈물을 흘리니까 녀석이 잽싸게 행선지를 바꾸어 "감포? 이야, 잘됐네. 감포가 포항보다 물이 훨씬 좋아. 내가 같이 가 줄게." 하며 맞장구를 쳤다는 것이다.

시외버스 터미널에 도착하니까 벌써 도토리가 대합실을 싸돌아
다니고 있었다. 놀이공원에 가듯이 빨간 모자에 알록달록한 티를
입고 매점 앞을 얼쩡거리는 녀석이 어처구니가 없어서, 내가 뒤통
수를 후려쳐 주었다.

"넌 왜 끼니? 아저씨를 알지도 못하는 놈이?"

"야야, 어쨌든 바다로 가는 거잖아. 유골을 뿌렸다고 별난 줄 아
냐? 네 생각엔 바다가 하얄 것 같지? 표도 안 나. 뼛가루는 고기들
이 다 삼켰을 거라고."

녀석이 입술을 찢으며 낄낄 웃었다. 옆에 아무도 없는 게 다행이
었다.

원래 도토리는 이런 놈이다. 나무랄 깜냥도 안 된다. 학교에서도
포르노 잡지를 뜯어 와서 수업 중에 몰래 돌리며 어른이 된 것처럼
꼴값을 떠는 놈이니까. 하긴 포르노 잡지를 파는 불법 서점이 시내
어느 구석에 붙었는지 꿰고 있는 건 신기했다. 한번은 녀석이 영어
교과서 커버로 《플레이보이》의 화보를 뒤집어 사용했는데, 영문으
로 된 책 커버를 보고 칭찬을 아끼지 않던 영어 선생님이 보란 듯이
큰 소리로 문장을 읽다가 얼굴이 시뻘게졌다. 드디어 교무실에 끌
려가서는 얄궂은 책표지를 낯짝에 붙이고 두 시간 동안 벌을 받은
놈이었다. 잔느가 그런 사실을 알 리 없었다. 나는 잔느한테 고자질
을 해야 할지 말아야 할지 고민하는 것도 지칠 지경이었다. 이놈은
우흠의 친구이고 우흠은 내 친구이다. 친구로서 사촌뻘이 되는 내
운명을 원망할 수밖에 없었다.

우리는 서로 손을 흔들고 고함을 질러서 한자리에 모였다. 모두 여섯 명이었다.

남자는 하나가 빠져서 나와 도토리뿐이었고 여자애들은 넷이나 되었다. 여자들은 확실히 뭔가를 추억하기 좋아하는 동물이다. 즐거운 거든 언짢은 거든 가리지 않고 말이다. 서이령은 무더운 날씨에도 여행의 목적을 의식한 듯 청바지에 꼭 끼는 검은 티를 입고 왔다. 서이령이 데려온 친구는 거스러미가 찢어져 너풀거리는 청팬츠를 입었고 머리는 노란색 머리띠로 멋을 냈는데 늘씬한 키에 처녀처럼 꽤 볼륨이 있었다. 다른 여자애는 교회에서 본 그저 그런 축이었고 2학년짜리도 하나 따라왔다. 나는 우흠이 없어 퍽 아쉬웠다. 방학하는 날에 고향인 문경으로 떠나 버렸다. 서이령은 국화 꽃다발을 한 아름 안고 묵묵히 있었다. 왠지 모르나 그 애가 나보다 곤씨를 더 그리워하는 눈치였다.

바다에 도착할 때까지 우리는 무척 숙연했다. 버스 안에서도, 감포에 내려서 시내를 통과할 때도 엄숙한 침묵을 나누었다. 나는 줄곧 잔느의 가슴에 안긴 국화 다발을 흘낏거렸다. 잎이 조금씩 시들고 색도 누렇게 변해서 "꽃이 시들어. 빨리 걷자."며 걸음을 재촉했다. 우리는 길을 몰라 우왕좌왕하면서도 별로 헤매지 않고 감포 방파제에 도착했다. 오 선생님은 제방 끝에서 바다로 부는 육풍에 유골 가루를 날려 보냈다고 한다.

우리는 길게 줄을 지어서 방파제 위를 걸어갔다.

방파제 폭은 그리 넓지 않았다. 조금 높은 파도가 왼쪽에서 철썩였다. 제방에 드문드문 앉아 있는 낚시꾼들이 우리 행렬을 호기심

어린 눈으로 돌아보았다. 긴 제방과 철썩대는 파도, 양쪽의 낚시꾼들. 우리는 거대한 장례식장에서 검은 카펫 위를 걷고 있는 것처럼 장엄함에 휩싸였다. 이윽고 방파제 끝에 다다랐다. 시야는 넘실대는 푸른빛으로 가득했다. 광활한 수면에 조금 다른 색으로 선이 그어져 있었고, 멀리 갈매기 떼가 선회하고 있었다.

"바다에 왜 선이 그어져 있지?"

"해류 때문이야. 햇살에 부딪는 수면의 각이 달라서 선이 그어진 듯 보이는 거야."

누군가 속삭였고 내가 아는 척 대꾸했다. 고향이 바닷가여서 내게는 낯익은 현상이었다.

"여기서…… 오 선생님이 아저씨랑 헤어졌다고 하셨어."

서이령은 제방 아래 검푸른 물결을 보며 말했다. 모두가 목을 빼고 수면을 내려다보았다. 서이령은 가슴에 안고 있던 국화를 한 송이씩 나누어 주었다. 은경이란 애가 노래를 부르자고 제안했다. 우리는 흰 꽃을 촛불처럼 두 손으로 받쳐 들고 이별의 노래를 낮은 목소리로 합창했다.

우리 다시 만날 때까지 하나님이 함께 계셔, 위태한 일 피하게 하고 지켜 주시기를 바라네……. 다시 만날 때, 다시 만날 때, 그때까지 계심 바라네.

이 노래는 눈물겹다. 지금 당신과 나는 이별하지만 훗날 하늘나라에서 다시 만날 것이다. 우리 삶이 힘들더라도 다시 얼굴을 볼 때까지 신이 당신과 나를 보살피길 소원하는 애절한 송가이다.

우리는 한 명씩 방파제 끄트머리로 나가서 시든 국화를 바다에 던졌다. 나도 국화를 던졌다. 국화 줄기가 손에서 싸악 빠져나갈 때 손가락이 찌릿하게 전율했다. 이제 아저씨의 모든 것, 그의 옷과 그의 얼굴과 그의 말과 영원히 작별하는구나. 당신의 얼굴이 담긴 포스터의 재도 여기서 뿌렸겠지. 한 스푼 분량의 까만 재가 흰 유골에 섞여 흩날리는 모양을 상상했다. 내 손을 떠난 국화가 날지 못하는 새처럼 바닷물에 힘없이 떨어졌다. 파도에 실려 흰 꽃이 넘실넘실 멀어졌다. 한 애가 던진 국화는 제방에 걸렸지만 곧 파도가 들이쳐 꽃을 물고 바다로 들어가 버렸다. 그 모습이 마치 하데스(죽음의 신)가 혀를 내밀어 핥는 것 같았다. 하데스의 혀는 세 갈래구나, 파도가 국화를 잡아채는 형용을 응시하며 그렇게 생각했다.

국화를 던진 뒤로 우리는 좀 홀가분해졌다. 몇몇이 팔을 올려 기지개를 켰다. 한 애는 갯바위에 붙은 홍합 조개를 발로 긁었다. 제방을 되짚어 나오면서 서로 떠들었고 낚시꾼이 고기를 얼마나 잡았는지 고기 망태를 살펴보는 애도 있었다.

"야, 여기까지 왔는데 수영은 하고 가야지."

방파제를 내려와서 해수욕장의 모래사장을 걷고 있을 때 도토리가 소리 질렀다. 도토리의 말은 참 이상하게 들렸다. 수영을 하자고? 물론 내겐 수영복이 없었다.

그런데 이해할 수 없는 건 여자애들 넷이 모두 가방이나 작은 륙색에 수영복을 넣어 왔다는 점이다. 잔느는 잠자코 있는 것으로, 키가 큰 다른 여자애는 손가방을 흔들어서, 수영복을 가져왔다고 표시했다. 불과 10분 전에 아저씨를 애절하게 추모하지 않았나. 그런데 수영이라고? 하지만 이미 우리는 피서객들이 북적이는 해수욕장으로 들어와 있었다. 모래는 몹시 뜨거웠고 울긋불긋한 파라솔이 우리를 부추겼기 때문에 수영복이 필요할 것 같다는 생각도 들었다. 난 갈피를 잡을 수 없었다.

나와 도토리는 해수욕장 한복판에 앉아 있었다. 붐비는 피서객들 사이에 겨우 끼어들어 돗자리를 깔았다. 여자애들은 어딘가로 몰려가 버렸고 나와 도토리만 자리를 지켰다. 눈앞에 벌거벗은 사람들과 파도가 넘실거렸다. 우리는 파도 자락으로부터 10미터가량 올라와 있었다.

"도휘야, 네가…… 서이령한테 여기로 놀러 오자고 했다며?"

녀석을 나무라려고 물었던 건 아니었다. 어차피 곧 씨 아저씨와 상관없는 놈이니 시비할 건더기도 없었다. 나는 일부러 어색하게 입을 떼어, 녀석과 서이령의 관계를 엿보려는 저의를 넌지시 드러냈다. 녀석이 눈치만큼은 번개다.

"하핫, 짜식. 뭔 이바구라고. 난 이령이한테 관심 없어. 오늘 따라온 개 친구 있지? 노랑 머리띠 계집애. 걘 내가 점찍었어. 개랑 해수욕을 하고 싶어서 서이령을 끼워 넣은 거다."

"뭔 소리야?"

"내가 노랑 머리띠 집을 모르거든. 연락할 방법이 있어야지. 할 수 없이 이령이한테 친구를 데리고 나오라고 했지. 추모제는 사람이 많아야 죽은 아저씨가 좋아할 거라고 뻥을 치면서 말이야."

"헛. 그럼 서이령은?"

"낄낄, 벌써 걷어찼지. 지독하게 갑갑한 애야. 손도 한 번 안 잡아. 지난번에 중앙공원에서 데이트를 하는데 가방에 들어 있는 포르노를 꺼내 같이 보고 싶어 죽겠더라고. 상상만 해도 아찔한 거야. 내가 벤치에 앉아서 대뜸 물었지. 야, 서이령, 너 생리일이 언제냐?"

"이 자식, 진짜 미쳤구나. 그런 걸 다 물어?"

"걔가 어떻게 나왔을 거 같냐?"

내 몸이 사뭇 오그라들었다.

"뭐래?"

"발딱 일어서더니 내 따귀를 찰싹 때리지 뭐냐, 킬킬."

나는 휴, 한숨을 놓았다.

"맞을 짓 했네. 그래서?"

도토리가 단춧구멍 같은 눈이 없어지도록 깔깔 웃었다.

"너 정말 멍텅구리를 얼마나 잡아먹었냐? 계집애들은 고런 야한 소릴 좋아한다구. 팔뚝에 사마귀라도 붙은 양 팔짝팔짝 날뛰지만 실은 그게 몸이 달아 못 견딘다는 증거지. 한 번도 남자를 사귀지 못한 애일수록 간드러지게 비명을 질러. 그게 본능적으로 여자가 남자랑 다른 점이야. 인마, 왜지 아냐? 계집애들은 일찌감치 생리를 하거든. 너 아직 생리를 겨드랑이로 하는 줄 알지? 하핫, 인형같이 곱게 큰 애가 누구한테 이런 소릴 들어 보겠냐? 아, 근데 서이령이 징그러워. 그리되었어. 전교에서 10등을 한다나? 만날 때마다 내 성적을 캐묻거든. 진짜 피곤해. 노랑 머리띠가 우리 극장에 한

번 왔는데 말이야. 캬, 초미니를 입고 아주 처녀처럼 굴더라고. 벌써 가슴도 완전히 익었어. 난 손해 볼 장사는 안 하지. 서이령은 필요하면 너 가져라. 기술은 내가 가르쳐 줄게."

그러고 보니 올 때부터 녀석이 노랑 머리띠를 흘끔대는 게 어쩐지 음흉해 보인다 싶었다.

"예쁜 애들은 자존심이 있어서 무릎 꿇고 싹싹 빌다가도 안 되겠다 싶으면 언제 그랬냐는 투로 고개를 싹 돌리지. 견디지 못하면 자기가 아니라 남을 부인하는 거야. 앞으로 걔는 나를 구더기처럼 싫어할 거야. 그때 네가 등장해서 손을 내밀어 봐. 너에게 키스하겠다고 달라붙으면 이 형님 덕인 줄 알아라."

"관둬, 자식아."

도토리의 허풍이 하늘을 찌를 판이었다. 이딴 놈한테 잔느가 몸이 단다니, 터무니없다. 애초부터 생리가 어쩌니 떠벌리지도 못했을 거다. 내가 일찌감치 예언한 바로 도토리는 중학교만 졸업하면 송라시장에서 야바위꾼이 될 놈이다. 턱에 계란만 한 혹이 덜렁대는 어른 야바위꾼 옆에서 시다 노릇을 하며 사악한 기술을 연마하고 있을 테다. 아무튼 이놈 말의 요지는 잔느에게서 떨어져 나왔다는 것이다. 노랑 머리띠의 처녀 같은 몸매가 그지없이 고마웠다.

"어이쿠, 난 수영복을 갈아입어야겠어. 넌 어떡할래? 가게에서 대여해 줄 거야."

"난 그냥 있을게."

도토리는 백에서 알록달록한 수영복을 꺼냈다. 녀석은 돈 들여서 탈의장에 갈 것 없이 여기서 갈아입겠다고 했다. 나는 녀석이 시키는 대로 비닐 돗자리를 울타리처럼 둥글게 세워서 몸을 가려 주었다. 녀석의 키가 작아서 돗자리 밖에서는 머리통만 조금 보였다. 나는 울타리를 잡고 안을 흘끔거렸다. 아랫도리를 홀랑 벗고 수영복 팬츠를 꿰입는 꼴을 훔쳐보다가 웃음을 참을 수 없었다. 정말이지 모래 바닥에 입을 파묻고 실컷 웃고 싶었다. 왜냐면 도토리는 아직 거기에 털도 나지 않는 애송이였다. 아마 돋보기로 관찰하면 가느다란 파뿌리가 몇 가닥 생겼을지 모르나 비닐 돗자리 밖에서 내려다본 고추는 포경수술만 한 상태로 꼬부라져 있었던 것이다. 카사노바처럼 구는 녀석이 털도 나지 않았다니. 이런 애송이한테는 여자들을 한 트럭 부어 놔도 걱정할 거 없겠다.

"짜샤. 왜 웃냐, 멍청하게?"

"아냐 아냐, 얼른 입어라. 노랑 머리띠가 와서 보겠다."

나는 근처 대형 파라솔에 가서 콜라를 사 왔다. 내 생애에서 가장 시원한 콜라 맛이었다. 녀석은 내 맘을 아는지 모르는지 벌렁 드러누워 갈비뼈를 드러내고는, 무릎을 포갠 채 발을 까닥거리며 카사노바나 되듯이 "키스해 주세용 앞 이빨이 딱 부러지도록 짠짜란 짠 짠자 짠짜란짠자하아……." 야한 음색으로 콧노래를 불렀다.

그사이에 피서객들이 불어나 파도도 잘 보이지 않았다. 모래는 흙처럼 부슬부슬해 질이 좋지 않았지만 사람들이 찜질을 하려고 곳곳에 모래를 파고 있었고, 뒤에서 군인들이 튕긴 배구공이 파도 자락까지 떨어지곤 했다.

내가 얇은 물가에서 장난치는 꼬마들과 병든 암탉처럼 쏘그리고 있는 할머니들을 망연히 바라보고 있을 때였다. 파도 자락 저쪽에서, 흰 허벅지를 드러낸 한 무리의 처녀들이 코발트 빛 바다를 배경으로 활기차게 걸어오는 게 시선을 끌었다. 그녀들은 파도를 피하느라 무릎을 살짝살짝 튕겨 올리며 다가왔다. 처녀들은 내가 앉은 위치에서 정면으로 보이는 곳에 딱 멈춰 섰다. 왠지 낯익은 듯했고 갑자기 눈에 현기증이 몰려왔다. 일제히 몸을 돌린 그녀들은 비탈진 백사장을 밟으며 올라왔다.

맨 앞에 있는 여자는 노랑 머리띠였다. 오른편에 2학년 애, 조금 처진 왼편에 은경이, 뒤에 잔느가 보였다. 북적이는 인파 틈에서 그녀들의 모습이 보였다가 감춰지곤 했다. 그녀들은 흡사 네 마리의 늘씬한 말처럼 관절을 유연하게 굽혔다 펴며 점점 육박하더니 마침내 전모를 드러냈다. 노랑 머리띠는 해바라기가 그려진 치맛자락이 달린 수영복을 입었고, 한 애는 집에서나 꿰입는 형편없는 짧은 팬츠를, 그리고 맨 뒤에 숨었다가 앞으로 나온 잔느는 어디라고 할 거 없이 온통 우윳빛 살결이었다.

잔느는 내 머리 그림자가 제 허벅지에 철썩 올라가는 것도 모르고 미소를 띠며 바로 내 눈앞까지 다가왔다. 잔느의 수영복은 믿을 수 없도록 날렵해서 치골이 있는 삼각 부위를 다 가려 주지 못하고 허벅지 사이의 골이 거의 보일 지경이었다. 나는 동공에 부딪는 충격을 견딜 수 없어 벌렁 누워 버렸다. 그 바람에 도토리가 벌떡 일어났다.

여자애들은 나와 도토리를 에워싸고 앉았다. 사실은 비좁은 돗자리의 가장자리에 무릎을 대고 앉아 내가 사 놓은 콜라를 마셨다. 나는 여전히 누워서 눈만 가늘게 떴다. 그제야 여자애들도 쑥스러운지 돌아앉아 타월로 어깨를 둘렀다. 하지만 그녀들은 금세 활기차졌고, 커다란 파도에 밀려 튜브 안으로 꼬라박히는 아줌마들을 가리키며 즐겁게 조롱을 나누었다.

잔느의 등은 깊게 파인 수영복으로 U자형 맨살을 드러내었다. 그녀 등의 우측 늑골 위쪽에 점이 세 개 박혀 있고, 젖은 모래가 날씬한 옆구리에 입술 모양으로 달라붙어 있었다. 2학년 애가 모래를 퍼서 내 가슴에 끼얹으며 장난을 걸 때까지 나는 누운 채로 꼼짝도 못했다.

이날을 회상할 때마다 나는 지극히 아스라한 감정에 젖는다. 파도 자락을 밟으며 오던 싱그러운 처녀들. 보랏빛 갈기가 목덜미에서 찬란하게 휘날리던 네 마리의 말. 유연한 몸의 리듬. 말들은 아이와 노인 들을 절멸시켰다. 아무도 닿을 수 없는, 눈길조차 닿기 힘든 눈부신 육체. 어떤 자유분방함. 더욱이 잔느가 가까이 왔을 때, 치골 옆 수영복 가장자리를 따라 난 가느다란 허벅지 선을 보았을 때, 내 몸은 반응의 어떤 속성에 수긍할 겨를도 없이, 성에 대한 감정마저 형성되지 못한 상태로, 다만 몸속 어딘가에서 수증기가 피어오르는 느낌만 들었던 것이다. 한 줄기 아지랑이 같은 것이 몸속에서 발생해 머리로, 눈으로, 무릎으로 하염없이 빠져나갔다. 이때를 기억하면 몇 년 후 대학생이 되어서도 그랬고, 결혼하고 자식이 사춘기를 맞은 지금도 몸에서 아지랑이가 피어오른다.

얼마 후 우리는 바다로 들어갔다. 나는 그녀들과 조금 떨어져서 준비운동을 한답시고 가슴에 바닷물을 끼얹었다. 웃통을 벗긴 했지만 바지는 입은 채로였다. 도토리는 벌써 물장구를 치면서 그녀들과 쉽게 어울렸다. 여자들은 나에게 조소를 보냈다. 난 어쩔 수 없었다. 내 감정을 장난기로 덮고 태연해할 수 없었다. 난 그렇게 노련하지 못했다. 물이 허리까지 잠기는 곳에서 편을 나누어 물싸움을 할 때도 눈을 감고 물을 튕겨 비웃음을 받았다.

나는 혼자서 백사장으로 올라왔다.

부서지는 파도를 따라 좌우로 수백 명이 엉겨 있었지만 내 눈은 잔느만 쫓았다. 좀 전 도토리에게서 들었던, 잔느를 능멸하는 흉은 모조리 부정되었다. 가련한 헛소리일 거다. 설령 사실이라 해도, 내 감정에 조금도 상처를 주지 못했다. 그녀는 사랑스러웠다. 잔느의 몸짓은 청둥오리 떼 사이에 노니는 백조처럼 선연했고, 탐스러웠다. 불과 30분 전에 저쪽 방파제에서 곤 씨 아저씨의 죽음을 추모하지 않았던가. 언제 슬픔에 겨워하며 국화를 바다에 던졌지? 언제 슬픈 송가를 부르며 하늘나라에서 다시 만나자고 하였나? 그따위는 이글거리는 태양에 녹아내렸다.

나는 다시 백사장을 내려갔다. 바닷물이 배꼽까지 미치는 수중에서 그녀들과 어울렸다. 바닥에 손을 짚고 개처럼 물장구를 쳤다. 내 옆에 잔느가 있었다. 잔느의 우윳빛 몸이 파도에 부대꼈다. 비틀대던 그녀가 손으로 물을 퍼서 내 얼굴에 끼얹었다. 흩날리는 물보라 사이로 잔느의 뺨과 치아가 보였다. 그녀는 활짝 웃었고, 큰 파도가 그녀의 등을 때렸다. 그녀와 나는 동시에 파도에 맞아 거꾸러졌다. 물속에서 허우적거리다 그녀를 살짝 껴안고 말았다. 그 순간, 곤 씨 아저씨의 죽음이 떠올랐다. 물속에서 아저씨의 죽음은 이상하게 반향했다. 그 죽음은 나를 달콤하게, 격렬하게 바꾸었다. 어떤 조심성도 없이 과감하게 내몰았다. 나는 몸을 버둥거리며 그녀의 몸에 닿기까지 했다. 내가 곤 씨 아저씨를 생각하지 않은 건 아니다. 간곡한 슬픔이 피어올랐지만 그 슬픔은 오히려 나를 격하게 부추겨서 그녀에게 닿게 해 주었다. 다른 아이들에게 밀린 척하며 그녀의 허리에 손을 댔다. 그녀의 젖은 가슴을 눈앞에서 보았고, 잠수하는 동안 물속에서 눈을 뜨고 그녀의 허벅지와 도톰한 치골을 보았다. 한번은 죽음의 파도가 몰려왔다. 또 한번은 에로스의 파도가 춤을 추며 걸어왔다. 한번은 성난 파도가 가슴을 때렸고 또 한번은 달콤한 파도가 무지개 같은 물보라를 흩뿌렸다. 한번은 죽음이 느껴지고 한번은 사랑이 느껴졌다. 죽음과 성, 하데스와 에로스. 그런 이상스러운 반복의 파도에서 기묘한 흥분에 휩싸였다. 물감을 종이에 묻혀 양쪽으로 찍어 낸 데칼코마니처럼, 착란 같은 대칭의 감정에 난 속수무책이었다. 나는 괴물이 된 느낌마저 들었다.

한참 후, 우리는 다 지쳤다. 해가 설핏할 즈음에 물에서 기어 나왔다.

그사이 피서객들이 절반쯤 줄어 있었다. 여자애들은 탈의실로 들어갔고, 도토리는 여자 탈의실 앞에서 노랑 머리띠의 소지품을 안고 비서처럼 대기했다.

나는 백사장 위에서 오랫동안 양팔을 벌리고 서서 점점 야위어 가는 내 그림자를 내려다보며 늦은 볕에 옷을 말렸다.

철도 건널목 부근에서

해수욕장에서 돌아온 뒤로 나는 걸핏하면 모딜리아니의 화첩을 펴고 들여다보았다. 내 손에 들어온 지 6개월이 된 화첩은 이미 모서리에 보풀이 일어나 있었다. 그러나 화첩을 열 때마다 '잔느'는 신선했다. 그림 속 잔느의 붉은 피부는, 해수욕장에서 본 잔느의 피부와 어찌 그리 같은지. 그림 속 잔느의 녹색 눈은, 바닷물에 잠겼다 솟아오르는 잔느의 눈망울을 가차 없이 연상시켰다. 부서지는 파도 사이로 드러나던 잔느의 흰 치아. 웃음을 머금은 까만 눈망울. 군더더기 없이 날렵한 허리 곡선. 나는 밤새도록 신음했고 난잡한 공상에 몸을 떨었다. 이불 밑은 황음(荒淫)의 바닷물 속과 같았다.

하지만 내가 처음 모딜리아니를 봤을 때처럼 잔느는 여전히 그대로였다. 원시적인 순수함은 전혀 변하지 않았다. 몸의 곡선에서 느껴지는 애잔함도, 어딘가 묻어 있는 퇴폐의 흔적도 아름답고 정결했다. 변한 것이 있다면 모딜리아니의 잔느 대신에 나의 잔느가 거기 있다는 점이다. 스물다섯 장의 포즈에 따라 나의 잔느가 다리를 꼬고 있었고 팔을 비틀고 있었고, 누드로 누워 있었다. 여름방학이 끝날 때까지 나는 매일 모딜리아니의 화첩을 넘겨 보다가 잠들었다. 단 하룻밤을 제외하고는.

8월 중순, 어느 무더운 오후였다.

학교에 가다가 철길 근방에서 도토리와 마주쳤다. 도토리는 볕에 타서 진짜 프라이팬에 볶은 도토리처럼 새카맸다. 때문에 키가 더 작아 보였고 한층 사악해진 것 같았다. 도토리는 그 뒤로 두 번이나 더 해수욕장을 다녀왔다고 손가락으로 셈을 해 가며 떠벌렸다. 한껏 의기충천해서, 수영복만 입은 노랑 머리띠와 손을 잡고 해변을 걸었다고, 머리통을 흔들었다. 나는 녀석과 손을 잡은 게 잔느가 아니었다는 사실만으로도 온 힘을 다해 축하해 주었다.

도토리는 땀을 뻘뻘 흘리는 내게 극장으로 가자고 했다. 형이 영사기를 돌리는 극장 안은 얼음 창고처럼 시원하다는 것이다. 여느 때면 꺼렸을 텐데 왠지 녀석을 따라가 보고 싶었다.

짐작대로 신성소극장은 학교 앞의 탁구장만큼 작은 규모였다. 좁은 복도에 영화 사진이 덕지덕지 붙어 있었고, 악취를 가리려고 화장실에 매달아 놓은 소독제인 나프탈렌 냄새가 흘러 다녔다. 관람석 뒤창에 붙은 영사실에서 도토리 형이 낡은 회전의자를 획 돌리며 우리를 맞아 주었다. 자옥한 담배 연기에 숨이 막혔다.

"형, 빙설 사 먹게 돈 좀 줘."

도토리는 용돈을 얻으려고 극장에 들어왔다는 시늉이있다.

"없어, 인마. 앤 누구야?"

이마빡이 튀어나와 진짜 도토리처럼 생긴 형이 나를 보며 이마를 찌푸렸다.

"한형주. 반에서 10등 안에 드는 애야. 형, 100원만 줘."

도토리가 상냥한 말투로 능쳤다. 나는 얼굴이 달아올랐지만 의젓하게 서 있었다. 스무 살쯤 된 진짜 도토리가 엑스레이 광선처럼 나를 쏘아보더니 침을 튀겼다.

"헹, 공부 잘도 하게 생겼네. 척 보면 알지. 야, 너희들, 영화 볼 생각 말고 당장 꺼져! 머리빡에 피도 안 마른 새끼들이 발랑 까져 갖고."

"어이쿠, 이딴 빵구 난 필름 봐 달라구 빌어도 안 볼 거다."

"전에 꿔 간 돈이나 갚아, 인마."

도토리는 콧방귀를 뀌고는 영사실에서 나오자마자 내게 은밀히 손가락을 까닥거렸다. 우리는 살그머니 관람석으로 숨어들었다. 나프탈렌 냄새가 났지만 관람석은 칠흑같이 어두웠다. 우리는 실내를 더듬거려서 겨우 좌석에 앉았다. 화면은 필름이 닳아서 온통 구멍 투성이였다. 생각보다 야하지 않았다. 홀랑 벗은 여자가 한 번 나오더니 금방 지나가 버렸고 키스 장면도 세 번 나왔을 뿐이었다. 그런데도 내내 가슴이 쿵덕쿵덕 뛰었다.

필름이 30분쯤 돌아갔을 때 도토리가 손가방에서 뭘 꺼냈다. 그걸 내 눈앞에 흔들어 보이더니 머리통에 뒤집어썼다. 가발이었다. 이놈 수중엔 별별 게 다 있다. 언젠가 놈의 골방에 갔다가 금장 지포라이터, 상아 구슬, 포르노가 그려진 트럼프, 탄약이 장착된 총알까지 구경했다. 까까머리인 놈이 가발을 쓰자 벌써 야바위꾼이 된 양 사악함이 흘렀다. 도토리가 입에 헛담배를 물고 라이터를 척척 켜는 시늉을 하더니 가발을 벗어 나한테 넘겼다.

"너도 써 봐."

내가 가발을 머리에 뒤집어썼다. 별안간 화면이 밝아졌다. 손님들이 가뭄에 콩 나듯이 드문드문 앉아 있는 게 눈에 들어왔다.

"짜아식, 죽이는데. 넌 인마, 낯짝이 늙어서 서른 살은 처먹은 거 같다. 아냐, 네 아들이 중학생이라 해도 믿겠어."

"진짜?"

기분이 좋았다. 이놈 말에 따르면 내가 아버지가 된 셈이다.

"진짜 그렇다니까. 너한테 일주일 동안 빌려 줄 테니까 다음 주에 영화 보러 와라. 작살나는 영화야. 「파리의 야화(夜花)」라고, 네 인생을 통째로 바꿔 줄 거다."

"나 혼자?"

"물론 너 혼자지. 영화는 원래 혼자 보는 거야, 인마. 같이 와 주고 싶어도, 난 형한테 들키면 맞아 죽어. 저 새끼는 성질 나면 나를 지렁이처럼 밟아 댄다고."

녀석이 욕설을 하며 킬킬 웃었다.

좌석에 상체를 깊숙이 파묻고 손으로 머리를 더듬어 보았다. 이마가 가려지고 귀까지 덮이는 게 요즘 청년들에게 유행하는 장발이었다. 영화보다 내 몸이 더 자극적이었다. 빠르게 낫살을 먹어서 정말 서른이나 된 것 같았다. 키스 신도 무덤덤했다. 옆에 있는 대형 선풍기에서 바람이 쏟아져 머리카락이 멋지게 휘날렸다.

우리는 영화가 끝나기 전에 극장을 빠져나왔다. 밝은 태양이 이글거려서 금방 땀이 흘렀다. 도토리가 가발을 내 손에 넘겼다. "영화 보러 올 때 이걸 써. 네가 어른인 줄 알 거야." 난 가발을 받아서 가방에 구겨지지 않게 넣었다. "잃어버리면 큰일 나. 아주 비싼 거라고." 녀석이 단단히 주의를 주고는 노랑 머리띠와 만나기로 약속했다며 가 버렸다. 나는 도토리의 배려에 감동을 받아 학교로 가는 발걸음이 가뿐했다.

그즈음 나는 2, 3일에 한 번꼴로 미술실에 나갔다.

방학 동안에 1학년과 2학년들이 의무적으로 출석했고 3학년 가운데는 진기섭만 주야장천 나와 그림을 그렸다. 11월에 입시가 있어서 부장도 얼굴을 내밀지 않았다. 난 집에 박혀 있는 게 지겨워 놀러 가는 셈이었다.

미술실에는 종종 즐거운 일이 기다리고 있었다. 1, 2학년들의 누나나 어머니가 수박을 사 들고 방문하기 때문이었다. 여자들은 제동생이나 아들이 대단한 재능을 가진 걸로 믿고 호들갑을 떨다가 나와 진기섭의 작품을 보고는 꼼짝도 못했다. 그러면 나는 마치 미술 선생이 된 듯이, 그림에 대해서는 도통 멍청이인 여자들이 보는 앞에서 후배들을 자상하게 지도하는 척했는데, 물론 그것은 방학이 끝나기 전에 수박을 실컷 얻어먹기 위해서였다. 여자들도 가고, 수박도 다 먹어 치우면 할 일이 없었다. 붓은 손도 대기 싫어서 후배들의 뒤통수를 한 번씩 쥐어박았다.

광복절이 지나고 며칠 뒤였다. 진기섭과 후배들이 모두 집으로 가고 나 혼자 늦게까지 미술실에 남아 있었다.

아무도 없는 미술실에서 뭘 했는지 잘 기억나지 않는다. 그림을 그리지는 않았다. 시렁에 계속 쌓이는 기섭의 수채화를 들춰 보긴 했다. 가끔씩 석고상 사이를 돌아다닌 것도 같다. 대체로 멍청하게 걸상에 앉아 시간을 죽였다. 수영복을 입은 잔느를 생각했던가. 「파리의 야화」를 언제 보러 갈까 고민했던가. 꼭 그러지도 않았다. 분명한 것은 미술실을 나간 시각이 밤 11시가 다 되었다는 점이다. 경비가 문단속을 하려고 복도를 걸어오는 소리를 듣고 미술실 문을 잠갔으니까. 예순 살이 넘은 경비 영감은 그 시간까지 건물에 남아 있을지 모를 선생님들이나 학생들에게 공포감을 심으려고 일부러 열쇠 뭉치를 쩌렁쩌렁 흔들며 다녔다.

밤 11시쯤 학교에서 나가는 날은 1년에 몇 차례뿐이었다. 통금이 있어서 이 시간이면 귀가를 서두르는 행인들로 거리가 부산하고, 어느 순간부터 인적이 뚝 끊긴다. 여름철에도 별로 차이가 없다.

교문을 나와 대로를 건넜다.

집까지는 4킬로미터나 되지만 눈을 감고도 갈 수 있었다. 지름길 초입에 있는 나이트클럽 앞은 한산했다. 건너편 포장마차엔 술꾼들이 떠드는 소리가 왁자했다. 골목은 가로등이 꺼져 캄캄했다. 나는 빠르게 걸었다. 내 발자국 소리가 자꾸 귀에 들렸다. 누군가 따라붙는 듯해 흠칫 돌아보았다. 주변엔 아무도 없었다. 길이 다시 넓어지고 어둠 속에 제과점과 목욕탕이 어슴푸레하게 보일 즈음이었다. 나는 갑자기 무슨 볼일이라도 생긴 양 약간 허둥댔고, 신성소 극장 앞에서 걸음을 멈췄다. 극장 앞은 보도블록이 넓게 깔려 있어서 한층 캄캄했다. "지나가 버려야지." 씨부렁거렸지만 내 발은 극장 앞에 놓인 진열대로 움직였다. 삼각형 모양의 그 진열대는 크기나 형태가 꼭 개집처럼 생겼는데, 상영 중인 영화의 스틸 사진을 붙여 놓는 광고판이었다. 새 사진이 걸린 건 사흘 전부터였다. 그 사진은 지금까지의 어떤 것보다 음란했다. 대낮에는 낮 뜨거워 차마 구경할 엄두를 내지 못했다. 나는 진열대 옆을 빠르게 통과하곤 했다. 한참 가다가 뒤를 돌아보면 사진이 아니라 진짜 알몸의 여자가 개처럼 삼각대 밑에서 기어 나올 것만 같았다. 그러나 한 번도 뒤를 돌아보지 않았다.

지금 그 광고판을 내가 만지고 있었다. 까칠한 모서리를 잡고서 삼각대 위로 얼굴을 비스듬히 눕혔다. 먼 데서 날아오는 실낱같은 불빛을 이용해 사진을 보려고 했다. 가자미처럼 표면에 붙다시피 한 내 눈에 아무것도 들어오지 않았다. 사진이 없었다. 코를 대고 모서리까지 더듬었지만 단 한 장도 남아 있지 않았다. 「파리의 야화」를 볼 거라고 팽팽히 부풀었던 동공이 무참히 오그라들었다.

"제길, 다 거둬 갔잖아."

개집은 두 개였다. 옆의 개집도 빈 지붕이었다. 영업을 마치면서 사진을 수거한 모양이었다. 츠르륵츠르륵, 건너편 세탁소에서 셔터를 내리는 소리가 들려왔다. 세탁소가 소등하자 희끗한 불빛마저 사라졌다. 소리 안 나게 개집 하나를 뒤집어 버렸다.

살금살금 출입문으로 걸음을 옮겼다. 양쪽 문을 함께 여는 구조인 출입문에 쇠불알만 한 자물통이 걸려 있는 게 손에 잡혔다. 유리문 안을 들여다보았다. 좁은 복도는 유령이 나올 듯이 음침했다. 상영관 벽에 스틸 사진이 붙어 있었지만 전혀 알아볼 수 없었다.

「파리의 야화」일 것이다. 난 영화를 보지 못했다. 지난주 내내 도토리가 빌려 준 가발을 가방에 넣고만 다녔다. 하지만 상영일이 되고부터 쫓기듯 이곳을 지나쳤다. 가발을 쓰고 입장할 자신이 없었다. 바로 그때였다. 등 뒤로 헤드라이트가 비쳤다. 도로에서 유턴하는 택시였다. 커다란 반월도처럼 허공을 베던 불빛이 순식간에 유리문을 통과했다. 찬란한 광채가 복도 벽을 타고 그어졌다. 정말 「파리의 야화」였다. 'The Girl From Pari……'란 글자가 번쩍거렸다. 긴 머리에 가슴을 노출한 여자가 복도에 서 있었다. 여자는 움직이지 않아서 손을 뻗어 만져도 될 것 같았다.

나는 얼른 백에서 가발을 꺼냈다. 집에서도 써 보았지만 두피를 죄는 가발의 촉감은 영 언짢았다. "이거 아주 비싼 거야. 죽은 사람 머리빡을 벗겨서 만든 거라고." 도토리가 능치는 바람에 기분까지 으스스했다. 머리카락은, 손으로 비벼 보니까 진짜였다. 머리카락과 실은 질감에서 차이가 난다. 녀석의 말은 머리카락이 꽂힌 누르스름한 살갗도 진짜 사람의 두피라는 것이다. 허풍이라고 비웃음을 날리면서도, 걸핏하면 가발을 뒤집어 성분을 꼼꼼히 조사하곤 했다. 얇고 까칠한 합성고무로 제작된 걸로 보이지만 정말 사람의 두피 같기도 했다. 사람의 두피라니! 어쩌면 개나 돼지의 살갗인지 모른다.

그래선지 가발을 쓰고 있으면 무섭고 괴이한 상상이 끓어올랐다. 으레 한밤중이었다. 상상은 가발 속에서, 마치 허름한 창고의 벌어진 틈새마다 박쥐가 날아오르듯이 날갯짓을 쳤다. 그 상상은 죄다 어둡고 비밀스러웠다. 좁은 골목 끝에서 누군가 나를 보고 손짓을 하면 그게 박쥐였고, 악마였다. 또한 가발을 쓴 나이기도 했다. 자정이 넘어 몰래 집을 빠져나가 골목을 돌아다녔던 게 세 번이나 되었다. 가발을 쓰고 걸으면 나체가 된 기분이 들었다. 실오라기 하나 걸치지 않은 알몸에 긴 머리카락만 휘날리는 것 같았다. 나는 악마의 머리카락과 걸음걸이로, 다른 악마들과 교신하면서 지옥 같은 검은 골목을 숨어 다녔다. 통금 이후에 돌아다녀서는 안 되지만 한 번도 경찰에 붙잡힌 적이 없었다. 난 이런 짓을 아무에게도 말하지 않았다. 당연히 어머니도 눈치채지 못했다. 새벽 3시쯤 돌아왔던 어느 날은 대문이 잠겨 있어서 뒷담을 타 넘어 내 방으로 들어갔다.

가발을 이마까지 깊게 눌러쓰고 유리문에 코를 댔다. 콧등을 힘껏 유리에 밀착시키면서, 다시 차가 헤드라이트를 쏘길 기다렸다. 꽤 시간이 흘렀다. 차가 한 대도 지나가 주지 않아 콧등이 삐뚤어질 판이었다. 맥주 캔이 발에 밟혔다. 목이 말랐다. 캔을 집어 기울이자 맥주와 담배꽁초가 벌컥벌컥 쏟아졌다. 나는 다시 유리문에 이마를 대고 눈으로 캄캄한 복도를 휘저었다. 그때 뒤에서 인기척이 들렸다. 한 남자가 극장 앞으로 걸어오고 있었다.

남자는 내가 여기 있는지 모른 채, 삼각 광고판에서 사진을 찾는 눈치였다. 진열대 위만 아니라 측면과 다리까지 훑고 있었다. 캄캄해서 남자는 눈에 띄지 않았지만 담뱃불이 남자의 행동을 살살이 일러바쳤다. 남자가 라이터를 켜서 광고판 주변을 비추었다. 바닥에 떨어진 사진이라도 있는지 살피는 듯했다. 쿠당탕탕, 개집이 넘어지는 소리가 공기를 흔들었다. 남자가 발로 개집을 부수었다. 쿠당탁

쿠당탕. 나는 살그머니 소극장 옆으로 빠져나왔다.

삼거리 쪽으로 반지빠르게 걸었다. 자정이 다 돼 갈지 모른다. 지프 한 대가 휘청대며 달려갔다. 나지막한 건물 너머로 불이 환히 비쳤다. 철도 건널목에서 날아오는 불빛이었다.

나는 조금도 망설이지 않고, 건널목 쪽이 아니라 왼편의 좁은 길로 발을 들였다. 그쪽은 턱에 혹이 달린 야바위꾼이 있었던, 송라시장 뒤뜰과 만나는 샛길이었다. 중학교에 입학하고부터 무던히 다녔지만 이 샛길의 안쪽까지 가 본 적은 없었다. 이 길로도 조금 두를 뿐 철도 건널목과 이어진다는 것을 알고 있었다.

건널목 조명이 워낙 밝은 탓에 꽤 떨어진 곳인데도 골목길은 어느 정도 식별할 수 있었다. 길은 두 폭쯤 되었고 약간 오르막이었다. 나는 바쁘게 걸었다. 지독히 더웠다. 땀이 차 사타구니와 겨드랑이가 미끈거렸다. 얼굴을 쳐들고 허공에다 침을 퉤 뱉었다. "점포든 대문이든 아무 데나 떨어지라지." 마주 오던 청년 두 명이 바람을 일으키며 지나갔다. 나도 제법 건들대는 시늉을 했고, 길이 꺾였다.

"어디 가?"

기겁할 정도로 놀랐다. 점포 앞에서, 의자에 앉아 있던 여자가 벌떡 일어났다.

나는 이미 송라시장 뒤뜰을 지나서 작은 점포들이 숨어 있는 골목 안까지 들어왔다는 걸 알아챘다. 점포들은 대부분 소등되었지만 한두 곳에서 흘러나온 은은한 불빛이 골목의 윤곽을 명료히 보여주었다. 나는 더워 죽겠다고 씨부렁거렸다.

여자가 내 앞을 쓱 가로막았다.

"어딜 가냐고?"

"아…… 예."

왜 이리로 왔던가. 난 이곳을 알고 있었다. 이곳은 송라시장 뒤쪽에 있는, 철도 담장을 따라 작게 형성된 텍사스촌이었다. 점포가 열 개도 되지 않아 그런 식으로 불렸다. 불빛에 드러난 텍사스촌은 음침하다기보다 너무 작고 깔끔해서 레고로 꾸민 장난감 마을 같았다.

나는 여자에게 떠밀리듯이 물러섰다. 전봇대에 등을 기댔다. 하지만 한 걸음씩 다가오는, 혁대나 다름없는 아주 짧은 스커트를 입은 여자를 대담하게 마주 보았다. 나는 내 머리카락을 의식했다. 요즘 청년들 사이에서 유행하는 장발이 아닌가. 그러나 가슴이 멋대로 쿵쾅거렸다. 이마에서 땀이 비 오듯 쏟아졌다. 안타깝게도 가발이 곧 벗겨질 것 같았다. 거꾸로 썼는지 모른다. 긴 머리카락이 연해 눈을 가렸다. 어두운 극장에서 착용하다 보니 뒷머리를 이마에 걸치는 실수를 저지른 게 틀림없었다.

여자는 나를 밀어 전봇대를 등지게 해 놓고 뭔 말을 지껄였다. 난 알아듣지 못했다. 전봇대 중간에 매달아 놓은 알전구의 불빛이 여자 얼굴을 환하게 드러냈다. 여자는 무척 예뻤다. 아담한 체구였고 눈이 바비 인형처럼 컸다. 눈 화장을 짙게 한 탓일 거다. 송곳니가 뻐드렁니여서 바보처럼 보였지만, 그 때문에 좀 안심이 되었다. 나이는 스무 살쯤 돼 보였다. 나이는 여자에게나 나에게나 필요 없지, 얼핏 그런 생각이 스쳤다. 정말 나이와는 무관한, 수천 년 전부터 이어 온 영원한 장면을 열여섯 살인 내가 처음으로 그렇게 맞닥뜨리고 있었다.

"대학생이지? 경북대? 정말 귀엽다."

여자는 손을 뻗어 무례하게 내 뺨을 만졌다. 뺨을 돌리지도 못할 만큼 어느새 나는 얼어붙었다. 여자가 또 말했다. "오늘은 마쳤는데 어쩌지? 이봐 너도 땀에 젖었잖아." 여자의 손이 내 상의 앞섶으로 쓱 들어왔다. 내가 흠칫 놀라자 여자는 재미있다는 듯 깔깔거렸다. 웃음소리가 너무 커서 나는 어느 구석에 처박혀 죽고 싶었다. 여자의 방자한 행동에 더 오그라들었다. 겨우 입속말로 애원했다. '전 중학생이에요. 빨리 집에 가야 하거든요. 엄마가 기다리고 있어요.' 여자는 아래위로 훑으며 내 꼴을 감상하는 것 같았다. 여자의 뻐드렁니가 다시 드러났다. "아유, 정말 더워 못 견디겠어. 넌 그렇지 않니?" 여자는 한 발 뒤로 물러서서 양손을 모아 자신의 왼쪽 옆구리로 가져갔다. 허리를 약간 비튼 채, 느닷없이 치마 호크를 풀었다. 그러곤 양손으로 손수건을 펼치듯 치마를 활짝 펴는 것이었다. 나는 쏜살같이 어둠 속으로, 겨우 두 발짝만 떼어서 전봇대 뒤로 도피했다.

황급히 레고 마을에서 도망쳤다. "자정이 다 됐어. 얼른 뛰어가." 뒤에서 여자가 내 뒤통수에 대고 손 흔드는 시늉을 했다. 골목은 높은 철도 담장에 가로막혀 있었다. 막다른 골목일까. 무척 당황했지만, 곧 담장 아래로 한 사람이 지나갈 정도의 길이 나 있는 걸 발견했다. 지린내가 났고 신발에 똥이 밟히는 좁은 통로를 따라가자 철도 건널목 장치가 나타났다.

철도 건널목을 지나서 마구 내달렸다. 두피가 들썩거려 가발을 벗었다. 집까지는 아직 2킬로미터나 남아 있었다. 벌써 통금이 시작됐을 테다. 경찰이 순찰을 빠뜨리는 골목이 어딘지 전혀 알 수 없었다. 난 체포되어 파출소 유치장에서 밤을 지샐 것이다. 거기서 술꾼들과 소매치기범과 강도와 뒤엉켜 무시무시한 하룻밤을 보낼 거다…… 하지만 온몸이 땀에 흠뻑 젖도록 달리면서 그런 불안에 계속 시달리지는 않았다. 그랬다. 강도들과 하룻밤을 보낼 것을 두려워하면서도, 전봇대 아래의 타원형 불빛을 떠올렸다. 그 알전구 불빛은 희뿌옜지만 눈부셨다. 그토록 강렬했다. 스무 살 남짓한 여자. 바비 인형처럼 눈이 큰 여자. 그녀가 치마를 풀어 양손으로 젖혔을 때, 난 그것을 보고 말았다. 불빛이 비처럼 쏟아졌다. 검은 나비 한 마리가 거기 붙어 있다고 생각했던가. 문득 추위를 느꼈다. 여자가 부드럽게 내 손을 잡았다. 그녀의 손에 끌려 내 손이 거기에 닿았을 때, 번쩍 정신이 들었다. 나는 여자의 손을 뿌리치고 전봇대 뒤로 도망쳤다. 혐오스러웠다. 어떤 대상도 없이 혐오스러웠다. 맞은편 여자를, 내가 들어선 골목을, 가발을 쓴 나 자신을, 세상의 모든 것을 경멸했다. 본능이 가르쳐 준 성에 관한 것들. 매혹과 향기로움이, 밤새 앓았던 신음이, 방종을 부추기던 달콤한 상상이, 쾌락을 발산하던 몸의 기억이 일제히 스러졌다.

앞으로 잔느를 만나면 어찌할 것인가. 눈물이 날 것 같았다. 여기까지 올 동안 한 번도 잔느를 생각하지 않았지만 지금 그녀 앞에 무릎 꿇고 용서를 빌고 싶었다. 그녀와 같이 앉게 해 주었던 교회와, 언젠가 진열대 통로에서 그녀와 스치게 했던 구멍가게에 대해서도(난 그 구멍가게 앞을 달리고 있었다.) 죄를 뉘우치고 싶었다. 난 더러운 분비물을 게워 내는 파충류다. 추잡한 짐승이다. 내 몸에서 이상한 악취가 날 것이다. 나는 잔느를 잃고 말았다. 그녀가 원하든지 원하지 않든지. 골목은 화가 난 듯 비뚤비뚤했다. 나는 몇 번이나 머리를 담장에 받을 뻔했다. 달리면서도 무서운 꿈을 꾸었다.

어머니가 소방 도로에 나와 나를 기다리고 있었다. 난 당황했다. 어머니는 얼굴을 찌푸렸지만 곧 웃어 주었다. 우리 집 뒤에 파출소가 있었다. 내가 순경에게 잡혀 오면 여기서 인계받으려 했다고, 땀에 젖은 내 등을 두드리며 말했다.

"괜찮니?"

"네."

"가방 이리 다오."

난 머리를 흔들었다. '엄마, 죄송해요.' 어머니에 앞서 빠르게 걸었다. 어디 갔더냐고 추궁했으면 뭐라 대답했을까. 잠시 머뭇거렸겠지만 아마 모조리 털어놓고 말았을 것이다. 누구에겐지 모를 화를 미친 듯이 쏟아 내면서 말이다. 거실에는 비상등만 흐릿하게 켜져 있었다. 방문들은 입을 다물고 있었다. 벽시계가 1시를 가리켰다. 내 방으로 들어가 모딜리아니의 화보에 손도 대지 않고, 바로 불을 껐다. 동틀 때까지 잠이 오지 않았다.

진기섭, 그는 지금 어디서 무엇을 할까?

이쯤에서 내 10대에 만난 천재 예술가 진기섭에 대해 이야기하려고 한다.

기섭은 내륙과 영일만 사이로 뻗은 태백산맥 끄트머리인 죽장이라는 산골짜기에서 태어났다. 산골인 데다 형편도 어려워서 초등학교 4학년 때까지 도화지에 그림을 그려 보질 못했다고 한다. 그의 집 안방 천장에 그림 한 장이 붙어 있었다. 비가 새서 뚫어진 곳에 친척 중학생 형이 놀러 왔다가 두고 간 그림을 때워 놓은 거였다. 나무와 집을 그린 소박한 수채화였다. 누우면 늘 보이는 이 천장 도배지 한 장이 잠자던 녀석의 예술적인 재능을 흔들어 깨운 것 같았다. 도내(道內) 미술 대회가 열린 4학년 때, 녀석이 천장 도배지를 생각하며 그린 게 특선 상을 받았다. 그때만 해도 특선은 전체에서 서넛밖에 뽑지 않아 상품은 혼자 들고 가기 힘들 만큼 많았다. 그런데 이 어린 놈이 상품으로 받은 물감과 도화지를 일주일 만에 다

써 버렸다는 것이다. 그 후로도 도화지가 없어 그림을 그릴 생각조차 못했고 대구로 이사를 와서도 마찬가지였다. 나와 같이 미술반에 들어오던 날 삼각뿔을 데생한 게 처음이었다고 한다.

3학년 여름방학 내내 기섭은 화판을 안고 지냈다. 이즘엔 데생보다 수채 풍경화에 몰두했다. 여전히 녀석은 교복 안에 내의를 받쳐 입지 않아 조금만 땀을 흘려도 교복이 젖었다. 녀석 때문에 수박을 들고 방문하는 후배의 누나들을 보기가 창피스러웠다. 평화로운 미술실에 땀 냄새가 진동했다. 게다가 예전 선배가 쓰다 버린 녹슨 팔레트를 사용했는데, 간간히 녹물이 물감에 섞여 도화지에 묻어났다. 그런데도 사포로 팔레트의 녹을 긁어 낼 생각을 하지 않았다.

사실을 말하자면 진기섭은 풍경화에서도 괴상한 재능을 뿜었다. 그의 풍경화는 다른 애들과 사뭇 달랐다.

흔히 사물을 표현하는 대표적인 색이 있다. 가령 빌딩은 푸른색 계열을 쓰고 한옥의 기와는 푸른색과 고동색을 혼합하며, 숲은 초록색에다 노란색과 황토색을 넣어서 그리는 게 솜씨 좋은 애들의 색채 사용법이다. 그런데 녀석은 혼색의 한쪽을 빼 버리고 다른 한쪽만 사용했다. 그러니까 숲을 그릴 때, 누구나 하듯이 녹색과 노랑을 섞지 않고 녹색만 쓰든가, 아니면 노랑만 썼다. 자연히 그림은 유치원생의 것처럼 알록달록했고 유치해 보였다. 그런데 이상하게도 알록달록한 원색 그림이 차츰 완성도가 높아져, 전체적으로 교묘히 어울리고 있었다. 그게 여름방학 중간부터인지, 아니면 2학기가 시작되고선지 분명치 않다. 언제부턴가 나는 녀석의 그림이 환하고 신비로운, 이를테면 인상파나 야수파 같은 화풍으로 발전하고 있다는 사실을 알아챘다. 열여섯 살짜리한테 무슨 화풍이냐고 웃어 버리겠지만 기섭의 그림을 직접 대한다면 누구나 화풍이란 말을 붙이고 싶을 거다. 그만큼 색감이 독특했다. 오랜 훗날 나는 이때 기섭의 그림이, 앙리 마티스나 앙드레 드랭 같은 화가들의 그림과 유사하다고 생각한 적이 있었다. 도서관에서 야수파 화가인 앙드레 드랭의 화첩에 실린 「샤토의 다리」와 「콜리우르의 나무들」을 감상할 때였다. 붉은 나무와 레몬색 땅, 푸른 다리에서 원색을 사용한 야생적인 표현에 감탄하다가, 문득 기섭의 놀라운 색채감을 기억해 낸 것이다. 물론 우연이었다. 기섭이 앙드레 드랭을 알 리 없었다.

방학 말미가 되자 기섭의 그림은 준혁이 2년 이상 모은 것보다 습작 보관대에 더 높이 쌓였다. 데생에서 손을 떼고 수채화만 그려서 습작 양도 빠르게 늘었다.

그즈음, 2학기 개학을 일주일 앞두고 우흠이 고향에서 돌아왔다. 우흠은 숄더백 하나를 둘러메고 하숙집보다 우리 집을 먼저 찾아왔다. 개학할 때까지 우리 집에서 함께 지냈다. 우리는 밤마다 모기장 안에서 잠들 때까지 소녀들처럼 소곤소곤 이야기를 나눴다. 우리는 별난 것을 다 얘기했다. 우흠은 문경에서 콩나물 공장을 돌렸다고 했다. 콩나물 공장은 가업으로 아버지가 운영하는 건데, 물이 모자라 지하수를 찾으러 다녔다고 말했다. 나도 방학 동안에 벌어진 일을 남김없이 들려주었다. 곤 씨 아저씨의 추모제와 여자애들과 해수욕을 했던 일도 얘기했다. 그러나 송라시장 뒤의 레고 마을은 숨겨 놓았다.

우리는 낮에 시원한 시립 도서관에서 공부하다가 심심해지면 학교 앞으로 가서 탁구를 쳤고 미술실에도 들렀다. 미술실에서 진기섭을 만나지 않는 날이 없었다.

내가 기섭의 뒤에서 인상파 그림을 구경하다가, 대뜸 물었다.

"너, 고등학교 안 가?"

"가야지."

"공부는 언제 하고 만날 그림만 껴안고 있냐?"

내 형편에 공부 얘기는 가당치도 않지만 도대체 이 녀석이 공부하는 걸 본 적이 없었다.

"연합고사가 언젠데?"

"짜식, 11월 26일이잖아."

기섭은 붓을 허공에 털며 피식 웃었다. 입술 귀를 비트는 품이 뭔가를 조롱하는 것 같아 기분이 나빴다. "10시쯤에." 아침 몇 시에 미술실로 나오냐고 묻자 대꾸하기 싫은 듯 짧게 내뱉었다. 물론 도시락도 싸 오지 않았다. 점심을 쫄쫄 굶는 눈치였지만 마른 체구에다 항상 배고픈 듯 허리를 접고 있어서 한 끼 굶는 정도는 표시도 나지 않았다.

나와 우흠은 학교 앞 빵집으로 기섭을 데려가곤 했다. 빵집에는 라면과 떡볶이도 팔았는데 녀석은 빵만 먹었다. 나와 우흠이 이마를 맞대고 떡볶이 접시를 절반쯤 비우고 있으면 혼자 빵을 다 먹어 치운 녀석은 온다 간다 말도 없이 사라졌다. 돈을 내려는 시늉도 없었고 잘 먹었다는 식의 사례조차 없었다. 그때마다 화가 치밀었지만 녀석이 제법 예술가 같았기 때문에 이해하기로 했다.

진기섭의 해괴한 기질을 한 번 더 목격한 것은 방학 끝나기 하루

전이었다. 학교 뒤편 범어천 복개 도로에 작은 성당이 하나 있었다. 성당은 안을 들여다볼 수 있게끔 담을 철망으로 쳐 놓았는데 그 철망에 장미 넝쿨이 가득 타고 올랐다. 여름이면 성당은 흐드러지게 핀 장미와 아름답게 어울렸다. 나중에 알았지만 기섭이 거기서 드물게 핀 노란 장미만을 꺾어 미술실로 가져온 것이었다. 한번은 미술실에 들어가니까 녀석이 미술실 바닥에 노란 장미를 잔뜩 깔아 놓고 웅크리고 있었다. 게다가 교복을 모두 벗고 팬티 차림이었다.

"뭐야, 이거?"

"……."

녀석이 턱을 가슴에 박고 꼼짝을 하지 않았다.

"이 자식, 뭐냐고?"

한참 머리를 숙이고 있던 녀석이 자기 그림으로 고개를 돌리며 웅얼거렸다.

"저런 색을 낼 수가 없어. 맑고…… 생기에 찬 노랑을 말야. 내 색은 썩은 계란 노른자처럼 죽은 거야."

도화지에는 죄다 노란색으로 꽃과 나무가 그려져 있었다. 옅은 노랑과 더 짙은 노랑과 붉은색이 감도는 노랑으로만. 방학 초부터 줄창 원색만으로 채색하더니 이상해진 것 같았다. 내 눈엔 녀석의 색깔도 괜찮아 보였다.

"야, 너 색감도 좋은데 뭘. 노랑이 살아 있어. 힘이 있고 싱싱해."

"정말 그래?"

녀석이 화들짝 반색하며 나를 돌아보았다. 난 소스라쳤다.

"어? 너 인마, 코피 나."

웅크린 녀석의 발 앞에 흩어져 있는 노란 장미꽃잎 위로 새빨간 코피가 뚝 떨어졌다. 노랑과 빨강의 강렬한 대비에 나도 모르게 움찔, 했다. 짧게 스치긴 했지만 원색의 어떤 광채를 본 느낌이었다. 괴상한 녀석이 방학 초부터 연신 인상파 흉내를 낸다 싶더니 이토록 색감에 빠져 있을 줄 몰랐다. 지난해 입반할 때도 삼각뿔 하나에 두 시간 동안 몰입하던 놈이지 않았나. 색깔을 낸답시고 머리에 열이 올라 코피를 흘리다니. 나는 녀석이 코피가 터지는 게 아니라 뇌혈관이 터져서 중풍에 걸리지나 않을까 염려되었다.

2학기를 시작했을 때도 내 생활은 별로 변화가 없었다. 입시를 대비해 공부하는 양이 늘긴 했지만, 방과 후에는 습관적으로 미술실로 가서 내 그림보다 기섭의 그림을 구경하다 집으로 가곤 했다.

10월 초, 미술반원 열두 명은 경주에서 열리는 신라문화제 사생 대회에 참가했다. 물론 우리 3학년들이 후배들을 데리고 경주로 갔다. 남창원 선생은 내년부터 미술반을 지도하지 않을 거라고 했다. 어차피 지금껏 지도한 일이 없어서 화젯거리도 되지 않았다. 대회 현장에 가 보니까 타 지역에서 단체로 참가한 학교 중에 인솔 교사가 없는 곳은 우리뿐이었다.

우리끼리 참가한, 경주 계림(鷄林)에서 열렸던 이 사생 대회는 내가 앞으로 그림을 그리지 않더라도, 예술에 대해 추호의 관심을 갖지 않을지라도 영원히 기억에 남을 대회가 되었다.

계림은 온통 느티나무와 소나무 계열의 노목이 우거진 곳이었다. 신라를 세운 김알지의 설화가 서려 있어선지 나무들은 수백 살이

됨 직했다. 작은 팔각정이 하나 있을 뿐 모조리 나무숲뿐인 곳에서 대회가 열린다는 게 당혹스러웠다. 나무를 표현하는 실력만으로 수상의 등급이 가름될 것 같았다. 사실 도시에 사는 학생들은 나무나 숲 같은 자연을 그리는 데는 서투를 수밖에 없다. 우리는 어떤 사전 정보도 없이 여기에 왔던 것이다.

나는 가장 나무가 많이 보이는 지점에 이젤을 세웠다. 수십 그루의 나무만으로 도화지를 가득 채우려고 작정했다. 소재가 제한된 것이 불쾌했고 거기에 저항을 하고 싶었다. 구도를 짠 후, 얽힌 나뭇가지와 무성한 잎, 가지 사이의 어둠과 다양한 잎사귀의 모양이나 그 틈을 비집고 쏟아지는 햇살을 정성껏 표현했다. 나는 우리 부원들이 뭘 그리는지도 몰랐다. 처음 시도해 보는 나무로 존재하는 세계. 그것이 혼란스럽지 않고 멋진 조화가 되도록, 지금까지의 어떤 대회보다도 열중했다.

이날 정말 이상한 경험을 했다. 이를테면 예술의 혼령 같은 것이 나를 찾아온 듯하였다. 이 혼령은 내가 훗날 그림을 때려치우고 소설을 쓰기 시작할 때 아주 짧게 스치듯 다녀갔을 뿐, 그 후로는 결코 만날 수 없었던 기이한 세례(洗禮)였다.

그 혼령은 계림에서 그림을 그리는 동안에 찾아왔던 건 아니다. 어쩌면 찾아왔으나 내가 몰랐을 수도 있었다. 계림을 방문한 관광객들이, 일본인들과 서양인들 20~30명이 줄곧 내 뒤를 에워싸고 그림을 구경했으므로, 그 바람에 한껏 교만해져서 혼령을 못 느꼈는지도 알 수 없다.

아무튼 대회를 마치고 계림을 나와 부원들과 함께 시내를 걸을 때였다. 우리는 고속버스 터미널로 가는 중이었다. 주변은 이미 황혼으로 물들었고 경주 특유의 고송(古松)들이 건물들 사이에 우람하게 서 있었다. 수백 년 된 한옥 지붕의 기왓골에 풀이 1미터나 자란 기이한 광경을 보던 찰나였다. 내게는, 저 낯선 풍경이 어쩐지 내가 막 붓으로 그린 듯 보이는 것이었다. 기와 마루에 들러붙은 푸르스름한 이끼와 황혼 때문에 불이 붙은 듯한 기왓골의 풀과 그 너머로 휘어진 노송의 가지는 내 붓이 창조해 낸 듯 여겨졌다. 채색의 온갖 기교도 풍경 속에 스며 있는 게 아닌가. 어느 것은 물감이 아직 마르지 않아 촉촉하기조차 했다. 버스 터미널에 도착해서도, 고속버스에서 잠을 자다 깨어서 창밖으로 본 대구의 야경도 마치 그림처럼 여겨졌다. 다음 날 방과 후에 집으로 돌아갈 때도 같은 현상이 망막에 넘실거렸다.

그것은 갈수록 심해져, 풍경은 내가 그린 그림이 아니라 흡사 나 자신이 그림 속을 걷듯이 황홀하였다. 내 생애에 이 무렵만큼 희열로 가득했던 적이 없었다. 신윤복의 풍속화 속에 있는 인물처럼, 벨라스케스의 「시녀들」에 있는 거울 안의 화가처럼 내 몸이 풍경화 어딘가에 깃들어 있는 느낌!

왜 이런지 알 수 없었다. 지난 방학에는 유독 그림을 그리지 않았다. 겨우 두 장만 완성했다. 아마 어떤 진귀한 체험이 내 심연의 우물에 정령의 물방울을 떨어뜨렸는지 모른다. 이를테면 감포 바다에서 수영복을 입은 잔느와 어울릴 때의 강렬한 전율이 그런 작용을 했는지. 자정 무렵 철길 담장 옆의 사창가에서 스무 살 된 여자를 만났을 때의 두렵고도 고혹적인 마력이, 노란색에 몰두하는 진기섭의 광기가, 홀연히 나에게 예술적인 동력을 부여했는지 모른다.

예술 속에 내가 존재하는 듯한 희열은 거의 두 주 동안 지속되었다. 책가방을 둘러메고 아침의 거리를 나서면 어느 순간 투명한 문이 열리면서 선연히 채색이 된 풍경 속으로 나 자신이 들어가는 것이다. 왼편과 오른편으로, 금방 채색을 마친 물에 젖은 가로수와 도로와 육교가 지나갔다. 난 생각했다. 예술의 혼령이, 서양식으로 말하면 뮤즈가 찾아온 것이라고. 잠을 자는 동안에도 병아리 같은 뮤즈가 내 눈에 황금 가루를 뿌렸다고 생각했다.

그런 황홀경에 빠져 있던 어느 날이었다.

한번은 내 붓이 보이지 않았다. 나는 15호짜리 반황모(半黃毛) 붓을 가지고 있었는데 늘 이젤에 얹어 두곤 했다.

"어이, 너희들, 내 붓 못 봤냐?"

"못 봤는데요."

후배들이 고개를 흔들었다. 일찍 수업을 마친 1학년들도 모른다고 했다.

별 생각 없이 화구 박스에서 지난해 쓰던 12호짜리를 꺼냈다. 이 붓은 다소 작고 탄력이 적어 왠지 손목과 손가락으로 이어지는 색채의 감각이 붓을 건너면서 어딘가 꺾인다고 여겨졌다. 내가 아끼는 15호짜리 검정 붓은, 올봄에 우흠과 함께 시내에 있는 다섯 군데 화방을 모조리 뒤져서 고른 재산 1호였다.

붓을 못 찾은 데다 뮤즈가 내 귀에 감미로운 가루를 쏟아붓는 통에 안타까운 소식 하나를 뒤늦게 접하게 되었다. 부장인 준혁이, 기섭이 자퇴를 했다고 알려 주었다. 저녁밥 대신에 라면땅을 씹어 먹던 부원들이 깜짝 놀랐다. 기섭은 이미 봄부터 공납금을 내지 못했다고 한다. 학교를 다닐 형편이 안 된다는 얘기였다. 속옷도 없이 교복만 헐렁하게 입고 다니던 녀석이라 참 안쓰러웠다. 기섭의 집은 대구로 이사 온 뒤 아버지가 일을 못 나가 시골에 살 때보다 더 빈궁했던가 보았다.

나는 다음 날도 붓을 찾느라 눈이 빨갰다. 도난 사건이 한 번도 없었기 때문에 구석 어딘가에 있을 거라 싶었다. 석고상 테이블 아래로 기어 들어가 붓을 찾고 있는 나를 뒤에서 준혁이 불렀다.

"형주야……."

"으응."

"좀 말하기가 그런데…… 네 붓 말이야…… 사실은 기섭이가 가져갔어."

내가 엉금엉금 뒷걸음쳐 궁둥이부터 빠져나왔다.

"뭐라고?"

"사흘 전에 걔가 자퇴했다면서 앞으로 학교엘 나오지 않는다고 해. 서너 달만 있으면 끝나는데 너 중학교 졸업장은 받아야지, 내가 그랬어. 걔가 씩 웃더만. 잘 있어, 그러더라. 이상하게 눈물이 핑 돌데. 근데 기섭이가 어깨를 쓱 펴곤, 네 이젤로 저벅저벅 걸어가더니 거기 얹힌 네 붓을 집어 드는 거 있지. 그러곤 돌아서서 아무 거리낌도 없이 한 손엔 네 붓을 들고 다른 손엔 가방을 들고 몽유병자처럼 느릿하게 문을 열고 나가더라."

"에이 씨."

나는 화가 치밀어서 이젤을 걷어찼다. 커다란 A자형 이젤이 바닥에 쿠다닥 넘어졌다. 놀란 후배들이 일어나 어쩔 줄 몰라 했다. 내가 소릴 질렀다.

"부장, 너 왜 말을 배배 꼬냐? 그 새끼가 내 붓을 훔쳐 갔단 소리잖아."

부장이 고개를 끄덕이며 입술을 오물거렸다.

"네 붓이 좋은 건 알지만 어쩔 수 없었어……."

하마터면 부장 녀석을 두들겨 팰 뻔했다. 도둑질하는 걸 구경만 했다니. 나는 화를 참지 못해 씩씩댔다. 미술실은 죽은 듯 잠잠했다. 1학년들이 살살 기어서 바닥에 흩어진 물감 튜브와 팔레트를 소리 안 나게 주웠다.

다음 날은 토요일이었다. 준혁이 다들 있는 자리에서 기섭을 위로하러 가자고 했다. 부원들이 모두 찬성했다. 1학년을 제외하고 2학년과 3학년 일곱 명이 기섭의 집을 방문하게 되었다. 나도 가지 않을 수 없었다.

기섭의 집은 철도 건널목과 반대쪽인 황금동이었다. 저층 아파트 뒤편에 있는, 선박 모양으로 길쭉한 양철 지붕 집에는 여러 가구가 살았다. 녀석은 맨 끝 방에서 웃통을 벗고 앉아 있다가 우리가 마당으로 들어오는 걸 보고 부스스 일어났다. 집에는 아무도 없는 것 같았다. 어딘가 늙고 병든 냄새가 집 안에 괴어 있었다. 닭 몇 마리가 마당에 돌아다니며 호박 껍질을 쪼아 먹었다. 대문 옆의 변소는 문이 열려 있었고 파리가 윙윙거렸다.

웃통을 벗은 기섭과 우리는 마당에 서 있었다. 아직 어려서일 것이다. 기섭은 수돗물 한 그릇 대접할 줄 몰랐고 우리도 어정쩡하게

서서 호박 껍질을 쪼는 닭이나 흘낏거렸다.

"뭐 하노?"

기섭이 머리를 긁으며 대꾸했다.

"그냥 잤다."

"……."

"왜 축 늘어져 있노?"

"설사했다, 아침에."

이런 낯선 경험. 병문안을 온 것도 아니고 가난해서 학교를 그만
둔 학우한테 무슨 말을 건네야 할지 몰랐다. 우리는 그림을 기막히
게 그렸지만 그 외에는 아무것도 할 줄 아는 게 없었다. 2학년 한
애가, "신라문화제 발표 나면 형 상장 가져올게요." 낮은 소리로 종
알댔다. 기섭이 입술을 약간 일그러뜨리며 웃는 것 같았다. 나도 녀
석을 힐끗 보며, 침착을 가장해서 입을 뗐다.

"내 붓 가져와."

"응? ……없어."

얼굴을 든 녀석의 눈에 실핏줄이 어려 있었다.

"뭐, 붓이 없어?"

"으응."

애매하게 고개를 끄덕이는 녀석을 보자 불덩이가 치밀었다.

"이 새끼가 순 도둑놈이잖아!"

내가 발을 들어 기섭의 배에 대고 밀어 버렸다. 기섭은 허수아비
처럼 뒤로 나자빠졌다. 어차피 힘이 없는 놈이지만 반항할 기색도
안 보였다. 내가 쓰러진 기섭의 가슴팍에다 발을 들어 올렸다. 준혁

과 2학년들이 나를 뜯어말렸다. 기섭은 꾸물대며 등 뒤로 바닥을 짚고 일어나서 방으로 들어갔다. 좀 전에는 몰랐는데 방에 누군가 누워 있는 기척이 열린 방문으로 느껴졌다. 기섭이 붓을 가져와 내게 넘겼다. 나는 붓에 작은 흠이라도 생기지 않았을까 살피고 싶었지만 그냥 교복 상의 주머니에 꽂았다. 우리는 마당에서 여기저기 흩어진 상태로 아무 말도 없이 5분여가량 서 있었다. 암탉 한 마리가 깃을 세우며 마당을 가로질렀다. 소나기가 퍼부을 듯이 하늘이 끄느름했다.

우리는 파리가 웽웽대는 기섭의 집 대문을 나와 학교로 향했다. 나는 붓을 상의에 꽂은 채로 애들을 따라갔다. 학교 근처에 있는 문구점과 오락실이 보일 무렵에 소나기가 듣기 시작했다. 갑자기 컴컴해지면서 굵은 빗방울이 떨어지자 아이들이 내달렸다. 학교까지는 200여 미터밖에 남지 않았다. 나는 상의에 붓을 꽂은 채로 계속 터벅터벅 걸었다. 굵은 빗방울이 우두둑우두둑 머리와 등짝을 때렸다. 금세 빗줄기는 맹렬하게 변했다. 흙탕물이 도로가로 차올라 미술실 옆으로 흐르는 범어천으로 쏟아졌다. 내 옷도 흠뻑 젖었다. 등과 허리까지 젖어 교복이 몸에 찰싹 달라붙었다.

나는 교문으로 들어가지 않고 범어천이 합류하는 은강천으로 걸음을 틀었다. 은강천에 놓인 동신교로 올라섰다. 빗줄기가 노면에서 튀어 올라 넓은 교량 위는 안개가 깔린 듯 자오록했다. 나는 주머니에서 붓을 빼내 손에 잡고 내리치는 장대비 속을 하염없이 걸었다. 왠지 알 수 없었다. 내 감정은 뭐라 설명할 수 없다. 어딘지 아뜩했으며, 무참했다. 손을 올려 거머쥐고 있는 붓을 보았다. 붓이 아니라 개뼈다귀였다. 똥개가 지악스럽게 물고 있는 뼈다귀!

이때가 내 인생에서 가장 참혹한 순간임을 훗날에야 알게 되었다. 나는 왜 지독히 빈궁해서 중학교도 중퇴한 기섭에게 붓을 빼앗아 왔을까. 발로 걷어차면서까지 그랬을까. 진기섭은 내가 만난 이 가운데 가장 뛰어난 미술의 천재였다. 삼각뿔 하나를 두 시간 동안 그리고, 생기 있는 노란색을 내려다 코피를 흘리는 열정의 능력은 다시 못 볼 것이다. 그렇다고 내가 기섭을 질투한 건 맹세코 아니다. 나는 단지 붓을 지키려는 욕심이었다. 기섭은 학교를 그만두면서도 탄력이 좋은 내 반황모 붓만큼은 소유하고 싶어 했다. 난 졸렬한 데다 멍청한 놈이었다. 나는 녀석의 좌절과 예술적인 도둑질도 납득하지 못했지만 학교를 포기한 상황에서도 붓을 훔친, 도둑질을 하게 한 기섭의 예술적인 깊이를 이해하지 못했다.

그날 기섭이 자기 집 마당에서, 내 발길질에 떠밀려 쓰러질 때 동공을 크게 열고 도저히 믿을 수 없다는 듯이 땅에 등이 닿을 때까지 나를 쳐다보았던 것을 기억한다. 당혹스러운 그 눈길은, 쓰러지는 몸과 무관하게 허공에 떠서, 아주 천천히 곡선을 그리며 나를 바라보는 것 같았다. 미술반 입반 동기인 기섭은 아마 나의 관용을 믿었으리라. 자신의 도둑질을 이해하리라 믿었을 테다. 하지만 난 그에 못 미쳤다. 그는 진짜 고독한 예술가였고 나는 붓이나 들고 다니는 놈일 뿐이었다.

그 후 기섭은 어떻게 되었는지 모른다. 노역을 하며 살아가는지, 그림 실력으로 영화 간판을 그리는 싸구려 환쟁이가 되었는지, 소식을 듣지 못했다. 그가 자신도 모르게 닮아 갔던, 마티스나 드랭 같은 회화 예술의 길은 걷지 않았을 것 같다.

어느새 뮤즈는 떠났다. 다시는 내 눈에 황금 가루가 뿌려지지 않았다.

그날, 씨름장에서

고교 입시인 연합고사가 어느덧 두 주 앞으로 다가왔다.

비평준화 시절인 3년 전에 선발 시험을 쳐서 일류 고등학교에 합격한 형은 틈만 나면 나를 이렇게 비아냥거렸다.

"넌 우리 집안에서 고등학교도 못 들어간 최초의 인간이 될 거다."

그럴지도 몰랐다. 인문계 연합고사가 쉽다고 하지만 모두에게 해당되는 건 아니었다. 일반반 아이들은 거의가 합격한다고 했다. 그러나 하등반에서는 두서넛을 제외하고는 인문계에 원서조차 내지 못했다. 가끔은 나 자신이 시험에 낙방하여 공업학교 야간부나 문교부 인가만 얻은 후미진 학교에 책가방을 메고 다니는 꼴을 상상했다. 지금의 10반 애들과 같은 고등학교에 다닌다면 난 완전히 피폐한 인간이 되고 말 거다. 그런데도 한번 붙은 공부에 대한 싫증은 좀체 떨어지지 않았다.

우흠은 모범적인 학생으로 변했다. 체격도 건장했다. 결핵을 앓았던 탓인지 어딘가 쇠약해 보이던 몸에 완연히 살이 붙었고 콧수염이 시커멓게 나서 대학생처럼 보였다. 킥복싱 도장도 다니지 않았다. 수업 중에 나와 필담을 나누는 일도 드물 만큼 공부에 열중했다.

황시웅은 여전히 패거리를 대동하고 복도를 어슬렁거렸다. 그러나 아무런 사건도 일어나지 않았다. 아이들은 이전처럼 황시웅을 무서워했지만 피해 다니지는 않았다. 황시웅이란 존재에 대해 익숙해져 있었다. 돈을 달라고 하면 몇 푼 주면 그만이고 욕지거리를 해도 흘려들으면 되었다. 일반반에 흩어져 있던 졸개들조차 시험 공부하느라 그를 따라다니지 않아 오히려 황시웅은 초라해 보였다. 일찌감치 시험을 포기한 하등반 애들한테만 대장 노릇을 하는 꼴이었다.

"다 한때야. 힘 자랑 해 봐야 뭐하겠니? 철딱서니 없는 짓이지."

한번은 우흠과 점심을 먹다가 황시웅을 두고 얘기를 나누었다. 우흠이 빙긋이 웃었다.

"그래?"

"어른이 돼 봐라. 힘을 어디에 쓰겠냐? 남의 멱살만 잡아도 경찰에 잡혀가거든. 수영을 전혀 못하는 사람은 물에 빠져 죽지 않는다잖아. 물 근처에 안 가니까. 주먹이 세면 감옥도 그만큼 가까이 있는 거야."

우흠의 의젓한 음성에 조롱이 담겨 있었다. 그는 더 이상 황시웅에 대해 관심이 없었다. 나는 우흠의 태도에 김이 새 버렸다. 그럼,

황시웅과 그 패거리들이 벌였던 갖가지 행패는 어떻게 되는가. 앞서 가는 애를 불러 가방을 들게 하고, 버스비를 대신 내게 하고, 복도에서 발가벗기는 짓을 저지르고도 아무 일도 없었던 양 멀쩡히 졸업하는 게 억울하지 않느냐고 내가 목청을 높였다. 우흠은 어른처럼 미소를 띠더니 젓가락으로 내 반찬 통을 탁탁 두드렸다.

"형주야, 이런 퉁퉁한 콩나물은 먹지 마. 성장제를 넣은 거야. 우리 집이 콩나물 공장을 하잖아."

"뭐, 콩나물이 다 이렇지."

"이건 인돌비를 탄 거라고. 허가 난 첨가제지만 비료나 마찬가지거든. 많이 넣으면 콩나물이 사람 다리처럼 굵어진다고. 그러니까 비료지. 시장 가면 파뿌리처럼 가는 콩나물이 있어. 엄마한테 그걸 사시라고 해."

우흠은 황시웅 얘기를 밀쳐놓고 굵은 콩나물을 먹지 말란 소리를 했다. 그는 녀석들의 행패를 한때의 장난이라고 웃어넘기는 투였다. 선생님들도 그렇게 여기는 것 같았다. 황시웅 패거리들이 조금 꾸중만 들었을 뿐 호된 처벌을 받았다는 소리를 들은 적이 없었다.

미술실은 진기섭의 빈자리가 얼마나 큰지 여실히 보여 주었다. 그가 있을 때는 느끼지 못했던 현상이었다. 매년 이맘때면 1, 2학년들이 한창 그림에 몸이 달아오를 시기였다. 나와 진기섭이 미술부에 가입한 것도 이 무렵이다. 그때는 미술실에 빈 이젤이 없었다. 바닥에 촘촘히 서 있는 이젤마다 습작의 열기가 펄펄 끓지 않았던가. 지금은 그렇지 않았다. 후배들은 이젤을 등지고 앉아 잡담을 나누다 귀가했다. 심지어 빼어난 실력을 지닌 1학년 두 명이 탈퇴까지 했다. 모든 게 3학년의 책임이었다. 우리는 선배들이 보였던 예술적인 위엄을 후배들에게 펼칠 수 없었다. 세네카상 앞에서 캥거루처럼 주머니에 손을 꽂고 거만하고도 겸손해하던 자세를 우리는 취할 수 없었다. 유일한 예술가였던 기섭이 떠나자 남은 3학년은 깡통들뿐이었다.

미술실은 황량했다. 오래전에 인부들이 떠난 공사장 같았다. 폐허 속에서 이젤만 우두커니 서서 오지 않을 아이들의 입김을 기다렸다. 내 존재의 한 축이 무너지는 느낌이었다. 11월, 나뭇잎들이 변색되어 낙하하는 것처럼 남루한 내 영혼도 부스럭부스럭 떨어지는 소리를 냈다.

마침내 연합고사 날이 되었다. 시험은 우리 학교와 반대편에 있는 달성고등학교에서 쳤다. 반에서 번호가 이어진 탓인지 나와 우흠은 고사장 교실이 같았다. 예상대로 나는 암기 과목에서 아주 헤매고 말았다. 마지막 시간에 친 영어와 한문에서 만점을 맞은 게 그나마 위안이었다. 우흠은 내 얘기를 듣고 침통해했다. 자기는 그럭저럭 쳤다는 것이다.

연합고사가 끝나자, 할 일이 없어진 선생님들은 옛날 얘기나 하면서 수업을 때웠다. 방학까지 20여 일이 남았다. 그런데 이때부터 수업은 꽤 재미가 있었다.

선생님들은 그동안 참았던 자기 자랑을 다투듯이 꺼내 놓았는데 과장이 얼마나 심한지 옮기기 힘들 지경이다. 바둑 실력이 1급이라는 국사 선생님은 중세 일본의 바둑 천재들을 이야기했다. 매부리코 상업 선생님은 칠판을 당구대로 삼아, 이게 우라마시니 이게 하코마시니 해 가며 당구 얘기를 했는데, 끝이 꼬부라진 그의 매부리코를 보면 왠지 정말 당구를 잘 칠 거라는 생각이 들었다. 작달막한 키에 배가 불쑥 나온 올챙이 수학 선생님은 일주일 내내 화투만 화제로 삼았다. 고스톱, 육백, 짓고땡, 나이롱뽕, 섰다, 구뼤 등 이름도 듣지 못한 화투 게임을 설명하거나 수학적인 확률을 계산한답시고 법석을 떨었다. 국어 선생님은 밤새 외운 게 틀림없어 보이는 이태백의 한시를 칠판 가득히 적어 놓고 운치 있게 해석했는데, 아이들은 모두 책상에 엎드려 잠을 잤다. 그래도 이런 수업이 흥미로웠다. 학교에서 뭔가 배워 가는 게 있는 양했다.

그러나 일주일이 넘어가자 어떤 별난 수업도 아이들의 관심을 끌지 못했다. 아이들은 왜 등교를 하는지 모르겠다는 투였다. 일부는 고교 진학을 준비한다고 틈틈이 필요한 공부를 챙기는 눈치였지만 많은 아이들은 방기의 쾌락을 즐겼다. 책상 위에 흩어진 책만 봐도 알 수 있었다. 『블랙홀』 같은 과학책이나 『호밀밭의 파수꾼』 등 명작 소설이 놓여 있는가 하면 『펜트하우스』와 제목도 없는 '빨간 책'이 돌아다녔다. 키 큰 애들은 한 번씩 빨간 책을 탐독했고 직접 집필에 나서는 애들조차 있었다. 한쪽에서는 수업 끝날 때까지 투전 노름인 '짤짜리'를 했다.

그러던 어느 날 점심시간이었다.

미술실에 갔다가 돌아오던 길이었다. 공중 복도로 걸어오는데 3학년 복도에서 연기가 자욱한 광경을 목격했다. 물론 불이 나서 연기가 피어오르는 건 아니었다. 그런데도 화염에 휩싸인 것 같았다. 그것은 이때껏 보지 못한 기이한 정적 때문이었다. 창문마다 아이들이 띄엄띄엄 서 있고(아무도 움직이지 않았다.) 모두가 한곳을 주시하고 있었다. 공중 복도를 건너온 내가 3학년 복도로 발을 들였다. 60미터나 되는 긴 복도는 아이들이 있는데도 너무 고요해서 수업을 시작한 양 보였다. 우리 반과 7반 교실 사이에 10여 명이 둘러서 있었다.

나는 소스라쳤다. 아이들이 둥글게 에워싸고 있는 한가운데에 장태와 우흠이 마주 보고 서 있는 것이다. 90킬로그램의 거구인 유도부 장태가 집게손가락으로 우흠의 이마를 쿡쿡 찌르며 혀를 날름거렸다. 믿을 수 없었다. 우흠은 눈만 부릅뜰 뿐 꼼짝하지 않았다. '뭔 일이지?' 사실 무슨 일인지는 중요하지 않았다. 장태는 구경꾼들을 모아 놓고 공개적으로 우흠을 조롱하고 있었으니까. 장태는 1학기 때 우흠에게 호되게 당한 유도부였다. 그 전에 미술실 복도에서 기섭에게 뺨을 맞았던 얼굴이 쭈글쭈글한 애였다. 무엇 때문인지 상황은 역전돼 있었다. 장태가 손가락으로 우흠의 이마를 계속 찔러 댔다. 굴욕을 당할 때는 맞서 싸워야 한다. 그럴 자신이 없다면 굴욕을 받아들여야 한다. 선택은 둘 중 하나뿐이다. 열여섯 살사내가 등을 보이고 도망치는 짓은 있을 수 없다. 그건 굴욕이 아니라 비겁한 것이니까.

우흠은 한때 전교생을 통틀어 싸움을 제일 잘한다고 소문이 났다. 지금은 아이들이 구경하는 앞에서 이마빡에 항서(降書)를 붙이고 있다. 고작 집게손가락으로 이마를 쿡쿡 치고 있었지만 오히려 그 때문에 피투성이가 되어 있는 것보다 더 처참했다. 나는 우흠의 등 뒤로, 몇 발짝 떨어져 있었다. 우흠을 둘러싼 아이들은 대개 하등반이었다. 황시웅은 보이지 않았다. 예전 황시웅을 따라다니던 서너 명의 일반반 애들도 재미있다는 듯 비웃음을 주고받고 있었다.

바로 그때였다. 유도부 곁에 있던 한 애가 앞으로 쓱 나오더니 손바닥으로 우흠의 뺨을 철썩 때렸다. 내 눈을 의심했다. 키가 도토리처럼 작은 그 애는 갈색머리 병철이었다. 아, 그 일 때문인 것 같다. 일주일 전, 연합고사 시험장에서 그런 일이 있었다. 첫 교시인 국어 시험을 마친 뒤 나와 우흠이 화장실로 갈 때였다. 실외 화장실 옆에서 병철이 7반 애에게 답안지를 보여 달라고 잭나이프로 위협했다. 7반 애는 내가 알기로 공부를 잘하지 않았다. 그렇지만 병철은 하등반인 10반이었다. 우흠이 잠깐 망설이더니 둘에게 다가갔다.

"첫 시간부터 이러면 얘가 어떻게 시험 쳐. 감독도 둘이잖아."

"흥, 넌 참견 마. 네 일이나 보라고."

갈색머리가 침을 탁 뱉었다. 우흠이 타이르는 투로 다시 말렸다. 녀석이 7반 애를 끌고 화장실 뒤로 가려고 했다. 우흠이 눈을 부라리며 갈색머리의 어깨를 잡았다.

"이 똥파리 새끼가. 너, 내 말이 안 들려? 전봇대로 귓구멍을 뚫어 줄까? 얘가 보여 주기 싫다잖아?"

"흥, 그래? 너 정말 싫냐?"

"싫은 게 아니고…… 아까 국어도 다 틀렸다고……."

7반 애가 눈물을 글썽였다. 갈색머리가 날을 단 잭나이프로 7반 애의 턱밑을 푹 찔렀다. 7반 애가 목을 싸안고 주저앉았다. "씨

발, 어디 두고 보자!" 병철은 7반 애에겐지 우흠에겐지 모를 소리를 내뱉고 가 버렸다.

정말 믿을 수 없었다. 한 주먹거리도 안 될 것 같은 갈색머리가 뺨을 치자 우흠이 휘청거렸다. 얼굴이 빨개졌고 고개를 떨어뜨렸다. 조금의 대응도 하지 않았다.

난 기이한 악몽을 꾸고 있는 듯했다. 복도는 꿈속처럼 고요했다. 복도 바닥에 백색(白色)의 햇살만 길게 그어져 있었다. 복도에 그어진 흰 햇살이, 이후 나에게 죽음의 이미지가 된 것은 이때부터일 것이다. 어떤 무서운 사건이 터져도 혹은 누가 죽더라도, 그 자체보다 현장 주위에 침묵처럼 깔려 있는 백색의 햇살이 더 공포스럽지 않은가. 미동도 없는, 어떤 표정도 보이지 않는, 오히려 정결하기조차 한 햇살……. 우흠이 얼굴을 숙이자 키가 작은 병철은 때리기가 훨씬 수월해진 듯 뺨을 치는 소리가 손뼉을 치듯이 찰싹찰싹거렸다. 나는 심장이 터질 듯했다. 그리고, 하나의 가능성이 머리를 스쳤다. 소름이 끼쳤다. 그날 고사장에서 갈색머리가 잭나이프로 위협할 때 나도 우흠과 함께 있지 않았던가. 내 두려움은 갈색머리가 나를 발견하고 "너도 이리 와, 같이 있었잖아." 하고 손가락을 까닥거릴 것 같았기 때문이었다. 병철이 나를 부르면 어떡하지! 식은땀이 등에서 줄줄 흘렀다. 많은 애들 앞에서 창피를 당해야 한다. 대낮에 광장에서 처형당하는 거와 같은 것이다. 거의 동시에, '나는 아무것도 아니라고, 그냥 옆에 서 있었을 뿐이지.' 변명이 심장 박동을 타고 쾅쾅 울려 나왔다. '난 아니야, 아무 짓도 안 했다고.' 슬금슬금 뒷걸음질을 쳤다.

그들이 가고 구경꾼들도 흩어졌다. 우흠만 혼자 남았다. 그는 정말이지 오래된 비석처럼 시커멓게 서 있었다. 난 아무것도 알지 못한다는 듯이 다가갔다. 수모를 당할 때 내가 뒷걸음쳤다는 사실을 우흠이 알까 두려웠다. 나는 이제 막 미술실에서 달려오던 참이라는 듯 숨을 헐떡헐떡하며 그의 팔을 잡았다.

"뭐 하누? 수업 시작한다. 들어가자."

함께 교실로 들어갔다. 우리는 앞뒤로 앉았지만 필담을 나누지 않았다. 나는 뒤에 앉은 우흠을 의식했다. 그는 한 시간 내내 꼼짝도 안 하는 것 같았다. 책상에 팔꿈치를 대고 턱을 가슴으로 약간 내린 채 앞만 바라보고 있는 듯했다. 다른 애들이 힐끔힐끔 우리를 돌아보았다.

그 일이 내게 준 상처는 생각보다 깊었다. 난 며칠간 잠을 설쳤다. 학교에서도 집에서도, 잠을 잘 때도 머릿속에서 우왕우왕하는 소리가 들렸다.

사흘 후, 10반 교실로 유도부를 찾아가고 말았다. 그에게 격투를 신청하겠다고 결심한 것이다.

유도부를 찾아가겠다고 마음을 먹으니까 몸이 좀 가벼워졌다. 뒷일이 어찌 되든 상관없었다. 나는 숨을 쉴 수 있었고 마음 편히 우흠을 만날 수 있었다. 지금까지 그가 혼자서 버티지 않았던가. 며칠간 친구의 외로움을 만지듯이 실감했다. 우흠은 언제나 혼자였다. 도움을 주어도 누구한테든 고맙단 소릴 듣지 못했다. 얼마 전 고사장에서 도움 받은 7반 애도 그걸로 끝이었다. 나도 그랬다. 도움에 대해선 한 마디도 입을 떼지 않았다. 마치 처음부터 그에게 용맹해야 할 의무라도 씌어 있는 것처럼 대하지 않았던가. 이런 것은 이제라도 인정하면 된다. 문제는 나 자신에 관한 부분이었다. 그가 복도에서 뺨을 맞을 때, 나 자신에게 일어났던 비열함이 나를 계속 괴롭혔다. '난 몰라, 난 아니라고.' 그 복도에서 뒷걸음질 치던 나의 간사한 영상이 눈에 아른거렸다. 그 영상은 적나라했고, 치명적이었다.

어느덧 나는 검붉은 낙인이 찍혀 너덜너덜해진 내 영혼을 보았다. 낙인의 선을 따라 연기가 피어올랐고 고기 타는 냄새가 났다. 세월이 흐르면 검붉게 찍힌 낙인 자국도 흐릿해질까? 어릴 때 사고로 유리 조각이 손아귀에 박힌 적이 있었다. 피를 많이 흘렸지만 상처는 아물었다. 조금 아프긴 해도 아무것도 모르고 지냈다. 5년쯤 뒤에, 별 탈이 없었던 그 손아귀에서 1센티미터나 되는 유리 조각이 튀어나왔다. 이번 사건도 세월이 지나 잊어지면 수치스러운 낙인도 살 속에 묻히리라. 그러나, 낙인의 흔적은 마치 손아귀에 깊이 박힌 유리 조각처럼 살 속에서 반짝일 것이다. 조금도 변하지 않는 상태로. 어쩌면 더 생생하게! ……아 언제였나? 한 번쯤 나도 몸을 내던질 수 있다고 상상한 적이 있었다. 서부영화의 총잡이처럼 모든 게 쓰러진 최후의 순간에 말을 타고 따그닥따그닥 멋지게 등장해서 악당을 모조리 처치하는 꿈을 꾸었다. 공판장 축대에 그려진 오징어 낙서를 봤던 그날이었다. 집으로 가는 길에 우흠과 헤어진 날이기도 했다. 그렇다. 꿈꾸던 그런 날이 왔다.

하지만 난 눈이 무척 좋지 않았다. 전보다 힘이 세졌지만 시력은 더 나빠져서 싸우는 건 가당치도 않았다. 안경을 벗으면 5미터 앞도 흐릿했다. 책꽂이에 숨겨 둔 비상금을 꺼낸 건 그 일이 있고 이틀 뒤였다. 단골로 드나들던 안경점으로 가서 콘택트렌즈에 대해 문의했다. 안경점 주인은 "콘택트렌즈는 여자들이 하는 건데 남자가 왜 해?" 어리둥절해했다. 내가 궁금한 건 다른 쪽이었다.

"아저씨, 콘택트렌즈를 끼고 축구를 할 수 있나요? 렌즈가 벗겨지지 않을까요?"

"안 벗겨져. 게다가 학생은 렌즈에 눈이 잘 맞네. 사람마다 동공의 곡면이 다른데 렌즈가 잘 부착되는 눈알이 있지. 학생은 수영이나 레슬링도 할 수 있겠어."

주인은 측정 장비로 내 눈알을 들여다보며 말했다. 그 말은 나를 그윽이 안심시켰다. 렌즈를 부착해 보니 거짓말처럼 앞이 잘 보였다. 손으로 눈을 비벼도 렌즈가 벗겨지지 않았다. 집으로 돌아와 식염수에 헹구고 눈알에 붙이는 연습을 반복했다.

잠자리에 들기 전에 성경 한 장을 찢어 교복 안에 입을 T셔츠 윗주머니에 넣었다. 부적(符籍)이었다. 생선오 선생님의 설교가 떠올랐기 때문이었다. 베트남전쟁에 파병된 한 한국 병사가 베트콩이 쏜 총에 가슴을 맞았다고 한다. 병사는 죽지 않았다. 총알이 가슴팍을 뚫지 못하고 군복 상의에 박혀 있었다. 작은 성경책을 읽다가 상의 포켓에 넣어 두었는데 그곳에 총알이 박혔다고 한다. 생선오 선생님은, "총알이 생명의 책을 뚫지 못했습니다. 병사는 살았습니다. 그 병사가 나의 사촌 형입니다." 하고 부르짖었다. 놀라운 기적에 학생들은 탄성을 질렀다. 나도 방패용으로 성경 한 페이지를 찢어 상의 포켓에 집어넣었다.

내가 유도부에게 말했다.

"야, 너, 오늘 수업 마치고 씨름장으로 나와. 5시야."

볼펜으로 육해공군 놀이를 하고 있던 유도부가 어이없단 듯 피식 웃었다.

"우흠이도 나오냐?"

"나하고 너만 붙는 거다."

내가 손가락으로 유도부를 가리키며 내뱉었다.

"시웅이 형, 우흠이가 한판 붙자는데."

유도부가 비대한 몸을 돌려 창가에 있는 황시웅을 불렀다. 황시웅이 무서운 얼굴로 다가와 손아귀로 내 어깨를 쿡 집었다. 사고 현장에서 폐차량을 집어 올리는 거대한 집게발이 나를 잡아채는 것 같았다. 나는 입술을 깨물고 황시웅의 손을 내쳤다. 황시웅이 무표정하게 나를 건네 보았다.

우흠한테는 아무런 귀뜀도 하지 않았다. 방과 후에, 미술실로 간다면서 곧장 우흠과 헤어졌다. 나는 미술실 옆에 있는 화장실로 들어갔다. 안경을 벗고 콘택트렌즈를 착용했다. 식염수도 몇 방울 떨어뜨렸다. 눈을 비벼 보았지만 역시 벗겨지지 않았다. 지난밤에 셔츠 포켓에 넣어 둔 부적을 꺼냈다. 종이를 펴고 아무 문장이나 읽어 보았다.

신부를 취하는 자는 신랑이다. 신랑의 음성을 듣는 친구도 크게 기뻐하나니 나는 이러한 기쁨이 충만하였노라.

어이가 없었다. 어째 이런 페이지를 찢었을까. 어젯밤 성경을 찢을 때 구절을 살펴볼 생각은 미처 하지 못했다. 하나님이 너를 보호할 것이다, 하는 식의 문구가 응당 있을 줄 알았다. "그래도 성경이 잖아." 종알대자 이상하게 힘이 솟았다. 기적이 일어날지 모른다. 미술실에 가방을 던져 놓고 운동장으로 내려갔다.

학생들이 모두 빠져나간 운동장에는 저녁 어스름이 스멀스멀 깔리고 있었다. 나는 럭비 골포스트 뒤를 돌아 담장 옆을 총총 따라갔다.

버드나무 사이로 씨름장이 눈에 들어왔다. 도넛처럼 생긴 씨름장에 황시웅 패거리들이 우글대고 있는 게 보였다. 한꺼번에 덤빌까 봐 가슴이 철렁거렸지만 곧 그딴 염려는 사그라졌다. 싸움쟁이들이니까 싸움에는 비열한 수를 쓰지 않겠지. 황시웅과 유도부는 모래 포대 위에다 가방을 놓고 깔고 앉아 있었다. 갈색머리와 다른 한 애가 벌이는 닭싸움을 구경하며 키득거렸다. 무척 한가해 보였다. 나를 기다리는 시늉도 아니었다. "내가 다가가는 걸 모르고 있네." 하고 중얼대는 찰나였다. 엄청난 갈등이 폭풍처럼 몰아쳤다. 정말 거센 맞바람이 불듯 내 몸이 비틀거렸다. 그냥 돌아갈까? 격투를 신청했지만 상관없지 않은가. 약속을 어기면 지는 셈이지만 어차피 싸워도 질 거잖아! 내일 10반에 불려가서 유도부에게 매섭게 따귀 한 대 맞는 걸로 깨끗이 마무리될 테다. 갈색머리한테 따귀를 맞아도 억울하지 않았다. 그러면 아무 일도 없던 게 된다. 누가 비웃을까. 닷새만 지나면 겨울방학인데.

아, 이토록 격심한 갈등에 휩싸인 적이 없었다. 오장육부가 송두리째 흔들리는 것 같았다. 아령을 30번씩 했던 이두박근도, 푸시업으로 단단해진 가슴 근육도 밀가루처럼 풀어졌다. 난 그들을 이길 수 없다. 몇 분 후면 내 뼈는 부러질 테고, 발에 차여 내장이 튀어나온 개구리처럼 몸도 어딘가 파열되고 말 것이다. 걸음을 옮기는 게 천 길 수렁으로 빠져드는 것 같았다.

'그렇지만 우흠을 돕겠다고 나선 거잖아? 친구의 굴욕을 갚아주겠다 해 놓고 왜 이러지?' 나는 우흠이 말한 용기를 떠올렸다. 힘이 3분의 1만 되면 상대를 눕힐 수 있다는 용기. 나도 키가 부쩍 자라 173센티미터쯤 되었다. 몸무게는 62킬로그램이었다. 유도부는 기껏해야 90킬로그램밖에 되지 않는다. 키는 비슷했다. 선빵만 하면 가능성이 있는 것이다. 나는 다부지게 걸었다. 세차게 부는 역풍을 거슬러 씨름장에 도착했다.

"어, 짜식. 너 혼자야?"

키가 작은 갈색머리가 닭싸움을 풀며 소리쳤다.

"물론이지."

나는 입술을 깨물고 대꾸했다. 황시웅 옆에 앉아 있는 유도부가 키잇, 재채기하듯이 웃었다.

"햐, 이 새끼 봐라. 그럼 너 우흠이가 심부름 보내서 우리 교실로 온 게 아니고 진짜 네가 덤비겠다고 온 거야?"

"우흠은 아냐. 난 장태, 너와 붙으러 왔어."

나는 손가락을 들어 유도부를 지적했다. 왁자하던 웃음소리가 일시에 멎었다. 나의 대범함에 모두 놀라는 기색이었다. 잠잠해진 그 순간, 어이없게도 내 시퍼런 기세가 꺾이고 말았다. 황시웅이 벌떡 일어났기 때문이 아니었다. 만만찮은 상대잖아! 하는 반응이 나를 주눅 들게 했다. 모래판을 둘러싸고 있는 패거리들이 창검처럼 보였다.

"이 자식, 진짜 배때기에 철판이라도 깔았나?"

황시웅이 어슬렁어슬렁 다가와서 손가락으로 내 배를 쑤셨다. 나는 잠자코 있었다. 상대는 황시웅이 아니라 유도부 장태였다. 나는 선빵의 기회만 엿보는 중이었다. 장태였다면 선빵을 먹일 좋은 기회였는데 안타까웠다. 그렇게 속으로 계산하고 있었지만 다리가 멋대로 후들거렸다.

난 한 번도 싸움을 해 본 적이 없었다. 고작 또래와 심한 말다툼을 했거나, 집에서 형한테 얻어맞을 때 고함을 지르며 반항했던 게 경력의 전부였다. 우흠과 다니는 바람에 싸움을 할 줄 아는 양 착각한 것 같았다.

"어이, 장태야. 네가 이놈 창자를 뽑아 모래판에 좀 뿌려 봐라."

황시웅이 신호를 보내자 유도부가 주먹을 탁탁 치며 나왔다. 아이들은 씨름장 밖으로 물러섰고, 나와 유도부만 모래판에 남게 되었다. 일이 이상하게 꼬였다. 눈 깜짝할 사이에 선빵을 들어가려 했으나 황시웅이 준비를 시키는 통에 그럴 여지가 사라졌다. 이제 순전히 힘으로 고릴라를 상대할 처지가 돼 버렸다.

나와 장태는 서로 두 폭쯤 떨어져 싸울 자세를 취했다. 난 복싱 선수처럼 주먹을 턱밑에 붙였다. 장태는 상체를 앞으로 기울이고 팔을 길게 늘어뜨린 채, 흰 창이 번들거리도록 눈을 치켜떴다.

어떻게 싸웠는지 잘 기억할 수 없다.

거구의 장태가 상체를 굽혀서 마치 유인원처럼, 짐승처럼, 무서운 그림자처럼 내게 육박하던 것을 기억한다. 두터운 목과 한 아름 되는 허리통, 살이 쪄서 내의 안으로 출렁이는 젖가슴이 보였다. 가까이 온 그에게 주먹을 휘두른다. 나는 장태에게 잡히면 안 된다고만 생각한다. 그가 유도부니까. 장태는 나를 잡지 않고 불곰처럼 손바닥으로 내 얼굴을 할퀸다. 몇 차례 서로 둔탁하게 몸이 부딪친다. 어느 순간 내 얼굴이 그의 옆구리로 쏠린다. 그의 두툼한 손이 내 얼굴을 빠갤 듯이 움켜잡는다. 앞이 보이지 않는다. 둔중한 타격 소리가 내게서가 아니라, 먼 데서 북을 치듯이 쿵쿵 울린다.

나는 모래 위에 누워 있었다.

버드나무 가지가 바람에 흔들렸다. 뺨이 쓰라렸다. 유도부의 두터운 손이 내 얼굴을 움켜잡을 때가 떠올랐다. 몸부림을 쳐서 겨우 손아귀에서 풀려났다. 내 얼굴에서 그의 손이 떠나자, 그가 둘로 보였고 내가 무엇을 보고 있는지조차 혼란스러웠다. 명징함과 흐릿함, 하나와 둘. 원근의 교란이 일어났다. 한쪽 눈에서 콘택트렌즈가 벗겨진 것이다. 어릴 때 눈병이 나서 한쪽 눈에 안대를 하고 자전거를 타다가 도랑에 처박힌 적이 있었다. 그때처럼 몽환에 빠진 상태에서 내 몸이 공중으로 붕 떠올랐다. 하늘이 도는가 싶더니 얼굴과 어깨가 모래판으로 꼬라박혔다.

이어 수많은 신발들이 소나기처럼 내 허리와 다리로 쏟아졌다.

"병신 새끼, 웃기네. 메뚜기처럼 팔딱거리다가 뻗었어."

"이래 놓고 장태와 붙었다고 소문내는 거 아냐? 요런 놈은 망신을 줘야 돼."

아이들의 욕설이 거리의 소음처럼 들렸다. 입으로 모래가 들어왔지만 뱉어 내지 못했다. 하늘이 꺼멨다. 누군가 내 허리 벨트를 풀었다. 하의를 벗기고 있었다. 상의는 셔츠였고 하의는 교복이었다. 나는 어떤 저항도 할 수 없었다. 아이들이 두 발을 거머잡고 팬티까지 끌어내리는데도 꼼짝할 수 없었다. 팬티를 내릴 때 사타구니를 죄어 팬티가 무릎을 통과하지 못하도록 저항하고 싶었다. 그러나 내 마음과 다르게, 내 몸은 더 큰 곤경이 닥칠까 두려워서 조금도 움직여 주지 않았다.

"이 새끼, 포경이다. 털은 무지 났네."

한 애가 내 자지를 운동화로 툭툭 건드렸다. 크고 묵직한 다른 신발이 그것을 비볐고, 사타구니로 모래가 흘렀다. "바지와 팬티는 내일 우리 교실로 찾으러 와." 다른 목소리가 말했다. "얼어 죽지는 말고." 누군가 엉덩이를 걷어찼다. 여기저기서 가방을 챙기는 소리가 들렸다. 아이들의 휘파람과 욕설이 점점 멀어졌다.

모래는 차가웠다. 얼음에 댄 것처럼 뺨이 얼얼했다. 모래를 덮어 쓴 하반신은 마비가 된 것 같았다.

놈들이 바지를 가져갔을 거다. 아랫도리를 홀랑 벗고 어떻게 집으로 가지? 버스를 타는 게 좋을까, 걸어가는 게 나을까. 그것보다 미술실에 들를 일이 더 걱정이었다. 후배 애들이 그림을 그리고 있을 시간이었다. 1학년 애들까지 남아 있을 거다. 가방을 미술실에 두고 온 사실이 나를 더욱 꼼짝 못하게 만들었다. 버드나무가 엎어질 듯이 하늘에서 가지를 흔들고 있었다. 얼마나 모래판에 누워 있었을까. 부스스 몸을 일으켰다. 입에 담긴 모래를 뱉고 콧구멍을 닦았다. 바지와 팬티가 씨름판 끝에 떨어져 있는 게 어렴풋이 눈에 들어왔다.

운동장이 캄캄했다. 먼 불빛에 드러난 공중 복도로 연결된 교사는 마치 고릴라가 엎드려 있는 것처럼 보였다.

혹한 속에서 무엇을 하고 있었는가?

의사는 필름 판독기를 가리키며 갈비뼈가 부러졌다고 말했다. 왼쪽 아래의 갈비뼈 두 가닥에 분필로 그은 듯 선명하게 금이 가 있었다.

"갈비뼈 골절은 위험해. 어긋나면 간이나 위장을 찌를 수도 있지."

동네 정형외과 의사가 안경 너머로 나를 쏘아보며 으름장을 놓았다. 난 별 반응을 보이지 않았다. 실금 따위는 아무것도 아니란 걸 숱한 경험으로 알고 있었다. 난 어릴 때부터 자주 뼈가 부러졌다. 집 뒤꼍에 있는 감나무에 올라갔다가 떨어졌다. 학교에서 풍금을 옮기다가 넘어져 손목이 골절되기도 했다. 유리 조각이 손아귀에 박힌 줄을 모르고 5년 동안 지낸 적도 있었다. 괴상한 일이지만 정말이다. 지난해는 열차 사고로 어깨를 다쳤다.

하여간 여간 다행스럽지 않았다. 갈비뼈는 깁스를 못해서 붕대만 감았다. 옷 속에 감아 놓은 붕대를 아무도 눈치챌 수 없으니까. 임신한 것처럼 배가 불거져도 살이 쪘다고 여길 테다. 그 무렵 집에서는 내게 관심이 뜸했다. 하루쯤 집에 들어가지 않아도 모를 판이었다. 고 3인 형의 대학 입시가 코앞에 닥쳤기 때문이었다.

마지막 겨울방학에 들어갔다.

방학이 끝나면 바로 졸업식이 이어진다. 앞으로 황시웅이나 유도부 장태와 마주칠 일도 없을 것이다. 그렇지만 씨름장에서 당한 일은 머리에서 떠나지 않았다. 허리를 굽히거나 몸을 틀면 왼쪽 갈비뼈가 아우성을 쳤다. 그러면 한참 동안 비참한 기억과 싸워야 했다. 통증은 자주 일어났고 너무 가까이 있었다. 모래판에 누워 있는 내 모습. 신발에 밟히고 비벼지던 성기. 내 생애에 이런 봉변은 다시없을 거다. 가끔 통증이 격하게 발작하면 갈비뼈 속에 들어 있는 허파, 간, 콩팥 따위의 장기까지 쓰라렸다. 그것은 마치 나의 내부에서 울려 나오는 것 같아서 장기가 아니라 영혼이 상처 입은 느낌마저 불러왔다.

우흠은 갈비뼈가 부러졌다는 것만 알 뿐 이유를 알지 못했다. 아무런 귀띔도 주지 않았던 것이다. 난 방학에 고향으로 떠나는 우흠에게 씨름판 얘기를 꺼낼 생각이었다. 종업식을 하고 집으로 갈 때였다.

"우흠아. 문경에는 언제 가냐? 방학 때마다 올라갔잖아."

"이번엔 안 가. 고등학교 준비해야지."

"어? 집에서 안 기다려?"

나는 당황했다.

"어제 전활 했어. 고등학교 공부가 빡세다고 하니까 오지 말래."

아무것도 모르는 우흠의 음성은 활기찼다. 난 맥이 풀렸다.

"그렇구나⋯⋯. 어떻게 준비하는데?"

"내가 수학을 잘 못하잖아. 벌써『정석』을 보는 애들도 있대. 영어는 ECA회화 학원을 다닐까 해."

"회화?"

"응, 나중에 이집트에 가고 싶거든. 피라미드와 스핑크스를 봐야겠어. 말이 통해야 되잖아. 너도 같이 가자."

"난⋯⋯."

웬 피라미드냐 싶었다. 허탈했다. 우흠은 앞날을 착실하게 준비하려는 눈치였다. 하여간 고향으로 가지 않는다는 소리에 차마 씨름장 얘기를 꺼낼 수 없었다. 그걸로 우흠은 적잖게 충격을 받을 테고, 원치 않는 싸움에 다시 빠져들지 몰랐다.

하지만 사건을 털어놓지 못하게 되자 갑갑한 마음이 오로지 나 자신에게만 쏠렸다. 우흠이 당한 수모를 갚아 주려다 이 지경이 되었는데도, 그에게 전할 수가 없다니. 나는 말할 수 없이 우울했다. 우흠에게 무슨 얘기라도 듣고 싶어서 밤늦게 그의 하숙집 앞을 서성거린 적도 여러 번이었다. 그를 불러내지 못하고 밖에서만 서성거렸다. 그러다 하숙방에 불이 꺼지면 기분이 정말 더러웠다. 혼자 유도부한테 덤비다 당한 것이지만 우흠에게 상처를 받은 것 같았다. 울적하다 못해, 저놈들이 아니라 우흠이 신발로 내 성기를 비벼 대는 기분마저 들었다.

마지막 겨울방학 동안 나는 미술실에서 숨어 지냈다.

졸업을 앞둔 마당이지만 미술실에 틀어박히게 된 이유는 이러하다. 앞서 말했듯이 난 심한 딜레마에 빠져 있었다. 우흠에게 씨름장의 일을 일러바칠 수도 없었고 그 때문에 괴물처럼 비틀린 심리를 고백할 수도 없었다. 우흠을 만나는 것도 싫었다. 그가 증오스럽기까지 했다. 우리는 이때까지 한동네에 살았다. 아침부터 집을 나와 버리면 저놈과 맞닥뜨릴 일도 없는 것이다. 그렇지 않으면 놈은 뻔질나게 나를 찾아와서 형제처럼 굴 게 뻔했다. 나는 누구한테도 속을 드러내지 않았다.

매일 오전에 집을 나와 저녁까지 미술실에서 살았다. 이전에도 방학이 되면 미술실에서 지내곤 했지만 이때는 그게 아니었다. 전에는 습작을 하러 나왔으나 지금은 우울증에 몸을 떨면서 후배들과 섞여 이젤 앞에 도사리고 있었다. 아무렇게나 짠 구도, 탁한 색채, 거친 붓질로 시간을 죽였다. 미술실에서 달리 할 짓도 없는 것이다.

그런데 언제부터였을까. 아무렇게나 붓을 휘적대다가 조금씩 그림에 빨려들었던 것 같다. 아름다운 색채나 멋진 구도에 대해서가 아니라 나 자신이 화폭과 어떤 교감을 하고 있었다. 나는 그때 야경과 폭설, 물이나 하늘 같은 돼먹지 않은 이상한 이미지로 도화지를 채우고 있었다. 이건 정말 붓 가는 대로 휘적거리는 짓에 불과했다. 그러던 어느 때, 난 꽤나 하늘의 이미지들에 몰입하고 있었고, 몸이 가뿐해지는 것을 느꼈다. 장난삼아 섬세한 기교를 넣어서 뭉게구름과 푸르게 트인 하늘과 구름 사이에 스민 햇살을 표현하던 중에 홀연히 내 몸을 묶고 있던 밧줄이 탁탁, 풀어지는 걸 느낀 것이다. 놀랍지만 정말이다.

나를 칭칭 감고 있었던 것들, 그러니까 나를 우울증에 갇히게 했던 모종의 것들 — 아름다운 우정, 고상한 희생심, 어떤 정의로움 — 과 헤어지는 기분이 들었다. 그림은 윤리나 가치 따위와 상관없다. 교묘한 구도와 색채의 감각, 미에 대한 매혹이 그림의 전부다. 내게 우울증을 앓게 했던 우정과 정의 같은 딱딱한 윤리 의식이 뭉게구름을 그리면서 날려 가 버린 것이다. 정말이지 옷을 훌훌 벗어던진 기분이었다.

그렇다고 씨름장에서 당한 굴욕이 몽땅 지워진 건 아니다. 처참했던 내 모습은 언제나 떠올랐다. 그러나 이전처럼 괴롭지 않았다. 난 제법 여유가 있었다. 하늘 풍경에 몰두하던 그때 씨름장의 괴로웠던 광경은 기묘하게도 하나의 풍경화처럼 참신한 미의 대상으로 바뀌는 느낌이 들었다. 처참한 기억이 도리어 풍경화의 한 장면이 된 것이다. 이런 현상을 어떻게 이해할까. 당시에 말할 수 없었던 것을 이제 설명할 수 있을까? 여전히 어렵다고 생각한다. 정말 이상한 도치(倒置)였고 알 수 없는 반향(反響)이었다. 그 상처는 경험으로, 모욕은 한 번의 유희로 받아들였던가. 죽고 싶었던 추악한 고통이 하나쯤 보태져야 내 인생의 벽화가 풍성해질 거라고 여겼는지 모른다.

이튿날, 실제로 씨름장의 기억을 되살리며 그 정경을 도화지에 옮기고 있었다. 그것은 알몸 상태로 모래판에 뻗어 있는 나 자신이었다. 아주 꼼꼼하게 스케치를 했고 잔붓으로 그려 나갔다. 서너 시간에 걸쳐 죽고 싶었던 그때의 광경과 마주했다. 입에 버석버석 씹히던 모래. 자지를 비벼 대는 운동화 밑창의 서늘함. 모래가 사타구니로 술술 흘러내리던 섬뜩한 간지러움과 다시 만났다. 한참을 그리다가 화판에서 두어 걸음 물러나서, 작은 붓으로 세밀히 찍은 흰 모래가 묻은 자지를 보면서, 흡사 그놈들이 나를 내려다보며 조롱하듯이, 입술을 비비고 웃었다.

그림은 희열이었고 위로였다. 구원이었다. 오랜 세월이 지난 지금도 화판과 나 사이에 빛처럼 넘실거렸던 그때의 청량한 즐거움이 생생히 떠오른다.

그해 겨울방학에 완성한 수채화는 92장이나 되었다. 모두 4절 켄트지다. 지난해, 해성 형이 방학에 100장을 그렸다는 도저히 수긍할 수 없었던 얘기를, 나도 납득했다.

1월 초에 도휘가 미술실로 찾아왔다.

뜻밖에도 녀석이 서이령과 노랑 머리띠를 데리고 왔다. 녀석이 미술실 문을 열 때 뒤따라 들어오는 애가 응당 우흠인 줄 알았다. 우흠이 영어 학원에서 오는 길에 붕어빵을 사서 들르곤 했기 때문이었다.

두터운 미색 스웨터를 입은 노랑 머리띠는 머리카락이 등까지 내려와 정말 처녀처럼 보였다. '아, 서이령이 여기에 나타났어!' 그녀를 보는 건 거의 두 달 만이었다. 그즈음 교회에 나가지 않아서 서이령과 만날 기회가 없었다. 그녀는 긴 빨간 오리털 파카에 단단히 몸을 감추고 있었지만 이전보다 더 아름다웠다. 창백한 얼굴과 연홍빛 입술, 긴 속눈썹, 그리고 반짝이는 눈동자가 나를 당황하게 했다.

나는 꽤나 허둥댔다. 걸상을 난로 주위에 갖다 놓는답시고 머리 위로 쳐들고서 옮겼다. 씩씩하게 보이려고 머리 위로 걸상을 들었던 가. 바보 같은 짓이었다. "여, 여기 앉아. 불을 더 올릴게." 내가 말을 더듬거렸다. 잔느와 머리띠는 걸상 쪽을 보지도 않고 밖에서 묻혀 온 냉기를 손으로 털었다.

날씨는 살을 에도록 추웠다. 내가 난로 뚜껑을 열고 조개탄을 쏟아부었다. 석탄을 취급하기 좋게 조개 모양으로 만든 게 조개탄이다. 조개탄이 이글이글 타올랐다. 쇠 난로가 뜨끈해지자 도토리와 여자애들이 난로 위에 손을 비비며 히히덕거렸다.

"겨울방학 내내 그리나 봐."

그제야 서이령이 윗몸을 기웃하여 내 화판을 돌아보았다.

"응."

내가 잠자코 고개를 끄덕였다.

"와! 미술부인 건 알았지만 이렇게 잘 그리는 줄 몰랐어."

그녀가 눈을 동그랗게 뜨고 탄성을 질렀다. 노랑 머리띠도 "잘 그리네." 하며 그림을 들여다보았다.

"그야 당연하지. 형주는 만날 수업을 땡땡이치고 그림만 그렸거든. 야, 연합고사는 제대로 쳤냐? 너희 반에서 시험에 떨어질 애로 유일하게 널 꼽더라."

신발을 벗고 난로에 발을 쬐던 도토리가 낄낄대며 어깃장을 놓았다. 여자애들이 "어머." 놀라워하다가 도토리를 때리는 시늉을 했다.

"연합고사에 떨어질 애가 어딨니? 대충 쳐도 붙는 건데."

"아니래도. 형주는 죽자고 쳐도 힘들다니까."

농담인 줄 알고 여자애들이 깔깔 웃었다. 난 정말 시험에 떨어질지도 몰랐기 때문에 얼굴을 붉혔다. 슬며시 일어나서, 아까 살펴보지 않았다는 듯이 난로 뚜껑을 열고 조개탄을 조사하는 척했다. "에이, 불이 약하네." 조개탄을 몇 삽 더 끼얹었다. 불티가 반딧불이처럼 반짝반짝 솟아올랐다. 금방 쇠 난로에 붉은 기운이 감돌았다. 서이령이 "이제 더워." 하며 무릎까지 오는 긴 오리털 파카를 벗었다. 난로 뚜껑을 조정하면서 그녀를 곁눈질했다. 풍만한 파카가 떨어져 나가자 몸에 착 달라붙은 폴라 티가 나타났다. 목까지 덮은 주홍색 폴라티의 보들보들한 겉감은 그녀의 보드라운 살결을 상상하게 만들었다. 그리고, 블루진 미니스커트를 입고 있었다. 걸상에 앉은 서이령이 발갛게 단 맨무릎을 손으로 사악사악 문질렀다.

아, 잔느.

나는 오랫동안 그녀를 잔느로 불렀지 않았나.

잔느, 혀만 움직여 입속말로 중얼거려 보았다. 모딜리아니의 화보가 생각났고, 지난여름 해수욕장에서 물장구를 칠 때가 아련히 솟아올랐다. 물속에서 눈을 뜨고 훔쳐보았던 그녀의 모습이, 그때처럼 물빛에 굴절이 되어, 지금, 눈에 환히 보였다. 영롱한 햇살이 가득했던 물속. 얼룩말 무늬가 흐르는 그녀의 수영복. 눈부신 허벅지의 살결. 몇 주 동안 내 혈관을 돌아다니던 도톰한 치골…… . 잔느와 노랑 머리띠가 까르르 웃고 있었다. 난로 위에 손을 기울이고 서로 피해 가며 손등을 때리는 장난을 치고 있었다. 그녀의 손등에 발그스레한 정맥이 도드라졌다. 왜 그런지 내 마음이 미어지는 것 같았다. 그 때문에 갈비뼈가 이지러지듯이 아팠다.

"우리 롤러 타러 가자. 경명롤러장이 새로 개장했다더라."

잠시 후 도토리가 일어날 채비를 했다. 사실은 롤러스케이트장에 가는 길이었다고 한다. 나와 같이 가려고 중간에 버스에서 내려 미술실로 왔다는 것이다. 이 무렵 롤러스케이트가 대유행이었다. 겨울에는 실내 롤러장이 인기를 끌었다. 규모가 제일 큰 곳이 칠성동에 있는 경명롤러장이었다. 드넓은 빙판의 스케이트장처럼 음악에 맞추어 한 방향으로 선회하며 롤러를 탔다.

내가 대답을 않고 머뭇대며 화판으로 눈을 돌리자, 잔느가 까만 눈동자로 나를 보면서 팔을 잡았다.

"형주. 같이 가. 그림은 다음에 그려도 되잖아."

그녀와 어깨를 나란히 해서 원을 그리는 광경이 떠올랐다. 미니스커트를 입은 그녀와 손을 잡고 음악에 따라 다리를 쭉쭉 뻗으며 바닥을 지친다면 얼마나 좋을까. 난 롤러를 능숙하게 타지 못하지만 서툴수록 재미가 있었다. 선회하다가 떼거리로 우르르 넘어져야 롤러스케이트의 맛이 나는 법이다. 나는 잔느를 외면하며 입을 뗐다.

"너희끼리 가. 난 못 가. 갈비뼈를 다쳤잖아."

갈비뼈 때문이 아니다. 잔느와 함께 가는 게 꺼려졌다. 철길 옆의 레고 마을에 발을 적신 후로 잔느와 동행할 수 없는 인간이 되고 말았다. 그녀는 순수하고 나는 더럽다. 그녀는 천사이고 난 오물을 덮어쓴 파충류다. 그래서 불안했다. 그녀의 순수함이 거역 못할 명령처럼 내가 저지른 온갖 파렴치한 짓을 샅샅이 고백하도록 만들어 버릴 것 같아 두려웠다. 난 잠시 그녀와 어울리는 장면을 상상했다. 재미있을 거다. 해수욕장에서처럼 의외의 사건이 일어날지 모른다. 그러나 마음을 다잡고 고개를 저었다.

"도저히 안 되겠어. 롤러 타다가 넘어지면 갈비뼈가 왕창 내려앉을 거야."

이해 겨울은 혹독히 추웠다.

연일 영하 10도를 오르내렸다. 난 하루도 빠지지 않고 미술실로 나갔다. 1월 중순을 넘기자 부원들의 수가 줄어서 두엇만 남았다. 나 혼자 있는 날도 많았다.

그러던 어느 날 연합고사 결과가 발표되었다. 보통 때와 다름없이 학교에 나갔다가 교무실 앞에 내걸린 공고판 주위에 수백 명이 펭귄처럼 오종종히 모여 있는 것을 보았다. 시험 발표일인 걸 몰랐던 것이다. 아, 합격이었다. 한 애가 커트라인이 148점이라고 말해 주었다. 내가 200문제에 148개를 맞혔다는 게 도무지 실감나지 않았다. 내 이름을 몇 번이나 확인했다. 우흠과 도휘의 이름도 있었다.

내 이름 석 자를 분명히 보고 나자, 이내 간사할 정도로 시쁘둥해졌다. "아무나 붙는 시험인데 뭐." 코웃음을 날리고 미술실로 올라왔다. 미술실은 얼음장 같았다. 난로를 피워 실내 공기를 데웠다.

하루하루가 금방 흘러갔다. 방학이 끝나면 바로 졸업식이었다. 아쉬운 마음에 해가 저문 뒤에도 붓을 놓지 않았다.

생각지도 못한 사건이 터진 것은 방학 끝나기 이틀 전이었다. 그러니까 1월 30일이었다. 오후 3시 무렵, 경비가 작은 손수레를 끌고 미술실로 들어왔다. 예순이 넘은 그는 교문을 지키는 게 주 업무이지만 수시로 잡일도 했다. 개학을 준비하느라 각 교실을 돌며 시설을 점검하는 중이었다. 유리창이 깨져 있는지, 난로 상태가 괜찮은지 따위를 살피는 일이었다.

나는 안쪽에서 그림을 그리고 있었고 경비는 가운데 놓인 난로에 다가가 뚜껑을 열었다. 불기가 가라앉은 쇠 난로에 국자처럼 생긴 긴 잿삽을 집어넣는 영감을 힐끗 보았다. 그때까지도 난 멍청하게 아무것도 알아차리지 못했다. 도리어 얼마나 열심히 그리는지 과시하려고 얼굴을 화판에 묻었다. 경비는 알코올중독기가 있는 영감이었다. 그는 소주병을 경비실에 숨겨 놓고 틈틈이 마시는 중독증을 남에게 들킬까 늘 조심했는데, 내가 매일 교문으로 들어서면 "너는 방학도 없냐." 하고 화를 냈다. 학교에 나오지 말라는 투였다. 그 때문에 내가 열심히 그리는 모습을 보여 주려고 한 것이다.

"어, 이게 뭐지?"

난로 속을 헤집던 경비가 소리쳤다. 나는 머리를 들고 잿삽에 매달려 올라오는 쇠막대기를 보았다. 내 얼굴이 새파래졌다. 경비는 잿삽을 수레에 탁탁 털고 다시 난로 안에 집어넣었다.

"어쩐지…… 이 자식이 매일 학교에 나온다 했더니?"

나는 비틀거리며 일어섰다.

"교실에 책상과 걸상이 맞질 않았는데 다 여기 있네. 오호, 이 놈!"

경비는 허리를 펴고 술기가 몰린 빨간 콧잔등을 쓱쓱 문질렀다.

영감이 다시 난로에 들러붙었다. 이번에는 밑둥의 뚜껑을 열고 쇠막대기를 긁어 냈다. 불씨가 남아 있을 난로 안이 부서질 듯이 쿵덕거렸다. 끌려나온 쇠막대기들은 열을 받아 엿가락처럼 휘어지고 얽혀 있었다. 그것은 내가 옆 교실에서 책걸상을 빼내 땔감으로 사용한 흔적이었다. 목재 걸상과 책상을 아무렇게나 부수어 난로에 우겨 넣었기 때문에 나무는 불에 타고 책걸상을 지지하는 쇠 지름대만 범죄의 단서처럼 남아 있었다. 쇠 지름대는 걸상 하나에 두 개씩 박혀 있었다.

"방학 내내 이 짓 하고 있었구나!"

경비는 기도 안 찬다는 듯 잠시 물러나서 난로가 뱉어 놓은 지름대 무더기를 내려다보았다.

방학하던 날에 미술실용으로 배급을 받았던 조개탄은 1월 초순에 다 떨어졌다. 도토리와 잔느가 왔을 때 이미 바닥이 보였다. 그날 아껴 썼던 조개탄을 싹싹 긁어서 난로를 뜨겁게 달구었다. 덕분에 잔느가 파카를 벗었고, 주홍색 폴라 티 차림의 아름다운 모습을 볼 수 있었다. 하지만 그 후로 미술실은 잔인하게 추웠다. 북향이라 햇살 한 점 들지 않았다. 물이란 물은 다 얼어 버렸다. 물이 없으면 수채화를 그릴 수 없다. 와들와들 떨면서 물통의 얼음을 깨 팔레트를 씻고 물감을 갰다. 켄트지에 붓을 그으면 마르기 전에 살얼음이 꼈다. 붓이 지나간 자리마다 컬러 셀로판지가 만들어지는 양했다. 아, 살얼음이 번들번들하게 깔린 그때의 수채화를 지금 기억한다. 녹색으로 반짝이는 나뭇잎, 짙은 광채의 그림자, 물처럼 흐르는 검푸른 아스팔트가 기이한 생채(生彩)를 발산했다. 하지만 그림은 되지 않았다. 살얼음이 없어지기 전에 덧칠을 할 수 없었다. 살얼음이 증발하고 나면 켄트지는 곰팡이처럼 부풀었고 화려했던 색은 먼지가 섞인 듯 탁해졌다. 맞은편 교실에서 걸상을 빼 와 난로에 집어넣기 시작한 게 연합고사 발표일 즈음이었다. 난로가 토해 놓은 쇠 지름대는 서른 개쯤 돼 보였다.

"너, 3학년이지? 이름이 뭐야?"

경비는 휘어진 지름대를 수레에 싣다가 생각난 듯 불쑥 물었다. 내가 이름을 말했다. 영감은 탁자 위에 둔 내 그림을 북 찢어서 뒷면에 이름을 적었다.

"흥, 방학이 길면 학교를 통째로 난로에 집어넣을 놈이네."

"……."

"이 짓하고도 졸업장을 받을 거 같아? 그 전에 넌 퇴학이야."

가득 실은 증거물이 만족스럽다는 듯 경비는 손잡이를 들썩들썩 흔들어 수레에 균형을 잡았다. 그러곤 밖으로 나가 버렸다. 복도 저편으로 잦아드는 바퀴 소리를 들으며, 쫓아가서 용서를 빌까 망설였지만 그만두었다. 사라진 책상 둘과 걸상 열 개는 경비의 책임이기 때문에 돌이킬 수 없는 노릇이다. 나는 싸늘해진 난로 연통을 두드리며 변명처럼 투덜거렸다. 추운데 어떡해. 이따위 책상보다야 그림이 값어치가 있잖아. 예술이 책상 몇 개와 비교할 수 있겠어? 게다가 낡아 빠진 것만 골라 난로에 처넣었다고.

이틀 뒤, 개학 날이었다. 둘째 시간에 교실 스피커에서 "3학년 6반 한형주. 지금 당장 교무실로 학생주임 선생님을 찾아오너라." 하는 소리가 찌렁찌렁 울렸다. 교무실로 건너갔다. 몽둥이를 손에 들고, 주머니에 바리캉을 숨기고 다니는 학생주임은 건달처럼 깍두기머리를 하고 있었다. 그는 학생 생활지도 담당이었다. 오토바이로 출퇴근하는 그는 헬멧을 편하게 쓰기 위해서라고 했지만 아이들은 험악한 인상을 주려고 깍두기 머리를 하는 것으로 알고 있었다.

서류 뭉치를 뒤적이던 주임 선생님은 피곤한 듯 손등으로 눈썹을 문지르면서, 조심스럽게 다가서는 나를 돌아보았다.

"미술실이 그렇게 추웠니?"

의외로 화를 내지 않았다. 나는 호되게 얻어맞는 줄 알았다.

"예……."

"그래?"

팔을 모으고 추위에 떠는 시늉을 했다.

"예. 진짜 추웠습니다. 물통에 물이 다 얼었거든요."

"허헛, 20년 동안 근무했지만 춥다고 책상을 난로에 집어넣은 놈 첨 봤네."

주임 선생님은 서류에 호치키스를 찍으며 웃었다.

"어느 고등학교에 배정받았지?"

"예, 대신고등입니다."

나는 연합고사에 합격한 게 자랑스러웠다.

"너, 그 학교 못 가. 졸업장도 없는데 어떻게 고등학교를 가냐?"

무시무시한 주임 선생님은 나를 때리기는커녕 꾸짖지도 않았다. 머리카락이 조금만 길어도 사정없이 바리캉으로 밀어 버리는 깍두기 선생은, "그만 교실로 가 봐." 했다. 이상했다. 정말 퇴학시킬 작정인가 보았다. 일주일 뒤가 졸업식이었다. 꾸벅 인사한 뒤 교무실

문을 나오던 나는 꿇어앉아 용서를 빌어야겠다 생각하고 다시 주임 선생님에게 다가갔다.

"선생님."

"왜?"

잔뜩 울상을 지으면서, 잘못했습니다 제발 용서해 주십시오, 하려다가 나도 모르게 이렇게 지껄이고 말았다.

"난로에 넣은 걸상, 모두 헌겁니다. 진짜 낡았거든요."

"그래서?"

"곧 망가질 걸상 몇 개가 예술보다 중요하겠습니까?"

그 순간, 깍두기 선생의 눈에 파란 불꽃이 일었다. 그의 몸이 후다닥 솟구쳤다.

"뭐, 이 새끼가! 걸상이 예술보다 중요하냐고? 그래, 이 새끼야, 걸상이 예술보다 훨씬 중요해. 알겠어? 네깟 놈이 색칠하는 코딱지 같은 종이보다 걸상이 백배 천배나 값어치가 있다 말이다."

깍두기 선생은 교무실이 쩡쩡 울리도록 소리쳤다. 다른 선생님들이 죄다 이쪽을 돌아보았다. "너희 미술반 놈들. 폼만 잡고 돌아다니는 쓰레기 같은 새끼들!" 다시 깍두기의 입에서 침이 튀었다. 뭔가 잘못되었구나 싶었다. 하지만 어쩔 수 없는 노릇이다. 이미 내뱉은 말이었다. '생각해 보니 걸상이 예술보다 더 가치 있는 것 같습니다.' 하고 이제 와서 수정할 수 없지 않은가. 하긴 도화지 한 장은 문구점에서 20원만 주면 살 수 있고 걸상을 만들려면 목수가 한나절 동안 톱질하고 망치질을 해야 한다. "금년부터 미술반 예산이 제로인 줄 알아!" 주임 선생은 다시 침을 튀겼고, 난 비틀비틀 교무실에서 빠져나왔다.

바로 교실로 돌아가지 않고 미술실로 기어갔다. 개학 날이어서 미술실은 텅 비어 있었다. 햇살 한 점 안 드는 실내가 괴괴했다.

십수 개의 이젤이 어슴푸레함 속에서 우두커니 서 있었다. 그림이 걸린 두어 이젤과 화판조차 얹혀 있지 않은 이젤들이 병든 사슴처럼 신음을 흘리고 있었다.

깍두기 선생님의 말이 귀에 웅웅 울렸다. "걸상이 예술보다 훨씬 중요해. 알겠어!" 지난겨울 내내 뭐하려고 이곳에 틀어박혀 있었지? 낡은 책상보다도 못한 것을 위해 안간힘을 썼던가……. 정말 그랬다. 아무런 의미도 없었지 않았던가. 어떤 가치도 없어서 난 자유로울 수 있었다. 내 몸은 새처럼 가벼웠다. 우정과 희생, 비열함에 대해 더 이상 고민하지 않았다. 잔느에 대한 사무침조차 내버릴 수 있었다. 그런데 지금, 그 무가치함이 도리어 나를 울렸다.

창밖은 비가 올 듯 끄느름했다.

오전이 저녁처럼 어두웠다. 나는 언젠가 그랬듯이 발을 질질 끌며 미술실 안을 돌아다녔다. 남창원 선생의 변절을 탁자 밑에서 엿들었던 그날처럼. 아니다. 그때와 비교가 안 될 정도로 나 자신이 급속히 뭉개졌다. 싸늘한 난로 뚜껑을 열어 보았다. 그림 보관 시렁을 망연히 바라보기도 했다. 부원들의 그림. 시렁 한 칸에 가득 찬 진기섭의 작품들. 바로 옆의 내 습작품들은 무려 50센티미터나 쌓여 있었다! 지난 18개월 동안 쓸데없는 짓을 하고 있었다니. 미친 듯이, 미친 듯이 그리다가 끝내 퇴학을 당하게 되었다.

시렁 한 칸을 가득 채운 내 그림이, 썩은 음식물에 검붉게 덮인 곰팡이처럼 보였다.

얼마 동안 비틀거리며 실내를 배회했던가. 십수 개의 이젤들과 비너스와 미켈란젤로 사이를 그렇게 돌아다녔다. 눈앞에 그가 서 있었다. 세네카였다. 그가 나를 마주 보고 있었다. 처음 부원이 되던 날, 해성 형이 세네카상 앞에서 캥거루처럼 손목을 꺾어 모으고 말했다. "너의 영혼이 무엇 때문에 고통을 받는지 알아야 해." 그때는 웃고 말았지만 지금, 현(絃)처럼 전율했다. 내 심연에서 어떤 덩어리가 부르르 떨었다. 나는 거의 뚜렷하게 느꼈다. 그 덩어리는 영혼이었다. 다홍빛이었고, 작은 심장의 형태를 띠었다. 아주 연약했다. 손톱으로 찌르면 붉은 피가 쏟아질 것 같았다……. 나는 양손으로 세네카상을 들어올렸다. 세네카는 일흔두 살의 늙은이다. 죽음을 앞둔 모습이라고 한다. 등신상(等身像)인 세네카를 가슴에 껴안았다. 먼지가 풀썩 날아 코가 매캐했다. 세네카의 이마가 뺨에 닿았고 코가 목을 눌렀다. 영감을 그러안고 창밖을 보는데 돌연 울음이 터져 나왔다. 흐느낌이 목의 안쪽에서 연해 괴어 올라왔다. 구토처럼 울음이 멈춰지지 않았다.

많은 그림들, 뮤즈와의 만남, 진기섭의 광기, 얼어 죽을 것 같았던 실내, 켄트지에 번들거리던 살얼음. 고통과 쾌락의 기억이 흡사 수많은 세월을 건너온 사람처럼 쓸쓸히 떠올랐다. 그리고 세네카의 죽음이 내게로 스며들었다. 세네카를 부둥켜안고 이젤 사이를 걸었다. 죽음을 명령받고 증기탕으로 걸어가는 세네카의 발걸음 소리가 내 발걸음 소리처럼 들렸다. 나도 그렇게 죽을 것이다. 쓸데없는 그림의 감동에 사무치다 그냥 죽을 것이다. 나도 세네카처럼 자살을 명령받았다.

세네카를 테이블에 올려놓았다. 영감은 곤두박질칠 듯이 흔들렸다. 나는 화판에 걸린 내 그림을 뜯었다. 반으로 찢어서 난로에 쑤셔 넣었다. 성냥을 그어 불을 붙였다. 도화지는 금방 까맣게 타 버렸다. 난로가 미지근해지지도 않았다. "정말 걸상 하나보다 못하군." 경멸스럽게 웃었다. 시렁에 쌓인 200장쯤 되는 내 그림도 모조리 난로에 우겨 넣으려고 했다. 그러나 머리를 흔들었다. 이건 철딱서니 없는 짓이다. 그냥 두어도 운동장 가에 있는 소각장으로 보내져, 다른 쓰레기와 조금도 구분되지 않고 불에 태워질 거다. 그게 더 처참하다.

나는 이젤에 얹힌 붓을 집어 들었다. 입에 넣어, 혀로 붓털을 가다듬었다. 아주 천천히. 혀로 붓을 가다듬는 건 털을 고르는 방법이었다. 혀에 묻어나는 황모의 섬세한 전율을 나는 결코 잊지 못할 것이다. 붓털은 단 한 번 가다듬었다. 그러고는 붓을 무릎에다 대고, 힘차게 꺾었다. 자퇴한 기섭이 훔쳐 갈 만큼 탐내던 붓. 시내에 있는 모든 화방을 온종일 뒤져서 구입한 나의 재산 1호인 검정색 15호 반황모 붓이 두 동강 났다. 나는 울지 않았다. 동강 난 붓을 들고 창으로 갔다.

미술실 아래, 범어천에 물이 조금 불어 있었다. 붓을 범어천으로 힘껏 내던졌다. 다시는 그림을 그리지 않겠다. 그런 맹세를 할 필요가 없었다. 붓이 개천으로 떨어질 때 내 몸도 창 아래로 낙하하는 느낌이 너무 생생했기 때문이었다. 귓가로 찬바람이 스치는 것 같았다.

아, 세네카

　인생은 나이가 듦에 따라 도약하거나 진화하는 것은 아니다. 아기 적에는 누구나 부모의 눈을 휘둥그렇게 하는 발랄한 천재이듯이, 또한 그런 재기는 부모의 해석에 불과한 한때의 착오여서 아무런 의미를 갖지 못하듯이, 어떤 이는 중학생 시절에 천재성을 발휘한다. 그러나 고등학교로 올라가면 어느새 평범한 젊은이가 되고 만다. 거꾸로가 되기도 한다. 중학생 때는 바보처럼 굴다가 고등학생이 되어 번뜩이는 애들도 있다. 난 그런 젊은이를 많이 알고 있다.

　순서는 조금도 중요하지 않다. 인간은 10대의 어느 시기에, 순식간에 몸의 세포가 증식할 때, 단 한 번 세계의 심연과 만난다. 일생을 거쳐 찾아오지 않을 아주 특별한 경이를 체험하는 것이다. 피었다 지는 들풀을 보라. 어느 해는 겨우 벙글다 시늘고, 또 어느 해는 더할 나위 없이 눈부신 꽃봉오리를 터뜨려 나비와 벌들을 불러 모은다. 그러니 순서를 눈여겨볼 필요는 없다. 다만 꽃봉오리처럼 영롱한 시기를 통과하고 나면 누구나 평범해진다.

학생주임에게 퇴학을 선고받고 졸업은 어찌 되었을까 궁금한 이가 있을 것이다. 그 얘기를 덧붙이고자 한다.

난 부모님께 졸업 일주일 전에 일어난 기막힌 사태를 차마 알릴 수 없었다. 갈비뼈에 금이 갔을 때도 시치미를 뗐다. 졸업식 당일까지도 어머니는 내 상황을 눈치채지 못했다. 집에서는 내게 별 관심이 없었다. 모두가 형의 입시 문제로 골머리를 싸안고 있었다. 형은 공부를 썩 했지만 의외로 대학 본고사에서 떨어지고 말았다. 어머니는 집안의 명줄이라도 끊긴 듯이 정신을 잃고 허둥댔다. 형을 후기 대학에 보내느냐 재수를 시키느냐로 갈팡질팡했다. 내게는 행운이었다. 며칠간 집에서 사라져도 모를 판이었으니까.

이윽고 졸업식이 2월 8일에 열렸다. 장소는 터무니없게도 학교가 아니었다. 같은 날 상업고등학교도 졸업식을 해선지, 날씨가 추워선지, 남창원 선생의 국전 입선작을 전시했던 시민회관에서 졸업식이 열린다는 것이다. 아무튼 나와 상관없는 일이었다. 졸업식 사흘 전에 급장이 교무실로 갔다가 담임 책상 위에 쌓인 졸업장에서 내 것이 없더라는 사실을 재차 확인해 주었다. 물론 졸업식에도 갈 필요가 없었다. 어머니는 애초부터 내 졸업식에 오지 않을 요량이었으므로, 고백할 기회조차 없었다. 세 살 터울인 형의 고등학교 졸업식이 있던 것이다. 어머니와 친척들은 교장에게 우등상을 받는 형의 학교로 우르르 몰려갔고, 나는 육교 교각 아래에 달팽이처럼 박혀 있는 만화방으로 갔다. 이럴 때 만화방이 정말 요긴하게 쓰인다. 그런데 이상한 것은 거기에 가면 또래 애들을 만나게 된다는 점이다. 이때도 서너 평이 안 되는 좁아터진 만화방에 나처럼 졸업식장에 있어야 할 중3 서넛이 만화를 보고 있었다. 항상 그랬다. 어쩌다 기웃거려 본 평일 낮에도, 심야에도, 심지어 일제 고사를 치르는 날조차 만화방에는 교복 입은 애들이 꼭 두엇은 있었다. 그놈들은 얼마나 만화에 몰두하는지 하나같이 손바람을 일으키며 빠르게 페이지를 넘긴다.

그 뒤 졸업은 어찌 되었는지, 퇴학 후의 수속도 어떻게 처리되는지 알지 못했다. 걱정은 했지만 어찌해 볼 수가 없었다. 사태가 이지경까지 온 건 오로지 내 탓이었다. 그 상태로 일주일쯤 지났을 때 급장에게서 연락이 왔다. 학교에 가 보라고 했다. 교무실로 담임을 찾아갔다. 의자를 뒤로 젖히고 바둑책을 보고 있던 담임이 내 머리통에 꿀밤을 먹이면서, 인마, 고등학교 가서는 열심히 공부해, 하곤 서랍에서 종이 한 장을 꺼냈다.

"자, 네 졸업장이다."

나의 고등학교 시절은 평범했다.

열일곱 살, 봄이 되면서 특유의 예민함이 다 사라졌다. 천재일지도 모른다고 여겼던 것들, 그러니까 미(美)에 대한 자각이나, 한 올한 올 짚어 냈던 감정의 분별력이나, 다홍빛의 작은 심장 모양을 띤영혼을 들여다보는 일도 없어졌다. 불과 한 달 사이에 그리되었다. 마치 비 온 후에 우아한 꽃잎이 다 떨어진 목련처럼 나 자신이 앙상해졌다. 이전 생각이 나서 일부러 고독에 빠지려고 애쓰기도 했다.

색다른 유희를 찾아 주변을 두리번거린 적도 있었다. 하지만 그걸로 끝이었다. 외부든, 내부든 어떤 자극의 화살도 내 영혼의 과녁에 꽂히지 않았다.

학교에 갈 때도 버스를 탔다. 중학교 때와 거리가 비슷했지만 걷는 게 힘들었다. 나는 완연한 늙은이로 변해 있었다. 밥도 별로 먹지 않았다. 키도 자라지 않았다. 5월, 열일곱 살 생일에 어머니는 이웃 아주머니들에게 "요즘 우리 형주가 무척 얌전해졌어요. 공부도 잘할 거예요. 저 봐요. 교복이 깨끗하잖아요." 하고 뽐냈다. 중학교 때 내 교복 바지는 항상 물감이 묻어 있었고 어딘가 찢겨 있기 일쑤였다.

내가 다니게 된 대신고교는 과거 명문으로 이름을 떨친 100년 가까운 역사를 지닌 미션계 학교였다. 넓은 교정에는 교사가 웅장했고 경관이 무척 아름다웠다. 정문에서부터 본관까지 아름드리 히말라야시다가 푸르게 치솟아 있어, 사진에서나 볼 수 있는 서양의 고등학교를 연상시켰다. 특이하게 일주일에 한 번씩 전교생이 운동장에 모여 예배를 보았다. 수업에도 성경 과목이 있었다. 그래선지 수려한 교정에는 어딘가 종교적인 분위기가 배어 있었고 선생님들도 해군사관생도처럼 말끔했다.

우흠은 대구역 뒤편에 위치한 동광고등학교에 배정받았다. 평준화 이전에 삼류였던 그 학교는 구조가 복잡했다. 연합고사에 합격해서 입학한 인문계 외에, 오후 3시부터 등교하는 중간부가 있었고, 저녁 7시에는 야간부 학생들이 들어왔다. 세 그룹이 같은 학교 안에 있는 데다 일부는 교실도 함께 사용한다니 상상도 못할 일이었다. 우흠의 학교와 나의 학교는 거리가 멀어서 일부러 시간을 내지 않으면 서로 만날 수 없었다.

하지만 우흠의 동광고교가 부럽기도 했다. 그와 떨어지게 된 탓도 있지만 나의 학교가 끔찍할 만큼 규격적이기 때문이었다. 대부분이 본교 출신인 선생님들은 평준화 덕택에 입학한 신입생들에게 아주 거만을 떨었다. 그들은 한심한 눈으로 우리를 대했다. 틈만 나면 교정에 있는 역사적인 기념물들을 자랑했다. 도대체 100년 역사가 어쨌단 말인가. 100년이라면 부끄러운 짓도 그만큼 쌓였을 테다. 그런데도 한결같이 자랑뿐이었다.

이런 위선적인 분위기 때문에 앞으로 3년이 쓸쓸하겠다고 예감했다. 이미 곳곳에서 그런 일이 생겼다. 3월 초에 손톱이 길다는 둥, 교복 단추가 떨어졌다는 둥, 불량 학생의 명단이 현관 게시판에 나붙었고, 담배를 피우던 한 학생은 현장에서 담뱃불이 꺼지기도 전에 퇴학당했다. 학교는 온갖 종류의 벌점제를 시행했다. 흡연은 30점, 시험 커닝과 월장은 15점씩이었다. 15점까지 모이면 정학이고 30점이 되면 퇴학이었다. 담을 타 넘고 밖으로 뛰어내렸다가 들켜서 다시 담을 넘어 들어오면 퇴학을 당한다고 아이들끼리 농담했다.

한번은 느닷없이 양말을 벗게 하고 발톱 검사를 실시했는데 나는 발톱이 길어서 벌점 2점을 받았다. 중학교 때처럼 싸움하는 애들이 없는데도 학교가 무서웠다. 나는 1학기가 끝나기 전에 악대부에 가입했다. 그림을 때려치운 내가 음악을 하고 싶어서 악대부에 들어간 건 아니다. 우리 반 애를 따라 악대부가 선용하는 악기실을 구경한 게 결정적인 원인이었다. 멋들어진 예술관 안에 방음 시설을 갖춘 음악실이 있었는데, 그 음악실 내부에 다시 방음장치가 된 악기실이 숨어 있었다. 그곳은 학교에서 가장 은밀한 장소였다. 악기실에서는 어떤 나팔을 불어도 소리가 외부로 새 나가지 않을뿐더러 비싼 악기를 도둑맞을까 봐 문에 쇠창살까지 덧붙어 있어서, 학교와 담을 쌓고 싶은 나를 감동시켰다.

나는 악대부 코치를 만나 트럼펫을 불고 싶다고 말했다.

코치는 손으로 내 입술을 만지더니 입술이 두텁다며 고개를 저었다. 그렇다면 클라리넷을 하겠다고 했다. 우리 반 애가 클라리넷을 불었기 때문이었다.

"클라는 키가 작은 애가 하는 거야. 넌 큰 편이니까 테너색소폰 파트로 가."

결국 음악이 아니라 입술과 키 때문에 테너색소폰을 불게 되었다.

그날부터 방과 후에 음악실로 가서 두세 시간 동안 색소폰을 불다가 귀가했다. 한참 뒤에 알았지만, 색소폰이란 악기는 도무지 정교하지 않아 음악을 한다는 느낌이 들지 않았다. 악보에 있는 32분음표나 점16분 쉼표 같은 건 색소폰으로 어찌해 볼 도리가 없었다. 그래도 악기실에 들어와 있으면 절대적인 고요를 누릴 수 있어서 숨통이 트였다.

예전 명문교의 잔재인지, 아니면 100년 전통 때문인지 수업 시간은 무척 엄숙했다. 그래서 수업은 따분했다. 어떤 선생님은 기도한 뒤 수업을 시작했고, 수업 마칠 때 주기도문을 외는 선생님도 있었다. 희한하게도 정작 성경 시간은 따분하지 않았다. 성경 선생님은 쉰 살쯤 된 현직 목사였다. 뺨에 점이 많고 얼굴이 넓적하여 후덕한 인상을 주었는데, 왼쪽 눈에 사시(斜視)기가 심해서 앞을 보는지 옆을 보는지 알아차릴 수 없다는 점이 문제긴 했다.

"난 일주일에 한두 번 테니스를 치지. 목사가 테니스 친다고 이상하게 보는 사람들이 있는데, 뭐 목사는 취미를 가지면 안 돼? 안 그러냐?"

당연한 소리겠지만 목사가 테니스를 친다니까 이상하기도 했다. 어쩌면 사시를 교정하는 데 도움이 되는 운동일지 모른다.

아무튼 얼굴이 빈대떡처럼 넙데데한 교목의 성경 수업은 꽤 흥미로웠다. 그는 성경 속의 사건들을 이야기로 꾸며 들려주길 좋아했다. 목소리를 성우처럼 바꿔 가면서 얘기를 긴박하게 몰고 가는 재능이 있었다. 허스키한 목소리에 억양도 심해서 그가 일부러 얘기를 희화적으로 꾸미는 듯한 느낌을 주었다. 온몸에 등창이 돋은 욥과 고래 배 속에 들어간 요나, 다윗 왕과 우리아의 아내 이야기는 우스꽝스럽고도 실감이 났다. 솔로몬의 환상적인 연애시(戀愛詩)인 「아가」를 눈을 감고 암송할 때는 보헤미안 같았다.

하루는 교목이 10여 분 늦게 교실로 들어왔다. 그날따라 뺨에 점이 많아 보였고 금방 세수를 한 건지 턱에 물기가 비쳤다. 넥타이를 반쯤 푼 그는 잠자코 우리를 둘러보더니 예수에게 일어난 사건을 이야기하기 시작했다. 그건 모든 애들이 알고 있는 부분이었다. 사형에 처해지기 앞서 예수가 체포되는 장면이었으니까. 아이들은 입을 모아 "에이." 지루하다고 표시했지만 교목은 아랑곳하지 않고 이야기를 계속했다. 어느 날 제사장의 무장한 사병(私兵)들이 예수를 잡으려고 겟세마네 언덕으로 몰려왔다. 거기서 예수가 제자들과 함께 쉬고 있었던 것이다. 밤이었고 감람나무 가지 사이로 새들이 날아다녔다. 사병들은 누가 예수인지 알지 못했다. 그럴 때 예수의 제자인 가롯 유다가 "사랑하는 주님이여." 소리치며 한 남자의 뺨에 입을 맞추었다. 그가 예수였다. 유다는 이곳으로 오기 전에 제사장에게 가서 자신이 키스하는 자를 습격하라고 일러 놓았던 것이다.

교목이 눈썹을 일그러뜨리며 화를 억누르는 목소리로 말했다.

"이건 역사상 가장 추악한 키스라네. 키스는 사랑의 표현이잖아. 하지만 이 순간에 가장 증오스러운 신호가 돼 버렸지. 예수의 가르침은 '서로 사랑하라.' 단 한 구절로 집약돼. 제자인 가롯 유다는 그런 예수에게 입을 맞춤으로써 그의 삶 전체를 모욕해 버렸네."

교목은 교단을 내려와 책상 사이를 걸었다.

"너희들은 이 모욕의 깊이를 짐작하겠나?"

아이들이 교목을 바라보았다. 교목이 말을 이었다.

"유다가 키스를 하자 종들이 예수에게 달려들었지. 그때 다른 제자인 베드로가 칼을 뽑아 종을 내리쳤어. 빗나간 칼이 한 종의 귀를 베었다네. 예수는 땅에 떨어진 귀를 거둬 종에게 도로 붙여 주면서, '나를 잡아가라.'며 스스로 죽음의 길로 걸어갔지. 자신의 생애가 변질되는 치욕적인 순간에도 그는 초연했어. 당당했다네. 어떻게 그럴 수 있었겠나? 진리를 품은 자만이 불의를 견디는 용기를 갖네. 자네들은 이런 용기를 생각해 본 적이 있나?"

"예수님은 우리랑 다르죠. 신의 아들이니까요. 당연히 용기가 있는 거죠."

기독회보 반원인 한 애가 불만스럽게 종알거렸다.

"아니야. 그는 우리처럼 고통을 생생히 느끼는 인간의 아들이지. 그래서 인자(人子)라고 하지 않나."

아이들이 수군거렸다.

"인류의 한쪽에는 이런 힘찬 용기가 흐르고 있어. 두려움을 이기는 용기 말일세. 너희들에게 한 인물을 소개하고 싶어. 예수와 같은 해에 태어난 세네카라는 철학자가 있지. 그는 예수와 출생 연도만 같을 뿐 모든 부분에서 정반대였네. 예수가 피지배국의 가난한 청년인 데 비해 그는 지배국의 부호에다 황제의 최측근이었지. 동일한 점은 둘 다 잔혹한 악에 에워싸여 있었단 거야. 너희들에게 세네카가 말했던 용기가 어떤 것인지 일러 주겠네."

난 깜짝 놀랐다. 세네카는 중학교 때 미술실에 있던 석고상의 실제 인물이었다. 20여 개의 석고상 가운데 세네카는 유독 나와 친근했다. 주름진 얼굴에 머리카락이 헝클어진 영감을 본 지도 오래되었다. 교목이 수업 시간에 세네카를 거론할 줄은 전혀 생각하지 못했다.

"……네로 황제는 세네카에게 자살하라고 지시를 내렸어. 황제에 오를 때는 세네카에게서 가르침을 받았지만 점점 광기에 찬 폭군으로 변했지. 세네카는 말할 수 없이 괴로웠어. 황제의 뜻대로 철학자는 순순히 칼로 자신의 동맥을 잘랐다네. 오랜 금욕 생활로 몸이 말라 피가 흐르지 않았지. 독약을 마셔도 마찬가지였어. 그는 증기탕으로 걸어 들어가 숨을 멈추었다네. 늙은 철학자는 불의한 제자의 살의를 하나하나 실천에 옮겼어. 연민을 지닌 채 말일세. 황제에게 살려 달라고 빌지 않았지. 그는 불의에 굴복하지 않음으로 해서 그 불의를 도리어 가련하게 만들었다네. 이미 세네카는 불의와 맞서는 참다운 용기에 대해 글을 써 놓았어. 그 용기가 어떤 것인지 말해 주겠네."

거기까지 말한 교목은 사시 눈을 크게 뜨고 우리를 휘둘러보았다. 지금껏 그런 적이 없었다. 양 눈동자가 엇갈려 있어서 섬뜩했다.

"이탈리아 중부에 티베리스라는 강이 흐르지. 당시 로마인들은 티베리스 강가에 넓은 호수를 파서 그들이 과거에 승리했던 전투를 재현(再現)했다네. 이 모의 해전(模擬海戰)은 그러니까 연극이었지. 시민들에게 돈을 받고 구경시킨 거야.

실제의 소형 전함을 물에 띄우고 노예들에게 서로 싸우게 했지. 전쟁을 방불케 한 거야. 양국 병사로 분장한 노예들은 칼로 상대를 찔러 죽였어. 역사상 이보다 더 장엄하고 실감 나는 연극은 없었을 거야⋯⋯. 거기서 놀라운 사건이 벌어졌네. 승자인 로마병 역할을 하던 한 노예가 전투 중에 이렇게 외쳤어. '내 손에 무기가 있는데도 왜 이런 추악한 모욕에서 벗어나지 않았지!' 그러고는 적에게 사용하도록 받은 창으로 자신의 목을 찔렀어. 뜻밖의 사태에 구경꾼들은 놀랐지만 이내 재미가 있어 소리를 지르고 박수를 쳤다고 해. (교목이 목소리를 낮추었다.) 세네카는 비록 조롱거리로 떨어졌지만 이 노예를 위대한 자라 하였네. 노예는 죽이는 것보다 죽는 것이 더 올바르다는 것을 모든 이들에게 보여 주었던 거야. 아까 했던 말을 고치겠네. 진리가 용기를 갖게도 하지만, 용기가 있어야 진리를 지킬 수 있어. 수업을 마친다."

앞으로 뚜벅뚜벅 걸어간 교목은 인사도 받지 않고 훌쩍 나가 버렸다.

교실이 시끌시끌했다. "뭘 얘기야? 헷갈리잖아." "노예가 어쨌다는 거지?" "사팔뜨기가 우리보고 죽으라는 소리네." "뭣, 그런 뜻이야? 우리를 왜?" 아이들은 돌아앉아 떠들었다.

내 귀에도 교목의 이야기는 이상하게 들렸다. 흥미롭긴 했지만 왠지 단순하지 않은 것 같았다. 이야기 속에 무슨 의도가 숨은 듯했다. 어쩌면 정치적인 사건들을 염두에 두고서 옛 얘기를 끌어온 건지도 모른다. 이 무렵 정치적인 혼란이 격심했고, 죽음의 소식도 번번이 들려오곤 했으니까. 기습적인 사건이 어른들의 수군거림에서, 신문의 단신에서 얇고도 예민하게 전해지곤 했으니까. 하지만 그런 정치적인 것과 무관하게 노예의 이야기는 나를 사로잡았다. 어마어마한 규모의 연극은 실제로 있지 않았을까. 그 전함 위에서 벌어진 돌연한 사태. 닭의 볏처럼 생긴 자랑스러운 제국의 투구를 벗어 던지고 노예는 창을 거꾸로 돌린다. 누구도 예상치 못한 창끝의 방향. 군중들의 시선도 일시에 멎는다. 자기 칼에 찔린 노예가 뱃전에서 낙하하여 물속으로 사라지는 그때, 전장은 아수라장이 된다. 관람석의 군중들이 웅성댄다. 그러나 이내 칼로 자신을 찌른 자가 로마병이 아니라 노예임을 깨닫고는, 양손을 흔들며 웃음을 터뜨린다. 그가 왜 전투를 거부했는지 알면서도 노예이기 때문에 조롱거리가 된다.

왠지 몰라도 나는 꽤 감동에 젖었다. 칼을 거꾸로 쥔 노예의 등을 토닥여 주고 싶었다. 그를 위해 노래라도 불러 주고 싶었다. 거센 물결을 헤치고 거슬러 오르는 한 마리 연어 같은 찬란한 거역, 그리고 죽음조차 비웃음거리로 떨어진 서러움.

나는 반 아이들과 노예에 대해 생각을 나눠 보고 싶었다. 주변을 둘러보았지만 아무도 없었다. 내겐 그럴 만한 친구가 없었다. 그때까지 한 명의 친구도 사귀지 못했던 것이다.

학교를 파하고 수산물 공판장 앞에 있는 우흠의 하숙집으로 찾아갔다. 우흠은 아직 학교에서 돌아오지 않았다. 하숙집 마당에 놓인 평상에 앉아 기다렸다. 어두워진 뒤에야 우흠이 돌아왔고, 하숙집 주인 아주머니에게 라면을 끓여 달라 해서 함께 먹고 근처 놀이터로 나왔다.

"너 밴드부에 가입할 거라고 했지?"

"응, 지난주에 들어갔어. 테너색소폰 파트야. 트럼펫을 불고 싶었는데 입술이 두꺼워서 안 된대."

"테너색소폰이 어떤 거지?"

"우리끼리 테너섹스라고 하는데, 이렇게 코끼리의 코처럼 생겨 먹은 악기야."

내가 팔을 구부려 악기 모양을 만들었다. 우흠이 자기 일처럼 좋아했다.

"잘됐네. 음악이 그림보다 예술의 근원이라는 말을 어디서 들은 거 같다. 넌 예술적인 감각이 있잖아."

내가 어이없단 투로 낄낄 웃었다.

"우리 악대부는 유행가만 연습해."

"유행가를?"

"그래. 학교에 축구부가 있잖아? 축구 응원 가서 나팔을 분대. 그래서 줄기차게 응원가만 연습한다니까. 예술이라곤 물방울만큼도 없어. 사실은…… 오늘 수업 시간에 세네카 이야기를 들었어. 아주 흥미로웠거든. 너, 중학교 때 미술실에서 세네카 석고상을 봤지?"

"응. 영감 말이지?"

우흠은 세네카를 잘 기억하고 있었다. 나는 교목에게 들은 모의 해전 이야기를 소상히 들려주었다. 교목의 특이한 억양을 흉내 내다 보니 희번덕거리던 그의 사시 눈이 자꾸 떠올랐다. 그 탓에 내 목소리도 높아졌다. 노예가 로마군의 투구를 내던지고 적을 찌를 창으로 자신을 찔렀다는 대목에서 우흠도 혀를 찼다. 그러나 노예에 대한 세네카의 비평을 덧붙이자 우흠이 고개를 갸웃했다.

"대단한 죽음이네. 그렇긴 한데 꼭 죽어야만 용기가 있는 거야? 너무 쓸쓸해 보여. 시민들도 조롱했다잖아. 다르게 저항하는 방법은 없었을까?"

"물론 저항하는 방법은 여러 가지겠지. 로마 시대에 스파르타쿠스 반란도 있었잖아. 검투사 노예들이 로마제국을 거의 무너뜨릴 뻔했지. 세네카의 얘기는 그런 쪽이 아닌 거 같아. 모의 해전을 예로 들어 용기의 본질을 말하려고 했던 게 아닐까?"

우흠이 실망한 투로 의문을 달았다.

"그럼 모의 해전은 세네카가 지어낸 거야?"

"아니지. 당시에 실제로 살육을 벌이는 대규모 연극이 있었대. 세네카가 모의 해전에서 발생한 실제 사건을 예로 들어서 용기가 무엇인지 말한 거라고 봐. 용맹과 용기는 차이가 있는 거지. 용맹은 육체에서 나오는 것이고 용기는 정신에서 나오는 거야. 스파르타쿠스 반란이 용맹한 거라면 모의 해전의 노예는 용기인 거지. 용기는 힘이 강하고 약하고가 아니야. 정신의 부분이야. 자기 영혼의 소리를 행동으로 옮길 수 있느냐 없느냐의 문제지. 인간의 자아(自我)는 그런 용기에 의해서 지켜지는 것이래."

내 말에는 교목이 해 준 것과 내 생각이 뒤섞여 있었다. 교목의 수업이 끝난 뒤, 반 아이들과 나눌 수 없었던 몇 가지 단상이 있었다. 용기와 용맹의 차이도 그때 느꼈다. 용기가 자아를 지킨다는 말은 "용기가 있어야 진리를 지킨다."는 교목의 명제를 바꾼 것이다.

우흠은 열중해서 떠드는 나를 묵묵히 바라보고 있었다. 나는 약간 얼굴을 붉혔다. 왜 모의 해전 얘기를 듣고 흥분했고, 여기까지 뛰어왔을까. 나도 모를 일이었다. 고등학교에 올라와서 내 마음과 다른 방향으로 가고 있다는 자괴심 때문일까. 어느 것 하나도 마음이 요구하는 곳에 내 몸이 가 있지 않았다. 악대부에 들어간 것도 고작 숨을 곳을 찾기 위해서니까.

우흠이 가게에 들어가 아이스크림을 사왔다. 우리는 아이스크림을 핥으며 공판장 정문으로 걸어갔다. 비릿한 냄새가 등 뒤에서 흘러나왔다. 인부 두 명이 우람한 공판장 철문을 닫고 있었다. 우리는 4차선 대로로 나와서 육교 위로 올라갔다. 육교 위는 우리가 자주 헤어지던 장소였다. 나의 집과 우흠의 하숙집 사이에서 거의 중간 지점이기 때문이었다. 대구에서 맨 먼저 가설된 이 육교는 곳곳에 바닥이 뜯기고 가로등이 깨져 있었다.

우흠이 육교 난간에 붙어 아래를 내려다보았다. 헤어지는 건 늘 아쉬웠다. 우리는 육교 난간에 기대서 온갖 얘기를 주고받곤 했다. 어떨 때는 무려 열 번이나 육교 계단을 오르락내리락하다가 다시 상판 위로 돌아와서 잘 가라고 손짓했다. 내가 난간에 등을 대고 측후소를 보고 있을 때였다. 측후소는 공제선 위로 희미하게 솟아 있었다.

"학교 다니기가 참 힘들어."

아래를 내려다보던 우흠이 입을 열었다.

"왜?"

학교가 멀지도 않잖아, 하려다가 그냥 왜냐고 물었다.

"입학식 하고 두 주쯤 지났을 때야. 아침에 교문으로 들어서는데 2학년 하나가 나를 부르더라. 걷는 폼이 건방지다고 해. 어이없어서 픽 웃으니까, 그 자리에서 뺨을 치는 거 있지. 왜 웃느냐는 거야. 한눈에 학교 주먹인 걸 알겠더라고. 구멍 뚫린 모자를 밤송이처럼 눌러쓰고 당꼬도 입었거든. 내가 원래 그런 놈들을 견디지 못하잖아. 아니꼬웠지만 참았지. 그냥 자리를 피했어. 근데 점심시간에 그놈이 2학년 몇을 데리고 교실로 몰려왔어. 복도에서 실랑이하다가 아침의 그놈과 기어코 맞붙고 말았지."

"2학년과 싸웠다고? 우리 학교엔 당꼬 입은 선배들이 안 보이던데……."

"여긴 쓰레기 천지야. 예전부터 그랬대. 야간부에다 중간부까지 있고. 나중에 알았는데 그때 주먹들이 신입생 가운데 쓸 만한 애를 고르던 중이었대. 난 그것도 모르고 복도에서 2학년 똘마니를 한방에 주저앉혀 버렸으니. 어쩐지 다른 2학년들이 구경만 하더라고……"

그건 멋져 보였다. 우흠이 다시 기세를 찾은 것 같아 기뻤다.

"와, 그 선배들이 질겁했겠네. 다시는 시비 걸지 못할 거 아냐?"

거대한 트레일러가 육교 아래를 지나갔다. 육교 바닥이 부르르 떨었다.

"아니. 온갖 건수를 만들어서 계속 불러내. 보복하겠단 건 아니고, 거꾸로 나를 자기 패에 끌어넣으려는 거야."

"와, 그래?"

왠지 근사하단 생각이 들었다. 우흠이 난간에 붙은 광고 딱지를 동전으로 긁었다.

"말이 패거리지…… 조직이 다 돼 있어. 실제로 야간부 쪽은 성인 조폭과 연결돼 있는 거 같아. 그쪽 3학년들이 주간부에 지시를 넣은 것처럼 보여. 포섭하려고 그물을 치는 게 눈에 보이거든."

우흠이 한숨을 푹 쉬었다. 성인 조폭과 연결된 패거리라면 보통 문제가 아니었다.

"피할 수 있는 데까지 피해 봐. 시치미 떼고."

"형주야, 너 기억하니? 내가 전에 전과자 아저씨랑 한 방을 썼잖아? 그 아저씨한테 싸움을 배워서 누구한테도 이길 수 있었지. 그때 배운 게 자신감이었어. 싸움은 단순해. 자신감 하나로 결판나. 지금 그 자신감이 이토록 힘들게 할 줄 몰랐어. 난 거기에 사로잡힌 거야. 일찌감치 물들어 버린 거지. 굽히고 도망칠 줄 모르고, 부딪치고 깨져야 살아 있는 거 같거든."

나는 우흠의 본성을 잘 알고 있었다. 그는 다정했고 섬세한 성품을 가졌다. 우리는 소녀 같은 감정으로 우정을 나누지 않았던가. 그는 선량했지만 놀랄 만큼 용감했다. 한순간에 주위를 압도하는 대담성이 그에게서 솟아났다. 그건 눈부신 광채와도 같았다. 팔짱을 끼고 걸으면 우흠의 몸에서 기이한 영향력이 울려 나오는 것을 느낄 수 있었다. 나약한 나는 그의 기개가 부러웠다. 버스 안에서 고교생 두 명을 제압한 사건은 한 예에 불과했다.

나는 세네카의 모의 해전 이야기를 가지고 달려온 것을 후회했다. 왜 혼자 음미하지 않고 그와 나누려 했는지. 그 노예 이야기는 죽이는 것보다 죽는 것이 더 올바르다는 소리다. 우흠에게 적용하면, 결국 폭행당하는 쪽이 옳다는 뜻이 된다. 누구보다 용맹하면서 어떻게 맞고만 지낼 수 있을까? 허구한 날 얻어터지면서 학교를 다니는 게 가능이나 할까?

세네카는 결국 실천이 불가능한 일을 자기 글에 써 놓았구나. 만약 불가능한 게 아니라면, 아주 소수의 인간에게만 그런 삶이 가능할지 모른다. 그래서 세네카는 그 전투 노예를 위대한 인간이라 했을까.

우리는 육교 위에서 헤어졌다.

그가 떠나다

악대부원이 되어서 가장 힘들었던 게 제식훈련(制式訓練)이었다.

악장은 꽃술이 달린 긴 지휘봉을 서커스 단원처럼 돌리고, 부원들은 악기를 순차적으로 올렸다 내렸다 하는 동작을 기계처럼 맞추는 것으로 그해 여름을 보냈다. 운동장 가에 있는 아카시아 노목의 그늘 아래서 우리는 땀을 뻘뻘 흘렸다. 피이릭 픽, 피이릭 픽. 호각 소리에 맞춰 좌로, 우로, 방향을 바꾸다 뙤약볕이 타는 운동장으로 고개를 돌리면 작열하는 태양에 눈이 캄캄했다.

음악과 제식훈련은 뭐 하나 닮지 않은 극과 극이다. 그런데도 시가행진과 시의 행사에 출연하기 위해 기계 같은 동작을 반복했다. 모두가 헌병대원 같은 짓을 싫어했지만 어쩔 수 없이 받아들이고 있었다.

지휘 공부를 하려고 뉴욕 유학까지 다녀온 코치는, 먹고살기 위해선지 어느 퇴역 장교에게 제식 동작을 배워 부지런히 우리들에게 가르쳤다. 코치는 30대 중반이었는데 운동신경이 둔했다. 자신도 좌향좌와 우향우를 잘하지 못해 애를 먹었다. 그는 제식훈련을 시키는 틈틈이, 자신이 손으로 직접 그린 모차르트나 베토벤 교향악의 한 대목을 편곡한 악보를 우리에게 나눠 주었다. 우리는 아카시아 노목의 그늘에 앉아 나팔을 불었다. 만날 「동백아가씨」나 「그때 그 사람」을 불다가 「에드몬트 서곡」을 접하니까 잘될 리 없었다. 우리가 엉망으로 연주해도 코치는 별로 나무라지 않았다. 그는 미국에서 가져온 흰색 몰라드 지휘봉을 섬세하게 흔들며 이따금 눈시울을 붉혔다. 그의 고난을 엿보았던 탓에 부원들도 지겨운 제식훈련을 참아 냈는지 모른다.

세월은 굼벵이처럼 느릿느릿 흘러갔다.

11월에 우리는 마지막 시가행진을 눈앞에 두었다. 11월 초부터 열린 전국축구대회에서 우리 학교가 승승장구하여 준결승까지 올라갔던 것이다. 축구 선수들은 운동장에서 공을 돌리며 몸을 풀었고 우린 그 운동장 귀퉁이에서, 필통 속의 연필처럼 줄을 맞춰서 "좌로 가, 우로 가."를 했다.

이윽고 준결승전에서, 운 좋게도 우리 학교가 라이벌인 대륙고교에 한 점 차이로 패하고 말았다. 우승 축하 시가행진을 준비했던 우리는 고소해하면서 경기장을 빠져나왔다. 그런데 어찌 된 영문인지, 이날 학교는 그해 가장 화려한 회식을 베풀어 주었다. 이때껏 행사 후에 가는 곳이 학교 근방의 퀴퀴한 자장면집이었는데 이번엔 시내 중심에 있는 레스토랑이라는 것이다. 그 레스토랑은 좌르에 들어선 11층 빌딩의 스카이라운지에 있었다.

자색 카펫이 깔린 홀은 굉장히 넓었다. 홀 앞쪽에는 영화관처럼 긴 라이브 무대까지 설치되어 있었다. 정장 차림의 남자들과 앳되고 세련된 여자들이 육중한 테이블에 앉아 양식을 먹었다. 손님들은 거의 속삭이듯 얘기를 나누고 있어서 악기를 메고 왁자지껄하게 들어서던 우리는 질겁하고 입을 다물었다.

잠시 후, 빅토리아 시대의 하녀처럼 화려하게 단장한 종업원들이 우리들에게 다가와 반무릎을 굽히고 주문을 받았다. 우리는 해사 생도처럼 깔끔한 밴드부 제복을 입었지만 하나같이 촌티를 내며 쩔쩔매고 말았다. 무엇을 어떻게 주문해야 할지 몰라 우왕좌왕하다가 하녀들의 비웃음을 받았다. 무엇 때문인지, 3학년 선배들은 제복을 벗고 교복으로 바꾸어 입는다고 법석을 떨었는데 코치는 한 번 쓱 돌아볼 뿐 간섭하지 않았다. 얼마 후, 선배 중 하나가 지배인의 요청으로 라이브 무대로 나가 오보에를 불었다. 또 다른 선배는 트럼펫을 연주했는데 손님들이 꽤나 크게 박수를 쳐 주었다. 오보에를 분 3학년은 이듬해 대학가요제에 나갔고 트럼펫을 분 선배는 3년 후 독일의 쾰른 음악대학으로 유학을 떠난 실력파들이었다.

선배들이 무대에 오르고 나자 우리들은 마치 레스토랑을 정복한 듯 흥분하여 조심성을 완전히 잃어버렸다. 느닷없이 축구가 결승까지 못 간 것을 성토하기 시작했다. 주심의 오심만 없었다면 승부차기로 가서 이길 게 뻔했고, 결승전을 치러서 시가행진을 했을 거라며 난리를 떨었다.

실제로 이날 경기 종료 휘슬이 울리는 것을 신호로 관중석에 있던 우리 학교 학생들은 운동장으로 뛰어 내려가 골대를 뽑아 버렸다. 수백 명 학생들이 들러붙어 흔들자 골대는 순식간에 주저앉았다. 학생들은 올림픽에서 우승한 선수가 국기를 들고 뛰듯이 골대를 머리 위로 번쩍 들고 운동장을 돌았다. 건너 스탠드에서 승리가를 목 터지게 부르고 있던 대륜고 응원단이 갖은 욕설을 퍼부었다. 그런 소란 중에 악대부가 먼저 퇴장을 했다.

"심판 때문에 이겨 놓고 좋아 날뛰는 놈들은 박살을 내야 해."

"맞아. 형이 대륜고 다니는데 집에 가서 한판 붙어야지."

"비프스테이크 맛은 죽이는걸."

우리는 키득거리며 고기를 잘라 먹었다.

진짜 기막힌 사태가 벌어진 건 그다음이었다.

스테이크를 다 먹어 치우고 아쉬워하고 있는 우리들에게 여종업원이 디저트로 무슨 음료를 마실지 주문하러 왔을 때였다. 그녀들의 뒤를 지배인이 살금살금 따라왔다. 지배인은 코치에게 허리를 굽혀 색소폰을 한번 연주해 달라고 부탁하는 것이었다. 그때까지 라이브 연주자가 도착하지 않았다고 했다. 지배인은 좀 전 오보에와 트럼펫의 음색이 의외로 황홀할 정도이자(두 선배의 실력은 악대부에서 정말 독보적이다.) 자기가 유일하게 알고 있는 악기인 색소폰도 그쯤 될 거라고 믿은 게 틀림없었다. 하지만 색소폰이라니! 색소폰 주자는 나였다.

나는 한사코 못한다고 손사래를 쳤지만 결국 떠밀려서 무대로 올라가고 말았다. 생애 처음으로 음식점 라이브 무대에 서게 되었다. 테이블 곳곳에서 정장 차림의 신사 숙녀들이 포크를 허공에 멈추고 일제히 돌아보았다. 불행하게도 나는 오보에와 트럼펫으로 연주했던 선배처럼 암기하는 클래식 악보가 없었다. 그래서 눈을 찔 끔 감고 응원가인 이미자의 「동백아가씨」를 불고 말았다. 레드 카 펫이 깔리고 샹들리에가 번쩍이는 무대에서 축구 응원가를 불다 보 니 얼굴이 화끈거렸다. 내가 땀을 뻘뻘 쏟으며 곡을 마치자 오보에 와 트럼펫을 연주했을 때보다 박수 소리가 더 요란했다. 앙코르를 신청하는 정신 나간 손님까지 있었다. 창피스럽다는 듯 악대부 동 급생들이 빨리 들어오라고 손을 까불었다.

그런데 색소폰을 안고 내 자리로 돌아올 때였다. 거리에서 소란 한 기척이 있는 것 같아 창 아래를 기웃거렸다. 철성제화 옆 골목에 서 몇몇 사람들이, 내 눈에는 스무 명쯤 되는 학생들이 싸움을 하 고 있는 것 같았다. 끝내 우리 학교와 대륜고 학생들이 도심으로 진 출했구나 싶었다. 지난 5월에도 그런 일이 있었다. 경기가 있던 날 저녁에 두 학교가 동성로에서 소요를 일으켰다. 수백 명이 떼를 지 어 함성을 지르며 다니다 서로 엉겨 붙는 바람에 도로변에 있는 상 점의 유리가 깨지고, 노점 잡화상의 물건과 책가방들이 길바닥에 나뒹굴었다.

이번에는 어쩐지 소란을 피우는 정도가 아닌 듯했다. 마치 살인 이라도 날 것 같은 긴박하고 위태로운 몸놀림이 좁은 골목으로 번 지고 있었다. 가게 점원과 행인들은 보이지 않은 채, 골목은 순식간 에 무리들로 채워졌고 순식간에 텅 비었다. 손에 방망이가 들려 있 고, 어떤 손은 칼을 쥔 듯 햇살이 번쩍였다. 둔탁하고 재빠른 몸동 작 때문에 방울뱀과 치타가 서로를 물고 뱅글뱅글 돌며 싸우는 것 처럼 보였다. 민활한 움직임은, 곧 빌딩들에 가려 보이지는 않았으나 지뢰가 터지듯이 쿵쿵 울리며 다른 골목으로 옮겨 가고 있었다. 다른 부원들도 창 아래를 기웃거리다가 코치의 제재를 받았다.

코치는 우리를 주목하도록 하고 입을 열었다.

"다들 수고했다. 올해 공식적인 행사는 이것으로 모두 마친다. 전에 예고한 대로 겨울방학 중에 일주일 동안 합숙 훈련이 있다. 내년 개교기념일에 맞춰 시민회관에서 콘서트를 하도록 학교에 건의할 테니까 미리 준비해야 한다. 너희들도 축구 응원이나 하려고 음악을 하는 건 아니잖아, 그렇지?"

"예!"

부원들이 시원스럽게 수긍했다. 하지만 콘서트는 별로 가망 없는 소리다. 금년처럼 부활절에 실내체육관으로 가서 기껏 성가 몇 곡을 더 부르는 걸로 그칠 게 뻔하다. 내년에도 코치는 100달러짜리 몰라드 지휘봉으로 응원가의 박자나 두드려야 할 거다.

"만약 연주회를 못하게 하면…… 내가 그만둬야지."

코치는 양복을 걸치면서 다 죽어 가는 목소리로 혼자 투덜거렸다.

부원들은 악기를 챙겨 레스토랑을 내려왔다. 각 파트별로 한 명씩 악기를 거두어, 학교에서 보낸 승합차를 타고 떠났다. 승합차가 떠난 뒤 나머지 부원들은 바로 해산했다.

나는 동성로로 들어갔다.

동성로는 서울의 명동처럼 대구에서 가장 번화한 곳으로 차량이 다니지 않는 길이었다. 대형 의상실과 음식점, 명품점이 즐비했고 백화점도 두엇 있었다. 이미 날은 어두웠다. 승합차가 늦게 오는 바람에 레스토랑 밑에서 기다리느라 꽤 시간이 흘렀다.

거리는 인파와 슬롯머신이 돌아가는 소음으로 와글와글거렸다. 깎아지른 빌딩 틈에 낀 작은 상점들이 내부 시설을 슬롯머신으로 교체해서 도박 영업을 시작한 게 1년쯤 되었다. 이즈음엔 신종 도박인 숫자 맞추기 게임이 등장해 상점 밖에 내놓은 스피커에서 구구단을 외는 듯한 소리가 쉴 새 없이 터져 나왔다. 도박장들은 죄다 문을 활짝 열고, 담배연기 때문에 불이 난 것 같은 희뿌연 내부를 자랑스럽게 노출했다. 길 복판을 차지한 액세서리 노점들도 카바이드 등을 켜고 밤 장사를 열고 있었다. 카바이드 불빛의 행렬은 거의 100미터나 되었다. 노점들은 호객을 한답시고 남자와 여자들이 판매대 위에 올라서서 무희처럼 흐느적대며 춤을 추는데 꽤 볼만한 구경거리였다.

나는 송죽극장이 있는 길로 걸음을 옮겼다. 거기서 교동 쪽 샛길로 빠지면 버스 정류장이 있는 태평로에 이를 수 있었다.

번화가에서 몇 발짝만 골목으로 들어가면 캐비닛처럼 생긴 믿을 수 없이 작은 점포들이 나타났다. 외장만 페인트칠을 했을 뿐 어딘가 녹물이 흘러 정갈한 데라곤 찾을 수 없는 음식점들이었다. 좁은 골목에 드럼통을 잘라 만든 화덕을 내놓고 아주머니들이 돼지 껍데기, 만두, 부침개 따위를 팔았다. 영업을 하지 않는 캐비닛도 더러 있었다. 그 캐비닛들은 기름때가 새카맣도록 간판과 출입문을 방치해서 더 흉했지만 드럼통을 내놓지 않아 지나가기가 수월했다. 내가 두어 차례 골목을 꺾은 뒤, 아크릴 간판에 구멍이 뚫린 순대집 앞을 지날 때였다. 부서진 드럼통으로 막힌 건물 틈서리에 누군가 쓰러져 있는 게 얼핏 눈에 들어왔다. 건물 틈서리는 겨우 한 사람이 빠져나갈 정도였다. 드럼통에 가린 데다 컴컴해서 분간조차 되지 않았지만 남자의 신음 소리는, 그 좁고 음산한 공간으로부터 날아오는 화살처럼 내 귀를 관통했다. 내가 소스라쳐 몸을 돌렸다.

"우흠아!"

건물 틈서리에서 어깨를 바닥에 대고 쓰러져 있는 게 우흠이었다. 드럼통을 밀치고 안으로 들어갔다.

"아, 형주…… 너야?"

그가 고개를 들었다.

"어찌 된 거니?"

"넌 어떻게 여길 왔지?……손수건 있어?"

우흠의 왼쪽 어깨가 검붉게 젖어 있었다. 난 얼른 악대부 제복을 벗고 내의로 피를 닦아 주었다.

"무슨 일이야. 왜 이렇게 됐어?"

"참 이상해. 아까부터 너를 생각하고 있었거든. 그런데 정말 네가 나타났어."

어깨를 웅크린 우흠이 희미하게 웃었다.

"그러니? 오늘 시내에서 악대부 회식이 있었어. 마치고 집으로 가는 길이야. 이거 칼 맞은 거지?"

그의 왼쪽 어깨에, 칼이 빠르게 스친 듯 감색 점퍼가 10센티미터가량 예리하게 벌어져 있었다. 조금만 칼이 틀어졌으면 목덜미를 베지 않았을까. 아까 11층 레스토랑에서 내려다보았던 싸움인 것 같았다. 어쩐지 축구 때문에 일어난 소란 같지는 않았다. 야구방망이와 칼을 들고 있지 않았던가. 치타와 방울뱀이 서로 물고 빙글 빙글 도는 듯한 무시무시한 싸움에 우흠이 끼어 있었다니!

"다 갔겠지? 어깨를 다쳐서 숨어 있었어."

우흠이 밖을 기웃거렸다. 그러고 보니 레스토랑에서 내려와 승합 차를 기다릴 때 사이렌 소리가 들렸다. 왜에앵왜앵 하는 날카로운 고음이 서너 겹으로 겹치면서 한곳으로 몰려갔다. 그러나 내가 동 성로로 들어왔을 때는 이미 싸움의 흔적이라곤 찾을 수 없었다. 지 뢰가 터지는 듯했던 칠성제화 옆 골목도 태연했다. 이 정도의 패싸 움은 마치 일상처럼 넉넉히 소화할 수 있다는 양, 슬롯머신 소음과 노점상 댄서들과 시내로 들어오는 젊은이들로 동성로는 여느 날처 럼 북적이고 있었다.

"오는 길에 봤는데 아무도 없었어."

내가 우흠을 일으켜 밖으로 나왔다.

우리는 교동 쪽으로 걸어갔다. 골목은 미로였다. 자전거나 다닐 수 있는 좁은 길 양쪽에 전자와 기계 부품 가게들이 벌집처럼 박혀 있었다.

나는 우흠을 따라 양키 시장 입구에 있는 2층 목조 점포로 올라 갔다. 양키 시장은 수입품과 밀수품을 산처럼 쌓아 놓고 거래하는 곳이었다. 거기 있는 물건을 요조모조로 끼워 맞추면 탱크 한 대쯤 은 너끈히 만들 수 있다는 얘길 들었다. 그만큼 양키 시장 주변은 음산했다. 우리가 들어간 곳은 나무 탁자를 몇 개 두고 막걸리를 파는 술집이었다.

"칠성제화 옆에 있는 나이트클럽을 관리한대. 시내 도박장도

열 개가 넘어. 나와바리(영역)를 건드는 놈이 있다고 3학년 형에게
부탁한 모양이야. 나도 따라나섰다가…… 어휴 까딱하면 죽을 뻔
했어."

우흠이 막걸리 사발을 단숨에 들이켜고는 안도하는 시늉을 했
다. 그러고는 "너도 한잔할래?" 하며 앞에 놓인 사발에 주전자를
기울였다.

지난 9월이었다. 길에서 우연히 도휘를 만난 적이 있었다. 예상
외로 도휘는 야바위꾼으로 진출하지 않고 우흠과 같은 동광고교에
다니고 있었다. 어찌 된 노릇인지 키가 도리어 작아진 듯 보였다.
녀석은 요새도 여전히 도토리로 불린다고 투덜대다가 엄지를 추켜
올리며, "우흠이 우리 학교에서 이거야." 하고 으스댔다. "그래?" 내
가 놀라워하자, 2학년 주먹들을 모조리 때려눕혀 장군이 됐다며
도토리가 허공에다 주먹을 휘둘렀다. 난 아무것도 몰랐다. 방학에
몇 번 만났지만 눈치를 채지 못했다. 도토리 말에 의하면 야간부
주먹들이 우흠을 인정했을뿐더러 성인 폭력배에게 데려가 인사까
지 시킬 정도라는 것이다.

"우흠이 그 자식 아주 작살이야. 우리 학교 애들은 모두 그 자식
을 숭배한다고! 보통 애들한테는 진짜 다정하게 굴거든. 선생들도
인정한다니까. 그 자식 주먹이 얼마나 센지 너 알지? 기억나? 중학
교 때 황시웅 패들 수십 명과 싸워 이겼잖아."

도토리는 그 자식, 그 자식, 해 가며 어깨를 으쓱했다. 그럴 나이
였다. 주먹이 센 친구를 두는 것보다 더 자랑스러운 일은 없으니까.
그렇지만 의아했다. 싸움과는 완전히 멀어진 줄 알았는데 그게 아

닌가 보았다. 2학년 주먹들이 자주 찾아와 괴롭힌다는 학기 초의 얘기가 떠올랐다. 끝내 그들 속으로 흡수된 모양이었다.

우리는 처음으로 함께 술을 마시고 있었다. 난 술집에 와 본 것도 처음이었다. 천장이 낮은 2층 실내에는 우리 말고는 손님이 없었다. 여섯 개의 나무 탁자가 놓여 있었고, 주인은 주방 바에 앉아 신문을 보고 있었다. 우흠은 꽤 술을 마셔 본 품이었다. 사발을 잡는 손 맵시나 마시는 자세가 여간 세련되지 않았다. 그러면서 내 사발에 주전자를 기울일 때는 쑥스러운 표정을 지었다.

난 우흠에게 깡패들의 싸움에 가담한 것에 대해 묻지 않았다. 도깨비 소굴 같은 양키 시장 입구에서 막걸리 사발을 놓고 있었지만 그딴 얘기는 입에 담고 싶지 않았다. 물론 궁금하긴 했다. 그런데도 싸움은 어떤 것이든 하찮게 여겨졌다. 예전에도 그랬다. 당꼬나 입고 다니는 애들 속에 우리 둘을 포함시키고 싶지 않은 냉소 어린 거만함이 있었다. 황시웅 패와 격하게 다투던 때도 그랬고 금년에도 그랬다. 언제나 비슷했다. 나는 우리의 우정이 다정히 맞잡고 있는 소녀들의 손처럼 정결하다고 생각했다. 서로 눈을 바라보며 미소를 지었고 입을 맞출 듯이 얼굴을 가까이 대고 낮은 음성으로 소곤댔다. 자주 팔짱을 꼈고, 서로의 주머니에 손을 넣은 채 걷기도 했다. 가끔은 이런 관계가 이상하고, 마치 위선처럼 여겨진다.

이때도 그랬다. 눈앞에서 칼자국으로 벌어진 점퍼의 어깨에 피가 거멓게 말라붙어 있는데도 '몇 명이 싸운 거야? 너도 칼을 들었어?' 하고 묻지 않았다. "아침에 생계란을 먹다가 노른자가 입 안에서 터졌어." 내가 말했다. "껍질 양쪽에 구멍을 잘 내야 안 터지지."

하고 그도 맞장구치며 낄낄 웃었다. 그런 얘기들. 칠성시장에서 1만 5000원짜리 티를 2000원에 샀다든가, 이발사가 졸면서 머리를 깎았다든가 하는 얘기를 주고받았다. 오랜만에 만났으나 이전과 다를 게 없었다. 막걸리 사발이 아니라 빵이나 우동 그릇을 앞에 둔 것처럼 속삭였다. 그렇지만 왠지 조금씩 맥이 빠졌다. 서로의 눈이 다른 방향을 보고 있는 것 같았다. 내 짐작인지 모른다. 우흠은 자주 미소를 띠며 고개를 끄덕였다. 두부를 먹기 좋게 잘라 내 앞으로 밀어 주기도 했다.

10시가 되면 일어서기로 입을 모았다. 우리는 좀 더 앉아 이야기를 늘였다. 우흠은 두 되나 되는 술을 들이켰는데도 별로 취한 품이 아니었다. 난 처음 마신 술이 온몸에서 부글거리고 있다고 생각할 때였다. 우흠이 손등으로 입술을 훔치다 동작을 멈췄다.

"형주야. 저번에 네가 세네카 얘기를 해 줬잖아."

"응."

"세네카 이야기 속에 나오는 용기 있는 노예 말이야."

"그래, 생각나"

"그 뒤로 나도 용기에 대해 생각해 봤어."

주인 남자가 빗자루로 바닥을 시끄럽게 싹싹 쓸고 있었다. 우흠이 이어 말했다.

"넌 정말 용기가 있는 거 같아. 중학교 때 네가 추운 미술실에서 그림을 그리겠다고 걸상을 난로에 집어넣었잖아? 누구도 그렇게 하지 못할 거야. 대단한 용기라고 생각해."

"뭐야? 그게 어째서 용기지?"

내가 어리둥절했다.

"마음먹은 걸 서슴없이 행동에 옮겼잖아. 그래서 원하는 그림을 계속 그릴 수 있었고."

혹독히 추웠던 미술실에서 도화지에 살얼음이 번들번들하게 끼던 그때의 그림이 떠올랐다. 그 후에 벌어진 사태는 생각하기조차 싫었다.

"야, 그 때문에 그림을 때려치웠는데?"

"그건 나중이야. 주임 선생 때문에 그리된 거지. 걸상을 난로에 집어넣을 때는 거침없었어. 아무것도 따지지 않았고 그림만 생각했어. 전에 네가, 내면의 소리에 정직하게 반응하는 게 용기라고 했지? 맞아. 넌 그때 그림을 그리고 싶다는 하나의 생각에 따라 주저하지 않고 행동했어. (잠깐 뜸을 들였다.) 세네카의 모의 해전 있지? 용기 있는 그 노예 말이야. 내게 무기가 있는데 왜 이런 모욕에서 벗어나지 않았나, 외치면서 창으로 자신을 찔렀다는 거. 그 얘기 듣고 고통스러웠어. 그 장면이 머리를 떠나지 않았어. 어떨 때는 내가 로마의 그 강둑에 앉아 구경하고 있는 거 같더라. 노예를 비웃고 있던 로마 시민들 틈에 끼어서 말이야."

우흠이 어디 먼 곳을 보는 듯한 표정을 지었다.

난 그가 용기에 대해서 말하고 있다는 생각이 들었다. 우리는 오래전부터 그런 얘기를 나누었던 것 같았다. 시내버스에서 고교생 건달들과 부딪쳤을 때부터인가. 힘이 3분의 1만 되면 상대와 겨룰 수 있다는 우흠의 자신감은 나를 무척 감동시켰다. 나는 그 '3분의 1'을 재능이나 두뇌, 돈 같은 싸움 외적인 것으로 이해하기도 했다.

나중의 일이지만, 그 '3분의 1'은 당시보다 오히려 성인이 되었을 때 꺾이지 않는 힘을 내게 불어넣어 주었다. 금년에는 우연하게 내가 세네카의 노예 이야기를 가지고 우흠을 찾아갔다. 용맹해서가 아니라 내면의 음성에 귀를 기울이고 실천했던 그 노예 말이다. 우흠이 하던 말을 계속 이었다.

"지난 9월이었어. K학교 주먹들과 싸우게 되었지. 대구에서 가장 센 애들이야. 걔들만 꺾으면 끝나는 거였어. 1학년 중에서 내가 유일하게 차출됐거든. 여기, 바로 이 술집에서 형들이 나를 지명한 거야. 이튿날 학교에 소문이 퍼졌고, 난리가 아니었지. 학교 안은 물론이고 가깝게 지내던 S여상 애들까지 몰려와 꽃다발을 안겨 주었으니까.

그날 밤늦게 꽃을 들고 하숙집으로 돌아와 누워 있는데, 난데없이 스페인의 투우사가 생각나더라. 경기장에서 붉은 천을 휘두르는 투우사 말이야. 모의 해전을 만들었던 로마 시대나 지금이나 구경꾼들은 유혈에 굶주린 거 같아. 어떤 유혈이냐는 좀 차이가 있겠지만 암튼 유혈이잖아. 요즘도 구경꾼들은 투우사에게 야생 소를 단번에 죽이라고 함성을 질러. 거대한 살인극인 모의 해전을 관람하던 로마 시민들처럼 말이야. 거기서 모의 해전의 노예처럼, 한 투우사가 검은 소를 찌를 창으로 자신을 찌른다면 어떻게 되지?"

"뭔 소리야?"

나도 모르게 벌떡 일어났다. K학교와 싸우다가 자해를 했다는 소린가? 그럴지도 몰랐다. 기가 막혔다. 그게 아니란 듯 우흠은 손사래를 쳤다.

"우리, 열일곱 살은 투우사와 같다고 생각해. 젊고 혈기가 끓어 넘치지. 주변에서 우리를 부추기는 함성을 지르고 있고, 우리 손에는 위험스러운 창이 들려 있어."

나는 K학교와의 싸움이 어찌 됐냐고 묻지 않았다. 그의 어깨를 보며 그의 말을 되뇌었다.

"우리 손에 창이 있다고?"

"응, 우리들 손에 창이 들려 있어. 그게 뭘 뜻하든 결국은 시퍼런 창이지. 구경꾼의 부추김에 반응하느냐, 자기 영혼에 반응하느냐에 따라 날의 방향이 달라질 그런 창이지. 난 여기서 용기를 생각해 봤어. 그리고 진정한 용기란 얼마나 두려운 것인가를 깨닫게 됐어."

한동안 손을 대지 않아 뿌옇게 가라앉은 막걸리 잔을 나는 단숨에 들이켰다. 우흠은 표정 없이 앉아 있었다. 열차 지나가는 소리가 희미하게 들려왔다. 철컹, 철컹, 철컹. 열차의 아득한 진동이 내 심장 깊은 곳에서 울리는 것 같았다. 10시 30분이었다. 주인이 빗자루를 탁자 다리에 탁탁 치며 문을 닫아야겠다고 말했다.

우리는 양키 시장 골목을 빠져나왔다. 밤바람은 차갑고 스산했다. 역 건너편 정류장에서 집으로 가는 버스를 기다렸다.

*

겨울방학이 되었다.

나는 책을 좀 읽으려고 했다. 방학 전만 해도 그럴 뜻이 없었는데 갑자기 책을 읽고 싶었다.

고등학교에 올라와서 시간을 허송했다는 생각이 들어서였다. 아무것도 한 게 없었다. 한두 가지 신선한 사념에 잠긴 적은 있었다. 세네카의 장엄한 모의 해전 이야기에는 놀라운 깊이가 있었다. 양키 시장 앞 막걸리집에서 들었던 우흠의 얘기는 더 충격을 주었다. 그러나 사흘만 지나면 모래 위의 발자국처럼 지워졌다. 아무것도 떠오르지 않았다. 아마 내 경험이 아니어서일 것이다. 모의 해전이든 막걸리집의 것이든 타인의 체험이다. 하지만 남의 이야기도 내 경험처럼 감동할 수 있는 법이다. 난 그런 상상력을 잃어버렸다.

사실을 말하자면 사춘기가 내게서 지나간 것이다. 누구나 그렇듯이, 사춘기는 그 같은 독특한 번역의 능력을 소유하고 있다. 마주치는 남자와 여자로부터, 집과 거리와, 계절마다 바뀌는 나무들로부터 지독한 향기를 들이마시며, 그것은 자신의 경험처럼 내면에서 진동한다. 해서 영혼은 언제나 가파른 벼랑 앞에 선 듯 예민하다.

이제 벼랑이 사라졌다. 어떤 바람도 불지 않았다. 나의 내면은 노인정의 뜰처럼 평평해졌다. 나는 정말 늙은이가 되었다. 키가 자라지 않은 지 벌써 1년이나 지났다. 심지어 옆머리에 새치가 생겨 희끗희끗했다.

그래서 책이라도 읽어 봐야겠다고 생각했다. 집에는 책이 제법 많았다. 후기 대학에 들어간 형이 과외 교사를 해서 꾸준히 책을 사 모은 덕분이었다. 도스토옙스키, 스탕달, 바스콘셀로스, 라게르크비스트. 이름도 제대로 발음하기 어려운 작가들의 소설. 묵직한 사상집도 여럿 있었다.

아침부터 번역본 소설을 펴 놓고 방에 엎드렸다. 소설은 만화처럼 술술 읽히지 않았다. 머리가 나쁜 건지 인물과 도시의 이름들이 연해 혼동되었다. 줄거리조차 쉽게 따라갈 수 없었다. 몇 번씩 되돌아서 읽었지만 주인공의 행동에 공감이 가지 않았다. 오히려 즐겨 본 것은 책 앞쪽에 실린 사진들이었다. 양장본마다 작가의 사진과 무덤, 기념관 따위가 컬러 도판으로 붙어 있었다. 소년 시절 모습과 가족, 연인의 사진에서 작가의 사생활을 상상하는 재미가 쏠쏠했다. 책은 도판과 해설만 내게 보였다가 책장으로 돌아가기 일쑤였다. 한번은 피츠제럴드의 『위대한 개츠비』를 펼치게 되었다. 책갈피에서 낯익은 종이 한 장이 뚝 떨어졌다.

"앗, 이게 뭐야!"

레오나르도 다빈치의 인체 해부 소묘였다. 진기섭이 자기 화판 뒤에 붙여 놓았던 그것이었다. "이게 왜 여기 있지?" 한참 어리둥절했다가 겨우 생각났다. 기섭이 자퇴한 뒤, 내가 그의 화판에서 떼어 집으로 가져온 적이 있었다. 1년 전이었다. 어디에 던져 둔 것을 형이 자기 책에 끼워 놓은 것 같았다. 희한한 것은 내 눈은 글자보다 이미지를 더 선호한다는 점이었다. 이건 확실했다. 책을 볼 때는 글자가 모래처럼 흩어졌는데 소묘는 가는 선까지도 눈알에 착착 들러붙는 느낌이었다.

나는 손바닥보다 좀 더 큰, 다빈치 소묘를 만지작거리면서 미술부 시절을 추억했다. 아, 해성 형, 진기섭, 준혁, 봉우…… 그들은 모두 천재였다. 입반하던 첫날, 넓은 미술실에 드문드문 앉아 있던 그들에게서 발산되던 광채를 잊을 수 없다. 조롱하는 말투와 이상한 몰두, 걸출한 그림들은 이전까지 겪어 보지 못하던 종류들이었다. 고작 열다섯 살 안팎의 아이들이 아닌가. 학교에서 통제하지 않았다면 밤새도록 미술실은 불을 밝혔을 것이다. 시렁에 쌓아 두고 졸업한 수천 장의 그림들은 지금 어떻게 되었을까. 모두 소각장으로 보내졌을까. 깍두기 주임 선생이 미술부 예산을 정말 없애 버렸으려나. 내가 난로에 책상을 집어넣은 것의 벌로 말이다.

책을 덮고 집을 나섰다.

미술실에 가 보고 싶었다. 하지만 부담스러웠다. 후배들이 나를 원망하고 있을지 몰랐다. 예산이 없어졌다면 미술부는 쇠락할 수밖에 없는 것이다. 나대로도 그랬다. 졸업식을 코앞에 두고 붓을 꺾었을 때의 상처가 아직 남아 있었다.

대신 진기섭의 집을 찾아가 봐야겠다는 생각이 들었다. 기섭이 지금도 선박처럼 길쭉한 양철집에 살고 있을지 궁금했다. 호박 껍질을 쪼아 먹던 닭들도 잘 있을까……. 나는 매일 다니던 4킬로미터 남짓한 소로를 따라 총총히 걸었다. 당황스럽게도, 학교 가는 길의 중간에 있던 철도 건널목이 없어졌다. 경부선 철도가 사라진 게 아니라 터널 공사를 하는 중이었다. 건널목 양쪽으로 옹벽이 세워지고 엄청나게 깊은 구덩이가 파여 있었다. 포클레인 두 대가 구덩이 안에서 목을 늘어뜨린 채 쉬고 있었다. 건널목으로 가는 길도 폐쇄된 상태였다. 열차가 지나가지 않는데도 차단 장치가 내려진 게 멀리 보였다. 어딘가 임시 우회로를 터놓았는지 모르지만 눈에 띄지 않았다.

나는 한참 동안 공사장을 어슬렁대다가 어쩔 수 없이 우흠의 하숙집으로 방향을 틀었다. 우흠의 하숙집은 건널목 이쪽인, 수산물 공판장 앞에 있었다.

"우흠 학생, 지난달에 나갔어."

마당에서 빨래를 널고 있던, 얼굴을 아는 하숙집 아주머니가 일러 주었다. "학교 근방으로 옮긴 거 같은데 잘 모르겠네." 내가 어디로 갔느냐 묻자 여자 내의를 탁탁 털며 고개를 저었다.

나는 어깨를 축 늘어뜨리고 돌아섰다. 모르는 사이에 주위의 모든 것이 변했다는 생각이 들었다. 홀로 동떨어진 느낌이었다. 나 자신이 버려진 돌처럼 무참했다. 바지 주머니가 뚫어지도록 손을 깊숙이 쑤셔 넣었다. 온 길을 터벅터벅 되짚어 걸었다. 하지만 이런 고독감이 싫지 않았다. 쓸쓸한 감정 속에 어딘가 달콤한 맛이 섞여 있었다.

그해 겨울, 나는 아무 데도 가지 않고 집에만 있었다.

온 가족이, 아버지와 어머니와 두 형이 무주로 겨울 여행을 간다며 법석을 떨 때도 거들떠보지 않았다. "난 집에 있을 거예요." 하고 말했다. 이윽고 가족들은 떠났고, 혼자 남았다. 나는, 나를 자극시키기 위해 지하실로 내려갔다. 단층 반양옥인 우리 집은 거실 밑에 천장이 낮은 지하실이 있었다. 녹슨 자전거와 항아리, 이불과 책들, 아버지가 쓰던 통나무 책상 따위를 보관하는 창고였다. 어쩌다 들어가 본 지하실은 습하고 지저분하고, 귀뚜라미가 들끓었다.

난 지하실로 가, 책상을 말끔히 닦고 책을 한 아름 쏟았다. 전선을 연결해 백열등 스탠드를 켜고 아침부터 저녁까지 소설을 읽었다. 소설을 읽다가 종종 진기섭의 다빈치 인체 해부 소묘를 들여다보았다. 인체 해부도는 내 심장을 떨리게 했다. 눈두덩과 코뼈가 드러난 안면. 실근육으로 채워진 어깨와 힘살이 팽팽하게 붙은 관절. 그 형태를 섬세하게 소묘한 날카로운 선! 실제로 다빈치가 사람을 해부해서 그렸다지 않는가.

정말 오묘했다. 너무 정밀해서 싸늘하게 느껴지는 리얼리티. 매력은 차가운 리얼리티에서 솟아나는 것 같았다. 이건 당혹스러웠다. 속옷도 안 입는 기섭이 같은 매력을 느낀 게 틀림없었다. 고작 중학교 2학년 끝 무렵이지 않은가. 화판 뒷면에 인체 해부도를 붙여 놓고 습작을 하기에 앞서 항상 이 소묘부터 응시하였다. 헐렁한 교복 위로 꺼벙하게 생긴 얼굴을 앞으로 기울여서 5분이나 10분씩 이걸 골똘히 바라보던 진기섭.

나도 기섭처럼 소묘를 들여다보면서 『길가메시 서사시』를 읽었고 『노인과 바다』를 읽었고 『주홍 글씨』를 읽었다. 분명히 인체 해부도는 기이한 영험을 뿜고 있었다. 전에는 뭔 말인지 종잡을 수 없던 내용이 눈에 박히듯이 들어왔다. 정말 그런 현상이 일어났다. 헤스터 프린의 가슴에 달린 주홍 글씨 A는 너무나 선홍빛이었고 상점 앞을 걷는 그녀의 뒷모습은 한없이 가여웠다. 산티아고 노인이 탄 작은 배의 양측을 때리며 솟구치는 바닷물의 입자와 뾰족한 상어의 주둥이가 생생히 눈에 그려졌다.

지하실에서 책에 얼굴을 묻고 있던 그 시각, 또 하나의 리얼리티가 내게로 접근하고 있었다. 난 미처 알지 못했다. 어쩌면 한 번쯤 이런 사태가 올 걸 예감했는지 모른다. 방학 말미에 우흠이 우리 집 대문을 두드렸다. 우흠은 우리 집 마당에서 앙상한 무화과나무 가지를 만지며 학교를 자퇴한다고 말했다.

마지막 유적, 그리고 에필로그

승객은 노인들과 아주머니 몇 명이 전부였다. 수리한 지 얼마 되지 않은 버스는 흰 페인트칠이 유별히 도드라져 보였다. 좌석 시트도 말끔하게 표백돼 있었다.

우흠은 약간 불콰한 얼굴로 창밖을 내다보고 있었다. 화창한 봄이었다. 멀리 산봉우리가 눈에 띄지 않을 정도로 미미하게 방향을 틀었다. 3월 7일. 잊을 수 없는 날이다. 화요일이고 평일 오전이었다. 나는 학교에 있어야 할 시간에 우흠과 도토리와 함께 마산행 버스를 타고 있었다.

그가 나의 집 마당에서 자퇴하겠다고 알려 왔을 때 돌이키기 힘들다는 것을 알았다. 이미 갈 곳까지 정했다는 것이다.

"통영으로 가. 너한테 얘기하지 못했는데 방학 동안에 배를 탔어. 제주도 근해에서 삼치를 잡았지. 선장이 3월 7일에 통영에다 배를 댈 거래. 통영 부두에서 만나기로 약속했어."

내가 컴컴한 지하실에서 동그란 스탠드 불빛을 받으며 소설에 파묻혀 있을 때 그는 바다에 있었나 보았다. 다빈치의 인체 해부 소묘를 앞에 놓고 『노인과 바다』를 읽을 때, 산티아고 노인이 거대한 물고기를 조각배에 매달고 상어 떼와 싸우는 광경을 상상하던 그 시각에 우흠은 바닷물에 몸을 적시며 그물을 당겼나 보았다. 기묘하게도 우리 집 지하실이 바다와 흡사하게 여겨졌다. 어둡고 불안한, 고독하면서 광활한, 그리고 싱싱하게 푸르면서도 슬픈 바다와 어쩐지 유사한 느낌이 드는 지하실에서의 소설 읽기.

우흠은 마당에서 자퇴를 알린 뒤 바로 대문을 나갔고, 나는 지하실로 돌아왔다. 컴컴한 지하실의 통나무 책상에 한없이 앉아 있었다. 스탠드 아래에 『무기여 잘 있어라』가 펼쳐져 있고 읽던 페이지 위에 다빈치 소묘가 놓여 있었다. 난 소설을 계속 읽을 수 없었다. 스탠드 불빛은 한밤중의 조어등(釣魚燈) 같았다. 사방에서 어둠이 죄어 왔다. 검푸른 물결이 출렁였다. 고기 떼처럼, 조어등 불빛 아래에 몰려 있는 작은 글자들. 고기 뼈를 발라 놓은 것 같은 다빈치의 인체 해부도……. 나는 우흠에게 왜 학교를 그만두느냐고 묻지 않았다. 우린 열일곱 살인 것이다. 뭐든 가능한 나이가 아닌가. 중학교 1학년 때 집을 떠나 혼자 대구로 왔던 어린 그가 생각났다. 껑충하게 키만 크고 허약했던 우흠은 언제부턴지 다부지고 강해졌다. 그와 팔짱을 끼고 걸으면 내게로 기이한 영향력이 전달되곤 했다. 그건 그가 지닌 용기 때문이었다. 상대에 비해 힘이 3분의 1만 되면 누구라도 이길 수 있다는 그의 용기. 그 '3분의 1'은 내게도 인생의 틀을 바꿔 줄 거라는 예감을 갖게 하였다. 세네카의 모의 해전을 들고 그를 찾아간 것은 오히려 나였다. 우리는 모의 해전으로 몇 차례 생각을 나누었다. "열일곱 살은 창(槍)을 손에 쥐고 있는 나이지." 양키 시장의 막걸리집에서 우흠이 말했다. '그럼, 창이 자퇴란 말이야?' 나는 조어등 밑에서 꾸벅꾸벅 졸고 있었다.

"야, 우리가 보통 우정이냐? 당연히 통영까지 데려다 줘야지."

우흠이 떠나기 전날 나와 도토리는 그의 하숙집에 모였다. 도토리와는 거의 반년 만에 만났다. 녀석은 잔치라도 벌어진 듯 신나게 떠들었다. 우흠을 통영까지 배웅해 주겠다는 녀석의 의리에 감동했지만 나로선 학교가 문제였다.

"난 샘한테 할머니가 작고하셨다고 말할 거야, 낄낄. 우리 불독이 웬만해선 믿지 않거든."

아, 그렇구나. 나도 강구에 계시는 외할머니가 돌아가셨다고 하면 되겠구나. 예순 살밖에 안 된 할머니에겐 죄송하지만 나도 떠나는 우흠에게 손을 흔들어 주고 싶었다. 우흠은 가져갈 짐이 별로 없었다. 가방 하나에 입던 옷만 챙겨 넣었다. 교과서와 노트는 고물상에 넘겨달라며 하숙집 주인에게 부탁했다고 한다. 나는 집으로 돌아와 비상금을 모조리 긁어 냈다. 지난 설에 받은 세뱃돈과 용돈과 차비를 헤아려 보니 모두 5만 6000원이었다. 아침에 학교로 가서 담임에게 울상을 지으며 외할머니가 위독하고 어쩌고 하여 조퇴를 받는 데 성공했다. 교복과 가방은 악기실에 숨기고 교문을 빠져나왔다.

우리는 두 시간 동안 버스를 타고 가서 마산에 내렸다. 마산터미널에서 얼마간 어슬렁거렸다.

어른들이 쌀쌀한 눈으로 자꾸 돌아보았다. 가출 소년 셋은 좀 위축이 되었다. 사복을 입고 있었으나 어린 티를 감출 수 없었다. 터미널 근처 식당에서 점심을 후다닥 먹어 치우고 통영행 버스에 올랐다.

목적지인 통영에 도착한 것은 오후 4시가 조금 넘어서였다. 난 통영이 처음이었다. 창원 아래에 위치하고 지형이 섬처럼 생긴 작은 항구라는 것만 알았다. 버스가 바다 어귀로 들어서자 넓은 도시가 나타났고 초입에 터미널이 있었다. 터미널 하차장은 포장을 안 해 놓아 군데군데 흙탕물이 고여 있었다. 갯냄새가 미미하게 흘러 다녔다. 야트막한 산이 보여선지 부두는 근방에 있을 것 같지 않았다.

이토록 멀리까지 여행한 적이 없다는 생각이 들었다. 따져 보면 고향인 강구까지와 비슷한 거리지만 지금은 바다를 건너온 것처럼 아득했다. 차량의 낯선 번호판들, 해풍 탓인지 키가 작은 가로수들. 알록달록한 여자들의 옷차림도 생소했다. 곧 있을 작별 때문일 것이다. 우리는 주위를 두리번대며 터미널 밖으로 나왔다.

"야, 멋지네. 작고 음침한 뻐꾸기 집 같은 도시야. 무슨 괴상한 사건이 터질 것 같지 않냐?"

도토리가 양손을 번쩍 들고 소리쳤다. 터미널 밖은 바로 중심 도로였다. 길 건너에는 소도시 특유의 성냥갑 같은 건물과 작은 상점들이 괴죄죄하게 늘어서 있었다. 녀석이 매점으로 뛰어가 뭔가를 사 왔다. 콜라인가 했더니 담배였다.

"다들 한 대씩 꽂자구. 요걸 길에서 빨아 보는 게 일마 만이냐."

도토리가 담배를 한 개비씩 돌렸다. 우리는 조금 활기를 되찾았다. 털이 새카만 개 두 마리가 지나갔고 교복 입은 여고생들이 가면과 피리를 들고 화원 앞에서 꽃을 고르고 있었다.

셋이서 터미널 앞길을 걸어 사거리까지 왔을 때였다. 우흠은 여기서 헤어지자는 눈치를 보였다. 통통한 청색 가방을 고쳐 메고는 둘을 돌아보며 입술에 웃음을 띠었다. 그렇다. 이제 헤어져야 할 것이다. 나와 도토리는 바로 버스에 올라 대구로 돌아가야 한다. 벌써 해가 설핏한 데다 길도 모르는 처지에 부두까지 가기는 무리였다. 마산으로 가서 버스를 바꾸어 타려면 시간이 빠듯했다. 도토리도 이별이네, 하는 듯 뻣뻣이 굳은 입술에 담배를 꽂았다. 문득, 지금이 마지막 기회라는 생각이 머리를 때렸다. 우흠에게 '가지 마.' 하고 만류할 수 있는 마지막 몇 초. 여기서 각기 반대 방향으로 한 걸음만 떼면 영영 다른 길을 걷게 된다. 지금은 바로 곁, 손을 잡을 수 있는 지척에 있지만 하루하루 지날수록 점점 벌어져, 어느 때가 되면 지도상으로나 위치를 짐작해야 할 만큼 서로 아득히 떨어져 살아갈 것이다. 우흠과 내가, 우흠과 도토리가. 시한폭탄처럼 초시계가 머릿속에서 째깍째깍 소리를 냈다.

"우흠아, 내 말 좀 들어 볼래?"

조금 긴 머리카락을 손으로 훑으며 우흠이 나를 돌아보았다. 그의 큰 눈망울에 속눈썹이 길어 보였다. 내 가슴이 먹먹했다.

"우흠아, 우린 아직 어려. 아무것도 몰라. 너 누구하고도 상의하지 않았잖아? 나중에 후회할 거야."

우흠은 운동화 뒤축으로 튀어나온 보도블록을 꾹꾹 눌렀다.

"후회라고? 그럴지 모르지. 우리가 지금보다 더 어렸을 때 하던 행동이 죄다 바보짓이었던 것처럼 나이가 들면 지금의 것도 후회할지 모르지. 진짜 가슴을 칠지도……."

"그러니까 말이야."

내가 목소리를 높였다. 옆에서 도토리가 라이터 불을 튕기며, "야, 담배 한 대 지르고 학교로 돌아가자. 며칠 결석한 거 아무것도 아니라고." 소릴 질렀다. 우흠이 고개를 젖히고 낄낄 웃었다.

"후회할 게 분명히 있겠지. 그렇지만 형주야, 난 깡패보다 뱃놈이 되는 게 더 낫다고 믿는 지금 마음은 절대로 후회하지 않을 거 같다. 10년이 지나도 20년이 지나도. 이게 지금 내 마음이야. 난 여기에 따라야 한다고 생각해. 물론 네 말대로 다른 사람과 상의해서 더 좋은 선택을 할 수 있겠지. 하지만 선택의 여지는 그리 많지 않아. 형들에게 도끼를 갖다 주면서 내 손목을 자르라고 할 수는 있지. 벗어나려면 그 정도는 각오해야 되는 거 알지? 아니면 아주 딴 지방으로 도망치는 것도 가능해. 삼척이나 목포쯤 가면 될까? 하지만 거기서도 별로 다르지 않을 거라 생각해. 주먹을 쓸 수밖에 없는 상황은 또 생길 거야. 견디다 못해 난 다시 치졸한 영웅심에 사로잡혀 대항할 거고. 난 그런 유혹에서 벗어나지 못할 것 같아."

우흠의 말은 가슴을 아프게 했다. 그래도 난 머리를 흔들었다.

"바다라고 다를 거 같아? 학교에서 이상한 일이 벌어지는 것처럼 바다도 비슷할 거라 생각해. 네가 학교에 좀 더 적응하면 좋겠어."

"여긴 어른들이 있는 곳이야. 그리고 바다잖아. 무시무시한 대자연과 마주하게 돼. 사나운 파도가 몰아치고 배는 언제 침몰할지 몰라. 고기를 잡아야만 먹고살 수 있어. 물론 갈등이 있겠지만, 적어도 정의감이니 영웅심이니 하는 따위는 바다 앞에서 아주 초라한 꼴이 되고 말지. 난 자연으로 들어갈래. 생각보다 자연이 내게 더 어울릴 수도 있어. 형주야, 내가 몇 십 년이 지나서 초라하게 늙어 가는 어부가 되더라도 지금의 결정이 나빴다고 생각하지 않을 거야."

고개를 왼쪽으로 돌리면 건물 끝으로 바다를 볼 수 있었다. 나는 더 말하지 않았다. 손으로 그냥 그의 어깨만 세게 쳤다. 벙거지 모자를 쓰고 지나가는 사내가 우흠에게 부두로 가는 길을 가르쳐 주었다. 20분쯤 걸린다고 했다.

나는 주머니에서 비상금을 꺼냈다. 집으로 돌아가는 버스비만 빼고 우흠에게 다 주려고 했다. 우흠은 한사코 받지 않았다. 돈을 들고 실랑이를 벌이다 그만두었다. 연약한 감정과 단절하려는 그의 결심이 와 닿아서였다. 우리는 사거리 신호등 앞에 서 있었다. 여기서 작별하는 것이다. 서로 포옹할 때 눈시울이 뜨거웠다. 도휘도 눈물이 나는지 어깨를 뻐딱하게 돌리고 하늘을 올려다보았다.

"시발, 아버지 죽었을 때도 안 울었는데……. 잘 가. 몸조심하고."

"응. 너희들 여기까지 온 거 잊지 않을게."

"대구에 오면 꼭 연락해야 한다."

"그래. 꼭 그럴게."

내 말에 우흠이 치아를 드러내고 웃었다. 그러나 다시 만날 것 같지는 않았다. 어릴 때 어울려 지내다가 안타깝게 헤어지는 숱한 소년들처럼 우리도 그럴 것이다. 나무 기둥에 글자를 파거나, 몇 십 년 뒤 바로 이날에 해후하자고 손가락을 걸고 약속하지만, 어느 나무에 글자를 새겼는지 만날 날짜가 언젠지를 까맣게 잊고 만다. 우리도 그 같은 전철을 밟을 것이다. 그런데도 나는 우흠과 헤어지는 이 순간, 뒤에 있는 낡은 3층짜리 빌딩의 간판과 그 옆 마켓의 이름을 머릿속에 담았다. 우리를 흘깃 보고 지나가는 날씬한 20대 여자의 얼굴과 하늘의 불그스름한 구름 빛깔을 기억하려고 했다. 다시 우리는 늠름하게 악수를 나누었다. 우흠이 뛰듯이 도로를 건넜다.

도휘는 직통 버스를 타고 대구로 돌아갔다. 통영에는 하루 두 차례씩 대구행 직통 버스가 있었다. 나는 도휘와 같은 버스표를 끊지 않았다. 마산에 친척 집이 있는데 온 김에 들러 볼 거라고 도휘에게 거짓말을 했다. 덜렁, 여기를 떠나고 싶지 않았다.

*

우흠이 떠남으로 내 이야기는 사실상 끝이 났다. 내 삶에서 가장 예민한 10대에 그는 항상 내 곁에 있지는 않았지만 내 모든 일에 관여했기 때문에 그가 없는 이야기는 그다지 의미가 없다. 이후에 남은 10대의 마지막 두 해도, 그래서 기록할 필요를 못 느낀다.

통영에서 우흠과 헤어진 뒤, 두 가지 흥미로운 에피소드가 있었다. 나는 그걸 이야기하는 게 옳다고 여긴다. 이 두 개의 에피소드는 우흠을 포함해서 내 10대의 면모를 정리하듯 보여 주기 때문이다.

통영에서 우흠이 부두로 떠나고, 도휘도 대구로 돌아갔을 때 나는 혼자 터미널에 남아 있었다. 나는 통영에서 걸어서 대구까지 가기로 마음먹었다. 대구까지는 아주 멀어, 당시 내 생각으로는 아마 일주일쯤 걸리겠지 싶었다. 왜 걸어가려고 했는지는 모른다. 바다로 떠난 친구의 아픔에 나도 동참하겠다는 것만으로 이유가 설명되지 않는다.

"나침반이야."

도휘가 버스에 오르기 직전에 손목시계 모양의 동그란 나침반을 내게 주었다. 나는 의아한 눈으로 이 난쟁이 녀석을 응시했다. 마산의 친척 집으로 갈 거라는 내 말을 믿지 않았던 것이다. 중학교 때, 몸이 후끈후끈 달아오르던 날 내게 가발을 빌려 주었던 것처럼 녀석에게 기묘한 직관력이 있는 것 같았다. 요즘도 주머니에 별별 것을 다 넣어 다니는 눈치였다. 난쟁이 녀석은 지금이 마젤란의 시대라도 되듯이 "북쪽으로 계속 걸으면 대구가 나온다고." 하고 말했다.

나는 무작정 북쪽을 향해 걸었다. 날씨가 좀 쌀쌀했지만 걷다 보니 오히려 땀이 날 정도였다. 간간히 나침반을 들여다보며 방향을 가늠했다. 대구와의 거리가 얼마나 좁혀졌는지 알 수 없었다. 가끔 나타난 이정표에도 내가 아는 지명은 없었다. 도로변에 있는 식당으로 들어간 게 밤 8시쯤이었다. 주문한 찌개가 나왔을 때에야 집이 걱정되었다. 어머니가 나를 찾고 있을 것 같았다. "학교에 무슨 일이 생겼니? 어디 연락할 곳이 있나 찾아봐." 형이 빈정댈 테지. "관두세요, 엄마. 애가 철이 없어서 그래요. 지금쯤 어디서 가로수나 붙잡고 눈물 흘리고 있을지 모르죠." "왜?" 어머니가 눈을 동그랗게 뜬다. "그걸 어떻게 알아요? 제 방 놔두고 지하실에서 책 읽는다고 헛 폼 잡는 놈인걸요 뭐." "아하, 그러니?" 어머니는 웃음으로 형의 빈정거림에 동조하고 말 것이다. 그러면서 저녁상에 내 몫으로 자반고등어 몇 점을 남겨 놓았을 테다. 하지만 그런 염려는 시간만 지나면 아무것도 아닌 사소한 종류다. 난 약간 정신적인 뜨거움에 휩싸여 있었다.

언제부턴지 사위는 캄캄했다. 어둠이 너무 지독해서 눈을 감고 있는 거나 다름없었다. 난 이런 밤을 경험해 보지 못했다. 완벽한 칠흑 속으로 이따금 불빛 덩어리를 몰고 지나가는 차량들이 내가 도로 위를 걷고 있다는 사실을 알려 주었다. 밤 11시쯤에 소읍 하나를 만났다. 아스팔트 양쪽으로 손꼽아도 될 만큼 작은 수의 상점들이 늘어선 곳이었다. 주위가 어두운 탓에 손바닥처럼 작은 소읍은 밤의 세상 한가운데 있는 것처럼 보였다.

허름한 건물 2층에 노란 여인숙 간판이 걸린 게 눈에 띄었다. 꽃무늬로 장식된 유리문을 여는데 가슴이 조마조마했다. 여인숙 주인은 중년 여자로, 엄청나게 살이 쪄서 질릴 정도였다. 그녀는 파자마의 허리 고무줄을 팅팅 당겼다 놓으며 어디서 왔냐고 물었다. 나는 대구라고 하려다가 통영이라고 작은 소리로 대답했다. 방 값은 3000원이었다. 조개 딱지만 한 방이라 무척 비싸다고 종알거렸지만 이미 돈을 지불한 뒤였다. 방에는 발 고랑내가 났고 벽에는 담뱃불을 문질러 끈 시커먼 자국이 여기저기 묻어 있었다. 주인 여자가 간 뒤 나는 방바닥에 풀썩 앉으며 "여인숙쯤이야 쉽게 이용할 수 있지." 하고 거만하게 씨부렁거렸다. 조금 후, 주인 여자가 다시 문을 열고 생글생글 웃으며 이불과 칫솔과 재떨이를 넣어 주었다.

자정이 넘었는데도 여인숙은 무척 시끄러웠다. 사람들이 슬리퍼를 질질 끌고 다녔고 부술 듯이 문을 쾅쾅 열고 닫았다. 어느 방에선 암늑대처럼 울부짖는 여자 목소리가 들렸다. 화장실에 가는 척하며 살그머니 복도로 나와 보았다. 소란스럽게 슬리퍼를 끌고 다니는 놈들은 어처구니없게도 내 또래였다. 머리는 장발이었지만 지껄이는 투나 여드름투성이인 얼굴이 10대라고 자백하고 있었다. 참 요상한 일이었다. 시골 여인숙에도 애들이 투숙하고 있으니. 언젠가 평일에 조퇴를 해서 교문을 나왔을 때 교복 입은 학생들이 거리에 돌아다니는 걸 본 적이 있었다. 우리 동네 만화방에도 서너 명은 꼭 있었다. 도대체 학교를 다니지 않는 놈들인가. 하여간 놈들은 밤새도록 슬리퍼를 끌고 다녔다. 심지어 새벽에 어떤 놈이 내 방문을 똑똑 두드리기도 했다.

다음 날 아침에 늦게 눈을 떴다. 여인숙은 쥐 죽은 듯이 고요했다. 북적대던 애들도 온데간데없었다. 어젯밤에 투숙했던 여인숙이 맞나 아리송할 지경이었다. 지난밤에 세상의 한가운데 있는 아름다운 마을처럼 보였던 소읍은 볼품없는 시골 동네에 불과했다. 100미터가량 되는 거리에 농기구상, 전파사, 치킨집, 약국, 우체국이 먼지를 덮어쓰고 있었는데, 손님이라곤 한 사람도 드나들지 않았다. 나는 집에 전화를 걸려고 우체국으로 들어갔다. 우체국은 문구점처럼 작았다. 어릴 때 고향에서 할머니가 급한 일이 생기면 대구에 사는 아버지에게 전보를 쳤던 게 기억났다. 전보 문구란 죄다 암호 같

아서 뜻을 파악하려고 애쓰다 보면 괴상한 미궁에 빠져 헐떡거리게
된다. 나는 전화를 걸지 않고 전보를 쳐야겠다고 작정하고 창구 직
원에게 다가갔다.

"전보를 치게요? 여기에 내용을 간략하게 적으세요. 열 자가 넘
으면 돈이 올라가요."

우리 집 주소를 적고 칸이 나눠진 전보 용지에 이런 아리송한
문구를 써 넣었다.

　나.찾.마.오.일.내.필.귀.가.

나를 찾지 마세요. 5일 안으로 꼭 귀가할 겁니다. 란 뜻이었다.

봄볕은 따스했다. 아무것도 심지 않은 들판에서 아지랑이가 먼
지처럼 뿌옇게 피어올랐다. 논둑 위를 걷기도 했다. 물이 보이지 않
는데도 땅 밑에서 물 흐르는 소리가 쉼 없이 들려왔다. 오전에 우체
국에서 나와 숄더백을 하나 구입했는데 과자 몇 봉지와 써니텐을
사서 넣어 놓았다. 과자를 와삭와삭 씹으며 북쪽을 향해 걸었다.
느릿느릿 걸음을 옮기는데도 멀어 보였던 고갯마루가 어느새 눈앞
에 와 있곤 했다. 걷다가 뒤돌아보면 내가 지나온 지점이 지평선에
닿을 만큼 아뜩히 떨어져 있었다. 한적한 마을과 들판, 완만한 고
개, 쿵덕쿵덕거리며 지나가는 경운기를 보면서 하염없이 뻗은 길을
걸었다.

나는 이토록 오랫동안 걸은 적이 없었다. 걷는 데는 꽤 자신이
있었지만 오후가 되자 발바닥이 아팠고 허리가 빠근했다. 어제와

오늘 내가 걸은 거리가 얼마나 될까.

사춘기의 마지막을 이렇게 통과한다고 여겼던가. 이 도보가 학창 시절의 마지막 유적이 될 거라고 생각했다. 발바닥이 아팠고 고독했지만, 젊은 날의 끝을 이렇게 보낸다는 느낌이 좋았다. 훗날 대학생이 되어도 여전히 젊겠으나 10대의 어린 젊음과 다르지 않을까. 그래선지 한두 해밖에 지나지 않은 10대의 기억이, 영원한 추억처럼 아스라이 떠올랐다.

아, 잔느. 고등학생이 된 후로 잔느를 딱 한 번 만났다.

나의 집에서 보면 측후소와 반대편으로 대중목욕탕이 하나 있었다. 어느 날 목욕탕에 갔다가 막 나오는데 건너편 피아노 학원의 문이 열리며 잔느가 나타났다. 그녀는 피아노 교본을 품에 안고 친구와 같이 방글방글 웃으며 나오고 있었다. 나는 그녀와 3초가량 손을 흔들어 인사를 나누다가 몹시 부끄러워서 뭔가를 두고 온 것처럼 목욕탕 문을 열고 도로 들어가고 말았다. 그 후로 나는 자주 피아노 학원 앞을 서성였다. 어떤 소녀에게서 그녀가 피아노 학원을 그만두었다는 소식을 듣게 되었지만 그녀를 우연히 만날지 모른다 싶어 꼭 그 목욕탕만 이용했다. 목욕탕에서 몸을 씻고 나와서는 학원 창문에 귀를 대고 피아노 소리를 엿들었다. 퐁당퐁당퐁당, 피아노 선율은 물이 바닥에 떨어지는 소리를 연상시켰는데, 그 기분은 뭐라 말할 수 없었다.

천재성을 지닌 게 틀림없는 진기섭은 어떻게 되었을까? 지난겨울, 집에서 레오나르도 다빈치의 소묘를 발견한 날, 그의 집으로 가보지 않았던 게 후회되었다. 좋은 붓을 하나 사서 기섭에게 선물할 생각을 왜 못했는지. 그는 미술의 천재였다. 기섭이 무심결에 보인 행동이 부원들을 얼마나 놀라게 했던가. 미켈란젤로를 데생하다가 복도로 나가서 유도부 장태의 따귀를 때린 어이없는 사건이 생각났다. 그 일이 있고 우리들은 녀석이 그리다 내버려 둔, 한쪽 눈이 없는 미켈란젤로 주위에 빙 둘러서서 마치 어떤 죽음을 애도하는 양 묵묵히 내려다보았다. 서로 말은 안 했지만 부원들은 그만큼 기섭의 솜씨를 인정했던 것이다. 어느 방학 말미에 기섭이 살아 있는 노란색을 내려다가 코피를 흘린 적도 있었다. 그날 노란 장미 위에 떨어지던 새빨간 핏방울을 잊을 수 없다. 노랑과 빨강의 그 강렬했던 원색 대비(對比)는 앞으로도 보지 못할 것이다. 어른이 되어 많은 유명 화가들의 미술 전람회에 가 본다 하더라도 말이다.

황시웅은, 뜻밖에도 지난해 10월에 신문에서 이름을 보았다. 전국체전의 항목별 메달 기록표에 '고등학교 창던지기 2등'으로 나와 있었다. 누구에겐가 황시웅이 Y고교 육상부에 들어갔다는 소식을 듣지 않았다면 동명이인으로 여겼을 거다. 씨름장에서 나를 가볍게 들어 매친 유도부 장태가 전국 대회에 입상하여 신문에 보도될 것 같아 스포츠 란을 자주 뒤적이던 중에 장태가 아니라 '황시웅'을 발견한 것이다. 기분이 묘했다. 질투심이 났고 허탈하기까지 했다. 무섭게 뱀눈을 번뜩이던 황시웅. 따지고 보면 황시웅이 애들을 직접 괴롭히진 않았지만 모든 사악한 짓의 배후였던 건 분명하니까.

이상하게 우흠은 별로 생각나지 않았다. 그가 타고 있을 15톤짜리 어선이 너울에 잠겼다 떠오르는 광경만 잠깐 스쳤다. 아마 망망한 대해에서 어선을 타고 있듯이 나도 아득한 길 위를 도보한다는 동일한 감정 때문인지 우흠이 따로 생각나지 않는 것 같다.

사실은 너무 지친 탓이었다. 태양의 위치로 보아 오후 4시쯤 되었다. 그즈음 나는 아무런 생각 없이 땅만 보며 터벅터벅 걸었다. 잔느도 기섭도 황시웅도 머릿속에서 지워졌다. 겨드랑이는 땀이 찼고 발바닥에 약간씩 경련이 일었다. 배가 고프면 길가에 퍼질러 앉아 숄더백에 넣어 둔 크림빵을 꺼내 먹었다.

앞서 말한 흥미로운 에피소드를 만나게 된 것은 그즈음이었다. 그러니까 내가 열여섯 살에 경험했던 괴상한 아이들을 회상하다 말고 허우적대며 걷고 있을 때였다.

나는 면 소재지 하나를 통과하고 있었다. 이전에 지나온 몇 개의 동네보다 규모가 컸다. 장날인지 사람들이 꽤 붐볐다. 아주머니와 노인들이 길가에 채소와 나물을 내놓고 앉아 있었고, 자전거에 강아지를 싣고서 팔러 나온 노인도 보였다. 카세트와 연결한 확성기에서 뽕빠뽕빠 유행가가 터져 나왔지만 파장이 가까워선지 상인들은 피로해 보였다. 면사무소 옆에 중학교가 있었다. 꽤 넓은 운동장으로 수업을 마친 아이들이 쏟아져 나왔다. 까만 교복들은 교문 밖으로 몰려나와 가방을 휘두르며 내달렸다. 이름을 부르는 소리와 웃음과 자잘한 욕설이 달리는 교복들 사이로 낭자했다. 교복들은 분식집으로 시장으로 골목으로 흩어졌다. 파장 무렵의 노곤한 어른들 틈으로 교복들이 스며들면서 동네가 아연 활기를 띠었다.

그런데 숄더백을 둘러멘 내가 중심 도로의 끝 무렵에 이를 때였다. 2층 건물이 끝나는 곳에 중학교가 하나 더 있는 것처럼 보였다. 거기서부터 이어지는 빈 농지(農地)에 까만 교복들이 모여 와자하게 떠들고 있었기 때문이었다. 아이들은 수백 명이나 되었다. 나는 놀라며 숄더백을 고쳐 맸다.

'쟤들이 언제 여기로 달려왔지?'

그것은 이상한 착시였다. 빈 농지에 북적대고 있는 것은 까만 교복의 학생들이 아니라 풀을 뜯어 먹고 있는 까만 염소들이었다. 언뜻 흑염소 떼를 학생들로 잘못 본 것이다. 수백 마리의 흑염소 떼는 꽤나 장관이었다. 내가 상가 끝에 잠시 머물며 염소 떼를 보고 있을 때, 뜻밖의 사태가 벌어졌다. 염소들이 아스팔트 위로 기어오르기 시작한 것이다. 밭에 있던 염소들이 검은 물처럼 밀려왔다. 공중에서 헬리콥터 한 대가 지나갔는데 그 굉음에 놀란 것 같았다. 뿔이 달린 숫염소와 암염소, 새끼 염소 수백 마리가 특유의 뻣뻣한 걸음걸이로 뒤뚱뒤뚱 도로로 올라왔다. 모든 염소들은 쏘아보는 듯이 눈동자가 빨갰다. 그 모양이 꽤 위협적이었다. 놀라서 움츠리고 있는 내 옆으로도 염소들이 지나갔다. 숫염소가 상가 앞에 세워 놓은 자전거를 넘어뜨렸다. 주인 남자가 긴 막대기를 휘두르며 달려왔지만 염소들은 막무가내였다. 경중경중 뛰어다니면서 아무거나 물어뜯었다. 어른들이 발을 구르고 고함을 쳐도 끄덕도 하지 않았다. 폐차 보닛 위에 올라가 있는 놈도 있었다. 암염소 몇 마리는 저쪽 면사무소까지 진출했다. 에헤헤, 에헤헤. 염소들의 소리와 어른들의 고함과 경찰의 호각 소리로 아수라장이 될 지경이었다. 얼마 뒤, 덩치 큰 숫염소가 폐차 보닛 위에서 뛰어내려 밭으로 몸을 돌렸다. 어찌 된 건지 중앙 도로를 습격했던 염소들이 느릿느릿 밭으로 돌아가기 시작했다. 온 동네가 한숨을 놓는 것 같았다.

'정말 괴상한 놈들이야.'

나는 알 수 없는 감흥에 빠져 있었다. 하마터면 염소 떼 속에서 어느 놈이 황시웅이고 어떤 녀석이 장태고, 또 우흠이고 기섭인지 찾을 뻔했다. 심지어 나까지도 말이다. 밭두렁에 앉아 낄낄 웃으면서, 어느새 푸성귀 밭에 흩어져 태연하게 풀을 뜯고 있는 교복 입은 염소들을 한참 동안 구경했다.

다음 날, 우흠과 헤어진 지 사흘째였다. 이른 아침에 여관을 나서면서 대구까지 가야지 결심하고 부지런히 걸었다.

아침 햇살이 온 대지에서 화사하게 빛났다. 산비탈 밭고랑에 숨어 있던 꿩들이 푸드득 날아올랐다. 나는 싸늘한 공기에 콧물을 훌쩍였지만 감기가 걸릴 정도는 아니었다.

정오가 지나자 갑자기 피로가 몰려왔다. 이제까지와 다르게 어떤 전조도 없이 몸이 무거웠다. 전날 너무 많이 걸었던 탓이었다. 걸음에 맞춰 엉덩이뼈가 제대로 움직이지 않았다. 일정한 보폭으로 걸음을 내딛자 엉덩이 통증이 조금 줄었다. 땅을 보며 걷는 데만 몰두했다. 다른 생각은 일절 하지 않았다. 뒤를 돌아보지도 않았다. 얼굴조차 옆으로 돌리지 않았다. 조금 있으면 논두렁에 앉아 대변을 누어야 할 거야, 그런 생각은 했다. 어깨에 걸려 있던 숄더백마저 없었다. 거치적거려서 버린 것 같았다. 도휘가 준 나침반은 주머니에 들어 있었다.

더 이상 걸을 수 없을 지경이 되었다. 발바닥에 경련이 일어나서 손으로 땅을 짚는 기분으로 걸음을 옮겼지만 그마저 힘들었다. 길가에 앉아 신발을 벗어 보았다. 양말에 피가 배어 있었다. 왼쪽 발가락에 물집이 잡혔고 터진 물집에서 피가 흘렀다. 발뿐이 아니었다. 대퇴골에도 통증이 느껴졌고 무릎 관절도 철사로 동여맨 듯 뻣뻣했다. 다시 일어나 악착스레 걸었다. 가게가 나타나면 빵을 사서 뜯어 먹었다. 허기는 채워지지 않았다. 몸에 있는 지방과 아미노산이 다 소진되었는지 모른다. 작은 어선을 타고 있을 우흠을 생각했다. 그러자 조금 힘이 났다. 허리가 구부러졌지만 견딜 만했다. 도로에는 덤프트럭이 자주 지나갔다. 트럭은 나를 뭉갤 듯이 굉음을 지르며 달려와 흙먼지를 퍼부었다. 공사 중인 비포장 길로 달려가는 트럭은 연기에 싸인 듯이 금세 사라졌다. 난 먼지투성이가 되었다. 안경에도 먼지가 덮여 앞이 희뿌옜다.

내가 있는 곳이 어딘지 알 수 없었다. 염소 떼를 만난 면 소재지보다 큰 읍내를 통과했고 헌병들이 지키는 검문소 앞을 지났다. 칠북, 월계, 학포, 귀명, 양동, 파서…… 거쳐 온 소읍의 이름들이다. 나중에라도 지도를 펼쳐 놓고 소읍의 위치를 찾지 않을 것이다. 소읍의 명칭은 내 몸의 이름과 같을 거다. 월계, 학포, 귀명, 파서…… 그것은 발가락이고 무릎 관절이고 대퇴골이었다. 그런 부위가 너무 아팠기 때문에 내가 통과한 소읍들은 마치 내 몸의 비유처럼 느껴졌다.

이제 두 번째 에피소드를 얘기할 때가 되었다. 이 일은 우연이겠지만 따지고 보면 우연이 아닐지도 몰랐다.

나는 거의 기진맥진한 상태로 들판을 가로지르는 송전탑 아래를 지나고 있었다. 굽이도는 길 끝에 큰 다리가 보였다. 다리 입구에 이른 나는 시내로 내려가는 좁은 길을 찾았다. 얼굴이라도 씻고 갈 참이었다. 내는 수량이 적어 바닥이 드러나 있고 물가의 흙은 얼음이 풀리는지 거품처럼 부풀어 있었다. 물은 생각보다 따뜻했다. 곁에 있는 바위도 오후 볕에 달아 있었다. 나는 쓰러지듯 바위에 누웠다.

눈을 뜨자 오슬오슬 추웠다. 잠이 들었던 것이다. 어디선가 흘러온 음식 냄새가 나를 깨운 게 틀림없었다. 냄새는 너무 향기로워서 마치 공중으로 긴 비단 천을 너풀너풀 풀어 놓은 듯했다. 교량 아래에 한 남자가 보였다. 4차선 도로가 깔린 교량 밑이라 남자와의 거리는 꽤 되었다. 남자는 돌로 아궁이를 만들어서 냄비를 괴어 놓았는데 냄비 안에 라면이 끓고 있다는 사실을, 내 후각이 쉽게 알아챘다. 남자는 두터운 잠바 차림이었다. 마흔 살쯤 돼 보였으나 헝클어진 머리카락과 검붉은 얼굴 때문에 잘 가늠하기는 힘들었다.

남자가 나에게 오라고 젓가락을 흔들었다. 난 안 간다고 머리를 저었지만 고소한 냄새가 콧속으로 들어와 아우성을 쳐서 일어나지 않을 수 없었다.

남자는 아카시아 나뭇가지의 껍질을 벗겨 내게 주었다. 남자가 든 젓가락도 나뭇가지였다. 남자는 냄비에 냇물을 끼얹고 라면 하나를 더 집어넣었다. 그러면서 한 마디도 입을 떼지 않았다.

라면을 먹는 동안에도 남자는 말을 하지 않았다. 상관없는 일이었다. 퉁퉁 불은 라면이 기막히게 맛있었다. 꾸부러진 젓가락으로 면발이 잘 집히지 않아, 그 때문에 라면은 맛있고도 애가 탈 지경이었다. 멀리 하류 쪽에 보이는, 저녁 이내가 깔려 푸르스름한 도시를 가리키며 내가 물었다.

"아저씨, 저기가 어디죠?"

"……."

"창녕인가요? 아님 고령인가요?

"……."

"대구는 아니죠?"

꽤 북쪽으로 올라왔기 때문에 대구 아래쪽에 있는 소도시 중 하나일 거라고 짐작했다. 남자가 대답은 않고 양은 그릇 가에 밥풀처럼 붙은 라면 동가리를 뜯어 먹고 있자 짜증이 났다.

"아저씨는 집이 어디예요?"

"……."

귀가 먹은 사람인 것 같았다. 귀머거리한테 질문하는 건 실례라는 생각이 들면서도 또 입을 떼고 말았다.

"잠은 어디서 자요?"

남자가 얼굴을 쓱 들었다.

"여기서."

"어, 어? 다리 밑에서요?"

그제야 남자가 귀가 먹은 게 아니라 거지인 것을 알아보았다. 얼룩이 진 외투는 여기저기 흙이 끼어 있었고 얼굴과 손등에도 때가 눌어붙어 새카맸다. 긴 머리카락은 뒤통수를 내려오면서 수염처럼 갈라지고 기름기가 번들거렸다. 다시, 남자는 거지가 아니라고 고쳐 생각했다. 왜냐하면 남자도 먼지 범벅인 나를 거지 아이로 볼 게 틀림없기 때문이었다. 내가 거지가 아니듯이 남자도 거지가 아닐 거다. 그렇담 왜 다리 밑에서 잠을 잘까? 세상에는 괴상한 인간들이 수두룩하다. 그저께도 여인숙에서 내 또래들이 밤새도록 슬리퍼를 끌고 다니지 않았나.

나는 찌그러진 양은 그릇에 깔린 라면 국물까지 샅샅이 훑어 먹었다. 배는 조금 불렀지만 국물 한 점도 남기기 아까웠다. 그릇을 내려놓으면서 남자가 거지인들 거지가 아닌들 뭔 상관이냐고 속으로 종알거렸다. 사람을 거지냐, 아니냐로 이등분하는 건 웃기는 짓이란 생각이 들었다. 목욕하고 새 옷을 입으면 단 몇 십 분 만에 거지로 보이지 않는 것이다. 날이 어두워지면서 기온이 급속히 내려갔다. 바람은 불지 않았지만 뺨에 들러붙은 공기가 여간 차갑지 않았다. 밤새 기온이 영하로 떨어질 모양이었다. 냇물도 내 몸도 얼어 버릴 것 같았다. 이따금 교량 위로 대형 트럭이 지나가는 소리가 들렸다. 남자는 주변에서 나무를 걷어 와 불을 지폈다. 나도 땔감을 주워 왔다.

그와 나는 작은 돌 위에 옹크리고 앉아 모닥불을 쬐었다. 우리는 한 시간 동안 한 마디 말도 나누지 않았다. 나는 남자가 무슨 생각을 하는지 알 수 없었다. 가끔 나를 힐끗 보기만 했다. 쌓아 놓은 나무가 불에 휩싸였다가 한 칸씩 주저앉으며 재로 변했다. 불이 약해지면 남자가 일어나 나무를 꺾어 왔다. 피곤한 데다 라면을 먹어선지 나는 졸음을 견딜 수 없었다.

"야, 불에 엎어지겠다."

남자가 내 어깨를 흔들었다. 내 운동화 끝에 불기가 닿아 고무 타는 냄새가 났다. 남자가 길고 두툼한 누더기를 내 뒤로 던졌다.

"여기 들어가 자. 오늘 밤만 빌려 줄게."

그건 슬리핑 백이었다. 시커먼 덩어리였지만 알아볼 수 있었다. 남자가 지퍼를 열고 모포 머리를 들추며 들어가 누우라고, 다시 소리쳤다. 영하 30도나 되는 눈구덩이에서도 슬리핑 백만 있으면 얼어 죽지 않는다는 얘기를 들은 적이 있었다. 나는 엉금엉금 기어 지퍼 안으로 몸을 욱여넣었다.

슬리핑 백은 한 사람용이었다. 큼큼한 냄새가 났고 발 쪽에는 뭔가 끈적끈적했다. 하지만 졸음이 쏟아져서 그딴 걸 따질 겨를이 없었다. 얼굴까지 모포에 넣기가 무섭게 잠에 곯아떨어졌다. 얼마나 잤는지 모른다. 생각보다 많이 잔 것 같지는 않았다. 집에서와 다른 감촉이 몸을 싸고 있어서 깨어난 것 같았다. 지퍼를 조금 열고 밖으로 얼굴을 내밀었다. 굵직한 나무에 모닥불이 타고 있었고 남자는 돌에 앉아 가슴에 턱을 꽂고 있었다. "아저씨, 아저씨." 큰 소리로 불렀지만 꼼짝도 하지 않았다.

새로 1시나 2시쯤 된 것 같았다. 사위가 지독히 고요했다. 습기를 머금은 찬 공기가 이마를 적셨다. 머리 위로 대형 트럭이 지나갔다. 4차선 도로가 난 넓은 교량 밑으로 굉음이 메아리처럼 울렸다. 밖에는 싸락눈이 내리고 있었다. 간간이 바람에 흩날린 싸락눈이 교량 밑으로 들이쳤지만 모닥불까지는 미치지 못했다.

나는 슬리핑 백에서 눈만 내민 채, 모닥불에 비친 남자를 자세히 보았다. 약간 꺼진 눈두덩, 턱밑의 염소수염, 불그스름한 콧등. 추운 듯이 팔짱을 꼭 끼고 있었고, 군복 바지에 흙 묻은 등산화를 신고 있었다. 의외로 남자는 젊었다. 30대 초반일까, 중반일까. 얼굴이 새카맸지만 이마가 반듯하고 코와 입술이 정연했다. 속눈썹도 길어 보였다. 한때 미남이었는지 모른다. 가족도 있지 않을까. 그런데 왜 이런 데서 밥을 먹고 잠을 자지? 이 교량 밑이 거처는 아닌 듯했다. 다른 짐이 보이지 않았기 때문이었다. 남자는 슬리핑 백 하나만 둘러메고 이곳저곳을 떠돌아다니는 모양이었다. 가다가 길가나, 논두렁이나, 다리 밑에서 자는 것 같았다. 짐승처럼 함부로, 유령처럼 홀연히.

내가 놀란 눈으로 다시 그를 살핀 것은, 그가 내게 슬리핑 백을 내주었다는 사실을 깨달아서였다. 불쑥 감동이 일었다. 눈만 내놓고 있는데도 눈동자가 얼어붙을 듯이 추운 밤이었다. 남자가 동상에 걸릴지 몰랐다. 추운 데서 잠이 들면 얼어 죽는다는 산악인의 글을 읽은 적이 있었다. 남자를 깨워야겠다 싶었다. 자리를 바꾸자고 해야겠다. 지퍼를 완전히 열고 슬리핑 백에서 나가려고 몸을 뒤챘다. '아저씨, 들어가 주무세요.' 권유할 말을 입술로 오물거리며 돌 위에 웅크린 남자를 건너보았다. 바로 그럴 때였다. 남자가 앉아 있는 자세와 똑같은 모습을 언젠가 본 것 같은 생각이 들었다. 이상했다. 환영처럼 등 뒤로 싸락눈이 춤을 추는 데다, 캄캄한 사위에서 모닥불이 오직 남자만 비추자, 그의 모습은 내 기억 속의 한 장면을 불러왔다.

그것은 오래전, 곤 씨의 모습이었다. 오 선생님의 동생인 곤 씨 아저씨. 태풍이 지나간 날, 곤 씨 아저씨는 야학생의 집 지붕 위에서 저렇게 앉아 있었다. 저런 모습으로 앉아 뒤집힌 양철을 고치고 있었다. 그러다 죽은 것이다. 지붕에 앉은 곤 씨의 마지막 모습을 내가 봤을 리가 없다. 그런데도 마치 목격한 것처럼 기억에 잠복돼 있는 게 놀라웠다.

옅은 불빛이 남자의 가슴 위로 너울거렸다. 얼굴이 오롯이 드러 났다가 희미해졌다. "아저씨는 왜 집을 나오게 되었나요? 무슨 일이 었어 짐승처럼 세상을 떠돌아다니는 거죠? 어째서 슬리핑 백을 내 게 주고 추위에 떨고 있나요?" 그가 듣고 있듯이 내가 말했다. 그의 대답을 들으려고 귀를 기울였다. 그때였다. 돌 위에 앉은 남자가 곤 씨 아저씨로 보였다. 지붕 위에 있다가 크레인이 내리칠 때, 마치 시 소에 앉은 듯이 하늘로 높이 솟구쳐 올라간 곤 씨가 지금, 이곳으 로, 홀연히 날아왔다. 지쳐 버린 내게로 와서 슬리핑 백을 안겨 주 고 자신은 저 밖에 앉아 있는 것이다.

후다닥 뛰쳐나가 그를 흔들어 깨웠다.

"아저씨, 슬리핑 백에 들어가 자요."

남자는 거슴츠레하게 눈을 떴다. 내가 다시 소리쳤다.

"곤 씨 아저씨, 곤 씨 아저씨! 일어나세요!"

"왜 나왔어? 어여 들어가 자라고."

남자가 까만 소맷부리를 들고 손을 내저었다. 나는 한참 동안 아 저씨 옆에 앉아 불을 쬐었다.

이튿날, 눈을 뜨자 머리맡이 훤했다. 남자는 이른 새벽에 잠을 깬 건지 나무를 더 구해서 불을 지펴 놓았다. 날씨가 무척 쌀쌀했 다. 다리 바깥으로 눈이 쌓여 있었다. 나는 게으르게 슬리핑 백 안에서 눈만 내밀고 남자가 밥하는 것을 내다보았다. 어디에 쌀이 있었던지, 남자는 지난밤에 라면을 끓였던 냄비에 쌀을 안쳤다. 반

찬은 있는 것 같지 않았다. 나는 몸을 꿈틀거려 주머니에서 돈을 꺼냈다. 돈은 별로 쓰지 않아 4만 6000원이 남아 있었다. 4만 원과 도토리가 준 나침반을 슬리핑 백 안에 놓고 밖으로 나와 지퍼를 잠갔다. ·

불 옆에 다가가 손을 비볐다. 불꽃이 세차 냄비는 금방 끓을 것 같았다. 물가에 살얼음이 덮여 있었다. 나는 냇물에 손만 씻고 세수는 하지 않았다. 나뭇가지를 분질러 젓가락 두 쌍을 만들었다.

다리 밑에서 아득히 보였던 도시는 창녕도 아니고 대구도 아니었다. '삼랑진'이었다. 밀양 아래쪽에 있는 읍 소재지다. 내가 북쪽이 아니라 동쪽으로 비스듬히 걸었던 모양이었다. 길을 물어 삼랑진역을 찾아갔다. 역 매표소 창구에서 대구행 비둘기표 한 장을 달라고 하자, 창구 직원이 나를 보더니 돈부터 꺼내라고 노골적으로 요구했다. 내 몸은 더럽기 짝이 없었다. 옷에 흙이 묻어 있고 사흘간 한 번도 세수를 하지 않았다. 나는 명랑하게 웃으며 1000원짜리 지폐 몇 장을 꺼냈다. 개찰구를 통과해서 플랫폼으로 나갈 때까지 역무원이 서너 걸음 뒤에 처져 나를 따라다녔다.

열차는 대구를 향해 내달렸다. 지난밤에 단잠을 잤는데도 피로가 잔뜩 엉겨 있었다. 허리와 엉덩이가 빠근했다. 그런데도 머릿속은 물처럼 투명했다. 이상하게 시력도 좋아진 듯 멀리 산 아래의 작은 집들까지 말끔히 보였다.

비둘기호는 자주 서행하거나 멈추곤 했다. 뒤따라오는 새마을호가 앞지르기를 할 때는 들판에서 10분씩 정차를 했다. 나는 객차 밖으로 나갔다. 객차와 객차 사이에 있는 탑승구의 문을 열고 바람을 맞았다. 열차가 천천히 가는 듯하지만 맞바람이 세찼다. 험악한 산을 빠져나오자 멀리 나타난 도시가 대구였다. 파도치듯 광활한 구릉들 사이로 펼쳐진 거대 도시는 시야의 절반을 채웠다.

여기서 막판으로 치닫는 내 이야기를 잠시 멈춘다.

세수를 안 한 새카만 얼굴로 비둘기호를 타고 가던 열여덟 살로부터 많은 세월이 흐른 뒤에, 어느 늦봄 나는 수원에 가 있었다. 수원문화회관에서 열린 학술 대회에 참석하던 중이었다. 난 이때 마흔을 훌쩍 넘긴 나이였다. 1부를 마치고 2부 행사를 기다리며 동료들과 잡담을 하고 있는데 아내한테서 전화가 왔다. 아내가 이렇게 말했다.

"지금 어머님께 전화해 보세요. 당신이 수원에 간 줄 모르고 집으로 알려 왔어요. 중학교 동창생이 어머님 집으로 찾아왔다 하시더라고요. 어릴 때 집에서 같이 잠도 잤던 가까운 친구였다는데……"

순간 나는 그가 우흠임을 직감했다. 아내의 말 속에 어머니의 음성이 아니라 우흠의 모습이 어른거렸다. 왔구나! 우흠이 나를 만나러 대구에 왔어. 숨이 막혔다. 이때까지 나의 옛 집은 기상대로 이름이 바뀐 측후소 옆에 그대로 있었다. 정말 다행이었다. 난 결혼한 뒤로 대구 남부에 살고 있었다. 아내는 친구가 저녁에 다시 오겠다면서 대문을 나갔다는 어머니의 말을 내게 전했다. 우흠이 어떻게 변했을지 몹시 궁금했다. 무슨 옷을 입고 왔는지, 목소리는 어땠고 얼굴 빛깔이나 머리카락은 또 어떠했는지……. 통영에서 헤어진 뒤로 우흠을 만난 적이 없었다. 내가 친구를 얼마나 사무치게 그리워했는가는 일일이 표현하지 못한다. 집에 들어올 때마다 대문에 걸린 편지함부터 살피는 습관이 박혔을 정도였다. 그가 우리 집 주소를 가져가지 않았다는 사실을 알면서도 말이다. 거리에서 키와 곱슬머리 같은 뒷모습이 비슷한 남자를 뒤쫓다가 우흠이 아닌 것을 확인하고 발길을 거둔 날에는 꿈속에서 그를 만나기도 했는데 그러면 나의 허망한 가슴이 조금이나마 채워지는 기쁨을 누렸다. 많은 시간이 흐른 뒤에 딱 한 번 우흠의 소식을 들었다. 동창생 한 명이 군(軍)에서 그를 본 적이 있다는 것이다. 파주에서 매복 훈련을 받던 중에 다른 부대원들 틈에 있는 우흠을 봤다고 했다. 도희가 달려와 그 얘기를 내게 전했다. 아, 우흠도 군에 갈 나이가 되었구나. "매복 훈련을 하던 중이라면 철모에 풀을 꽂고 얼굴도 시커멓게 칠했을 거잖아. 어떻게 우흠인 걸 알았대?" 내가 다그쳐 묻자 도희는 "그 녀석 말이, 우흠처럼 보여서 큰소리로 이름을 부르니까 마주 보고 손을 흔들더라 하던데……." 하며 자신 없어 했다. 하지만 난 그가 무사하다는 실낱같은 풍문을 믿고 싶었다.

우흠의 얼굴과 옷차림이 어떠했는지 물으려고 어머니에게 전화를 걸려다가 멈칫, 했다. 갑자기 두려웠다. 바다 햇살에 온몸이 탄 어부이지 않을까. 파도와 싸우다 돌이킬 수 없는 부상을 입었는지도. 휘청거리는 내 머릿속으로, 통영에서 작별할 때 우흠이 하던 말이 세차게 떠올랐다. 초라하게 늙은 어부가 되더라도 후회하지 않겠다던 그의 말이. 현재의 모습이 무슨 상관일까? 초췌한 어부가 아니라 세계를 누비는 원양어선의 마도로스가 되었는지도 모를 일이다.

나는 세미나 2부 행사에서 토론자로 지정되어 있었지만 양해를 구하고 바로 수원역으로 가서 KTX를 탔다. 우흠이 오기 전에 먼저 집에 도착해야 할 것 같았다. 그가 벨을 누를 때 내가 대문을 열고 나가 양손을 번쩍 들고 그와 포옹하고 싶었다.

조금 있으면 열차는 대구에 도착한다. 그때는 비둘기호를 탔고 이제는 KTX를 타고 있다. 아니다. 휴대전화를 받고 달려올 때는 반짝거리는 KTX를 탔고 지금은 비둘기호의 낡은 녹색 좌석에 몸을 싣고 있다. 둘의 느낌이 비슷하다. 수원에서 하행선을 타고 내려오고, 삼량진에서 상행선으로 올라가는 것만 다를 뿐이다. 10대와 40대의 차이는 전혀 느껴지지 않는다. 어느덧 열차는 시가지로 진입하고 있었다.

대구에는 중심부에 역이 하나 더 있다. 난 유서 깊은 그 역에 내려서 집으로 가는 버스를 탈 생각이었다. 중심부 역에 이르기 5분 전에 철도 건널목이 있던 지점을 통과한다. 난 좌석에서 일어나 통로로 나왔다. 먼지 범벅인 옷을 털지 않고 새카만 얼굴도 닦지 않았다. 좀 있으면 건널목 왼편과 오른편으로 내가 3년 동안 걸어 다닌 골목을 보게 된다. 건물들 틈새로 곧게 펴진 실처럼 길게 놓여 있는 그 지름길을. 내 10대와 함께한 그 좁은 골목들. 신성소극장과 송라 시장, 철도 담장에 붙어 있는 레고 마을, 수산물 공판장, 그리고 측후소와 중앙중학교도 시야에 들어올 것이다.

지금 내가 레일 위를 미끄러지면서 지난 3년간의 골목을 만나듯이, 훗날, 내 삶의 어느 날에, 아주 비통하거나 몹시 기뻐서 들떴을 때, 마치 지금처럼 내 열여섯 살의 유적들을 만날 날이 올 것이다.

그때가 되면, 지금 그렇듯이 내 열여섯 살 전후의 모든 것이 가슴 벅차게 그리울 거다.

처을쿵, 처을쿵. 비둘기호가 속도를 늦췄다.

작가의 말

오랫동안 10대의 이야기를 쓰는 것을 주저했다.

그 이유는 두 가지쯤으로 요약된다.

많은 이들에게 그렇듯이, 내 삶의 근거도 죄다 10대에 쏠려 있어 그것을 도려내면 마치 허물만 남은 매미나 뱀처럼 나 자신이 말라 비틀어질 것 같은 불안감이 들어서였다. 난 소설을 쓸 수 있는 막바지 나이에 이르러 10대를 호출하고 싶었다. 무려 일흔 살이 되어서 자신의 10대를 꺼냈던 작가 뒤라스도 있었지 않은가.

다른 이유는 내가 살아온 10대 중반을 충분히 알 수 없지 않느냐는 점이었다. 열여섯 살 당시에도 그랬지만 지금 돌아보아도 그 시절은 미혹이자 미궁이었다. 전 생애의 뿌리가 어찌 단순하겠는가. 그렇다. 그때는 모든 것이 육체에 숨어 있을 뿐이었다. 겉으로 보면 내 몸이 느닷없이 커지고 살이 텄다. 사실은 주위의 세계가 몸속으로 흘러 들어왔기 때문이다. 나는 그것을 종종 느꼈다. 이를테면 돌과 꽃과 가게들의 지붕과 여자들이 나에게로 들어와 오장육부를 부풀게 했고 마치 내가 키가 커진 것처럼 여기도록 했다. 그러나 며칠이 지나면 천연덕스럽게 그 위로 살갗이 덮이고 비듬이 생겨 자신마저 몸이 커진 이유를 몰라보게 만들었다.

자연은 세계의 속살을 우리 몸에 투여하고도 우리가 알아차릴 수 없게끔 비밀로 봉합했다. 그래서 우리는 아무것도 간파하지 못한 채 거실 문기둥에 눈금을 만들어서 키가 몇 센티미터나 자랐는지에 대해서만 궁금했던 것이다.

이제 나는 안다. 소년에서 성년으로 나아가는 그 길이 왜 이토록 이지러져 있었던가를. 좁은 골목의 모퉁이마다 어둡거나 찬란한 빛이 번쩍이고 있었던가를. 온갖 상처로 얼룩진 구불구불한 그 골목에는, 사실 우리 인생의 먼 비밀과 영원한 향수가 어려 있으며 영혼의 사금파리가 박혀서 지금까지도 빛을 뿜고 있음을 고백하지 않을 수 없다.

내 안에 있던 10대를 밖으로 내보낸다. 사뭇 삶의 한토막이 빠져나간 것처럼 텅 빈 느낌이 들어 당황스럽다. 그러나 작품 하나가 주는 이 텅 빈 느낌을 앞으로도 오래 기억하고 싶다.

2014년 봄
고산골에서 엄창석

젊은 눈으로 본 세계에 대한 보고서

이하석(시인)

엄창석을 새롭게 보게 된 것은 2006년 실천문학사에서 발간된 소설집 『비늘 천장』을 읽고서였다.

그를 만난 건 물론 그 전부터이다. 사소한 모임 중의 한 자리에서 《동아일보》 신춘문예로 등단한 지 얼마 지나지 않은, 꽤 '당돌해' 보이는 청년이 나타났다. 이후 그는 우리 시인족들과 이따금 어울리기도 했는데, 소설가 특유의 입담을 가지고 있다는 느낌을 늘 주었다. 끊임없는 호기심으로 주변의 일들을 기웃거리면서 다변을 쏟아내는 장광설의 면모를 보여 주기도 했다. 그런 면모는 지금도 거의 변함이 없는 듯하다. 지금은 약간 나이 든 중년의 모습을 보이지만, 호기심의 분출과 다양한 시각에서의 급한 논리 전개는 여전해서 때로는 소년 같은 느낌을 줄 정도다. 아무튼 등단 이후 그는 소설집 『슬픈 열대』, 『황금색 발톱』, 장편소설 『어린 연금술사』 등을 냈다. 그때까지는 비교적 차분하게 사실적인 문체를 구사하는, 범상치 않은 작가 정도로만 이해했다.

그러나 『비늘 천장』을 읽고 그의 비범한 상상력과 치밀한 묘사력으로 구축된 심각한 세계를 놀라움으로 들여다보게 되었다. 존재와 신, 운명과 우연, 의식과 무의식의 대립된 세계를 집요하게 파헤치고 있었으며, 아울러 예술과 예술가라는 주제 추구를 통해 인간 존재의 정체성을 짚어 보였다. 그의 소설은 무거운 주제와 함께 엄격한 장인 정신으로 직조된 우아한 문체를 자랑하는 말의 구조를 보여 준다. 사실주의적 문체와 결부된 그의 수사적 태도는 가볍고 표피적이며 감각적인 젊은 세대들의 문체와 구별된다. 인간의 근원적인 존재라는 심각한 문제는 최근의 젊은 소설가들에게 찾아보기 힘든 주제다. 그는 그러한 주제를 집요하게 추적하는 끈기와 더불어 그럼에도 불구하고 그 주제를 아주 능숙하게 이야기꾼의 말솜씨로 드러냄으로써 잘 읽히는 기법을 구사하고 있다.

그가 이번에 선보이는 소설 『빨간 염소들의 거리』는 성장소설 형태를 취하면서도 주제는 여전히 존재의 성찰이라는 삶의 근원에 직면해 있다. 이 소설은 마지막에 주인공 '나'가 말하듯,

지금 내가 레일 위를 미끄러지면서 지나간 3년간의 골목을 만나듯이, 훗날, 내 삶의 어느 날에, 아주 비통하거나 몹시 기뻐서 들떴을 때, 마치 지금처럼 내 열여섯 살의 유적들을 만날 날이 올 것이다. 그때가 되면, 지금 그렇듯이 내 열여섯 살 전후의 모든 것이 가슴 벅차게 그리울 거다.

라는, 10대의 유적을 새롭게 발굴하는 이야기이다. 그의 10대를 감쌌던 환경은 대구 중심부 인근, 신천변의 복잡한 골목이 있는 마을들이 중첩된 곳이다. 작가가 자라면서 경험한 지역을 이 소설의 배경으로 삼고 있는 듯하다고 여길 정도로 아주 밀도 있게 한 도시의 풍경을 그려내고 있다. 그때는 1970년대, 주인공 '나'가 "성인이 되어 돌아보면 언제나 그 시절은 소요상태였다."라는 그 소요의 시절이기도 했다.

아팠던 상처로부터 추억이 시작되는 수가 많은데, 엄창석의 소설에서는 '나(형주)'가 중학교 2학년 때 맞은 열차 사고로 어깨뼈가 심하게 다친 기억에서부터 시작된다. 이를 통해 공부 잘하는 '나'는 측후소에서 칠촌 아저씨가 말한 "하늘에도 생명이 있는 거 아니? 염소나 코끼리 같은 동물들이 하늘에 산단 말이야."라는 말을 이해하려는 인식 간의 간극을 뼈저리게 느끼는 심리적인 굴절을 겪는다. 그리하여 '나'의 10대의 기억은 "눈앞으로 몰려들던 낯설고 달콤한 풍경"들을 섭렵하면서, 겪으면서, 새롭게 자신의 삶과 친구들과 주변 사람들과의 관계를 인식하고 각성하는 과정을 그리고 있다.

사춘기에는 그 같은 독특한 번역의 능력을 소유하고 있다. 마주치는 남자와 여자로부터, 집과 거리와 계절마다 바뀌는 나무들로부터 지독한 향기를 들이마시며, 그것은 자신의 경험처럼 내면에서 진동한다. 해서 영혼은 언제나 가파른 벼랑 앞에 선 듯 예민하다.

는 열여섯 살의 영혼이 사춘기를 지나 고등학생이 되면서 "어떤 바람도 불지 않았다. 나의 내면은 노인정의 뜰처럼 평평해졌다. 나는 정말 늙은이가 되었다."라는 적막감에 휩싸이기도 한다. 그리하여 책에 과도하게 의존하다가도 책 밖의 세상을 쏘다니면서, 삶의 새로운 열림을 경험하는 것이다.

성장소설은 "유년기에서 소년기를 거쳐 성인의 세계로 입문하는 과정에서 한 인물이 겪는 갈등을 통해 정신적 성장과 사회에 대한 각성 등의 과정을 담는 작품을 일컫는"(네이버 지식백과)다. 말하자면 어린 주인공이 주변 환경과 사람들을 접하고 관계 맺는 과정에서 그의 자아가 세상 삶의 법칙을 깨우치면서 한 단계, 또는 전혀 새롭게 성숙해 가는 걸 보여 주는 것이라는 게다. 오양호는 성장소설만의 서사적 유형으로 "주인공의 변화 양상이 미숙에서 성숙으로, 불완전에서 완전으로, 결핍에서 충족으로 변화하는 과정을 담고 있는 이야기적 특질을 의미한다."고 말한 바 있다. 대부분의 한국의 성장소설들은 기억과 회상을 통해 자아의 성장통을 서술하는 형식을 취한다.

소설 『빨간 염소들의 거리』는 성장소설의 장르적인 특성을 어느 정도 보여 주면서도 엄창석 나름의 새로운 출구를 열어 놓으려는 의욕이 드러난다. 그러므로 단순한 성장소설이라기 보다는 젊은 눈으로 본 세계에 대한 보고서이자, 새롭게 대면하는 세계에 대한 놀라움이 그려진 소설이라고 할 수 있다. 이 소설의 16장 끝에는 다음과 같은 구절이 보인다.

지하실에서 책에 얼굴을 묻고 있던 그 시각, 또 하나의 리얼리티가 내게로 접근하고 있었다. 난 미처 알지 못했다. 어쩌면 한 번쯤 이런 사태가 올 걸 예감했는지 모른다. 방학 말미에 우흠이 우리 집 대문을 두드렸다. 우흠은 우리 집 마당에서 앙상한 무화과나무 가지를 만지며 학교를 자퇴한다고 말했다.

우흠은 10대의 '나'의 우상이자, 절친한 친구이며, 때로는 연인과 같은 애틋함을 안겨주는 존재이다. 이 소설의 중심을 이루는 축이 여럿 있는데, 우흠과 천재적인 화가의 자질을 보이는 진기섭, 그리고 곤 씨 등이다. 우흠은 영웅적인 존재로 그려지며, 곤 씨는 야학을 하는 진보적인 행동가로 그려진다. 그러나 이들은 전혀 결실을 이루지 못한 채 죽거나 학업을 중도에 그만두고 새로운 삶을 위해 떠난다. 우흠이 앙상한 무화과나무 가지를 만지며 자퇴했음을 고백하는 장면은 그러한 '출가'의 한 상징적인 장면이라고 할 수 있다. 그러나 '나'는 어느 것이 옳은 길인지에 대해 판단하지 않는다. 무슨 일이든 결국은 책과 '리얼리티'의 차이이지만, 그의 시선은 '리얼리티'에 더 머물 뿐이며, 그 '리얼리티'가 진실하게 전개될 것을 기대하고 다시 만날 수 있기를 바라는 것이다.

그의 청춘은 마치 그가 소설의 마지막 즈음에 배를 타려는 우흠을 배웅하고 혼자 남아 통영에서 집이 있는 대구까지 걸어오면서 맞닥뜨린 검은 염소 떼 같은 것일까? 면 소재지 변두리에서 염소 떼들은 아스팔트 길로 올라서서 상가 앞에 세워 놓은 자전거를 넘어뜨리고, 경중경중 뛰어다니면서 아무나 물어뜯는다. 몇 마리는 면사무소까지 진출하고, 염소들의 우는 소리와 어른들의 고함, 경찰의 호각소리로 '아수라장'이 되지만, 이내 덩치 큰 숫염소를 따라 밭으로 내려서면서 평정을 이룬다. 주인공은 이들 염소 떼들을 처음에는 까만 교복의 학생들로 오인하는데, 이를 통해 알 수 없는 감흥에 빠지기도 한다. 그리하여 염소들 중 어느 놈이 황시웅이고, 장태며, 진기섭이고 우흠인지 찾을 뻔했다고 흥분하는 것이다. 이 소설의 제목도 아마 이 장면에서 딴 것이리라.

그렇다. 그는 책이 아니라 현실 그 자체인 '리얼리티'를 강조하는 것이다. 염소들이 면 소재지에 돌입하여 난장판을 이룬 것은 염소들의 잘못이 아니라 다만 하나의 '리얼리티'에 불과한 생기 있는 삶의 약동임을 강조하고, 자신의 청춘의 기억들을 그렇게 의미 짓고 갈무리하려는 것이다.

엄창석

1961년 경북 영덕에서 태어났다. 영남대 독문과를 졸업하고
1990년 《동아일보》 신춘문예에 중편소설 「화살과 구도」가 당선
되며 등단했다. 소설집 『슬픈 열대』, 『황금색 발톱』, 『비늘 천장』,
장편소설 『태를 기른 형제들』, 『어린 연금술사』, 『유혹의 형식』,
산문집 『개츠비의 꿈』이 있다.

**빨간
염소들의
거리**

1판 1쇄 펴냄 2014년 5월 2일
1판 4쇄 펴냄 2019년 8월 16일

지은이 엄창석
발행인 박근섭·박상준
펴낸곳 (주)민음사

출판등록 1966. 5. 19. 제16-490호
주소   서울특별시 강남구 도산대로1길 62(신사동)
        강남출판문화센터 5층 (우편번호 06027)
대표전화 02-515-2000 | 팩시밀리 02-515-2007
홈페이지 www.minumsa.com

ISBN 978-89-374-8912-9 (03810)